EARTHDAWN

CARL SARGENT &
MARC GASCOIGNE

SCHLEIER DES WAHNSINNS

Achter Roman
des
EARTHDAWN™-Zyklus

Deutsche Erstausgabe

WILHELM HEYNE VERLAG
MÜNCHEN

HEYNE SCIENCE FICTION & FANTASY
Band 06/5385

Titel der Originalausgabe
SHROUD OF MADNESS
Übersetzungen aus dem Amerikanischen von
CHRISTIAN JENTZSCH

Umwelthinweis:
Dieses Buch wurde auf
chlor- und säurefreiem Papier gedruckt.

Redaktion: F. Stanya

Printed in Germany 1996
Umschlagbild: FASA Corporation
Umschlaggestaltung: Atelier Ingrid Schütz, München
Technische Betreuung: M. Spinola
Satz: Schaber Satz- und Datentechnik, Wels
Druck und Bindung: Elsnerdruck, Berlin

ISBN 3-453-09483-2

PROLOG

Vor der Wissenschaft, vor der überlieferten Geschichte, gab es ein Zeitalter der Magie und der Legende, ein Zeitalter des Heldentums und des Schreckens, das Zeitalter Earthdawns. In dieser Zeit der Mythen existierte Magie. Zauberkundige, Schwertmeister, Troubadoure und Waffenschmiede beugten mit ihren mystischen Kräften die Strukturen des Lebens.

Das Aufleben der Magie schwächte jedoch das Gewebe der Metaebenen. Grauenhafte Kreaturen aus der Astralebene fielen über die Welt her, verwüsteten Länder und Meere und dezimierten die Menschheit. Zuerst waren die Dämonen schwach und nicht sehr zahlreich, doch mit der Zeit wurden sie stärker, tödlicher und immer mehr. Sie waren eine Pest, eine Plage, die nicht eingedämmt werden konnte.

Die fähigen Magier des Theranischen Reichs sahen die Sinnlosigkeit eines Kampfes gegen die Plage aus der Astralebene ein und bereiteten ihr Volk und ihre Städte auf den Tag der Abschottung vor. Die Leute legten große unterirdische Kaers an, die durch Magie versiegelt und geschützt wurden und in denen sie Jahrhunderte warteten, während die Dämonen das Land über ihnen verwüsteten.

Jetzt, nach fünf Jahrhunderten in den Tiefen der Erde, sind die Menschen und die anderen Rassen Earthdawns wieder auf ihre geliebte Erde zurückgekehrt, da sich der größte Teil der Dämonen wieder in den Höllenschlund zurückgezogen hat, aus dem sie einst gekrochen sind. Aus ihren großen Städten haben die Theraner Armeen und Luftschiffe ausgesandt, die Verbindungen zu ihren zahllosen Festungen wiederhergestellt und neue Eroberungsfeldzüge begonnen. Die in bezug auf Waffen, Magie und Weisheit großen und mächtigen Theraner wollen die Welt wieder in Besitz nehmen, die sie bei der Ankunft der Dämonen verloren haben.

In derart turbulenten Zeiten läuft selbst innerhalb der Festungen des Reiches kaum etwas reibungslos, und Finsternis und Korruption lauern sowohl innerhalb als auch außerhalb …

1

Das Messer war gräßlich scharf, aber doch nicht so scharf, daß er nicht gespürt hätte, wie ihm der letzte starre Fingerbreit der Klinge in den Magen drang. Langsam und irgendwie faszinierend bohrte sie sich in sein Fleisch, bis sie ganz in der Höhlung unter und zwischen seinen kurzen Rippen steckte. Blut verschmierte das Heft und lief als dünnes Rinnsal die Falten zwischen Daumen und Zeigefinger der kapuzentragenden Gestalt herunter, während sie den Griff um das Heft verlagerte. Das Heulen kam ohne Vorwarnung, als habe er keinen Anteil daran, drang aus unbewußten Tiefen seines verwundeten Körpers. Mit heftigem Ruck zog die Hand das Messer in gerader Linie herunter und durch seine Eingeweide. Ein leises Zischen der Anstrengung oder vielleicht auch Zufriedenheit entwich den maskierten Lippen des Kapuzenträgers.

Lampenöl ergoß sich über sein Bewußtsein und entzündete sich. Die sengenden Flammen wüteten hinter seinen Augenlidern. Das Messer wurde aus seinem Leib gezogen, sauber und mühelos, und für einen schwindelerregenden Augenblick spürte er den Verlust einer Präsenz in sich – seiner eigenen. Was blieb, war eine unbehagliche Leere. Eine weitere Schmerzwelle spülte über ihn hinweg und löschte alle derartigen Eindrücke aus. Als er den Kopf senkte und nach unten zu schauen wagte, sah er, wie die blutverschmierten Hände ausholten, ihm das lange Messer mit einer halben Drehung in die Seite bohrten und es durch seinen Bauch zogen. Am Ende seiner verheerenden Reise durch seinen Leib wurde das Messer grob herausgerissen.

Er griff nach seinen Eingeweiden, als diese naß und

glitschig aus seinem klaffenden Bauch fielen, doch seine Hände wurden immer noch von den Dolchen gehalten, mit denen man ihn gekreuzigt hatte. Er ruckte mit den Beinen und hörte Stoff reißen, aber er bekam die Beine nicht frei. Blut stieg ihm in die Kehle und überflutete seine Lungen. Die zweite kapuzentragende Gestalt näherte sich und schob einen groben grauen Ärmel hoch, um ein schlankes Handgelenk mit gekrümmten künstlichen Krallen zu entblößen. Sie pulsierten, als röchen sie sein Blut. Ohne Umstände stieß die Gestalt ihre Hand in die Ruinen seines Magens und wühlte sich dann durch seine Innereien aufwärts. Dort fanden die Krallen ihre Beute, umschlossen sie fest, um nicht abzurutschen, und rissen hart daran. Vom schrillen Kreischen unerträglicher Schmerzen in seinem Kopf überwältigt, bildete er sich ein zu spüren, wie sich die grausamen Nägel in sein Fleisch bohrten, als ihm das Herz aus der Brust gerissen wurde. Eine rote Flut überspülte sein Bewußtsein, und dann war es vorbei.

Selbst kurz vor dem Morgengrauen war es noch so heiß wie in einem Glutofen. In der ganzen Großen Stadt regte sich kein kühlendes Lüftchen, um den Einwohnern Erleichterung und Schlaf zu bringen. Das galt natürlich nicht für jene verwöhnten, wohlhabenden Familien – oder Zauberkundigen –, deren elementare Luftmagie die Häuser und Säulenhallen kühl hielten. Als Cassian aus seinem unruhigen Schlummer erwachte, klebte ihm das Haar an der Stirn, und auf seinen bronzefarbenen Armen und Schultern glänzte der Schweiß. In seiner Kaserne gab es keine derartige kühlende Magie. Von den *Praetori* Theras wurde erwartet, daß sie auf solchen Luxus verzichteten. Das dünne Laken hatte sich leicht um seine Beine gewickelt. Der Riß, durch den er einen Fuß gesteckt hatte, wies darauf hin, wie ruhelos sein Schlaf gewesen sein mußte. Erinnerungen an einen ohnehin bereits fast vergessenen

Traum verblaßten zu rasch, um einen bleibenden Eindruck zu hinterlassen.

Der Elf war von einem unerwartet frühen Besucher geweckt worden. Zuerst dachte er, es sei Izman, der junge Creaner – sein Sklave –, der ihm eine Schüssel mit Wasser zum Waschen und Rasieren brachte, doch der Junge hätte angeklopft und dann gewartet, bis er von Cassian hereingebeten wurde. Mit derartigen Formalitäten hielt sich der hochmütige dunkelhaarige Mann nicht auf, der in einer Woge aus Rot und Gold ins Zimmer rauschte. Einen Augenblick lang empfand Cassian etwas, das an Bestürzung grenzte. Das grellgoldene Sonnenbanner auf der Brust des Mannes mit dem darunter baumelnden dreifarbigen Band verriet ihm, daß der Besucher ein Mitglied des Büros des *Karinthini*, des Richter-Generals, war. Und das Auftreten des Mannes verriet ihm, daß es sich in diesem Fall nicht um die übliche Vorladung eines *Praetors* durch einen unbedeutenden Funktionär handelte, der gelangweilt seine Papiere durchsehen und ihm dann triviale Anweisungen erteilen würde – diese Angelegenheit war wichtig. Die Tatsache, daß der Mann keine Angehörigen der Kaiserlichen Phalanx mitgebracht hatte, verriet Cassian außerdem, daß es sich bei der Angelegenheit nicht um einen schrecklichen Fehler handelte, den er irgendwie, irgendwo, irgendwann vielleicht begangen haben mochte. Das beginnende Gefühl der Bestürzung verschwand, um einer gewissen Besorgnis zu weichen. Zu dieser frühen Stunde?

»*Karinthini* Andreax wird Euch in einer halben Stunde empfangen«, sagte der Mann kurzangebunden. »Sorgt für eine präsentable Erscheinung.« Ohne ein weiteres Wort und bevor Cassian eine Frage stellen konnte, wandte sich der Mann ab und ging. Eine halbe Stunde reichte für den Elf nicht aus, um sich für eine Audienz bei dem furchterregenden Richter-General angemessen zurechtzumachen, und das wußte er. Begleitet von platschenden Geräuschen, als er sich Wasser ins Gesicht spritzte, während er nach der hellgrünen Rasierseife tastete, um sich zu rasieren, rief er gereizt nach seinem Sklaven, auf daß er ihm seine Familiengewänder hole, und zwar schnell.

Fast tausend Meilen entfernt in der Stadt Vivane entfielen den zitternden Händen eines viel älteren Elfs einige Papiere. Alles stand darin, alles, all die Lügen und Betrügereien waren so ausführlich dokumentiert, daß dadurch selbst seine eigene Erinnerung an die Einzelheiten übertroffen wurde. Schließlich riß er sich so weit zusammen, daß er in der Lage war, das Schreiben noch einmal zu lesen. *Ich bin ruiniert,* flüsterten Herz und Seele seinem Verstand zu.

Die T'skrang! Es muß einer der Carinci-T'skrang sein, dachte er fieberhaft. Sie haben uns immer um unsere Stellung hier beneidet. Wir haben zu viele Handelsrechte in der theranischen Konklave erworben, sie waren schon immer eifersüchtig. Ist es jetzt so weit gekommen, daß ich von einem Mitglied meines eigenen Hauses verraten worden bin?

Nein. Sein Verstand lehnte die naheliegende, instinktive Schlußfolgerung ab. Das ist nicht ihre Art. Sie sind nicht verschlagen genug und haben auch keine so guten Spione. Das ist unter ihrer Würde. Sie würden eher versuchen, mich wieder auf den rechten Weg zu bringen, als mich auf diese Weise niederzumachen.

Die Konsequenzen des Schriftstücks waren ihm klar. Nichts deutete auf Erpressung hin. Es kündigte lediglich an, jede Einzelheit nach dem Kyprosfest, das in fünfzehn Tagen stattfinden würde, publik zu machen. Das würde ihn nicht nur persönlich ruinieren, sondern auch seine Besitztümer und seinen Titel kosten, die dann auch für sein Haus verloren waren. Einen wahnwitzigen Augenblick lang verdächtigte er sogar seine Frau, denn sein Ruin würde bedeuten, daß sein Sohn niemals erben würde. Dann stiegen ihm Tränen in die Augen, als ihm einige der schönsten Augenblicke fast eines Jahrhunderts des Zusammenseins mit Karlanta einfielen, als er an ihre Liebe und Ergebenheit dachte, an ihre immer freundliche Art und ihr gutes Herz. Seine Hände knüllten die letzte Seite vor Wut zu einem Ball zusammen, Wut auf sich selbst, weil er an ihr gezweifelt hatte.

Daralec saß ein paar Minuten lang reglos da und sann darüber nach, was jetzt getan werden mußte. Es würde eine Brithan-Jagd geben und einen tragischen Unfall. Alles war ganz einfach: Er konnte vom Pferd fallen, und wenn der Brithan ihn nicht tötete, konnte er sich immer noch auf seiner Jagdwaffe aufspießen. Falls sie keine Brithans fanden, reichte auch ein Hirsch oder ein Wildschwein. Vielleicht würde sein unbekannter Peiniger dann von Reue ergriffen sein, wenngleich die kalte Leidenschaftslosigkeit des Schriftstücks das Gegenteil vermuten ließ. Aber zumindest würde das durch seinen Tod hervorgerufene Mitgefühl seinem Sohn helfen, wenn diese gräßliche Geschichte je publik wurde. Und vielleicht würden einige sogar argwöhnen, daß sein Tod gar kein Unfall war, sondern ein Mord, dem jetzt diese öffentliche Diffamierung folgte, und das würde Entrüstung hervorrufen. Derjenige, welcher sich im Hintergrund hielt und ihn offenbar seit langer Zeit beobachtete, mochte von der Woge dieser Entrüstung sogar überrollt werden.

Er verbrannte den Brief. Er dachte an seinen Sohn, der schon so lange in Thebenta war, und in seinem Gesicht zeigten sich Linien des Kummers, da er sich danach sehnte, ihn noch einmal zu sehen, obwohl er wußte, daß das nicht möglich war. Aber der Junge würde ihn beerben, und nur das zählte jetzt noch.

Sein Blick irrte zum Fenster und zu den sechs gewaltigen Säulen von Himmelsspitze, die so weit entfernt waren, daß er sie an diesem dunstigen Morgen kaum sehen konnte. Ein langer Zug Sklaven wanderte über die Ebene von der entfernten Garnison zur Stadt. Die Ironie all dessen ließ ihn grimmig lächeln. Ich stehe kurz vor dem Ende, und ihr neues Leben in dieser Stadt steht kurz vor dem Anfang. Keiner von uns hat irgendeine Wahl.

Er erhob sich, rief nach seinem Diener und versuchte gute Laune und spontane Lust auf eine Jagd vorzutäuschen, was weiter von seinen wahren Gefühlen entfernt war als alles, was er in seinem – wie es ihm nun erschien – ermüdend langen Leben der Betrügereien je vorgetäuscht, simuliert oder gelogen hatte. Er dachte wieder an seinen Sohn, lange und voller Trauer.

Er konnte nicht wissen, daß sich sein Sohn bereits wieder innerhalb der Mauern Vivanes befand und seinerseits nur noch drei Tage zu leben hatte.

»Es tut mir leid, daß Ihr zu so früher Stunde geweckt worden seid.« Die samtweiche Stimme gehörte zu einem frischen Gesicht, das von einer Nacht des ungestörten Schlafs zeugte. Andreax hatte bestimmt in gesegneter Kühle geschlafen, während der Rest Theras in der drückenden Hitze briet. »Ich habe es mit einem Fall von einiger Bedeutung zu tun und bin zu dem Schluß gekommen, daß Ihr der richtige *Praetor* seid, diese delikate Angelegenheit zu untersuchen. Eure Leistungen haben mich beeindruckt, Cassian ma'Medari.« Der Name wurde mit einer weichen Betonung ausgesprochen, die sich von der Förmlichkeit der Begrüßung des Richter-Generals abhob.

Bei der Nennung seines Haus- und Familiennamens lief Cassian ein leichter Schauer über den Rücken, und er vermutete, daß das auch Andreax' Absicht war. Der ältere Elf war fast dreihundert Jahre alt und wußte mittlerweile ganz genau, welche Saite er anschlagen mußte, um eine Gefühlsreaktion hervorzurufen. Die beiden Elfen stammten aus derselben Familie und aus demselben Haus, wenngleich man von beiden erwartete, sich über derartige Bindungen längst hinweggesetzt zu haben. Ihre unterschiedliche Ausbildung hatte darauf abgezielt, genau das zu gewährleisten. Jetzt spielte Andreax die Bedeutung dieser Dinge auf geschickte Weise herunter, um sie gleichzeitig unterschwellig hervorzuheben. Indem er den viel jüngeren Elf an seine Haus- und Familienbande erinnerte, betonte er ihre gemeinsame Rolle bei der Bewahrung der Stärke des Theranischen Reichs. Soviel war in einem bloßen Namen und der Art, wie er ausgesprochen wurde, enthalten.

»Ich fühle mich geehrt, Herr.« Cassian wartete ab.

»Die mir vorliegende Angelegenheit ist höchst bestürzend. In einer unserer Städte sind gewisse Angehörige hoher Häuser von gewissen unseligen Ereignissen heimgesucht worden, Cassian. Und zwar in einer für uns sehr wichtigen Stadt – Vivane.«

Cassian nickte bei gleichzeitigem leichten Hochziehen der Augenbrauen. Von allen theranischen Städten kam Vivane besondere Bedeutung zu, da sie sich am Rand der wilden Provinz Barsaive befand, wo Thera die Ländereien zurückzugewinnen trachtete, die es als sein rechtmäßiges Eigentum ansah. Die Stadt war während der Plage praktisch völlig zerstört worden, und die dort stationierte Achte Legion und die sie begleitenden Handwerker, Sklavenarbeiter und Zauberkundigen hatten erst einen Teil wiederaufgebaut. Die meisten Bewohner der Stadt hausten noch in Ruinen, hieß es, und die Bürger waren eine unangenehme Mischung aus theranischen Schreibern, Verwaltungsbeamten, Baumeistern, Händlern und Hausmitgliedern, die ihre Stellung ausbauen wollten, auf der einen Seite und einer großen Anzahl von Barsaivern auf der anderen, die von vertrauenswürdig über skrupellos bis hin zu aufrührerisch einzustufen waren. Cassian war noch nie dorthin abkommandiert worden, und die Aussicht war nicht sehr verlockend, aber er würde dorthin gehen, wohin man ihn schickte. Ein *Praetor* konnte sich sein Betätigungsfeld nicht aussuchen.

»Diese unseligen Ereignisse sind keineswegs unbedeutend. Zwei Fälle von augenscheinlichem Selbstmord, ein Fall von anscheinend unheilbarem Wahnsinn und ein äußerst unschöner Mord. Den auf der Hand liegenden Ursachen ist bis zu einem gewissen Grad nachgegangen worden, aber das Anstellen von Nachforschungen gehört, unter uns gesagt, nicht gerade zu den starken Seiten von Kypros und Crotias.«

Bei der Erwähnung der Namen der Militärbevollmächtigten von Vivane und Himmelsspitze wechselten die beiden Elfen ein kurzes Lächeln. Oberherr Kypros hatte Ambitionen und Generalin Crotias eine Reihe hervorragender Erfolge auf dem Schlachtfeld aufzuweisen sowie ein Temperament, das der breiten roten Narbe auf ihrem Rücken entsprach, doch weder der eine noch die andere war für ein Übermaß an Intelligenz bekannt.

»Diese Vorgänge tragen die Handschrift einer Hausfehde, Cassian. Und es ist unsere Aufgabe, solche Fehden zu untersuchen und zu beenden. Das ist nun einmal unser Los.« Der Richter-General erlaubte sich die Andeutung eines nachdenklichen, resignierten Seufzers. Er war ein Meister der unterschwelligen Geste. Das mochte keine für den Aufstieg zum Richter-General unerläßliche Fähigkeit sein, aber sie war nützlich, wenn alle vier Jahre die Zeit der Wiederwahl nahte. Andreax hatte drei Wahlen überstanden, ohne außergewöhnlichen Charme oder besondere Überzeugungskraft aufweisen zu können.

»Sei es, wie es sei, die Vivaner erwarten, daß wir einen *Praetor* schicken, der die Vorfälle untersucht. Andernfalls würden sie ruhelos. Ich bin froh, in solchen Zeiten auf Euch zählen zu können.«

»Wie Ihr wünscht, Herr.« Cassian wartete immer

noch auf eine Begründung dafür, warum er zu so unmöglich früher Stunde herbeordert worden war. Er hatte schon einige auf Hausfehden zurückgehende Morde untersucht, doch keiner dieser Fälle hatte es je erfordert, ihn mitten in der Nacht für eine Einsatzbesprechung aus dem Bett zu schleifen. Noch hatte einer dieser Fälle je ein Treffen mit dem Richter-General persönlich erfordert. Das konnten nur die ranghöchsten seiner Kollegen erwarten, und Cassian betrachtete sich immer noch als ein *Praetor* mittleren Ranges. Da ihm mindestens noch zwei Jahrhunderte seiner natürlichen Lebenserwartung blieben, hatte er es, was seinen Ehrgeiz aufzusteigen anbelangte, auch nicht übermäßig eilig.

»Hinsichtlich der Informationen zu diesem Fall werdet Ihr mit diesem Bericht vorliebnehmen müssen, fürchte ich«, sagte Andreax, indem er eine der vielen Schubladen des Latraholzschreibtisches öffnete, der sich bis zu den ausgedehnten, mit Schriftrollen und Akten gefüllten Regalen an den Wänden seines riesigen Atriums zu erstrecken schien. »Ihr müßt Thera noch in dieser Stunde verlassen. Die *Überlegenheit* legt in einer Stunde von Wolkennähe ab, und Ihr werdet an Bord sein.«

»Das Luftschiff des Oberherrn ist hier? Ich dachte, es hätte Himmelsspitze nie verlassen«, warf Cassian ein.

»Es gehört nicht zu unseren Gepflogenheiten, die Öffentlichkeit ständig über seinen Aufenthaltsort auf dem laufenden zu halten«, erwiderte der Richter-General beißend. »Das Schiff nimmt lediglich Fracht auf, Waren, die in Vivane nicht so leicht zu bekommen sind. Kapitän Korrurg wird über eine Verspätung Eurerseits nicht besonders erfreut sein. Nicht einmal ich kann ihn dazu bewegen, den Zeitpunkt des Ablegens zu verschieben.«

Die Elfen lächelten ein zweitesmal. Sie kannten Korrurg beide, einen Troll mit einem Hang zur Pünktlichkeit und zur Einhaltung von Zeitplänen, der die Hälfte von Theras Reichsschreibern in Angst und Schrecken versetzt hätte. Er würde den Zeitpunkt der Abreise nicht einmal dann verschieben, wenn der Kaiser persönlich als zusätzlicher Passagier an Bord gehen wollte.

»Ich muß nach Hause und meine Sachen packen«, sagte Cassian, der auf ein Nicken seines Vorgesetzten wartete, bevor er sich von seinem mit Chaktaleder bezogenen Stuhl erhob. Er griff nach dem Bündel Papier, das von den Amtsbändern von Theras oberstem diplomatischem Dienst zusammengehalten wurde.

»Kümmert Euch nicht um Eure Sachen. Sie werden bereits für Euch an Bord gebracht. Ich an Eurer Stelle würde meine letzte Stunde hier in Thera damit verbringen, ein anständiges Frühstück zu mir zu nehmen. Es heißt, daß in Vivane gekochter Chaktavogel als Delikatesse angesehen wird.«

Cassian lachte, aber auf halbem Weg durch den scheinbar endlosen Flur, der von den Büros und Privatgemächern des Richter-Generals wegführte, hatte sich der Anflug von guter Laune bereits wieder verflüchtigt. Irgend etwas kam ihm trotz allem nicht richtig vor, obwohl ihm weder das, was Andreax gesagt hatte, noch die Art, wie er es gesagt hatte, einen Hinweis darauf gab, was das war. Nur sein Instinkt warnte ihn.

Cassian blinzelte im grellen Sonnenlicht, als er die marmornen Stufen des Konklaviums hinunterging. Er war kaum einen Steinwurf vom Kaiserpalast entfernt, dessen außergewöhnliche Kuppel in den Strahlen der frühen Morgensonne glitzerte. Wie oft er sie auch sah, bei ihrem Anblick lief ihm jedesmal ein Schauer über den Rücken. Die gesamte Oberfläche war mit feinen Splittern aus Glimmererde und Marmor bedeckt, deren Farben und Formen einerseits völlig abstrakt zu sein schienen, das Auge des Betrachters andererseits jedoch an Vögel, Tänzerinnen, Luftschiffe, Bogenschützen, exotische Tiere und vieles andere erinnerten. Niemand sah auf dieser Kuppel zweimal dasselbe. Es hieß, die mit der Kuppel verwobene Magie sei über fünfhundert Jahre alt und das Werk des Kaisers Hastiriash persönlich gewesen. Tatsächlich hatte es eine Himmelsherde gegeben, wenn überhaupt eine der Geschichten über den lange toten Herrscher stimmte. Und vielleicht besaß Kanestrin – der gegenwärtige Bewohner des Palasts – in der Tat einige der Fähigkeiten seines Vorgängers. Zumindest kam es Cassian so vor, daß die Figuren jetzt greller funkelten und wilder tanzten als vor der Thronbesteigung des Obsidianers. Cassian hatte von den wenigen Magiern, die er kannte, erfahren, daß die Lebendigkeit der Kuppel die magische Seele des Kaisers reflektierte. Wenn das stimmte, hatte Kanestrins Seele in der Tat ein sehr kraftvolles Leben.

Er wandte sich nach links, und sein Blick fiel auf die imposanten Zinnen der Ewigen Bibliothek. Vielleicht konnte er seine Vorahnungen und Befürchtungen beschwichtigen, wenn er dort hineinging und die Papiere las, die Andreax ihm gegeben hatte. Die Andeutung des Versprechens einer Brise, um die drückende Hitze über Thera zu lindern, ließ seine blausilbernen Hausinsignien träge um ihn flattern. Cassian hielt inne und rieb sich nachdenklich das Kinn, dann schlug er sich die Papiere aus dem Kopf. Auf der vor ihm liegenden Reise würde er reichlich Zeit und Muße haben, die Dokumente zu studieren. Da die Zeit knapp war, mochte es tatsächlich eine bessere Idee sein, ein Frühstück einzunehmen.

Eine plötzliche Woge des Argwohns überfiel ihn, ein Gefühl der Angst und Anspannung, das ihm normalerweise fremd war. Ich bin eine Spielfigur in dieser Sache, dachte er. Andreax spielt irgendein Spiel, und ich werde von ihm hin und her geschoben. Er hat mir wenig erzählt, und ich habe immer noch keine Erklärung dafür, warum er mich persönlich empfangen hat. Da stimmt etwas nicht.

Als sein Magen knurrte, beendete er seine Überlegungen und richtete seine Gedanken wieder auf das Frühstück. Achselzuckend ging der Elf zwischen den gewaltigen Säulen der Bibliothek hindurch. Einige eifrige Schüler und Studenten waren bereits anwesend, um ihre Studien zu betreiben. Die Ehrgeizigen und die Verzweifelten, dachte er und grinste innerlich. Nun, das mag sein, aber ich bin weder das eine noch das andere.

Und die Reise mit dem Luftschiff wird bei diesem Wetter ein Segen sein. Vielleicht bekomme ich heute nacht sogar etwas Schlaf.

2

»Ist mir eine Freude, Euch an Bord zu haben, ganz gewiß.« Die Betonung des Trolls verwandelten die Worte in das genaue Gegenteil ihrer oberflächlichen Bedeutung. Wenngleich Cassian Korrurgs Abreise um keinen einzigen Augenblick verzögert hatte, schien es wohl so zu sein, daß bereits die geringste Änderung des zuvor festgelegten Reiseplans des Luftschiffs den routineliebenden Kapitän ärgerte. Der Troll funkelte ihn in einer Haltung an, als habe er eine Eisenstange verschluckt.

»Normalerweise haben wir im Hinblick auf Passagiereinrichtungen nicht viel anzubieten, aber Ihr bekommt eine der Einzelkabinen«, fuhr Korrurg ungnädig fort. Cassian rang sich ein Lächeln ab.

»Meine aufrichtige Entschuldigung für alle Ungelegenheiten, die ich Euch bereite. Ich kann nur sagen, daß ich heute im Morgengrauen aus dem Bett geworfen wurde und man mir befohlen hat, sofort nach Vivane zu reisen. Ich glaube, daß es bei uns beiden zu erheblichen Störungen des normalen Tagesablaufs gekommen ist, und ich entschuldige mich im Namen des Richteramts«, sagte der Elf glatt.

Korrurg schien ein klein wenig aufzutauen. »Hmmm. Nun, wir sind jedenfalls zum Ablegen bereit. Ich hoffe, Ihr neigt nicht zur Luftkrankheit«, brummte der Troll, der sich ganz offensichtlich mehr Sorgen darum machte, welchen Schaden ein kranker und unerwünschter Gast der luxuriösen Einrichtung des Luftschiffs zufügen mochte, als um die Gesundheit des Betroffenen.

»Ich hatte das Glück, auch früher schon auf Luftschiffen zu fahren, wenngleich selbstverständlich keines so großartig war wie die *Überlegenheit*«, sagte Cassian schmeichlerisch, »und ich neige nicht zu dieser Krankheit. Aber seid bedankt für Eure Fürsorge.« Trotz dieser Worte warf das von der Levitationsmagie, die ihn hierher zur Anlegestelle gebracht hatte, hervorgerufene leichte Schwindelgefühl die Frage auf, ob er nicht vielleicht doch Probleme bekommen würde.

Korrurg warf ihm einen Blick zu, wie man ihn sich normalerweise für einen ärgerlichen Plagegeist vorbehalten würde, den man ob seiner Gewandtheit nicht zertreten konnte. »Der Erste Maat Arcanth wird sich Eurer Wünsche annehmen, solltet ihr welche haben«, sagte er schließlich, bevor er zum gewaltigen Mittelturm des mächtigen Luftschiffs stapfte.

Während er einen Ork in Lederrüstung beobachtete, der vom Steuerbord-Bugturm kam, nahm Cassian die gewaltigen Dimensionen des großartigen Schiffes auf. Es handelte sich um eine fast quadratische Konstruktion mit einem zylinderförmigen Turm an jeder Ecke. Jeder Turm war mehr als fünfzig Ellen hoch und bestand aus Holz, Stein und Bronze. Jeder Turm enthielt eine Reihe von Schlitzen – Schießscharten für die Elitebogenschützen der Achten Legion. Eine einzige Salve von ihnen konnte Tod und Verwüstung in die Reihen der Trolle jedes Kristallpiratenschiffs tragen, das so dumm war, sich in ihre Reichweite zu wagen. Feinde an Land konnten von den Bogenschützen in wenigen Augenblicken zu Hunderten dahingemetzelt werden. Doch selbst diese Gebilde verblaßten neben dem riesigen Großen Turm zur Bedeutungslosigkeit, der noch zwanzig Ellen höher war und in der Breite fünfzig Ellen durchmaß. Die Steinmauern des Turms hatten ein kolossales Gewicht, und die Magie, die in diesen Behemoth der Lüfte geflossen war, mußte unglaublich anstrengend und für die Handwerker und Magier, die die *Überlegenheit* gebaut hatten, eine scheinbar nie enden wollende Plackerei gewesen sein. Zweihundert Ellen lang, lag das stolze Luftschiff reglos in der Luft und schwankte nicht im geringsten in der Brise, die in der Höhe der Anlegestelle für Kühlung sorgte. Fast vierhundert Soldaten waren ständig auf dem Schiff stationiert. Diese Zahl konnte auf kurzen Reisen um weitere zweihundert erhöht werden. Vivane, das über sechshundert Meilen entfernt war, würde kurz nach Mittag des morgigen Tages erreicht werden. Welche Entbehrungen sein Quartier auch mitbrachte – und Cassian glaubte, daß sich eine Einzelkabine eigentlich ganz und gar nicht nach Entbehrungen anhörte –, für einen so kurzen Zeitraum würde er sie mühelos auf sich nehmen können.

»Dort drüben«, sagte der Ork kurz angebunden, als er schließlich neben Cassian stand. »Eure Sachen befinden sich bereits in Eurer Kabine. Erster Gang, erste Tür rechts.« Er wandte sich ab, bevor Cassian ihm auch nur danken konnte.

Der Ruck des Luftschiffs, als es seine Reise begann, war für Cassian kaum wahrnehmbar, aber er spürte, wie der willkommene Luftzug, der ihn umspielte, stärker wurde, während er seine wenigen Habseligkeiten auspackte. Er nahm die Papiere, mit deren Durchsicht er nicht einmal begonnen hatte, und überlegte sich übellaunig, daß er es kaum riskieren konnte, sich an Deck zu setzen und sie sich womöglich vom Wind aus der Hand reißen und über Bord wehen zu lassen. Einer Eingebung folgend, legte er die Papiere sorgfältig neben das Kopfkissen seiner Koje, versperrte die Kabinentür mit dem kleinen Messingschlüssel, der im Schloß steckte, und ging an Deck. Mit beiden Händen löste er die mit Silberfäden durchzogenen Lederbändchen aus seinen Locken, stellte sich in den Wind und ließ sich von ihm die Haare um den Kopf wehen. Nach der drückenden Hitze Theras kam ihm der Wind wie Magie vor.

Dann ging er zur Holzreling auf der Steuerbordseite

und schlang sich den Sicherheitsgurt um die Hüften, während er nach unten auf die Schönheit des blaugrünen Ozeans starrte und die Insel Thera sich langsam in der Ferne verlor. Sie ist so klein, dachte er, und dennoch hat unser Volk ein Reich errichtet, das sich über Tausende von Meilen erstreckt. Ein Reich, das von den fruchtbaren Flüssen Eupharel, Indris und Vasgoth begrenzt wird. Theraner haben die Welt in Luftschiffen wie diesem umsegelt und aus jedem noch so abgelegenen Winkel der Erde Wunder und Sehenswürdigkeiten mitgebracht. Einen Augenblick lang sah er vor seinem geistigen Auge die Länder, über die er gelesen hatte: Wasserfälle, die eine halbe Meile tief waren, endlose Eiswüsten, Geysire, die Fontänen aus Schlamm, elementarer Erde und Dampf ausstießen. Und er sah sagenhafte Tiere, wie sie in den Winkeln und Nischen der Ewigen Bibliothek dargestellt waren – als Felle oder Skelette. An diesem Ort des Lernens gab es nicht nur Bücher. Irgendwo innerhalb ihrer endlosen Mauern fand sich ein Exemplar von allem, was die Welt zu bieten hatte.

Ein harter Schlag auf den Rücken, ausgeteilt auf jene grobschlächtige Weise, die von Orks als spielerisch bezeichnet wurde, riß ihn aus seinen Träumereien. Er drehte sich um und sah einen Orkmatrosen an einem Paar gekochter Schweinsfüße nagen. Der Ork fragte ihn, ob er ›Futter‹ wolle. Grinsend lehnte Cassian ab und beschloß, mit der Durchsicht der Schriftstücke zu beginnen.

Das in verschnörkelter Handschrift verfaßte Dokument verriet ihm, daß die politische Situation in Vivane weniger kompliziert war, als er befürchtet hatte. Von den großen etablierten Häusern Theras waren nur fünf in die Angelegenheiten der Grenzstadt verwickelt. Gegenwärtig bedurfte noch ein so großer Teil der Stadt des Wiederaufbaus, daß nur die Abenteuerlustigen, Verwegenen und Begeisterungsfähigen in Erwägung gezogen hatten, sich dort niederzulassen. Natürlich sorgten die Bürger des Reichs dafür, daß sie sich in der Sicherheit der neugebauten Mauern des Theranerviertels befanden, aber ein gutes Drittel der übrigen Stadt war wenig mehr als ein unüberschaubares Labyrinth gefährlicher, von Flüchtlingen bevölkerter Ruinen. Daß die grimmige Generalin Crotias dem Hause Zanjan angehörte, wußte er bereits, aber von Provinzadmiralin Tularch hatte er bisher kaum etwas gehört, und so war er ziemlich überrascht, als er las, daß die Kommandantin der gewaltigen Luftschiffgeschwader, die in Himmelsspitze stationiert waren, eine Carinci war. Dieses Haus war nicht für seine militärische Tüchtigkeit bekannt, und Cassian fragte sich, ob Tularchs Ernennung nicht vielleicht einer dieser politischen Schachzüge war, bei denen jeder ein Stück vom militärischen Kuchen abbekam, um das Kräftegleichgewicht zwischen den Häusern zu erhalten. Doch das konnte in diesem Fall kaum sein. Die Stellung war zu wichtig. Sie mußte ihrer wert sein.

Medari, Carinci, Zanjan, Narlanth, Thaloss. Vertraute Namen. Niemand würde einen schwelenden Groll gegen ihn hegen. Einmal, vor Jahren, hatten seine Urteile das Haus Carinci gegen Cassian aufgebracht, und zwar wegen seiner Zugehörigkeit zu ihren ärgsten Rivalen, aber dafür hatte er schon vor einiger Zeit gebüßt, als er nach Vasgothien versetzt worden war. Seine Brauen runzelten sich, als er sein eigenes Haus Medari auf der Liste sah. Mit Sicherheit wäre es besser gewesen, einen *Praetor* mit einer anderen Hauszugehörigkeit zu wählen, vielleicht einen aus dem Hause Aralaith? Dann hätte die Unparteilichkeit des *Praetors* außer Frage gestanden. Wiederum überkam ihn das nagende Gefühl, daß etwas nicht stimmte. Vielleicht ist das alles nur niedergeschrieben worden, damit ich keine unbequemen Fragen stellen konnte, dachte er.

Er las weiter und erfuhr, daß sich der erste Mord vor weniger als zwei Monaten ereignet hatte. Man hatte den Zwergenbaumeister Dragold, der sowohl am Wiederaufbau der Stadt als auch an militärischen Projekten beteiligt war, mit aufgeschlitztem Leib in seinem Schlafzimmer gefunden. Unter den Dokumenten befand sich auch ein Augenzeugenbericht über den Fund der Leiche, und obwohl Cassian nicht leicht zu schockieren war, ging ihm die Schilderung der grausigen Einzelheiten ziemlich an die Nieren. Der Zwerg war an seinen eigenen Gedärmen an einem Deckenhaken aufgehängt worden. Glücklicherweise waren die Einzelheiten in den späteren Fällen weniger sensationell. Der Selbstmord zweier Geschwister kam ihm wie eine einfache häusliche Tragödie vor, und der Wahnsinn des Magiers Aralesh konnte gewiß auf das unüberlegte Wirken eines Zaubers zurückgeführt werden. In und um Vivane mußte es zahllose Stellen geben, an denen der Astralraum verunreinigt war, was die Anwendung roher Magie gefährlich machte. Hätte der Magier nicht zu Kypros' Ratgebern gehört, würde sein Tod wahrscheinlich niemals Eingang in dieses Dokument gefunden haben. Gab es eine Verbindung zwischen diesen Vorfällen? Und wenn ja, welche?

Nun, wenn das bekannt wäre, hätte man mich nicht nach Vivane geschickt, um es herauszufinden, sagte sich Cassian. Doch es war schwer zu verstehen, warum jemand diese Ereignisse an einem Ort am Rande des Reiches so ungewöhnlich fand. Doch wenn Andreax befahl, mußte Cassian gehorchen.

Er sah durch das Bullauge in seiner kleinen Kabine und betrachtete gelangweilt die Wolkenfetzen, die an den in der Nachmittagssonne glänzenden Bronzebeschlägen des Luftschiffs vorbeitrieben. Dann konnte er den Anblick des strahlenden Lichts nicht mehr ertragen und blinzelte. Der Geruch des Öls, mit dem man sogar das Holz der Inneneinrichtung des Luftschiffs behandelt hatte, war stark und machte ihn schläfrig. Er rieb sich die Augen und beschloß, das Risiko einzugehen, sich den Unmut der Matrosen zuzuziehen, indem er noch einmal an Deck ging.

3

Dieser Morgen würde lebhaft werden, und Jerenn freute sich auf die Unterbrechung der üblichen langweiligen Routine. Seit Tagen gab es im Haus seines Herrn abgesehen von der nüchternen Schinderei im Haushalt nichts zu tun. Heute würde jedoch die *Speerspitze* mit ihrer Ladung aus Korn und Lebensmitteln von ihrer Reise flußaufwärts zurückkehren. Die Ladung mußte für den Winter eingelagert werden, und Tarlanths gelangweilter Schreiber Berelas würde ihn mit der Inventarliste zu den Docks schicken, um sie auf Vollständigkeit zu überprüfen. Ein Sklave, der – so wie Jerenn – vertrauenswürdig war, der lesen und schreiben konnte und noch dazu mit scharfen Augen und einem wachen Verstand gesegnet war, wurde von jedem einigermaßen vernünftigen Theraner sehr geschätzt. Jerenn hatte das sehr schnell herausgefunden und darüber hinaus erfahren, daß vertrauenswürdig zu sein bedeutete, daß er nicht geschlagen wurde, genug zu essen und warme Kleidung bekam und ihm sogar ein eigenes Zimmer zugewiesen wurde. Daß dieses Zimmer ein fensterloses Loch neben dem kalten Keller war, hatte sich mehr zu seinem Vorteil ausgewirkt, als dies in der Absicht seines Herrn gelegen haben konnte, da der einfallsreiche Jugendliche nach kürzester Zeit die schmalen Gänge und Schlupflöcher entdeckt hatte, die hinter den Kellerwänden verborgen waren – und nicht zuletzt die Orte, zu denen sie führten.

Jerenn blieb kaum Zeit, den halben Inhalt seiner Schüssel mit Maisbrei hinunterzuschlingen, den der Koch dank Jerenns Charme und Überredungskünste mit etwas Milch und Honig angereichert hatte, bevor Berelas ihn fand. Jerenn bedachte ihn mit dem geübten

Blick von jemandem, der gerade dabei ist, eine schwierige und anspruchsvolle Aufgabe mit Fassung zu übernehmen, während ihm der Schreiber die pedantisch genau abgefaßte Liste der Waren überreichte, die erwartet wurden.

»Wenn etwas fehlt, irgend etwas, und sei es nur die geringste Kleinigkeit, mußt du es auf einer Liste vermerken und den Kapitän auffordern, sie zu unterschreiben«, rasselte der Schreiber seine Anweisungen herunter. »Und wenn etwas da ist, was nicht erwartet wird, mußt du das ebenfalls auf einer Liste vermerken und dafür sorgen, daß sie abgezeichnet wird. Wenn alles in Ordnung ist, braucht sich dein Herr Tarlanth nicht selbst zu den Docks zu begeben, und er ist heute sehr beschäftigt.«

Jerenn nickte, da er die unausgesprochene Bedeutung dieser letzten Feststellung verstand: Kläre alle Unregelmäßigkeiten, sonst ärgert sich dein Herr, weil er sie selbst klären muß, wo er doch Besseres zu tun hat. Die ihm übertragene Aufgabe barg das Risiko einer ordentlichen Tracht Prügel in sich, aber auch die Chance, daß sich die Münze eines dankbaren Adeligen in seine Taschen verirrte, wenn er seine Sache gut machte. Nach allem, was er mitbekam, wenn sich die Sklaven von Tarlanths Haus unterhielten, bekamen selbst hochangesehene Bedienstete des Haushalts nur ganz selten solch eine Belohnung. Wenn man schon die Sklaverei ertragen muß, dachte Jerenn, könnte man es wesentlich schlechter treffen als in diesem Haushalt. Und wenigstens brauchte er sich nicht alle paar Minuten Gedanken wegen der Ork-Brenner auf der Straße zu machen, wie bei seiner letzten jämmerlichen Flucht aus Barsaive. Er mußte nicht versuchen, schlicht und einfach nur am Leben zu bleiben, und ihm war kein halbes Dutzend Leute auf den Fersen, die ihm an den Kragen wollten. Wie er sich immer wieder sagte, eines Tages würde er fliehen, aber einstweilen …

Er nahm die Liste und überflog sie kurz.

»Und sorg dafür, daß du bis Mittag wieder zurück bist«, schloß Berelas. »Meister Tarlanth hat noch eine Aufgabe für dich. Eine ziemlich ungewöhnliche, würde ich meinen.« Der Schreiber grinste auf jene zweideutige Weise, die Jerenn verriet, daß die Aufgabe möglicherweise interessant und angenehm war, doch wenn das stimmte, wollte Berelas nicht, daß er sich jetzt schon darauf freute.

Der Jugendliche sprang von dem wackligen Holzstuhl auf, wobei er fast den Rest des dünnen Maisbreis verschüttet hätte. Er stopfte sich sein dünnes Baumwollhemd in die ledernen Beinkleider und schaffte es gerade noch, dem massiven Küchentisch auszuweichen, der rücksichtsloserweise direkt vor der Hintertür stand, und einem schmerzhaften Schlag gegen die Hüfte zu entgehen, bevor er in den warmen, sonnigen Morgen hinauslief.

Etwa zu der Zeit, als Jerenn sich auf den Rückweg machte, dockte schließlich die *Überlegenheit* ein Stück weiter südöstlich in Himmelsspitze an. Einige Matrosen, die offenbar nicht unglücklich darüber waren, ihn zu verlieren, brachten ihn zu dem mit Kristallen besetzten Schacht, der nach unten auf den Erdboden führte. Die *Praetori* waren nicht wie die anderen Angehörigen des theranischen Militärs. Zwar stammten diese Emissäre Theras aus den Reihen des Militärs, aber sie teilten nicht die kameradschaftliche Einstellung der gewöhnlichen Männer in Uniform, die dies oft, wie unbewußt auch immer, als eine Art von Verrat und sogar als Bedrohung empfanden.

Während er leicht wie eine Feder den Schacht mit verzauberter elementarer Luft hinunterschwebte, runzelte Cassian beim Anblick barsaivischer Sklaven die Stirn, die gezwungen wurden, Strickleitern von einer Luftschiffplattform herabzuklettern, wo kurz vor dem

Schiff des Oberherrn ein Sklavenhändler festgemacht hatte. Dumm und gefährlich, dachte er. Nach der Plage ist ein Sklave ein wertvollerer Besitz als je zuvor. Ist diesen Leuten das denn nicht klar?

Am Boden angelangt, wurde er mit unnötiger Überschwenglichkeit von einem nervösen Beamten begrüßt, der, dem Schweiß nach zu urteilen, welcher ihm das fettige schwarze Haar auf die Stirn kleisterte, schon viel länger in seiner prahlerischen Uniform schmorte, als gut für ihn war. Der Elf wurde zu einem pompösen Gefährt geleitet, das zu seiner Verärgerung tatsächlich vergoldet war. Das theranische Wappen teilte sich einen Ehrenplatz mit dem Abzeichen der Zanjan. Cassian war überrascht. Dieses sehr militärisch ausgerichtete Haus gab sich normalerweise nicht derartigen Protzereien hin.

Im Innern des Gefährts trug die Notwendigkeit, über ein Gebirge aus kunstvoll bestickten Seidenkissen klettern zu müssen, nicht zur Besserung seiner Laune bei. Das einzig Gute war, daß die Fahrt außerordentlich bequem war, nachdem der Kutscher die beiden prächtigen Cathay-Hengste, die das Gefährt zogen, dazu veranlaßt hatte, sich in Bewegung zu setzen. Wie bei derartigen Kutschen üblich, wurden elementares Holz und elementare Luft benutzt, um den Reibungswiderstand der Räder auf praktisch null zu verringern. Dadurch war die Fahrt für die Passagiere sehr luxuriös, und die Pferde mußten praktisch kein Gewicht mehr ziehen, wenn die Kutsche einmal in Bewegung war. Die Strecke nach Vivane konnte so in kaum mehr als einer Stunde bewältigt werden.

Wiederum mit den Kissen ringend, stieß Cassians linke Hand plötzlich gegen etwas Kühles. Als er den Gegenstand aus seinem Versteck zog, fand er eine Tonschale mit gekühlten Pfirsichen und Orangen und ein Begleitschreiben, das von einer außerordentlich gewandten Hand verfaßt worden war. Der Schreiber hatte sogar flüssige goldene Tinte benutzt, jenes alchimistische Meisterstück hohler Prahlerei. Cassian überflog rasch die höflichen Gemeinplätzen, um das zu finden, was wirklich zählte – die Unterschrift.

Ilfaralek, las er. Den Namen kannte er. Mit gerunzelter Stirn zog er sein Blatt mit Notizen hervor, die er sich gemacht hatte, und ging es auf der Suche nach ihm gründlich durch.

Jerenn verspätete sich, und das wußte er auch. Die T'skrang auf der *Speerspitze* waren in außergewöhnlich ausgelassener Stimmung und ganz versessen darauf gewesen, Geschichten zu erzählen und sich ganz allgemein vor den Hafenarbeitern und Kaufleuten hervorzutun. In dieser Situation war es für einen Sklaven nicht leicht, einen hochmütigen Flußboot-Kapitän dazu zu bewegen, seine Bitten und Gesuche ernst zu nehmen, aber mittels Schmeichelei und höflicher Beharrlichkeit war Jerenn schließlich ans Ziel gelangt und in der Lage gewesen, das gesamte Inventar durchzusehen, indem er äußerste Verblüffung und fassungsloses Staunen darüber vorgetäuscht hatte, wie schön und prächtig alles war und wie verwegen und fähig die T'skrang waren. Jerenn hatte schon vor langer Zeit gelernt, daß es eine nützliche Überlebenstechnik war, den T'skrang zu schmeicheln. Natürlich durchschauten sie diese Taktik normalerweise, aber es gefiel ihnen trotzdem. Auf den schmutzigen Straßen Märkteburgs, wo seine Mutter ihn ausgesetzt hatte, mußte ein Kind, das nicht mit großer Kraft gesegnet war, lernen, durch Schmeichelei anstatt durch Gewalt zu überleben. Das hatte ihn erfinderisch gemacht, und er hatte seinen Auftrag erledigt, aber es war fast eine Stunde nach Mittag, als er sich schließlich atemlos durch die Hintertür schleppte und sich auf einen Küchenstuhl fallen ließ. Er hatte kaum ein Glas kaltes Wasser mit Zitrone geleert, als auch schon Berelas vor ihm stand.

Jerenn fing augenblicklich an, vom Schiffsinventar zu plappern. »Und der Mais ist gut, aber zwei Säcke könnten vom Rostpilz befallen sein«, keuchte er, da er sich immer noch nicht von der Anstrengung erholt hatte. »Vielleicht sollte sich der Herr in den nächsten zwei oder drei Tagen darum kümmern, bevor er sich ausbreitet, dann können die Säcke wahrscheinlich gerettet werden. Dann ist in den ersten Fässern ...«

Berelas lachte nicht unfreundlich. »Schon gut, Junge. Wir haben etwas Zeit. Wir erwarten einen Gast, und wie es der Zufall will, war Mittag der Zeitpunkt seines Eintreffens in Himmelsspitze mit der *Überlegenheit*.«

Bei der Erwähnung des Luftschiffs des Oberherrn richtete sich Jerenn kerzengerade auf. Das Schiff verließ nur ganz selten seine Anlegestelle, die Basaltzinne, wo es wie eine Wolke am Himmel hing, ein mächtiges Symbol der theranischen Vorherrschaft, eine dramatische Absichtserklärung des Reiches, in Kürze ganz Barsaive zu erobern, zu beherrschen und zu bewohnen. Eine Person, die mit diesem Schiff abgeholt wurde, mußte ungewöhnlich bedeutend sein. Hochrangige Gäste aus entfernten Städten und Ländern waren eine Seltenheit, und Jerenn war extrem neugierig. Vielleicht besaß diese Person exotische Sklaven, womöglich sogar einen der gewaltigen Mastrylth, mit denen der erste Oberherr von Vivane dem Vernehmen nach die Stadtmauern zerschmettert hatte, eine Kampfbestie so gewaltig, daß sie größer als ein Haus war und fünfzehn Tonnen wog, jedenfalls hatte er das gehört. Vielleicht trug der Besucher feinste Kleidung aus Cathay und schleppte eine Fahne indriser Wohlgerüche und Kräuterdüfte hinter sich her.

»Ein *Praetor*«, sagte Berelas beinahe verschwörerisch. Jerenn hatte keine Ahnung, was dieser Ausdruck zu bedeuten hatte, und sah Berelas fragend an, der jedoch beschloß, ihn nicht oder jedenfalls noch nicht aufzuklären.

»Er kommt aus der Großen Stadt.« Mehr wollte der Schreiber nicht sagen. »Es ist die Pflicht dieses Hauses, ihm für die Dauer seines Aufenthalts eine Unterkunft zur Verfügung zu stellen. Die Herrin hat die Rosenvilla für ihn ausgewählt. Du wirst dorthin gehen und ihm so lange dienen, wie du gebraucht wirst. Du brauchst dich nicht um seine Mahlzeiten zu kümmern – dafür ist Shanna zuständig, die ebenfalls mitkommt. Aber natürlich wirst du sie ihm bringen müssen.« Berelas grinste wiederum. »Und jetzt ab mit dir. Die Mädchen sind bereits in der Villa und lüften und säubern. Du wirst dich anständig benehmen, wenn er kommt. Und zieh dir saubere Kleidung an!«

Jerenn sah hinunter auf den Staub, die Maishülsen und die Faßteerflecke, die sogar auf dem Schwarz seiner Sklavenkleidung zu sehen waren. Er ging in den Keller, um sich Gesicht und Arme zu waschen, die Kleidung zu wechseln und sich geistig darauf vorzubereiten, diesem faszinierenden Fremden zu dienen, dessen Name ihm – noch – ebenso unbekannt war wie seine Absichten.

Cassian hatte die Vorhänge zugezogen, um sich den vielen verblüfften Blicken zu entziehen, die der schmucken Kutsche zugeworfen wurden, während sie gemütlich über die Große Allee rollte, die breite Hauptstraße des Theranerviertels von Vivane, bevor sie schließlich durch die gewaltigen befestigten Tore der Südkaserne der Achten Legion fuhr. Die Kaserne war das erste Bauwerk, das nach der Einnahme der Stadt durch das Reich errichtet worden war, und sie dominierte ihre Umgebung immer noch.

Nachdem er aus der Kutsche ausgestiegen war, wurde er von einem distinguiert aussehenden Mann begrüßt, der offenbar auf ihn gewartet hatte. Cassian schätzte ihn auf Ende Fünfzig, obwohl sein graues Haar noch dicht und seine Haut noch nicht so faltig und runzlig war, wie man es bei einem Menschen dieses Alters erwarten mochte. Der Mann begrüßte den Elf mit einer Verbeugung, die viel tiefer ausfiel, als es das Protokoll verlangte, doch als er sich wieder aufrichtete, sah Cassian, daß sein Blick klar und aufmerksam war. Mensch und Elf wechselten in diesem Moment einen raschen Blick, wobei jeder die Intelligenz des anderen einzuschätzen und seine Reaktion entsprechend abzuwägen versuchte.

Ilfaralek, *Akarenti* von Vivane, lächelte herzlich. »Es ist mir ein Vergnügen, Euch in unserer Stadt willkommen zu heißen.«

»Das bezweifle ich«, sagte Cassian unverblümt. »Das Leben hier wäre zweifellos vergnüglicher, wenn es keine Notwendigkeit für meine Anwesenheit gäbe.«

»Das mag sein, aber vielleicht wäre es dann weniger interessant.« Immer noch lächelnd führte der Mann, dem die Aufrechterhaltung der Sicherheit in der Stadt oblag, seinen Gast in einen Aufenthaltsraum für Offiziere, der kühl und behaglich eingerichtet war. Cassian ließ sich ohne entsprechende Aufforderung in einem der großen, bequemen Ledersessel nieder.

»Der Richter-General hat mir persönlich versichert, daß Ihr ein Mann mit umfangreichem Wissen über diese Stadt seid, dessen Urteil sachkundig und gerecht ist«, sagte Cassian. Ilfaralek setzte zu einer höflichen Erwiderung an, als der Elf gleich wieder das Wort ergriff.

»Erzählt mir von Dragold«, sagte er rasch. »Natürlich habe ich meine Aufzeichnungen, aber ich muß soviel wie möglich in Erfahrung bringen. Er scheint ein kühles, pragmatisches Wesen gehabt zu haben und allgemein recht beliebt gewesen zu sein.«

Ilfaralek geriet ein wenig aus der Fassung, da er nicht damit gerechnet hatte, daß Cassian so rasch mit seiner Befragung beginnen würde. Das Protokoll verlangte normalerweise, daß der Austausch von Höflichkeiten bei dem anfänglichen Wortwechsel einen breiteren Raum einnahm.

»Er war zu Recht beliebt«, sagte Ilfaralek, ohne auch nur einen Augenblick zu stutzen. »Er hat hart gearbeitet, und tatsächlich sitzt Ihr gerade in einem seiner Bauten. Normalerweise hat er dem Militär als Baumeister gedient, aber er hat auch am Anbau der Residenz des Oberherrn und an verschiedenen Privathäusern in der Stadt gearbeitet. Und selbstverständlich war er auch am Wiederaufbau der Stadtmauern beteiligt.«

»Wer hat nach seinem Tod seine Aufgaben übernommen?«

»Haughrald. Die beiden haben jahrelang zusammengearbeitet und gewisse Pläne gemeinsam entwickelt, so daß nicht viel von Dragolds Werk verlorengegangen ist.«

»Wie günstig«, murmelte Cassian.

Ilfaralek sah plötzlich so aus, als fühle er sich ein wenig unbehaglich. »Es könnte sein, daß Euch diesbezüglich aus gewissen Kreisen Andeutungen zu Ohren kommen.«

»Tatsächlich?«

»Verschiedene Personen in der Militärhierarchie waren dafür bekannt, daß sie Dragold den Vorzug vor Haughrald gaben. Das ist darauf zurückzuführen, daß Haughrald dem Hause Thaloss angehört, müßt Ihr wissen. Das Haus Thaloss und viele unserer Kommandeure stimmen oft nicht miteinander überein. Thaloss hat die Aufgabe, die Ausgaben so niedrig wie möglich zu halten, während die Kommandeure oft zusätzliche Gelder verlangen, um verschiedene Abenteuer zu finanzieren.«

»Derartige Personen müßten von hohem Rang sein«, bohrte Cassian weiter, dem Ilfaraleks zunehmendes Unbehagen angesichts der Richtung seiner Befragung nicht verborgen blieb. Nach einer Pause, die sich zu einem längeren Schweigen auszudehnen drohte, fügte er freundlicher hinzu: »Jede Information, die ich von Euch erhalte, wird streng vertraulich behandelt, und darüber hinaus werde ich nach Bestätigung von anderer Seite suchen. Ihr braucht also nicht zu befürchten, daß Eure Mitteilungen auf Euch zurückfallen. Andererseits vergißt man in Thera Hilfsbereitschaft nicht. Das wißt Ihr.«

»Generalin Crotias hat sich nichts aus Haughrald gemacht«, sagte der Spionageleiter zögernd. »Haughrald war zwar wie Dragold ein Zwerg, aber dennoch für seine guten Beziehungen zur Familie des Patracheus bekannt. Patracheus ist hier der Leiter der Schatzmeisterei und hat großen Einfluß, was die Verteilung der Mittel anbelangt. Generalin Crotias wettert schon lange gegen die ihrer Ansicht nach nicht ausreichende Finanzierung ihrer Lieblingsprojekte. Ihre Abneigung gegen Haughrald gründet sich auf seinen Umgang.«

Der für sie Anlaß genug ist, den Zwerg schlecht zu machen, dachte Cassian. Doch der Fall sah nicht nach einer Rivalität zwischen ehrgeizigen Zwergen aus. Wenn er Beweise dafür fand, daß beide Zwerge gut verdient hatten, sprach vieles dafür, daß von dieser Seite nichts anderes als aufrichtiges Zwergenstreben hineinspielte. Zwerge brachten einander nur im Falle eines wahrhaft abscheulichen Verbrechens oder einer bedeutenden Fehde um.

»Das ist sehr hilfreich«, sagte der Elf mit einem Anflug von Endgültigkeit. Das leichte Entspannen der Mundwinkel Ilfaraleks besagte, daß er eine weitere rasch gestellte Frage erwartet hatte. Jetzt würde er für einen Augenblick in seiner Wachsamkeit nachlassen.

»Ich nehme an, daß einige Nachforschungen angestellt wurden, bedenkt man die Umstände des Verbrechens«, bohrte Cassian weiter.

»Nun, bei einer derart gräßlichen Tat ist das geradezu selbstverständlich«, sagte Ilfaralek. »Damit meine ich die Art, wie er ermordet wurde. Ein Vieh in einem

Schlachthaus wäre nicht so behandelt worden. Leider haben die Bediensteten des Hauses die Leiche gefunden, und natürlich konnte man sie nicht davon abhalten zu klatschen. Nach kürzester Zeit kursierten in der ganzen Stadt unheimliche Gerüchte, und es bestand die Gefahr, daß die Bevölkerung aus Angst vor den Dämonen in Panik ausbrechen würde. Also machten wir bekannt, daß wir nach einem wahnsinnigen Troll suchten, der an einer Hirnkrankheit leide und vor seiner Flucht nach Vivane in Märkteburg einen ähnlichen Mord begangen habe.«

Cassian hob die Augenbrauen.

»Ja, wißt Ihr, Trolle sind so selten, daß sich alle ein wenig beruhigten. Sie brauchten sich keine Sorgen mehr zu machen, daß ihr Nachbar vielleicht ein von Dämonen besessener, wahnsinniger Mörder ist.«

»Ich bin nicht so sicher, daß die Trolle in der Stadt so erfreut über diese Bekanntmachung waren«, sagte Cassian spitz.

»Praktisch alle Trolle dienen in der Armee, normalerweise auf Luftschiffen, und die waren in der Kaserne in Sicherheit«, erwiderte Ilfaralek. »Sie waren nicht in Gefahr. Außerdem, würden sich gewöhnliche Städter mit einem Troll anlegen, der unter einer Hirnkrankheit leidet, die ihm übernatürliche Kräfte verleiht, oder würden sie es dem Militär überlassen, das Problem zu lösen? Und dann haben wir noch gesagt, daß er aus Märkteburg stammt. Das machte ihn zu einem Barsaiver – zu einem Barbar und vor allem zu einem Außenseiter, der sich außerhalb der Mauern des Theranerviertels inmitten seiner Landsleute im anderen Stadtteil aufhielt.«

Cassian lächelte. Er mußte die Schlauheit bewundern, mit der diese Geschichte ersonnen worden war, und er fragte sich, ob Ilfaralek bei ihrer Erfindung seine Hand im Spiel gehabt hatte.

»Dann haben wir uns an Aralesh gewandt, weil die

Möglichkeit bestand, daß ein Dämon in den Mord verwickelt war«, fuhr der Mann fort.

Cassian zuckte nicht mit der Wimper. Seine Unterlagen hatten ihm verraten, daß der Magier, der jetzt vor sich hinplappernd und offenbar geistesgestört in einer Gefängniszelle saß, von den Behörden wegen des ersten Mordes zu Rate gezogen worden war. Und warum auch nicht? Er konnte nur hoffen, daß Ilfaralek ihm seine Überraschung nicht angemerkt hatte. Der Mann schien einen Sekundenbruchteil zu zögern, bevor er fortfuhr.

»Was die Dämonen betrifft, war Aralesh der kenntnisreichste Magier in Vivane«, sagte Ilfaralek. »Falls hier ein Dämon aktiv war, würde Aralesh ihn am ehesten entdeckt haben.«

»Und er muß die Angelegenheit einige Zeit untersucht haben, ohne zu einem Schluß zu kommen«, sagte Cassian leise. »Es verging über ein Monat, bevor ihm das Unglück zustieß.«

»Andererseits hat er uns sehr schnell wissen lassen, daß er keinen Dämon innerhalb der Stadt entdeckt hatte«, sagte Ilfaralek ein wenig überrascht.

»Ja, dessen bin ich mir bewußt«, log Cassian, dem die Unzuverlässigkeit der Vorabinformationen, die er erhalten hatte, zunehmendes Unbehagen bereitete. »Ich wollte nur andeuten, daß er seinen offiziellen Bericht vielleicht ein wenig vorschnell abgeliefert hat. Die Art seiner Heimsuchung könnte zumindest etwas Derartiges vermuten lassen.«

»Möglicherweise.« Der Oberste Sicherheitsbeauftragte rieb sich nachdenklich das Kinn.

Cassians Mut sank. In seiner Eigenschaft als *Praetor* gehörte es zu seinen Aufgaben, bei einer Befragung die Oberhand zu behalten, doch in diesem Fall bewirkte die Tatsache, daß er über gewisse Informationen einfach nicht verfügte, das Gegenteil. Er änderte rasch seine Vorgehensweise.

»Ich werde ihn mir ansehen müssen, wenngleich ich Euren Berichten entnehmen konnte, daß mir das kaum weiterhelfen wird.«

Ilfaralek schien fast glücklich zu sein, bei diesem ersten Wortscharmützel in ein ehrenhaftes Unentschieden einzuwilligen. »Ja, ja, gewiß, das läßt sich leicht arrangieren«, sagte er mit einer Geste, die besagte, daß es praktisch schon geschehen war. »Aber ich habe heute abend eine weitaus angenehmere Verabredung für Euch, *Praetor*. Eine kleine auserlesene Gesellschaft bei einem zwanglosen Mahl. Geladen sind einige von Vivanes bedeutendsten Bürgern, darunter auch einige unserer besten Geschichtenerzähler. Das Haus Medari hat Euch selbstverständlich eine Villa zur Verfügung gestellt, und ich nehme doch an, daß es nicht zu vermessen von mir war, diese kleine Ablenkung arrangiert zu haben.«

Was für ein schlauer Hund, dachte Cassian. Er hofft, daß ich von der Reise müde bin, und hat sich deshalb offenbar eine spätabendliche Unterhaltung ausgedacht. Wie schlau von ihm, dafür zu sorgen, daß die Mächtigen, Bedeutenden und Neugierigen meine Bekanntschaft machen, wenn ich nicht auf der Höhe bin.

»Im Gegenteil, das war sehr aufmerksam von Euch«, sagte der Elf mit soviel Herzlichkeit, wie er aufbringen konnte. »Ich hoffe jedenfalls, daß ich mich mit Euch bei passender Gelegenheit auch über die anderen Todesfälle unterhalten kann, aber einstweilen ist es wohl besser, wenn ich mich zurückziehe und ein wenig Schlaf nachhole, bevor ich mich solch einer vornehmen Gesellschaft stelle.«

»Selbstverständlich«, erwiderte Ilfaralek ein wenig gereizt. Offenbar hatte er gehofft, Cassian noch einige Zeit in ein Gespräch verwickeln zu können, was jetzt auf einen späteren Zeitpunkt verschoben werden mußte. »Ich lasse sofort nach einer Kutsche schicken. Eure Villa befindet sich im Herzen der Stadt – oder vielmehr im Zentrum unseres wiederaufgebauten Teils! Sehr praktisch.«

»In der Tat.« Cassian lächelte, als er sich erhob und dem Verlangen widerstand, zu gähnen und sich ausgiebig zu strecken. Dies war nicht der Augenblick, auch nur die geringste Schwäche zu zeigen.

Die Kutsche brauchte kaum zwei Minuten, um vor den Toren der Villa anzugelangen. Cassian gefiel das Anwesen, kaum daß er einen Blick darauf geworfen hatte. Seine Bauweise war schlicht, im klassischen geometrischen Stil gehalten. Als Material waren hiesige Steine anstatt Marmor benutzt worden, auf den viele Theraner geradezu versessen waren. Große Bäume sorgten dafür, daß es im Schatten lag, und die Mauern waren mit einem dichten Gewirr aus Blumen, Ranken und anderer Vegetation bewachsen. Natürlich war es das Haus eines Medari. Gastfreundschaft gehörte zu den Pflichten des Hauses, das den *Praetor* bewirtete. Der Grund dafür, so hatte man Cassian gelehrt, bestand darin, daß dadurch alle Versuche, die Arbeit des *Praetors* auszuspionieren, minimiert wurden. Irgendwie vertrug sich das jedoch nicht mit der Vorstellung, daß ein *Praetor* objektiv sein und sich niemand bei ihm lieb Kind machen sollte, doch Cassian nahm an, daß es sich einfach um eine Tradition aus längst vergangenen Zeiten handelte. Die Bediensteten waren ein wenig ängstlich und schienen beinahe enttäuscht darüber zu sein, wie wenig Gepäck er bei sich hatte.

»Ich würde gerne ein Bad nehmen«, sagte Cassian zu einer Bediensteten. Sie errötete, und er fragte sich immer noch, ob sie vielleicht annahm, daß es sich dabei um eine verschlüsselte Aufforderung handelte, ihm dabei Gesellschaft zu leisten, als ein magerer Bursche, der noch dabei war, seiner schwarzen Kleidung den Anschein von Ordnung zu verleihen, durch die Eingangstür der Villa gelaufen kam.

»Alles ist vorbereitet, Herr«, gelang es dem Jungen auf theranisch zu sagen, nur mit einem leichten Einschlag des hiesigen Akzents. »Eine leichte Mahlzeit erwartet Euch, obwohl wir auch umgehend etwas Gehaltvolleres zubereiten können, sollte Euch danach gelüsten. Und ich habe vorsorglich ein Bad für Euch eingelassen, falls Ihr Euch nach der Reise ein wenig erschöpft fühlen würdet.«

»Tatsächlich?« sagte Cassian interessiert. »Nun, du scheinst ein recht aufgeweckter Bursche zu sein. Mir will scheinen, als habe Medari mir einen äußerst nützlichen Bediensteten zur Seite gestellt.«

Zu diesem Zeitpunkt klangen Cassians Worte nicht im geringsten prophetisch.

4

Bei den Passionen, diesen Leuten fehlt das Urteilsvermögen, dachte Cassian nach einem Blick auf die Gäste, die sich zur abendlichen Festivität in der Villa versammelt hatten. Das sollte mir meine Arbeit erleichtern.

Nichtsdestoweniger empfand er einen Moment lang fast so etwas wie Trauer, als bedrücke ihn die Dummheit seiner Mitbürger. Zwar hatte er seinen Wein ausgiebig mit Wasser verdünnt und nur sehr wenig getrunken, aber eine ganze Reihe seiner Vivaner Gäste schien ob der Aussicht auf Ausschweifungen entzückt zu sein. Sie hatten getrunken und gegessen, und zwar mehr als reichlich, wobei bei einigen bloße Taktlosigkeit nackter Rücksichtslosigkeit wich. Er roch sogar den süßlichen Duft von Opara, der Droge aus Indris, und eine angelegentliche Untersuchung der kandierten Früchte in einer der kunstvoll gestalteten Tonschüsseln auf dem Eßtisch enthüllte seinen Ursprung. Sorglose Leute, daß sie es riskierten, sich in Gegenwart eines *Praetors* von Drogen den Verstand benebeln zu lassen. Mehrere der Männer schienen sich außerdem daran zu ergötzen, den Frauen anderer Männer nachzustellen, wie Cassian herausfand, als er in der Hoffnung auf eine kurze Erholung von der Hitze und dem Lärm der Villa in den Blumen- und Kräutergarten gegangen war. Statt auf eine erfrischende Brise der kühlen Nachtluft stieß er auf eine Zurschaustellung wollüstiger Begierde, die sich an Fleisch befriedigte, das sich in einem bestürzend erbärmlichen Zustand befand. Es war ein Anblick, der sein elfisches Feingefühl mehr als beleidigte.

Cassian, der seine Blicke immer noch über die Menge wandern ließ, beobachtete die wenigen anderen, die wie er selbst enthaltsam gewesen waren. Der Oberste

Sicherheitsbeauftragte Ilfaralek hatte nur wenig getrunken. Ein hochgewachsener Magier mit kastanienbraunem Haar, den er anfänglich als affektiert und albern eingestuft hatte, hielt sich ebenfalls zurück, wenngleich Cassian auffiel, wie seine Blicke hierhin und dorthin schossen. Doch in seinen Augen stand nur eifriges Interesse, nicht das Mißtrauen, das so viele Magier aus einem oder mehreren von Tausenden verschiedener Gründe entwickelten. Die wenigen Militärs aus dem Hause Zanjan waren entweder sinnlos betrunken oder sehr nüchtern und schienen sich mehr oder minder mechanisch zu amüsieren. Verwandte der Selbstmord-Zwillinge, nahm er an.

Cassian war sich außerdem der Tatsache bewußt, daß jeder, mit dem er ein Wort gewechselt hatte, sorgfältig darauf bedacht gewesen war, das Gespräch mit ihm auf das Thema Thera zu beschränken. Sie hatten eifriges Interesse an den Ereignissen im Zentrum des Reiches und eine völlig ungerechtfertigte Neugier hinsichtlich anderer Länder, die er im Laufe seiner Karriere besucht hatte, geheuchelt. Cassian hatte sich rasch dazu entschlossen, ihnen ihren Willen zu lassen, da er es als Bruch der Höflichkeitsregeln erachtete, seine Gäste so kurz nach seiner Ankunft um Informationen anzugehen. Außerdem würde es später einfacher sein, wenn sie zuviel von dem ausgezeichneten Wein getrunken hatten.

»Dieser Bursche dort scheint ein wenig ratlos zu sein«, sagte er zu Ilfaralek, indem er in die Richtung des Magiers wies, der ganz für sich allein geblieben war. Der Mann nahm nicht einmal Zuflucht zu einer der Trauben von Leuten, die ihre Hauszugehörigkeit als Vorwand benutzten, um sich vor unerwünschter Aufmerksamkeit zu schützen.

»Ah ja, das ist der Magier Ziraldesh. Vom Haus Narlanth.« Das war schon fast Erklärung genug, wenn man die Trübsinnigkeit und Zurückgezogenheit bedachte, die für viele Angehörige dieses gelehrten und zurückhaltenden Hauses charakteristisch war. »Tatsächlich ist er normalerweise gar kein übler Kerl. Aber seine Frau ist in Trauer, also ist er allein gekommen, und ich glaube, normalerweise verläßt er sich darauf, daß sie die gesellschaftlichen Pflichten übernimmt.«

»In Trauer?« Cassian konnte sein Interesse nicht verhehlen, doch Ilfaralek winkte ab, als er antwortete.

»Der Vater seiner Frau ist gestern bei einem Jagdunfall ums Leben gekommen. Nicht, daß sie sich nahegestanden hätten. Sie entstammt seiner ersten Ehe und ist sehr stark nach ihrer Mutter geraten. Sie hat selbst einen Sohn aus einer früheren Ehe, wenngleich ich seit einiger Zeit nichts mehr von ihm gesehen oder gehört habe. Ich glaube, er ist auf Reisen. Meines Wissens hat sie Daralec seit Jahren nicht mehr gesehen. Andererseits müssen die Regeln des Anstands gewahrt werden, was bedeutet, daß sie nicht an einem ausgelassenen Fest teilnehmen kann.«

»Wenn er sich so sehr auf sie verläßt, ist es erstaunlich, daß er überhaupt gekommen ist«, stellte Cassian mit einem Anflug von Interesse in der Stimme fest.

»Ich werde Euch mit ihm bekannt machen.« Ilfaralek nahm Cassians Arm, und die beiden fielen über Ziraldesh her, der ganz offensichtlich über die Möglichkeiten eines Rückzugs nachdachte, augenscheinlich jedoch zu lange zögerte.

»Ich muß rasch nach den Kutschen sehen«, sagte Ilfaralek, um gleich darauf Cassian und den Magier zu verlassen, der den Elf wie eine in die Enge getriebene Ratte anstarrte.

»Ich muß Euch mein Beileid zu Eurem Verlust aussprechen«, sagte Cassian glatt. »Es war sehr nett von Euch zu kommen, bedenkt man die Umstände.«

»Er hat mir einen Dreck bedeutet«, sagte der Magier gerade heraus. »Ich hatte nichts mit ihm gemein, und Shusala hat schon seit Jahren kein Wort mehr mit dem Schweinehund gewechselt.«

Cassians Brauen ruckten hoch. Nicht nur angesichts der Versessenheit des Magiers auf derbe Flüche, sondern ob des Namens seiner Frau. Er hatte einen entschieden elfischen Klang, doch Ehen zwischen Menschen und Elfen waren in der Tat sehr selten. Das interessierte ihn.

»Nun, dann sollte ich Euch nicht mein Mitgefühl für einen Verlust aussprechen, den Ihr nicht als solchen empfindet. Dann kann ich auch verstehen, warum Ihr willens wart, einer unbeschwerten Gesellschaft wie dieser beizuwohnen.«

»Quatsch«, erwiderte der Mann in beißendem Tonfall. »Unbeschwert, daß ich nicht lache. Alle sind nur gekommen, um möglichst viel von der Inquisition zu sehen, bevor sie an ihre Haustür klopft.«

Cassian grinste. »Ihr sprecht sehr offen«, sagte er herausfordernd.

Der Mann schnappte nicht nach dem Köder. »Manchmal«, sagte er abwehrend. »Das hängt davon ab. Von meinem Gesprächspartner. Davon, worum es geht. Von solchen Dingen eben.« Dann rieb er sich verlegen die Hände, als wolle er sich für seine Inkonsequenz entschuldigen. »Manche Dinge bleiben besser unausgesprochen.«

»In der Tat. Wie interessant«, sagte Cassian fragend. Ziraldesh schien plötzlich klar zu werden, daß er sich sein eigenes Grab schaufelte, da er behauptete, ein dringendes Bedürfnis zu verspüren und sich zurückzog. Da Cassian ihn erst vor wenigen Minuten von einem gleichgearteten Gang hatte zurückkehren sehen, nahm er sich vor, ihn sich später noch einmal vorzunehmen.

Er hat etwas zu verbergen, dachte Cassian, wobei er sich fragte, ob das für seine Untersuchung hier in Vivane von Bedeutung war. Wenn Ziraldesh in ihm bereits die Inquisition sah, waren offenbar weitere Nachforschungen sinnvoll.

Der Magier zog sich hastig zurück, während Ilfalarek zurückkehrte, nachdem er einigen der hoffnungslos Betrunkenen beim Verlassen der Villa behilflich gewesen war. Als er sich umsah, kam Cassian zu dem Schluß, daß er genug gesehen hatte, um sagen zu können, welche Leute Hanswürste, welche weitere Nachforschungen wert und welche schlichten, aufrechten Gemüts waren. Von der letzteren Kategorie hatte er bisher noch nicht viele zu Gesicht bekommen. Wenn es unter den Adeligen von Vivane rechtschaffene, arbeitsame Leute gab, hatten die meisten von ihnen es offenbar vorgezogen, Ilfaraleks Einladung nicht anzunehmen.

Zu seiner Freude hatte Ilfaralek gerade einen großen Kelch mit schwerem Wein geleert und wischte sich mit einem Seufzer der Erschöpfung über die Lippen. Er muß seine Arbeit als getan betrachten, dachte Cassian, und wird vermutlich bald gehen wollen. Jetzt ist der rechte Zeitpunkt gekommen, seinen Kelch neu zu füllen und ihn ins Arbeitszimmer zu führen, wo wir unser Gespräch vom Nachmittag fortsetzen können.

An anderer Stelle im theranischen Viertel rieb sich an diesem Abend ein jüngerer Elf nervös die Hände, während er am alten Treffpunkt wartete. Er ging immer wieder jeden Aspekt seines verstohlenen Aufbruchs aus dem Anwesen seiner Familie durch und sagte sich dann jedesmal, daß ihn niemand beim Verlassen des Hauses gesehen haben konnte. Seine Mutter hatte eine Kräuterarznei genommen und würde tief schlafen, und die Bediensteten waren erschöpft von den Belastungen der letzten Tage. Seine Augen suchten in der Dunkelheit nach seiner Freundin. Der Anflug eines pfeffrigen, moschusartigen Dufts in der Luft verriet ihm, daß er die längste Zeit gewartet hatte.

»Dann war alles so, wie du gesagt hast«, seufzte der Elf erleichtert. Selbst im schwachen Schein seiner Laterne konnte er die Silhouette in seiner Nähe kaum erkennen.

»Es war ein kalkuliertes Risiko.« Wie immer klang die Stimme hoch und melodisch. Beinahe elfisch, obwohl ihre Besitzerin nicht dieser Rasse angehörte. Das Mädchen, das mit ihm sprach, war nur allzu menschlich. »Er hatte eigentlich kaum eine andere Wahl. Nicht nach alledem, was in meiner Macht stand.« Einen Augenblick lang klang sie fast gelangweilt, als wäre es spannender gewesen, wenn sich die Dinge nicht wie geplant entwickelt hätten. »Und hast du die Bücher?«

»Ja.« Er tastete in dem Päckchen unter seinem Umhang herum, zog zwei dünne, in Leder gebundene Bücher heraus und gab sie ihr. »Ich habe sie kurz durchgeblättert. Nur um zu sehen, ob es die sind, die du haben wolltest.«

»Und?« Ihre Stimme klang scharf und drängend.

»Ich weiß nicht Genaues«, sagte er rasch. »Aber ich mußte mich vergewissern, ob ich die richtigen hatte. Abgemacht ist schließlich abgemacht.«

Er wollte sie fragen, wie sie seinen Vater gebrochen hatte, wie sie so eine unerschütterliche und weltlich gesinnte Person in den Selbstmord getrieben hatte. Die Magie, die sie gelernt hatten, war jedenfalls nicht mächtig genug, um so etwas zu erreichen, wenngleich ihre Rituale ihnen die Aussicht boten, sich eine solche Macht in Kürze anzueignen. Nun, da sie die Führung übernommen hatte, würde ihnen ihr starker und dominanter Wille zweifellos alle Quellen der Macht erschließen, die sie brauchten. Er wußte, daß sie nicht zu denjenigen gehörte, die man noch aufhalten konnte, wenn sie einmal begonnen hatten. Sie mußte bereits Zugang zu Geheimnissen haben, von denen er bisher nur träumen konnte. Er hatte keine Ahnung, daß die Bücher, die er ihr gab, nicht die ersten dieser Art waren, auf die sie einen Blick warf, und daß Magie beim Tod seines Vaters kaum eine Rolle gespielt hatte.

»Jetzt hast du also dein Vermögen und deinen Besitz«, murrte sie. »Vergiß nicht den Rest unserer Vereinbarung.«

»Bestimmt nicht«, sagte er rasch. Das Problem war, daß er bereits eifrig Pläne schmiedete, wie er sich eben jenen Verpflichtungen entziehen konnte, die er ihr gegenüber noch hatte. Doch wenn ihr irgend etwas auffiel, bevor sie wieder in die Dunkelheit verschwand, aus der sie gekommen war, ließ sie sich jedenfalls nichts anmerken.

Unter Berücksichtigung der Tatsache, was ihrem Mentor zugestoßen war, hätte er es wirklich besser wissen müssen.

5

»Dort ist es geschehen, Herr«, sagte der Jäger, indem er auf eine völlig harmlos aussehende Stelle deutete. Cassian nahm sie sorgfältig in Augenschein. Ihm fiel auf, daß der Boden zweifelsohne sehr fest war, da es seit einiger Zeit nicht mehr geregnet hatte. Auch machte die Baumgruppe, aus der der Eber hervorgebrochen war, keinen besonders dichten Eindruck. Das Pferd war laut Aussage der bestürzten Jäger ins Stolpern geraten, und Daralec war gestürzt, wobei er sich das eigene Schwert in den Leib gerammt hatte.

»Warum trug er ein Schwert bei der Jagd? Wäre ein Speer nicht besser gewesen?« fragte Cassian höflich. Die Männer sahen einander unschlüssig an.

»Nun, Herr, es gibt sicher viele, die Euch beipflichten würden«, sagte der Anführer nach einer kleinen Pause. Hinter dieser Feststellung stand die unausgesprochene Erklärung, daß Daralec einen entsprechenden Hinweis nicht sehr freundlich aufgenommen hätte. »Aber unser Herr fand eben Gefallen daran, an jenem Tag ein Schwert zu tragen.«

»Hat er das oft getan?«

»Nein, Herr. Normalerweise bevorzugte er den Speer... wie wir. Er war ein echter Jäger, Herr«, erwiderte der Mann.

»Nun, das ist zweifellos eine traurige Angelegenheit. Offensichtlich trifft euch keine Schuld«, sagte Cassian zur fast greifbaren Erleichterung der Männer. »Ich will mich nur noch ein wenig umsehen. Wir können uns gleich wieder auf den Rückweg machen.«

Er fand keinen Hinweis darauf, daß irgend etwas faul war. Keine Fährten, abgesehen von denen der Tiere, keine Blutspur, die darauf schließen ließ, der Eber könne von einem oder mehreren anderen Jägern zuvor verletzt worden sein, kein Zeichen für menschliche Machenschaften. Gespräche mit Daralecs Bediensteten, die Cassian sich auf dem Rückweg nach Vivane von den Jägern bestätigen lassen würde, hatten ihm verraten, daß Daralec kein übellauniger oder trübsinniger Mann gewesen war. Von gelegentlichen Wutausbrüchen abgesehen, war er normalerweise immer gutgelaunt gewesen. Aber sie hatten ihn außerdem als entschlossenen Mann beschrieben, der seine Meinung nicht mehr änderte, wenn er einmal einen Entschluß gefaßt hatte.

Der Eber hatte Daralec nicht direkt angegriffen, entnahm Cassian der Schilderung der Ereignisse. Das Pferd des Mannes war jagderfahren, da es bereits an vielen ähnlichen Unternehmungen teilgenommen hatte, und das Gelände war weder schlammig noch zerklüftet. Nur ein Idiot oder ein absoluter Anfänger würde mit einem Schwert auf Wildschweinjagd gehen.

Cassian runzelte die Stirn. Nach dem Mittagessen muß ich mit der Witwe reden, obwohl sie noch ziemlich außer sich sein wird, dachte er. Aber zuerst zu Tarlanth, um ihm für seine Gastfreundschaft zu danken.

»Ist alles zu Eurer Zufriedenheit?«

Cassian hatte eine augenblickliche Abneigung gegen diesen Mann gefaßt, was äußerst bedauerlich war. Schließlich hatte Tarlanth Cassian die Villa zur Verfügung gestellt, in der er während seines Aufenthalts in Vivane wohnen würde. Darüber hinaus versorgte er ihn mit einem Überfluß an Speisen und Getränken, Kleidung, Einladungen zu Gesangsvorträgen und anderen Vergnügungen und ganz allgemein mit dem Versprechen eines luxuriösen Lebens hier in Vivane. Cassian fühlte sich fast schuldig, weil er in Tarlanth vom ersten Augenblick an den Tyrannen erkannte. Es war etwas in seiner Haltung, die völlig unnachgiebig war, in seinen dunklen und überschatteten Augen, in seiner Maske von einem Gesicht mit den tiefen Furchen, die viele Jahre des Grimms hineingegraben hatten. Durch die Maske schien Grausamkeit durchzuscheinen wie die Strahlen einer bösartigen schwarzen Sonne.

»Ich könnte nicht mehr verlangen«, sagte der Elf freundlich. »Eure Großzügigkeit ist beispiellos, und ich bin Euch sehr verbunden.«

»Gut«, sagte Tarlanth mit einem Anflug von Erleichterung. »Nun, ich hoffe, Ihr könnt diesen ganzen Unsinn aufklären. Nicht, daß er meiner Ansicht nach je die Aufmerksamkeit eines *Praetors* gerechtfertigt hätte.«

»Warum nicht?«

»Nun, merkt Euch meine Worte: Dieser Zwerg ist bei einem Streit um Arbeitsverträge mit der Stadt ermordet worden. Was den Magier betrifft, so hat er mit Dingen herumgepfuscht, mit denen man nicht herumpfuschen sollte. Es ist eine Ironie des Schicksals, daß er von denjenigen Dingen zum Wahnsinn getrieben worden ist, von denen der Rat denkt, sie hätten den Zwerg getötet.« Das Wort ›Dämon‹ wurde von den meisten Leuten nicht öffentlich ausgesprochen, auch jetzt noch nicht, obwohl die Plage schon lange zurücklag. »Da hat eines zum anderen geführt.«

»Und die Zwillinge?«

»Haben damit nichts zu tun. Und außerdem wäre ich nicht der erste in Vivane, wenn ich andeutete, daß sie sich vielleicht in gewisser Hinsicht näher standen, als dies bei Bruder und Schwester der Fall sein dürfte.« Die Anspielung war offensichtlich. »Einige Leute sind der Ansicht, daß solche Dinge bei gewissen … äh … Sorten von Leuten weniger selten vorkommen.«

»Elfen, meint Ihr.«

»Nun, ich hätte es nicht ganz so ausgedrückt«, sagte Tarlanth mit einem entschuldigenden Achselzucken. Cassian fühlte sich nicht beleidigt, aber er war überrascht ob der Ignoranz des Mannes und wollte gerade

Kapital aus dessen Verlegenheit schlagen, als die Dame des Hauses erschien.

Sie plant ihre Auftritte sorgfältig, dachte Cassian, als Cryselda die Stufen der Treppe zum geräumigen Empfangszimmer mehr herunterglitt als -ging. Kleid und Umhang waren in dramatischen dunklen Farben gehalten und glänzten metallisch. Für die einzige Aufhellung sorgten die kostbaren blaugrünen Steine in ihren goldenen Ohrringen. Sie ist wie eine fantastische Maschine, dachte Cassian, der sie beobachtete. Alle Teile bewegten sich im Einklang, riefen jedoch nicht den Eindruck von Harmonie, sondern den einer bestürzenden Unnatürlichkeit hervor. Als sie sich vorbeugte, um ihren Mann zu küssen, mußte Cassian unwillkürlich an eine Gottesanbeterin denken. Bei Mynbruje, dachte er, was für ein Paar meine Verwandten hier doch sind!

Cryselda wandte sich an Cassian und bot ihm die Hand zum Kuß dar. »Ich fürchte, unser Sohn wird sich nicht zu uns gesellen können«, sagte sie kalt. »Er ist Halbinvalide und leidet heute an einem seiner Migräneanfälle.« Ihre Worte schienen Tarlanth ein wenig zu ärgern.

»Armes Kind«, fuhr sie fort. »Er braucht Sonne und frische Luft, irgend etwas, das ihn aus dieser düsteren Stimmung reißt. Aber genug von ihm. Erzählt mir, *Praetor*, wie behagt Euch Vivane?«

Behagen gehörte ganz eindeutig nicht zu den Erfahrungen, die Cassian bisher in der Stadt gemacht hatte, und er fand sehr rasch heraus, daß ihm ein Gespräch mit diesen beiden keine neuen Informationen verschaffen würde. Sie hatten bereits ihre eigenen Schlüsse über die letzte Serie von Todesfällen gezogen. Sie wußten, was tatsächlich geschehen war, jeder im Theranerviertel wußte es, und damit war der Fall erledigt. Allen Versuchen Cassians, Einwände zu erheben oder die Dinge einzuschränken, wurde mit verächtlichem, an Spott grenzendem Schnauben begegnet. Kein Anflug von

Wärme, Humor oder Gefühl lockerte ihre Worte auf. Sie schienen für niemanden ein gutes Wort zu haben, und Cassian fand es unmöglich herauszufinden, was hinter den eisernen Masken ihrer Mienen lag. Die ganze Unterhaltung war ebenso deprimierend wie unergiebig.

Eine unerquickliche Stunde später schritt Cassian über den Kiesweg von Tarlanths Anwesen. Kleine Steine knirschten unter seinen Stiefeln. Er wischte sich über die Stirn und war froh, daß keine weiteren derartigen Aufwartungen von ihm erwartet wurden. Was für ein Paar, dachte er, beinahe dankbar, daß der schlechte Gesundheitszustand ihres Sohnes den jungen Mann davon abgehalten hatte, nach unten zu kommen. Zwei Mitglieder dieser Familie waren mehr als genug.

Nach seiner Rückkehr zur Rosenvilla stellte Cassian zu seiner Verärgerung fest, daß seine Kleidung nicht in der Garderobe seines Schlafzimmers hing. Da er sie nirgendwo fand, rief er wütend nach dem Sklaven. Der Junge war Augenblicke später da, die Augen vor Beunruhigung weit aufgerissen.

»Ich brauche meine blaue Jacke und die dazu passende Robe. Wo sind die Sachen?« schnauzte der Elf.

»Herr, ich habe mir die Freiheit genommen, Eure Kleider in den Keller zu bringen, Herr.«

»In den Keller? Bist du wahnsinnig? Was, um alles in der Welt, haben sie dort zu suchen?«

»Ich bitte um Verzeihung, Herr, sie bleiben dort kühl. Es gibt einen Eiskeller hier im Haus. Es ist nur ein unbedeutender Zauber, für dessen Einrichtung mein Herr bezahlt hat, zur Erhöhung des Komforts. Ich habe Eure Schuhe ganz dicht ans Eis gestellt, weil sie so abkühlen und sehr bequem für müde Füße sind. Eurer Kleidung wird nur 'ie Wärme entzogen, Herr, und der Keller ist überdies auch trocken. Habe ich etwas Falsches getan, Herr?«

Als er die Angst des Jungen sah, spürte Cassian, wie sein Ärger augenblicklich verflog.

»Nun, nein, ich glaube nicht«, sagte er mehr zu sich selbst als zu dem halb geduckt dastehenden Jungen. »Aber du hättest es mir sagen können.«

»Herr, Ihr seid heute morgen sehr früh aufgebrochen, und ich hatte Pflichten im Haus zu erledigen.«

Der Bursche hatte völlig recht. Cassian hatte das Haus in der Tat sehr früh verlassen, um sich den Schauplatz von Daralecs Jagdunfall etwa zu der Tageszeit anzusehen, zu der er stattgefunden hatte. Seine Reisekleidung hatte säuberlich gefaltet neben seinem Bett gelegen, und da war ihm das scheinbare Verschwinden seiner anderen Kleidungsstücke nicht aufgefallen.

»Ich hole sie sofort, Herr.« Doch der Junge zögerte noch einen Augenblick. Cassian bemerkte das Zögern und wartete mit einiger Neugier auf Jerenns Rückkehr. Als er schließlich wieder auftauchte und sein Getue um jedes einzelne Kleidungsstück beendet hatte, legte ihm Cassian eine Hand fest auf die Schulter und sah ihm direkt in die Augen.

»Du wolltest etwas sagen, bevor du in den Keller gegangen bist.« Die Röte auf Jerenns Wangen verriet Cassian, daß er richtig geraten hatte.

»Wollte ich das, Herr?« Seine Zurückhaltung war durchaus verständlich.

»Du wolltest.« Es war eine Feststellung.

»Herr, ich will keinen Ärger bekommen. Mein Herr ist gut zu mir und schlägt mich nur ganz selten.«

Er spielt den harmlosen, naiven jungen Burschen gar nicht schlecht, ging es Cassian durch den Kopf, und der Gedanke belustigte ihn einen Moment lang. Doch seine Augen verraten, daß er es faustdick hinter den Ohren hat. Ich habe das Gefühl, als könnte er mir noch nützlich sein. Es wäre nicht das erstemal, daß ein Sklave Zutritt zu Orten hat, zu denen ich nicht gehen kann, jedenfalls nicht, ohne gesehen und bemerkt zu werden.

»Alles, was du mir sagst, bleibt unter uns. Nicht einmal deinem Herrn wird es zu Ohren kommen. Aber es ist ein Verbrechen, einem *Praetor* Informationen vorzuenthalten.«

»Ich habe etwas gehört, Herr.«

»Du meinst, du hast etwas *belauscht*.«

Der Junge ließ beschämt den Kopf hängen. »Ja, Herr.«

Bei den Passionen, das ist, als wolle man Wein aus einem Troll wringen, dachte der Elf. »Erzähl es mir.«

»Es ging um Dragold, Herr. Um den Zwerg, der umgebracht worden ist.«

»Tatsächlich?«

»Die Bediensteten meines Herrn sagen, Ihr seid nach Vivane gekommen, um seinen Tod zu untersuchen, Herr.«

Neuigkeiten verbreiten sich rasch, dachte Cassian. Sogar die Bediensteten wissen es schon, und ich bin kaum einen Tag hier. »Was ist mit Dragolds Tod?«

»Nun, Herr, ich hörte jemanden sagen, Haughrald hätte ihn umgebracht, Herr. Oder zumindest würden das einige Leute glauben.«

»Jerenn, hör auf, mich ständig ›Herr‹ zu nennen. Ich habe einen Namen, und den kannst du auch benutzen.«

Cassian rechnete mit einem ›Ja, Herr‹ als Antwort, doch der Bursche sah lediglich einen Moment lang verwirrt aus. Offenbar hatte er noch nie einen Theraner mit dessen richtigem Namen angeredet. Das wäre krasse Unbotmäßigkeit gewesen.

»Ich bin keine gewöhnliche Person, Jerenn. Wenn ich sage, du darfst mich mit meinem Namen anreden, dann kannst du das ruhig tun. Ich habe eigene Ansichten.«

Der Junge sah immer noch aus, als fühle er sich unbehaglich, hatte aber zumindest für den Augenblick aufgehört, ständig ›Herr‹ zu sagen. »Haughrald würde so etwas nie tun.«

»Und woher willst du das wissen?«

»Nun, ich kenne die Zwerge, die mit dem Wiederaufbau der Stadt zu tun haben. Manchmal muß ich Haughrald oder Patracheus geschäftliche Botschaften von meinem Herrn ins Haus der Arbeit bringen. Ich habe sie kennengelernt und manchmal sogar mit ihnen gegessen. Dragold und Haughrald waren die besten Freunde.«

»Manchmal gehen auch die besten Freundschaften in die Brüche, und dabei kann Blut fließen.«

»Nicht bei Zwergen!«

Der Junge hat recht, dachte Cassian. Es sei denn, die Fehde hätte schon lange geschwelt, und in diesem Fall wären viel früher Anzeichen dafür zu sehen gewesen. Dieser Bursche ist so gewitzt, daß sie ihm nicht entgangen wären.

»Du bist nicht dumm, und du siehst Dinge, Jerenn. Ich danke dir. Ich bin selbst zu demselben Schluß gekommen, obwohl ich mich noch irgendwann mit Haughrald unterhalten werde. Ich glaube nicht, daß du dir Sorgen um deinen Freund machen mußt, falls ihr befreundet seid.

Und jetzt verrat mir: Für einen Sklaven scheinst du eine Menge Freiheiten zu haben.«

Der Bursche antwortete nicht sofort. Ich an seiner Stelle würde mich genauso verhalten, dachte Cassian.

»Nun, Herr, mein Herr kümmert sich nicht besonders um mich, solange ich seine Aufträge zu seiner Zufriedenheit erfülle. Ich glaube, daß er mich meistens gar nicht zur Kenntnis nimmt. Aber er ist gut zu mir.«

Wohlwollende Gleichgültigkeit, dachte Cassian, kommt der Wahrheit wahrscheinlich näher. »Und was ist mit seiner Frau, der Herrin des Hauses?«

Der Junge schreckte fast vor ihm zurück. »Ich sehe sie kaum. Die Mädchen und Frauen kümmern sich um sie. Sie hat keine Verwendung für mich. Wenn sie mich für einen Botengang braucht, sagt mir eine ihrer Bediensteten Bescheid. Es kommt nicht oft vor.«

»Kannst du lesen oder schreiben, Jerenn?«

»Ich kann beides, Herr, und ich bin auch ziemlich schnell im Zusammenzählen von Zahlen.« Der Junge sah einen Moment lang aus, als sei er zufrieden ob seiner Fähigkeiten, dann jedoch wieder ein wenig ängstlich, als dürfe sich jemand von so niederem Rang nicht zu derartigen Fähigkeiten bekennen. Cassian beruhigte ihn.

»Also hat mir dein Herr einen sehr nützlichen Bediensteten zur Verfügung gestellt. Wir unterhalten uns ein andermal weiter. Aber heute nachmittag und heute abend bin ich beschäftigt, und du hast mir meine schwarzen Schuhe noch nicht gebracht. Ich werde sie brauchen.«

Der Junge griff hinter die Tür und holte die Schuhe herein, die er draußen gelassen hatte. »Ich wußte nicht, ob Ihr sie brauchen würdet, also habe ich sie bereitgehalten.«

Und du hast sie nicht hereingebracht, falls ich sie nicht hätte haben wollen, was einen kleinen Schatten auf deine Tüchtigkeit geworfen hätte, dachte der Elf. Du *bist* gewitzt und einfallsreich, Jerenn. In einer besseren Welt wärst du als Theraner geboren worden.

Cassian nahm lächelnd die Schuhe entgegen, entließ den Jungen und bereitete sich darauf vor, eine Witwe zu besuchen.

6

Cassian ließ das Haar über seine Schultern fallen und schwang seine langen Beine über die Seite des in den Boden eingelassenen Bades. Das Wasser war kühl, und er glitt mit einem Seufzer des Vergnügens hinein, während sein Haar aus seinem Gesicht glitt, als treibe Seetang auf dem klaren blauen Wasser. Es war eine Erleichterung, es aus dem strengen Zopf befreit zu haben, dem er am Nachmittag den Vorzug gegeben hatte.

Karlanta, Daralecs Witwe, war zu benommen gewesen, als daß er viel von ihr in Erfahrung hätte bringen können. Ihre Augen waren glasig vor Kummer und den die Sinne betäubenden Kräutern, die man ihr verabreicht hatte. Sie spielte ihm nichts vor. Cassian spürte die Tiefe ihrer Trauer. Sie konnte ihm nur sagen, daß Daralecs Geschäft der Import von Steinen war und daß die meisten ihrer Freunde andere Mitglieder des Hauses Thaloss waren, die auf die eine oder andere Weise mit ihm zusammenarbeiteten. Über ihren eigenen Hintergrund konnte Cassian wenig in Erfahrung bringen, ohne aufdringlicher zu werden, als einerseits taktvoll und andererseits vernünftig erschien.

»Ich weiß nicht, was ich getan hätte, wäre mein Sohn nicht zurückgekommen«, sagte sie verzweifelt.

»Das muß ein Trost für Euch sein. War er lange fort?«

»Er war jetzt fast ein Jahr lang in Thebenta, und seine Rückkehr war eine Überraschung. Gestern ist er gekommen. Den Passionen sei Dank. Er ist mein einziges Kind.«

Eine Überraschung, dachte Cassian. Wie interessant. Er kehrt nach einem Jahr Abwesenheit am Tag nach dem Tode seines Vaters zurück. Und jetzt wird er erben – ziemlich viel, wenn dieses Anwesen ein Maßstab ist. Die Relikte aus Indris, die Masken und Elfenbeinstatuen, sind nicht billig gewesen, und das sind nur die Gegenstände, die in der Eingangshalle herumstehen. Cassian wußte, daß sie mit Sicherheit gekauft waren, denn es war nicht überliefert, daß diese Familie dem Reich je in Indris gedient hätte. Crielle würde ein reicher junger Elf sein.

Irgendwann werde ich einen genaueren Blick auf Daralecs Angelegenheiten werfen müssen, beschloß Cassian, während er zur Großen Allee und zu seiner Kutsche zurückging. Eher früher als später, würde ich meinen. Es wäre gut, einen Vorwand dafür zu haben, bevor der Sohn die Papiere der Familie durchsieht. Ich habe den Eindruck, daß Daralec eng mit den Baumeistern und Steinmetzen der Stadt zusammengearbeitet hat. Ich sollte Haughrald einen Besuch abstatten.

Das tat er denn auch. Und indem er dem alten Zwerg versichert, daß er unter keinerlei Verdacht stehe, und dessen beinahe verschwörerische Sympathie dadurch gewann, daß er ihn bat, diese Tatsache niemandem zu verraten, erfuhr Cassian eine ganze Menge.

Voller Erleichterung begann Haughrald, über alles und jedes zu reden. Daralec hatte tatsächlich die Aufgabe, einen Großteil der Steine zur Verfügung zu stellen, die für die Neubauten im Theranerviertel und insbesondere für den Wiederaufbau der Stadtmauern, einem Projekt von besonderer Bedeutung, erforderlich waren. Haughrald zeigte Cassian bereitwillig die Papiere und Akten, welche die labyrinthartige Verschlungenheit solcher Fragen enthüllte, wie zum Beispiel: Wer verdiente am Transport der Steine in die Stadt? Wessen Wagen beförderten sie innerhalb der Stadt zu den jeweiligen Bauplätzen? Wer besaß welche Verträge, um sie dort zu verarbeiten, welche Baumeister und Ingenieure wurden vom Haus der Arbeit für welche Projekte bezahlt? Cassian machte sich während des Gesprächs so viele Notizen, daß er für den Rest des Tages beschäftigt sein würde. Der Zwerg und er verabschiedeten sich herzlich voneinander, doch nicht bevor Haughrald Cassian die Pläne zeigte, die Dragold für die Konstruktion einer zweiten Stadtmauer gezeichnet hatte, welche sich fast ein Fünftel des Weges zum immer noch nicht wiederaufgebauten Ruinenviertel erstreckte, das bisher nur von barsaivischem Gesindel, Obdachlosen und untalentierten Tröpfen bewohnt wurde, die sich auf die eine oder andere Art mühsam durchschlugen.

Nun lag Cassian also träge im Wasser seines Bades. Ich sehe die Papiere morgen früh durch, dachte er. Heute abend werde ich lieber einen Wahnsinnigen besuchen als eine Witwe oder einen Baumeister. Es wäre nicht schlecht, wenn die Leute von Vivane den Eindruck bekämen, daß ich sehr rasch vorgehe. Das sollte eine einschüchternde Wirkung haben, und in diesem Stadium meiner Nachforschungen wäre mir das gewiß von Nutzen.

Nachdem er sich angekleidet und eine leichte Mahlzeit eingenommen hatte, ging er zum Sanatorium, wo er durch die langen, kühlen Flure zu der Zelle geführt wurde, wo der verrückte Magier Aralesh jetzt seine Tage verbrachte. Wie allgemein üblich, kümmerten sich Jünger Garlens um die chronisch Kranken und Unheilbaren. Trotz ihrer guten Absichten haftete dem Sanatorium die unvermeidliche bedrückende Atmosphäre der Notleidenden an, denen die Erleichterung des Todes dank ihres gutgemeinten Wirkens noch versagt blieb. Cassian fühlte sich an solchen Orten immer ganz besonders unwohl und hatte sich gegen den Anblick eines verwirrten, sabbernden Idioten gewappnet. Stattdessen traf er einen steingesichtigen alten Mann, der sauberer und gepflegter war, als er erwartet hatte, und der schweigend dasaß und sich sanft hin und her wiegte. Aralesh starrte unbeirrt geradeaus und ließ nicht im geringsten erkennen, daß er die Anwesenheit seines Besuchers zur Kenntnis genommen hatte. Er sprach kein Wort und änderte auch seinen Wiegerhythmus nicht, registrierte die Anwesenheit des Elfs nicht einmal mit einem flüchtigen Seitenblick. Cassian war gleichermaßen verdutzt wie fasziniert.

»Und es ist ausgeschlossen, daß er besessen ist?« fragte er die Ärzte, die ihn daraufhin ungehalten musterten.

»Glaubt Ihr, wir hätten daran noch nicht gedacht?«

»Ich bitte um Verzeihung für meine Anmaßung. Selbstverständlich würdet Ihr diese Möglichkeit nicht übersehen haben. Es ist nur so, daß dies ein sehr ungewöhnlicher Fall ist, nicht wahr?«

»Es kommt manchmal vor.«

»Aber doch nicht ohne Warnung? Man sagte mir, an dem einen Tag konnte er noch hundert Flüche auf die Häupter der Kinder beschwören, die vor seinem Fenster lärmten, und am nächsten war er dann so wie jetzt, wenngleich er für kurze Zeit desorientiert gewesen und getobt haben soll, als man ihn fand.«

Die Ärzte in ihren Roben sahen irgendwie verwirrt aus, fast so, als dürfe Cassian nicht so viele Informationen über einen ihrer Schützlinge besitzen. Der Elf bemerkte das sehr wohl und erinnerte sich daran, daß es sich immer bezahlt machte, wenn man jenen, die ihren Stand als zu erhaben für das gewöhnliche Volk betrachteten und nur für Mitglieder eines Elitekults zugänglich hielten, mit Ehrerbietung begegnete.

»Was natürlich nicht heißen soll, daß ich mich mit derartigen Fällen auch nur annähernd so gut auskenne wie Ihr. Unter Berücksichtigung seines Zustands bin ich ausschließlich auf Eure Fähigkeiten und Beobachtungen angewiesen.«

Diese Schmeichelei führte zu einer spürbaren Auflockerung der Ärzte, die nun den Fall des Magiers beinahe unter sich diskutierten, indem sie den Jargon und die Ausdrücke ihres Gewerbes benutzten. Cassian kannte sich damit besser aus, als ihnen klar war, und er erfuhr, daß Aralesh so wichtig war, daß man einige mächtige Rituale an ihm vollzogen hatte. Doch selbst mit dem unschätzbaren Vorteil, einen Gegenstand zur Hand zu haben, dessen magische Struktur mit der des Magiers verknüpft war, hatte es die Magie nicht geschafft, die Hülle dieses Mannes zu durchdringen, die offenbar alles war, was noch von ihm übrig war.

»Und er hat allein gelebt?«

»Er hatte weder Frau noch Kinder, und offenbar war er auch innerhalb seiner Familie nicht sonderlich beliebt«, vertraute ihm einer der Ärzte an.

Cassian zog eine lange silberne Nadel aus seinem Umhang und näherte sich der schweigenden Gestalt. Zuerst hielt er sie Aralesh vors Gesicht, dann stach er ihm die Nadel in den Oberarm und trieb sie langsam fast ganz hinein. Nicht einmal die matten braunen Augen ließen eine Reaktion erkennen. Die Ärzte wollten schon heftige Einwände erheben, als ihnen plötzlich klar wurde, daß sich der Elf besser in ihrem Metier auskannte, als sie gedacht hatten, und woraufhin sie ihn wütend anstarrten.

»Hierbei handelt es sich nicht um den billigen Trick eines Troubadours mit einem Talent für Suggestionen«, sagte einer von ihnen, der seinen Ärger nicht verhehlen konnte.

»Das habe ich auch keinen Augenblick lang geglaubt«, erwiderte Cassian scharf. »Aber seine Reflexe sind offensichtlich nicht normal. Es handelt sich auch nicht um den schlichten Fall eines Körpers, aus dem die Seele oder der Verstand geflohen ist. Sehr interessant.«

Dann ging er und überließ es den Ärzten, sich über ihn und darüber, wieviel er wußte, Gedanken zu machen. Es war mit Sicherheit Magie, überlegte Cassian. Und sie mußte ziemlich mächtig sein. Aber er glaubte nicht, daß diese Magie ohne Zugang zu einem Teil von Araleshs eigenem Geist bewirkt worden sein konnte, noch schloß er die Möglichkeit von Blutmagie aus. In diesem Stadium interessierten ihn die Mittel noch nicht sonderlich. Die Frage lautete, warum hatte jemand den Magier in den Wahnsinn getrieben?

Er kehrte zu seiner Villa zurück, um sich für das Konzert umzuziehen, das für den späten Abend angesetzt war. Die Gäste der vergangenen Nacht hatten ihm versichert, der Troubadour sei eine Rarität und mit ungewöhnlichem Talent gesegnet, eine Attraktion, die er sich auf keinen Fall entgehen lassen dürfe.

Er wußte, daß das Konzert eine weitere Gelegenheit darstellte, eben diese Leute zu beobachten, ohne daß sie sich vorsehen würden, falls ihre Zügellosigkeit der vergangenen Nacht ein Maßstab war.

Nach wenigen Minuten rief er nach seiner Kutsche. Während er in der kleinen Auffahrt vor der Haustür der Villa wartete, erhaschte Cassian einen flüchtigen Blick auf eine kleine, schattenhafte Gestalt, die in der Dämmerung über die Straße huschte. Die Gewandtheit der Bewegungen in Verbindung mit einer gewissen Unschlüssigkeit kam ihm bekannt vor, aber dann schnaubten die Pferde, und sein Kutscher war bereit. Cassian warf sich den Umhang um die Schultern, kletterte in die Kutsche und mußte wieder einmal befürchten, in der Flut der Seidenkissen buchstäblich zu ertrinken.

Die Zeit, die Jerenn bei den Zwergen verbracht hatte, brachte ein paar unerwartet nützliche Überraschungen mit sich. Als er die großen Steinblöcke und Ziegelhaufen innerhalb der Fundamente zukünftiger Gebäude nicht weit vom nördlichen Teil der Mauer des Viertels erreichte, stieg er mit seiner abgedeckten Laterne in einen Entwässerungsschacht, wobei er so wenig Licht wie möglich nach außen dringen ließ, während er sich in die alten Gänge vortastete. Sie würden ihn unter der Mauer hindurch auf die schäbigeren Straßen und dann zu den Ruinen dahinter führen, zur brodelnden Masse des Lebens außerhalb der wohlgeordneten Bahnen des

Theranerviertels von Vivane. Er hatte ein wenig Silber, ein Teil des Geschenks seines Herrn, in der Tasche und etwas frisches und gutes Essen in einem Bündel unter dem Arm, und es gab jemanden, nach dem er sich sehnte. Er wollte ihre Worte hören, eine der alten Geschichten vielleicht, oder möglicherweise sogar das Wunder und Glück einer neuen, Geschichten über eine Welt, die ihn mit Messern gejagt hatte und die durch das glückliche Ende dieser Geschichten irgendwie ungefährlicher wurde.

Der Vortrag war eine Überraschung für Cassian, und zwar von Anfang an. Ein einzelner Elfentroubadour war ungewöhnlich. Elfenmusik wurde normalerweise für kleinere Musikergruppen komponiert, da das Zusammenspiel und die Harmonie verschiedener Instrumente wesentlicher Bestandteil ihres Stils waren, doch die schlanke Gestalt auf der Bühne war lediglich von zwei Räucherpfannen eingerahmt, von denen träge Rauchfahnen ins Auditorium aufstiegen. Sie benutzte lediglich eine *Lystand*, ein lautenähnliches Saiteninstrument mit langem Hals, und zuerst waren ihre Stücke ziemlich kurz und vorhersehbar strukturiert, einfache Geschichten von gefährlichen Wagnissen und heldenhaften Großtaten. Doch am Ende der ersten Hälfte ihrer Vorstellung, nach einem Applaus, der höflich, aber auch nicht mehr als das war, setzte sie zu einem längeren Lied an, das nur ein Vorgeschmack auf das war, was noch kommen sollte. Ihre Finger flogen über die Saiten, und das Instrument klang wie ein kleines Orchester, während sich ihre Stimme mit einer immer noch verhaltenen Kraft erhob, die mit ihrem zierlichen Wuchs unvereinbar zu sein schien. Sie sang von der Luft, von einem Himmel, an dem mächtige Luftschiffe schwebten, von der nicht greifbaren und erlesenen Leichtigkeit des Himmels, die sich mit der Macht und Erdverbundenheit der Schiffe verband, eine alchimistische Fusion von Gegensätzen in Harmonie, und endete mit der Geschichte vom Feuerregen, der aus der Macht Theras erwuchs, einem dritten Element, das in die Gleichung eingebracht wurde, während ihre Stimme das Stück mit Kraft und Grazie beendete. Donnernder Applaus hallte ihr von allen Seiten entgegen, als sie in den Schatten hinter ihrem schlichten Hocker aus Holz glitt.

»Ich sagte Euch, sie ist gut«, strahlte Ilfaralek, während er einen vorsichtigen Schluck von seinem alkoholischen Fruchtsaftgetränk nahm, um dessen Stärke einzuschätzen.

»In der Tat, Vivane kann für sich in Anspruch nehmen, eine Sängerin zu besitzen, die den besten des ganzen Theranischen Reichs ebenbürtig ist, wenn das letzte Stück ein Maßstab ist«, stimmte Cassian zu, wobei er die Reaktionen der um ihn versammelten Vivaner Adeligen beobachtete. Sie machten einen zufriedenen Eindruck.

»Ich habe Ziraldesh gar nicht gesehen«, bemerkte der Elf, als beziehe er sich auf ein unbedeutendes Stück Zierat.

Ilfaralek zögerte einen Augenblick bei der Erwähnung des Magiers. »Ich nehme an, daß er bei seiner Frau geblieben ist, um sich um sie zu kümmern.«

»Wahrscheinlich«, sagte Cassian gleichmütig, obwohl er wußte, daß das eher unwahrscheinlich war und Ilfaralek das ebenfalls wußte.

»Ach, aber da ist Patracheus«, sagte Ilfaralek mit einem Ausdruck der Erleichterung. »Da drüben, der Mann in Grün und Violett. Mit seiner bezaubernden Frau.«

Der Mann war für jemanden, dessen Hauptaufgabe darin bestand, theranische Gelder zu verteilen, sehr prächtig gekleidet, zu prächtig, wie Cassian fand. Die Frau in seiner Begleitung sah wie einer der fabelhaften Jazirinthi-Vögel aus, die Cassian im Zoologischen Garten der Großen Stadt gesehen hatte: Smaragdgrün, Türkis, Apricot und Dutzende Schattierungen strahlender Blautöne. Ihm fiel ein winziges Detail auf der kleinen Ledertasche ins Auge, die sie auf eine fast unverschämte Weise an ihrer Seite baumeln ließ: eine aufgestickte Sigille des Hauses Medari. Bevor Cassian die Zeit fand, die Gruppe, mit der Patracheus sich unterhielt, genauer in Augenschein zu nehmen, rief sie ein Gong zurück auf ihre Plätze. Er erkannte lediglich die Admiralin Tularch, die ihre prächtigste Galauniform trug.

Sogar für Cassian, der weder Wein noch Stärkeres zu sich genommen hatte, um die Schärfe seiner Sinne zu steigern oder auch herabzusetzen, waren die kurzen Päane der wiederbeginnenden Vorstellung der Sängerin beunruhigend. Die Melancholie war ein wenig zu nervös, das Gefühl erstickten und unbefriedigten Verlangens zu klar vorgetragen. Doch beim ersten längeren Lied umklammerte er die Lehnen seines Sessels, da er eine besondere Kunstform darin entdeckte – die Endung griff den Anfang wieder auf und kehrte dann mit tieferen, volleren, düstereren Akkorden und Tönen zu sich selbst zurück. Sie baute geschickt alte Mythen und Legenden in ihre Texte ein und mied die offensichtlichen aus ihren ersten Liedern. Statt dessen wandte sie sich finstereren und unheimlicheren Gestalten wie Astralen dem Fischer und dem Betrüger-König zu. Die Spannung wuchs und entwickelte sich innerhalb des Liedes und denen, die noch folgten, bis sie schließlich beinahe zögernd ihr letztes Stück ansagte: *Die Blaßblütigen Lilien*. Der Anfang entsetzte ihn zutiefst. Ein Liebeslied für eine Leiche, eine widerwärtige Beschreibung der Verwesung und Fäulnis, die sich durch die Moll-Tonarten arbeitete, bis sie in einem Augenblick der Beinahe-Segnung auf eine Dur-Tonart wechselte. Verfall und Wachstum, Tod und Leben, das eine ist das Spiegelbild des anderen, erklärten die Worte allen Zuhörern. Der Tod und alles, was man an ihm fürchtet, ist die Wurzel allen Lebens.

Ich kenne dieses verdammenswerte Lied in anderen Formen, dachte Cassian. Ist dieses elende Weib eine Anhängerin Raggoks, daß sie davon singt? Ihr Lied berührte ihn nun nicht mehr, und die Botschaft konnte ihm nichts anhaben, aber die Wirkung auf das übrige Publikum war nicht zu leugnen. Und obwohl sein Herz ihre Botschaft ablehnte, sagte ihm sein Kopf, daß sie eine vollendete Musikerin, eine begnadete Künstlerin von seltenem Talent war. Dann teilte sich ihre Stimme, und wie alle anderen Zuhörer hatte er das Gefühl, als laufe ihm Eiswasser den Rücken herunter.

Die hohe Stimme sang in einer Oktave von unglaublicher Reinheit, in einem Diskant von wahrhaft unirdischer Schönheit, während ein tiefer, volltönender Bariton die Melodie untermalte. Er war halb betäubt und saß schlaff in seinem Sessel, den Mund halb geöffnet, als seine überwältigten Sinne die letzten Noten aufnahmen, den Höhepunkt des Liedes und die verblühenden Harmonien einer Melodie, die zu vollkommen für die sterbliche Welt war. Als die Musik zu einem Schleier aus absoluter Stimme verblaßt war, zog sich die winzige Gestalt auf der Bühne von ihrem Hocker wie jemand, der sich völlig verausgabt hatte, und verschwand.

Es gab keinen Applaus. Alle waren viel zu betäubt, um ihre Hände zu bewegen und zu klatschen. Wie aus einem Munde stieß das Publikum einen tiefen Seufzer der Ergriffenheit wie nach einer göttlichen Entscheidung aus. Cassian zwang sich dazu aufzustehen und ging rasch zum Ausgang.

Er war bestürzt über das, was er gehört hatte. Die Falschheit im Lied der Elfe entsprang nicht einem Wehklagen um den Elfenhof, dem sie wahrscheinlich ebenso vollständig den Rücken gekehrt hatte wie er und fast alle anderen theranischen Elfen. Nein, es ging viel tiefer und war viel fundamentaler. Er hatte das beunruhigende Gefühl von etwas drohend Bevorstehendem, eine unbestimmte Vorahnung. Er mußte allein sein, um seine aufgewühlten Sinne zu beruhigen, während er sich wieder faßte. Er ging in das Arboretum, welches den Aufführungssaal umgab, und setzte sich auf eine Bank neben einem kleinen Teich. Überall in seiner Umgebung schimmerten die letzten Sommerlilien im Mondlicht, bereits im Zustand des Verblühens und des Verfalls.

»Er ist heute abend zu einem Konzert gegangen«, erklärte der Junge. »Niemand wird mich vermissen.«

»Sorg dafür, daß es auch so bleibt«, knurrte die alte Orkfrau. »Du mußt selbst auf dich achtgeben, Jerenn. Weil es sonst niemanden gibt, der das tut, nicht auf dieser Welt.«

Es verletzte seine Gefühle, wenn sie so redete. Es erinnerte ihn zu sehr an seine Situation, und es verletzte sein Gefühl der Zuneigung für sie, als sei es eine Zurückweisung seiner Zärtlichkeit. Er hatte sie sich nie als Mutterfigur vorgestellt, da ihm der intellektuelle Schliff fehlte, um in derartigen Bahnen zu denken, aber es machte einen Teil dessen aus, was sie ihm bedeutete.

»Das stimmt nicht«, widersprach er. »Sieh dich an. Du hast mich, und Taravail kümmert sich auch immer um dich.«

»Ich weiß«, sagte sie freundlicher, während sie ihn mit ihrem gesunden Auge fixierte. »Ich bin auch dankbar für euch zwei. Ihr seid mehr, als eine alte Frau verdient.«

Sie nahm einen Schluck von dem harten Getreideschnaps aus dem Ziegenhautbeutel, und der Gestank des starken Alkohols vermischte sich mit der feuchten, süßlichen Luft in der engen Höhle. Jerenn packte die Obsttorte aus, die er bei einem Straßenhändler gekauft hatte, der an der Rosenvilla vorbeigekommen war, als

Cassian im Sanatorium weilte, und brach ein kleines Stück für sich ab, um ihr dann den Rest zu geben. Hungrige, knorrige Hände rissen einen großen Bissen ab und stopften in den zahnlosen Mund, weichten ihn mit gierigen Schlucken des starken Schnapses auf. Schließlich rieb sie sich den Bauch und klopfte ihm auf die Schulter.

»Ah, das war gut. Fast so gut wie die Brotfruchtkuchen der Blassen. Habe ich dir je erzählt, wie Kagrath und ich mit ihnen gegessen haben und sogar auf den Flößen gefahren sind, die sie aus den Därmen irgendeines riesigen unterirdischen Schlangenungeheuers machen? Sie hatten große Kriegsmasken so groß wie du, Junge, und sie waren so blaß wie das Grab, wenn sie im Mondlicht um uns herumsaßen. Ach, was für ein Abenteuer!«

Sie hatte ihm noch nicht davon erzählt. Seine Nackenhaare kribbelten vor Entzücken. Eine neue Geschichte kündigte sich an, und sie würde damit enden, daß sie in Sicherheit und am Leben war, denn schließlich saß sie hier vor ihm und wollte davon erzählen. Und bei diesem Gedanken stellte er sich wieder die große weite Welt jenseits der Mauern vor, die er eines Tages als Erwachsener durchstreifen würde, eine Welt, in der es tausend Orte zu sehen und eine Million Leute zu treffen galt. Seine Augen öffneten sich immer weiter, als sie mit ihrer Geschichte begann.

Weit über ihnen und unsichtbar für ihre an die Dunkelheit gewöhnten Augen näherte sich ein großer gelber Mond seinem Zenith über der Stadt, und eine schmächtige, in einen dunklen Umhang gehüllte Gestalt glitt durch die Nacht, einen Giftflakon in der einen und eine Liste mit Forderungen in der anderen Hand. Sie würde ihre Opfer heute nacht vergeblich suchen, aber die Abrechnung würde sich dadurch nicht lange verzögern.

7

Es war kaum ein frühmorgendlicher Überfall, und Cassian rechnete nicht damit, daß viel dabei herauskam. Der Hauptzweck seines Eintreffens so früh am Morgen war ganz einfach der, jeden im Hause Araleshs zu überrumpeln. Er wollte sich die Papiere des Magiers ansehen, da er wußte, daß nach den Gesetzen des Reiches jemand, der so verrückt wie Aralesh war, als verstorben galt. Jerenn schlief noch tief und fest, als der Elf nach seiner Kleidung rief, und den verschlafen dreinblickenden Jungen aufzuscheuchen, weckte in ihm fast ein Schuldgefühl. Schließlich war es eine absolut unvernünftige Zeit zum Aufstehen.

Die Morgenluft war klar und bot ein Vorgeschmack auf den nahenden Herbst, während er durch die eng gewundenen, schmalen Straßen dessen ging, was eindeutig eine der wohlhabenderen Gegenden des Theranerviertels war. Er mußte mehrere Minuten lang energisch an die schwarze Holztür klopfen, um einen Dienstboten zu wecken, der offensichtlich nicht sonderlich erfreut war, ihn zu sehen.

»Araleshs Angelegenheiten werden ausnahmslos von seinem Vetter geregelt. Wenn er Euch Geld schuldet, geht zur Schatzmeisterei, wenn sie öffnet.«

»Öffne die Tür«, befahl Cassian in seinem amtlichsten Tonfall, indem er dem Mann sein Reichsabzeichen unter die Nase hielt. »Falls du dir keine Klage wegen Behinderung eines *Preators* des Kaisers bei Ausübung seiner Pflichten einhandeln willst.«

Der Kahlkopf hatte sich sehr rasch aus dem Fenster ins Hausinnere zurückgezogen, und Augenblicke später erschien ein rotgesichtiger Mann in der Tür, der gerade seinen Gürtel schloß.

»Es tut mir schrecklich leid … äh … Euer Reichsmajestät«, murmelte er. Cassian verbiß sich ein Grinsen angesichts des albernen Titels. »Man hat mir nur gesagt, ich solle das Haus sauber und verschlossen halten. Man hat mir nicht gesagt, daß ich mit Besuch rechnen muß.«

Cassian nickte forsch. »Ich verstehe. Aber ich bin in Reichsangelegenheiten hier und muß die Räumlichkeiten einer Untersuchung unterziehen. Deine Hilfsbereitschaft und Bereitwilligkeit werden nicht vergessen, wenn ich meinen Bericht schreibe.« Wenn ein Sklave angemessen eingeschüchtert war, konnte eine Geste der Großzügigkeit Wunder wirken. Die Haltung des Mannes änderte sich auf der Stelle. Er überreichte ihm einen Bund mit versilberten Schlüsseln.

»Nun, Herr, das sind alle Schlüssel des Haushalts. Ich kann Euch etwas Kokala zubereiten, wenn Ihr welchen wollt. Er ist ganz frisch. Schließlich war der Herr ja Magier und alles.«

Das aztlanische stimulierende Getränk war normalerweise nicht nach Cassians Geschmack, doch da sein Magen aufgrund des versäumten Frühstücks ein wenig grollte und Cassian immer noch eine gewisse Lethargie in den Gliedern spürte, fand die Idee seinen Beifall. Er dankte dem Mann für seine Höflichkeit und schloß die Tür zu einem Raum auf, der sich als das Arbeitszimmer des Magiers entpuppte. Als der Krug mit der dampfenden dunklen Flüssigkeit eintraf, war es für Cassian bereits offensichtlich, daß ein Großteil der Bücher und Unterlagen Araleshs bereits verschwunden war. Er versuchte, ein paar Informationen von dem Sklaven zu bekommen.

»Du sagtest, ich würde Araleshs Vetter in der Schatzmeisterei antreffen?«

»O nein, Herr. Dorthin hättet Ihr nur gehen sollen, falls der Herr Euch Geld schuldete. Er hat nicht daran gedacht, mir Geld für alle Rechnungen dazulassen, Herr. Nein, sein Vetter ist Meister Ziraldesh, Herr.«

»Tatsächlich? Und war er hier, um Papiere und andere Dinge abzuholen?«

»Nun, Herr, der Herr hat keine Frau und keinen Erben, da ist es vielleicht seine Pflicht, sich um solche Dinge zu kümmern. Ich weiß jedenfalls nichts darüber, Herr. Außerdem kann ich weder lesen noch schreiben.«

Natürlich, dachte Cassian. Das Eigentum jedes Adeligen, der ohne Erben starb und nicht einmal eine Frau hatte, mochte tatsächlich an das Reich fallen, anstatt in den Besitz der Familie und des Hauses überzugehen. Ziraldesh würde alles brauchen, was er in die Finger bekommen konnte. Doch Cassian waren einige ziemlich offensichtliche Lücken in den Regalen aufgefallen, die vermuten ließen, daß jemand mehr mitgenommen hatte als alle für die Erbschaftsangelegenheit wichtigen Dokumente und Unterlagen.

»Natürlich… äh… es tut mir leid, ich habe nicht nach deinem Namen gefragt.«

»Salan, Herr.«

»Verzeih meine Unhöflichkeit.« Der Mann sah überrascht aus, als sei er nicht daran gewöhnt, daß es einen Theraner interessierte, ob er existierte, ganz zu schweigen davon, wie er hieß. Cassian hatte diese Haltung gegenüber Sklaven nie verstanden und würde es auch nie tun. Er hatte nur einen Bruchteil der okkulten Doktrin seines Volkes hinsichtlich der Sklaverei kennengelernt, aber das hatte gereicht, um diese Art von Achtlosigkeit und Gleichgültigkeit ein für allemal abzulehnen. Wenn er es nicht tat, würde ihn der Gedanke daran bis in alle Ewigkeit heimsuchen.

»Vielen Dank, Salan. Du kannst jetzt gehen und dich um deine alltäglichen Pflichten kümmern.« Cassian fischte eine Silbermünze aus der Tasche seines Umhangs und gab sie dem Sklaven. Der Mann sah ihn an, als habe eine der gütigeren Passionen eigens einen Boten ins Reich der Sterblichen geschickt, um ihn mit Geschenken zu überhäufen. Er starrte Cassian noch einen Augenblick lang ungläubig an, bevor er davoneilte und Cassian allein ließ.

Als der Elf schließlich sah, daß sich die Sonne ihrem Zenith näherte, hatte er sich viele Notizen auf einigen der unbeschriebenen Pergamente gemacht, die Aralesh im Überfluß hinterlassen hatte. Und er hatte so viel erfahren, daß er wahrscheinlich nicht sehr bald zurückkehren brauchte. Viele der Notizen des Magiers waren verschlüsselt niedergeschrieben und manche sogar in Spiegelschrift, so daß er einige Zeit über ihnen zu brüten haben würde, um sie zu entschlüsseln. Zwar hatte er keine Antworten erhalten, immerhin aber doch genug erfahren, um Ziraldesh einige sachdienliche Fragen stellen zu können, doch zuerst mußte er einen Höflichkeitsbesuch machen.

Das Protokoll ist zuweilen der Fluch meines Lebens, dachte Cassian verdrossen, aber ohne Protokoll könnte ich nicht die Hälfte meiner Arbeit leisten.

Er verschloß das Arbeitszimmer hinter sich, behielt jedoch die Schlüssel, nachdem er sich vergewissert hatte, daß Salan noch einen anderen Satz besaß, und verließ dann Araleshs Haus. Im grellen Licht der Mittagssonne blinzelnd, weckte Cassian den dösenden Kutscher und wies ihn an, zur Südkaserne und zur legendären Befehlshaberin der Achten Legion zu fahren. Sich mit Crotias zu befassen, gehörte ganz einfach mit dazu. Von einem *Praetor* wurde nicht erwartet, daß er dem Oberherrn einen Besuch abstattete, was gewöhnlich auch vermieden wurde, um seine Unparteilichkeit aufrechtzuerhalten, aber eine Verbindung mit dem Befehlshaber der theranischen Militärpräsenz in einer Stadt wurde durchaus erwartet. Cassian hoffte, daß das, was er über das feurige Wesen der Orkfrau gehört hatte, zumindest ein wenig übertrieben war.

»Ich bin Euch sehr für Eure Gastfreundschaft verbunden, Exzellenz«, eröffnete Cassian das Gespräch. Die ungeschlacht wirkende Orkfrau wirkte nicht übermäßig beeindruckt.

»Spart Euch das ›Exzellenz‹«, erwiderte Crotias schneidig, indem sie die Zähne zeigte. »Ich halte Euch für ein verdammtes Ärgernis und einen Unruhestifter.«

»Nun, Ihr seid wenigstens offen«, sagte Cassian ungerührt. »Doch meine Anwesenheit hier gründet sich zumindest teilweise auf eine entsprechenden Anforderung Vivanes. Schließlich müssen wir beide unsere Arbeit erledigen.«

»Ich habe jedenfalls keine derartige Anforderung gestellt«, erwiderte die Orkfrau. Wenngleich sie nicht größer war als er, wirkte er angesichts ihres massigen Körperbaus wie ein Zwerg neben ihr. »Sei es, wie es sei, ich habe jedenfalls meine Meinung geäußert, und ich sehe keinen Sinn darin, einen Mittagsgast zu haben und ihn zu beleidigen. Hauptsache Ihr wißt, wie Ihr bei mir daran seid.«

»Ich glaube, das weiß ich«, sagte der Elf gelassen. »Ihr habt Euch ja sehr deutlich ausgedrückt. Doch meine Arbeit hier wäre ohne die Ergebnisse Eurer Untersuchungen wesentlich zeitraubender und ermüdender. Dafür bin ich Euch zu Dank verpflichtet.«

»Hmmm«, erwiderte Crotias, während sie sich mit der linken Hand über den langen Zopf feuerroter Haare strich, der ihr über die Schulter fiel. »Das mag sein, doch wenn sie als ausreichend angesehen würden, wärt Ihr nicht hier, oder?«

»Kommt schon, wir wissen doch beide, daß die Dinge nicht so einfach liegen«, wandte Cassian ein. »Das Protokoll verlangt in solchen Fällen eine Untersuchung durch einen *Praetor*. Das ist keine Frage Eurer oder meiner Wünsche. Es ist nichts Persönliches.« Als er sah, daß sich die Orkfrau ein wenig entspannte, spielte er in dem Wissen, daß er recht hatte, seine Trumpfkarte aus. »General Zaroquorth läßt Euch seine besten Grüße übermitteln.«

»Tatsächlich?« Crotias war erfreut und konnte es nicht verbergen. Die Orks aus dem Hause Zanjan besaßen viele Fähigkeiten, aber die Kunst der Verstellung gehörte gewiß nicht dazu.

»Er hat mich gebeten, Euch das hier mitzubringen«, sagte der Elf glatt, indem er ein Abzeichen aus lackiertem Perlmutt und eine wachsversiegelte Pergamentrolle aus seinem Umhang zog. »Ich nehme an, es handelt sich um eine Trophäe aus einem der Creaner-Feldzüge, aber es stand mir nicht an, danach zu fragen. Sein Schreiben erklärt, glaube ich, alles.«

Die Orkfrau nahm das zierliche Ding in ihre gewaltige prankenähnliche Hand und drehte und wendete es, als halte sie ein Neugeborenes. Sie legte es behutsam auf den Tisch und erbrach ohne Umschweife das Siegel. Verhaltenes Kichern wich schallendem Gelächter, nachdem sie die ersten paar Zeilen überflogen hatte, und als sie die Botschaft schließlich zu Ende gelesen hatte, standen ihr Lachtränen in den Augen.

»Die guten alten Zeiten«, tönte sie. »Wir sind zwischen diese Barbaren gefahren wie ein heißes Messer durch Ziegenkäse. Bei Floranuus, bei Tachrisauz haben zweihundertzehn unserer Männer gegen über dreitausend dieser Wüstenbanditen gekämpft, und bis Sonnenuntergang hatten wir zwei Drittel davon abgeschlachtet. Und dabei neunundzwanzig Männer verloren. Das sind gute Kämpfer, verdammt gute. Damals waren wir noch Unteroffiziere, aber solche Dinge vergißt man nicht.«

»Sie sprechen immer noch davon, das kann ich Euch versichern.«

»Tatsächlich?«

»Vor fünf Jahren war ich dort«, erzählte ihr Cassian. »Sie haben ein Denkmal für die Schlacht errichtet. Eine hervorragende Arbeit. Die Namen aller Offiziere sind eingemeißelt und auch die Namen aller Gefallenen. Selbstverständlich auch Eure beiden Namen. Und die

Elfte Legion beschließt Festlichkeiten immer mit Trinksprüchen auf die damaligen Offiziere. Ihr könnt sicher sein, daß Euer Name dort nicht so schnell vergessen wird, Generalin.«

»Ich will verdammt sein«, erwiderte die Orkfrau breit grinsend. Das war kein besonders schöner Anblick, da nur wenige von Crotias' Zähnen die Nahkämpfe überlebt hatten, auf die sie legendärerweise so versessen war. Sogar von Trollen wußte man, daß sie Übungskämpfen mit ihr aus dem Weg gingen. »Und Ihr kennt die Gegend, sagtet Ihr?«

»In der Tat«, erwiderte Cassian verbindlich, und als er sie an die Oasen und den Sand, an die Banditenderwische und die Salzstraße erinnerte, grinste sie noch breiter und schlug ihm schließlich kräftig auf den Rücken. Es gelang ihm gerade noch, nicht mit dem Gesicht auf den Bronzeteller zu schlagen, der kurz vorher vor ihn hingestellt worden war.

»Ich will Euch was sagen, Cassian, wir genehmigen uns ein paar Krüge des besten *Hurlg* im ganzen Reich«, verkündete sie mit Wonne. Sein Mut sank. Er hatte nicht damit gerechnet, daß seine Schmeichelei so erfolgreich sein würde. Er konnte das dunkle Orkbier jetzt kaum ablehnen und würde darauf achten müssen, daß es nicht auffiel, wenn er eine Portion Savakkräuter in seinen Krug fallen ließ, um die Wirkung des Biers abzuschwächen. Dennoch konnte er bei der Stärke des Getränks und der zu erwartenden Menge des Verzehrs kaum erwarten, nüchtern zu bleiben. Er beschloß, seine Abstinenz aufzugeben. Es war wichtiger, Crotias fest auf seine Seite zu ziehen, was ihm mittlerweile zweifellos gelungen war, als sie durch zaghaftes Nippen zu beleidigen, während sie das Zeug krugweise herunterstürzte. Da er ein Elf war, erwartete man natürlich nicht von ihm, daß er mit ihr Schritt hielt oder auch nur annähernd gleichzog, aber man erwartete eine tapfere Anstrengung, insbesondere jetzt, da sie ihn mehr oder weniger als militärischen Waffenbruder akzeptiert hatte.

Crotias entkorkte den ersten Krug, dem ein kräftiges Aroma von Malz und Gerste entströmte, als die Platte mit dem dampfenden Strakafisch auf dem Tisch abgestellt wurde. Cassian nahm seinen gefüllten Krug, schaffte es, ein paar Kräuter aus seiner geschlossenen Hand in den Krug fallen zu lassen, und nahm einen tiefen Zug. Er wußte, daß anschließend von ihm ein kleiner Rülpser erwartet wurde, obwohl er ein Elf war.

8

»Die Zwillinge. Irgendwie passen sie nicht ins Bild«, sagte Cassian zögernd. Nach vier Krügen des pechschwarzen Ales, zwei weniger, als Crotias geschafft hatte, schwamm ihm der Kopf. Später würde er einen Mordskater haben. Dieses Zeug war selbst für das Savak-Kraut zu stark. Jedes Wort bereitete ihm Mühe.

»Warum sollten sie überhaupt etwas damit zu tun haben? Die Gerüchte stimmen. Ihre Familie hat versucht, die Sache als Mord zu tarnen.« Crotias stieß einen beachtlichen Rülpser aus und griff nach ihrem Bierkrug, doch mit offenbar verlangsamten Reflexen, was in dem Elf die Hoffnung weckte, daß sie mittlerweile einigermaßen abgefüllt war.

»Davon hat man mir nichts gesagt«, erwiderte Cassian, um sich gleich darauf über sich zu ärgern. Es war nie gut, Unwissenheit zu zeigen. Glücklicherweise zeigte Crotias' Antwort, daß er in diesem Fall mit einem Bluff üblen Schiffbruch erlitten hätte.

»Natürlich nicht. Wir haben dem Richteramt nichts davon mitgeteilt. Es geht sie nichts an.«

»Ich bin mir durchaus darüber im klaren, daß es sich um eine delikate Angelegenheit gehandelt hat, aber ...«

»Es ging um mein Haus«, sagte sie abwehrend. »Der Versuch, die Sache als Mord hinzustellen, war lächerlich. Sie haben dem Jungen einen Dolch in den Rücken gestoßen und dann ausgesagt, sie hätten ihn erstochen und das Mädchen vergiftet vorgefunden. Die Leiche paßte aber ganz und gar nicht zu dieser Version. Der Messerstich hätte ihn sofort getötet, und Leichen fallen nicht so, wie wir Parinth vorgefunden haben. Es dauerte nicht lange, bis wir die Wahrheit aus den Eltern herausgeholt hatten. Was hätte es für einen Sinn gehabt, von einem Täuschungsmanöver zu berichten, das ein Kind durchschaut hätte? Sie haben gemeinschaftlichen Selbstmord mit Gift begangen.«

»Natürlich«, sagte er beschwichtigend. »Nun, also ...«

»Ich hörte, Ihr habt gestern die Stadt für einen kleinen Abstecher verlassen«, unterbrach Crotias ihn erneut. »Ich frage mich, was Euch in ein Jagdgebiet geführt haben kann.«

»Reine Neugier, Generalin. Eine Eingebung, mehr nicht.«

»Und auf wen hat sich diese Eingebung bezogen?« Sie beugte sich vor. Eine kräftige Bierfahne strich über Cassians Gesicht.

»Es wäre vermutlich verfrüht...«

»Daralec. Ihr habt Euch über seinen Unfall gewundert.« Sie lehnte sich wieder zurück und musterte ihn mit triumphierendem Blick. Als Person, die für Vivanes äußere Sicherheit verantwortlich war, hatte Crotias das Recht, ihm direkte Fragen zu stellen. Andererseits hatte er das Recht, eine Antwort zu verweigern, doch sie zu verärgern, würde nur seine Arbeit erschweren und ihm auch daheim in Thera nicht besonders weiterhelfen.

»Gewisse Umstände waren irgendwie verwunderlich.«

»Ein Jäger mit fast einem Jahrhundert Jagderfahrung, der in sein eigenes Schwert fällt? Verwunderlich? Es ist eher lächerlich.« Die Orkfrau knallte mit der Faust auf den Tisch, so daß Cassians Bierkrug umfiel und seinen Inhalt beinahe auf Cassians Schoß verteilt hätte.

»Nichts für ungut, ich lasse sofort einen neuen Krug kommen«, sagte sie mit belegter Stimme, aber da das Mahl beendet war, konnte Cassian jetzt Kokala bestellen, ohne an Gesicht zu verlieren. »Ich war selbst ein wenig mißtrauisch«, fuhr sie etwas lahm fort.

»Unfälle kommen manchmal eben tatsächlich vor«, sagte er, doch Crotias ließ sich nicht so leicht abwimmeln.

»Das frage ich mich langsam«, sagte sie zögernd. »Dragold war der beste Baumeister der Stadt. Daralec war der verläßlichste Importeur der Steine, die die Zwerge für ihre Bauten brauchen. Irgendwas geht da vor.«

Vergessen wir zunächst mal die Zwillinge, dachte Cassian. Was ist mit Aralesh? Wie könnte er da hineinpassen?

Er beschloß, ein Risiko einzugehen und seinen Verdacht zu äußern.

»Ich nehme nicht an, daß Aralesh beim Bau gewisser – sagen wir mal – wichtiger Stadtgebäude eine Rolle gespielt hat?«

Das scharfe Einatmen der Generalin verriet ihm, daß er auf etwas gestoßen war. Sein Verstand schien jetzt wieder besser zu funktionieren, da er von den ersten Schlucken des stimulierenden bitteren Getränks unterstützt wurde, das endlich eingetroffen war.

»Schließlich«, hakte er nach, »scheinen sich alle darüber einig zu sein, daß Aralesh in puncto Dämonen zu den kenntnisreichsten Magiern Vivanes zählte. Diese Stadt wäre gewiß nicht normal, wenn sich die Behörden nicht seiner Fähigkeiten bedient hätten.«

»Ihr habt recht«, gab Crotias zu. »Einige Bereiche sind mit besonderen Schutzvorrichtungen gegen Angriffe von Dämonen gesichert. Ein Großteil dieser Schutzvorrichtungen geht auf Araleshs Konto.

Verdammt, jemand versucht meine Stadt von innen zu sabotieren!«

»Ich denke, wir sollten dieses Gespräch einstweilen für uns behalten«, sagte Cassian, dem angesichts ihres inbrünstigen Nickens ein Stein vom Herzen fiel. »Auf diese Weise vermeiden wir es, Angst und Besorgnis in der Bevölkerung zu wecken. Es würde mir außerdem meine Arbeit erleichtern. Wir wollen den Täter doch nicht wissen lassen, daß wir zu durchschauen glauben, was vorgeht.«

»Je länger wir warten, desto größer das Risiko, das wir eingehen«, knurrte sie.

Schließlich ist sie ein Ork, machte sich Cassian klar. Orks neigten immer zur Hast.

»Aber Dragold ist schon vor über einem Monat getötet worden«, sagte er ungerührt. »Wenn es einen Plan gibt, Vivane zu sabotieren, dann haben es diejenigen, welche dahinterstecken, nicht besonders eilig. Es gibt keinen Grund zu glauben, daß wir uns in unmittelbarer Gefahr befinden. Derartige Verschwörer neigen dazu, auf lange Sicht zu planen, und ihre Pläne verwirklichen sich normalerweise sehr langsam. Wir haben reichlich Zeit, sie zu durchkreuzen.«

»Hmmm.« Sie pflichtete ihm widerwillig bei. »Aber ich werde die Patrouillen verdoppeln...«

»Nein«, unterbrach er sie. »Höchstens bei den magischen Schutzvorrichtungen an gewissen Schlüsselstellen in der Stadt, und wir müssen dafür sorgen, daß die bezahlten Agenten – insbesondere unter den Barsaivern – Augen und Ohren weit aufsperren. Aber belaßt es dabei. Wir bewirken möglicherweise nur eine Beschleunigung der Pläne der Saboteure, wenn wir zu rasch und zu offensichtlich vorgehen.«

Eine jähe Unsicherheit überkam ihn, und einen Augenblick kam er sich fast albern vor. Sabotage der Stadt? Wovon redete er überhaupt? Gerade eben erst war ihm ein unbestimmter Verdacht gekommen, und jetzt unterhielten sie sich bereits über Patrouillen, Spione und Magier und benahmen sich wie ängstliche Ausgucke auf den Schutzwällen einer von den Passionen verlassenen Stadt, die von einer gewaltigen Armee belagert wurde. Zum Henker mit diesem elenden Bier!

Crotias schien seinen inneren Aufruhr nicht zu bemerken und stimmte seinen Vorschlägen nur widerwillig zu. Er erhob sich, wobei er seinem Gesicht den Anschein einer gewissen Würde zu geben und sein Schwanken zu verbergen versuchte.

»Ich bin Euch sehr dankbar, Generalin«, murmelte Cassian höflich. »Unsere Besprechung war sehr aufschlußreich.« Als ihm sein Umhang gebracht wurde, bedachte Crotias den Elf mit einer kräftigen Umarmung, bei der dieser fast den Boden unter den Füßen verlor. Er zuckte zurück, doch es gelang ihm, ihr Strahlen mit einem unbehaglichen Lächeln zu erwidern.

»Ihr gefallt mir, Cassian. Ich gebe gern zu, daß ich ein wenig besorgt über die Ankunft einer Person Eures Schlages war, aber ich glaube, Ihr seid ein anständiger und aufrechter Kerl.«

»Ihr seid zu gütig.« Cassian glättete seinen Umhang, wobei er sich fragte, was sie mit seinem ›Schlag‹ meinte, den *Praetor* oder den Elf. Auch war ihm nicht klar, was sie sich unter einer Verschwörung zur Sabotage vorstellte, aber sie war ihm wohlgesonnen, und das hatte er mit dieser Besprechung bezweckt. Als er die Kaserne verließ, traf ihn die Tageshitze wie der glühende Hauch aus der Esse eines Schmieds, und das Licht drohte seine Augen zu versengen. Nachdem er sich in seine Kutsche zurückgezogen hatte, rieb er sich die wunden Augen mit der Müdigkeit eines Mannes, der eine Woche lang nicht geschlafen hatte, und ließ sich zur Abwechslung dankbar in die weichen Kissen sinken.

Cassian erwachte nicht vor der Abenddämmerung. Trotz des Krugs mit kaltem Wasser, den er bei seiner Ankunft in der Rosenvilla getrunken hatte, hämmerte es schmerzhaft in seinem Kopf, als er sich aus dem Bett erhob. Die Schüssel mit kaltem Wasser auf dem Latraholztisch war von dem aufmerksamen Jerenn offenbar in regelmäßigen Abständen mit Eis angereichert worden, und er tauchte dankbar das Gesicht hinein. Nach wiederholtem Eintauchen und nachdem er seine besten Gewänder angelegt hatte, fühlte er sich nur ein wenig besser.

»Wir haben ein Mittel gegen...«, begann der Junge, der aus dem Nichts in der Tür erschien.

»Verschwinde!« schnauzte der Elf ihn an. Jerenn fuhr herum und wäre geflohen, hätte ihn Cassian, der sich über sich selbst ärgerte, nicht zurückgerufen.

»Es tut mir leid, Jerenn. Ich hatte keinen Grund, dich so anzufahren. Ich möchte mich bei dir entschuldigen.«

Der Junge war erstaunt, da er es offensichtlich nicht gewohnt war, daß sich Theraner bei ihm entschuldigten. Er wirkte verlegen und schien nicht zu wissen, wie er darauf reagieren sollte, und dann stieß Cassian zu seiner Bestürzung einen höchst unziemlichen Rülpser aus, die letzte Rache seines Mittagessens mit Crotias. Der Junge biß sich auf die Lippen in seinem Bemühen, sich seine Belustigung nicht anmerken zu lassen, doch Cassian lachte zuerst, was dem Jungen ein Lächeln entlockte.

»Trink niemals schlechtes Bier mit Orks, Junge, wenn du weißt, was gut für dich ist«, sagte Cassian freundlich. Er bemerkte, wie ein Ausdruck der Beunruhigung über Jerenns Gesicht huschte, bevor das Lächeln zurückkehrte. Ah, dachte Cassian, er hat Freunde unter den Orks der Stadt. Vielleicht sogar jenseits der Stadtmauern. Ich sollte genauer darauf achten, was ich in Gegenwart dieses gewitzten jungen Burschen sage. Oder bin ich nach der Unterhaltung mit Crotias zu mißtrauisch?

»Könntest du mir etwas Zitronengraswasser bringen?« fragte Cassian. »Ich habe irgendwo gehört, daß es den Magen beruhigen soll.« Der Bursche eilte in die Küche. Als er zurückkehrte, war Cassian beinahe zu seinem letzten Besuch des Tages bereit.

Seine Kutsche fuhr ohne Anmeldung zu einer so späten Stunde vor Daralecs Anwesen vor, daß es nur als unhöflich bezeichnet werden konnte, doch Cassian wollte seine Nachforschungen nicht länger aufschieben. Es dauerte ein oder zwei Minuten, bis sein energisches Klopfen eine Reaktion hervorrief, und der Bedienstete schien über die abendliche Störung recht ungehalten zu sein.

»Die Herrin darf nicht gestört werden, Herr«, sagte er, indem er Cassians Reichsabzeichen mit offensichtlichem Mißfallen betrachtete. »Sie ruht sich aus.«

»Ja, ich weiß«, sagte Cassian höflich. »Aber ich nehme an, daß ihr Sohn zu Hause ist?«

»Sozusagen, Herr.« Der Mann schien peinlich berührt zu sein. »Aber er darf auch nicht gestört werden.«

»Tatsächlich? Warum nicht?«

»Er hat Besuch von einer jungen Dame, Herr.«

»Ah, ich verstehe. Nun, ich weiß, was ich mir ansehen will, und werde dabei weder deine Herrin noch ihren Sohn stören.« Er zwängte sich an dem Mann vorbei und ging zu Daralecs Arbeitszimmer. »Ich brauche Zugang zu allen Unterlagen, werde aber so rasch und so leise wie möglich vorgehen. Selbstverständlich respektiere ich die Trauer deiner Herrin zu so fortgeschrittener Stunde.«

Wortreichtum trug normalerweise dazu bei, Dienstboten, die mürrisch und schwierig waren, zu verwirren, und auch diesmal verfehlte er seine Wirkung nicht. Der Mann grunzte und öffnete die Arbeitszimmertür für Cassian.

Der Elf war sicher, daß Daralecs gewaltige Sammlung von Büchern, Akten, Schriftrollen und Papieren bereits durchsucht worden war. Wie im Haus des Magiers Aralesh waren auch hier die Lücken in den Regalen zu offensichtlich. Wer sich auch hier zu schaffen gemacht hatte, rechnete offenbar nicht damit, daß jemand anderer Daralecs Unterlagen überprüfen würde. Es muß der Sohn gewesen sein, Crielle, dachte Cassian. Dem Fehlen der Bücher schien jedoch nichts Finsteres anzuhaften. Den Lücken nach zu urteilen handelte es sich um die Geschäftsbücher jüngsten Datums, und der junge Elf hatte wahrscheinlich versucht, sich nach dem Tod seines Vaters mit den Familienangelegenheiten vertraut zu machen. Die Geschäfte müssen weitergehen, dachte Cassian.

Er setzte sich an Daralecs Schreibtisch und sah durch das Fenster, das zum Theranerviertel hinausging. Ein Luftschiff glitt gerade hoch über die nördliche Stadtmauer und zeichnete ein seltsames Lichtmuster an den Himmel, einen perligen Glanz, der größer als der Mond war, welcher halb hinter den Wolken verborgen war. Zweifellos brachte es Soldaten oder Sklaven oder exotische Waren nach Himmelsspitze, und für einen Augenblick ließ sich Cassian von seinem Hang zu Tagträumen hinreißen. Er stellte sich das gewaltige Reich wie ein riesiges Spinnennetz vor, in dem sich Luftschiffe an unsichtbaren Seidenfäden bewegten wie die Nachkommenschaft einer im Zentrum des Netzes verborgenen Mutterspinne und Fracht und Truppen von einem Knotenpunkt zum anderen schafften, um die Erhabenheit des ganzen Unternehmens aufrechtzuerhalten. Er schüttelte den Kopf und ermahnte sich, sich auf seine Arbeit zu konzentrieren.

Er wandte sich dem Schreibtisch zu und öffnete die Schubladen mehr aus zielloser Neugier denn mit ernster Absicht, bis seinen geübten Augen ein verborgener Hohlraum hinter der untersten Schublade auffiel. Er kroch unter den massiven Tisch, zeichnete mit den Fingern die Umrisse des Geheimfachs nach und fand sehr bald den Öffnungsmechanismus am hinteren Ende der Lade. Da er wußte, daß derartige Geheimfächer oft durch Fallen gesichert waren, zog er Dietrich und Handschere aus den Taschen seines Umhangs und stocherte vorsichtig in dem winzigen Fach herum, das sich jetzt vor ihm auftat.

Aufgrund eines plötzlichen Klickens zog er die Hände zurück, bevor die farblose Nadel heraussprang. Gift, dachte er. Offenbar befindet sich etwas darin, das es wert ist, geschützt zu werden. Doch zu seiner Überraschung war das Geheimfach leer. Es war gar nicht so klein, groß genug, um eine Handvoll Bücher oder Schriftrollen aufzunehmen – oder auch eine beträchtliche Anzahl von Juwelen –, aber was es einmal enthalten hatte, konnte er nicht wissen.

Crielle hat sich auch hier umgetan, dachte er. Ich führe wohl besser eine Unterhaltung mit diesem Sohn, der nach vielen Monaten der Abwesenheit zufällig genau zum Zeitpunkt des vorzeitigen Ablebens seines Vaters zurückgekehrt ist. Unter diesen Umständen scheint er sehr rasch vorzugehen.

Cassian verließ das Arbeitszimmer, rief nach dem Bediensteten und fragte ihn nach Crielles Aufenthaltsort. Der Mann wiederholte noch einmal, daß er Befehl habe, ihn nicht zu stören, doch Cassian bestand darauf, ihn augenblicklich zu sprechen.

»Bei allem Respekt, Herr, Ihr könnt kommen und gehen, wie es Euch gefällt, aber wenn ich Euch auch nur die Tür öffne, kann ich von Glück sagen, wenn ich mit einer Tracht Prügel davonkomme«, sagte der Sklave, der offenbar nicht bereit war nachzugeben. Ein gutes Argument, dachte Cassian. Er seufzte.

»Dann sag mir nur, wo er ist«, bat er. »Die Angelegenheiten des Reiches sind wichtiger als ein Techtelmechtel mit einer Freundin.« Verunsichert zeigte der Mann auf den Ostflügel des Hauses.

»Am Ende des Ganges, Herr, der Raum mit dem Schwimmbecken.«

Wie zu vermuten war, dachte Cassian beinahe enttäuscht. Er marschierte durch den Flur, wobei er fast eine der Indriser Masken von der Wand gestoßen hätte, und klopfte zweimal an die Tür, zuerst behutsam, dann lauter. Er wartete, um Crielle Gelegenheit zu geben, sich von seinen fleischlichen Betätigungen abzuwenden.

»Hier ist *Praetor* Cassian in Reichsangelegenheiten,

und ich verlange eine Audienz«, verkündete er laut. Der Ausspruch klang selbst für seine Ohren ziemlich pompös, aber er fühlte sich verpflichtet, zumindest den Anschein von Höflichkeit zu wahren. Er bekam keine Antwort. Nachdem er eine weitere Minute gewartet hatte, versuchte Cassian die Tür zu öffnen, die jedoch versperrt war. Er klopfte noch einmal, lauter jetzt, und wiederholte seine Forderung, wiederum ohne Antwort zu bekommen. Am anderen Ende des Flurs sah er den Sklaven und eine schattenhafte, geduckt dastehende Gestalt hinter ihm. Eine schläfrige, benommene Stimme verlangte weinerlich eine Erklärung.

»Es tut mir leid, Herrin, er hat sich einfach Zutritt verschafft«, sagte der Sklave.

»Ich fürchte, ich muß den Schlüssel zu dieser Tür verlangen«, sagte Cassian mit Entschiedenheit. Karlanta, Daralecs Witwe, schien so stark unter Drogen zu stehen, daß sie die Vorgänge kaum mitbekam. Sie schien ihn von ihrer Begegnung am Vortag kaum wiederzuerkennen. Der Sklave warf den Bronzeschlüssel fast nach ihm. Cassian überging seine Grobheit, schloß die Tür auf und hustete laut, als er sie öffnete.

Das Schwimmbecken war ein hervorragendes Zeugnis für die Verschwendungssucht der übermäßig wohlhabenden Theraner, die in der Provinz lebten, ein protziges Durcheinander von Marmor, Rosenholz und vergoldeten Verzierungen. Der Raum duftete nach Pinienwasser und Zitronengras, was ihn an seine Ausnüchterungskur erinnerte, doch dieser absurde, flüchtige Gedanke währte nicht länger als einen Augenblick.

In der Mitte des Schwimmbeckens trieb Crielles Leiche, die beinahe unmerklich in den leichten Wellenbewegungen hin und her schaukelte und deren weit aufgerissene Augen zu einem entsetzten Ausdruck gräßlicher Qual erstarrt waren.

9

Cassian war sich einiger Gestalten hinter sich bewußt, und dann hörte er einen dumpfen Knall, als jemand zu Boden fiel. Er fuhr herum und kniete nieder, um dem Sklaven zu helfen, Kopf und Schultern der gramgebeugten Frau anzuheben. Karlantas Gesicht war von der Ohnmacht aschfahl, und ihr Puls ging schwach und ein wenig unregelmäßig. Sie hoben sie auf und legten sie auf eine Bank im Flur, dann legte ihr Cassian ein paar Kissen unter die Beine.

»Nimm das«, sagte er, indem er dem Sklaven ein Reichssiegel gab. »Geh zur Südkaserne der Achten Legion – weißt du, wo die ist? Egal«, wartete er gar nicht erst auf eine Antwort, »nimm meine Kutsche und sag dem Fahrer, ich hätte gesagt, er soll dich dorthin bringen. Frag nach dem *Akarenti* Ilfaralek. Bestehe darauf, mit ihm persönlich und unter vier Augen zu reden. Wenn sie dich nicht vorlassen wollen, zeig ihnen dieses Siegel und sag ihnen, der *Praetor* verlange diese Audienz. Erzähl Ilfaralek, was hier vorgefallen ist und daß er nur mit wenigen Männern kommen soll. Wir müssen versuchen, diese Geschichte so unauffällig wie möglich zu behandeln. Deine Herrin hat schon genug gelitten und sollte so wenig wie möglich belästigt werden.«

»Ja, Herr«, erwiderte der Mann ruhig, von dessen Unverschämtheit nichts mehr zu spüren war. Er war selbst bleich und zitterte ein wenig.

»Und weißt du, wo die Rosenvilla von Haus Medari ist?«

»Ich glaube schon, Herr.«

Cassian beschrieb ihm ihre Lage, bevor ihm klar wurde, daß das unnötig war. Er kam sich ein wenig albern vor, aber es ging alles so schnell. »Tut mir leid«, sagte er, »mein Fahrer weiß es natürlich. Sag ihm, er soll auf dem Rückweg dort vorbeifahren und den jungen Jerenn abholen. Das ist einer von Tarlanths Sklaven, des Besitzers der Villa.«

»Ich weiß, Herr.«

»Tatsächlich?«

»Ich bringe sehr oft Botschaften in sein Haus, Herr.«

»Ah, ich verstehe«, sagte Cassian, der überhaupt nichts verstand und neugierig wurde. »Und warum tust du das?«

»Er und mein Herr, das heißt Daralec, haben geschäftlich miteinander zu tun, Herr.«

»Natürlich, das hatte ich ganz vergessen«, sagte Cassian, obwohl das keineswegs der Fall war. Aus den Büchern, die er sich angesehen hatte, war keine derartige Verbindung hervorgegangen, und das weckte seine Neugier und sein Mißtrauen. Doch jetzt war kaum der richtige Augenblick, um Einzelheiten in Erfahrung zu bringen. »Gut, erzähl Jerenn nichts von dem, was geschehen ist. Sag ihm einfach, er soll in der Kutsche bleiben, bis ich zu ihm komme. Ist das klar?«

»Jawohl, Herr.«

Als Cassian einfiel, daß er nicht einmal nach dem Namen des Sklaven gefragt hatte, erkundigte er sich danach und erfuhr, daß er Pauldin genannt wurde. »Gibt es noch andere Bedienstete im Haus, Pauldin?«

Der Mann rasselte eine Liste von Namen herunter, doch Cassian unterbrach ihn. »Bevor du gehst, hol den vernünftigsten her, damit er sich um deine Herrin kümmert. Verstanden?

Danke, Pauldin. Wir werden dafür sorgen, daß deine Herrin Karlanta nicht mehr leidet, als sie muß.«

Der Mann nickte respektvoll und eilte davon. Offenbar hatte die Benutzung des Wortes ›wir‹ jegliche noch vorhandene Abneigung erstickt.

Cassian dachte rasch nach. Ihm blieb vielleicht nicht viel Zeit, bis neugierige Augen auftauchten, auch wenn es sich nur um einen Sklaven handelte. Er hob sein Gewand, packte den Schienbeinschutz aus Bronze und löste etwas von ihm ab, das wie ein Skarabäus aus Ebenholz aussah. Er stellte ihn vorsichtig auf die Schwelle der Tür zum Tatzimmer und konzentrierte sich ein paar Sekunden darauf, bis der verzauberte Gegenstand zum Leben erwachte und sich mit einem fast unhörbaren Klicken zur gegenüberliegenden Wand bewegte. Cassian überließ den Skarabäus seiner Arbeit und sah sich vergeblich nach etwas um, womit er die Leiche aus dem Becken fischen konnte. Nach ein paar Sekunden gab er es auf, legte sein Gewand ab, stieg die Marmorstufen in das flache, warme, parfümierte Wasser hinab und packte den Haarschopf von Crielles nackter Gestalt. Dann zog er die Leiche an den Haaren zum Rand des Beckens, kletterte hinaus und sah sich den jungen Elf sorgfältig von oben bis unten an.

Es gab keine sichtbare Wunde, kein Blut im Becken – nur ein winziges Rinnsal an Crielles Mundwinkel, das noch nicht geronnen war. Er konnte noch nicht lange tot sein, wenn das Blut noch naß war, da die Leiche bei seiner Ankunft nicht mit dem Gesicht im Wasser gelegen hatte. Die Finger hatten sich so fest in die Handflächen gegraben, daß die kurzen, abgekauten Nägel fast die Haut durchdrungen hatten, und die Leiche wies einen Grad der Starre auf, der unter Berücksichtigung der seit seinem Tod vergangenen Zeitspanne außerordentlich hoch war. Die Adern unter der Haut waren geweitet und schienen stark hervorzutreten, als habe sie etwas aufgepumpt. Cassian stieg wieder in das Becken, wobei er mit einem Ohr auf Schritte aus dem Flur lauschte, nahm den Kopf des jungen Mannes in beide Hände und roch an seinem offenen Mund. Der Geruch war leicht sauer und ein wenig metallisch, und die Lippen waren bläulich verfärbt. Gift, dachte er. Da keine Wunde zu entdecken war, kam ohnehin eigentlich nur Gift in Frage.

In der kurzen Zeit, bis er hörte, wie sich der neue Sklave näherte und beim Anblick seiner ohnmächtigen Herrin offenbar stehenblieb, gelang es Cassian, den Raum zu untersuchen. Von dem Gift und dem Täter, der es ihm verabreicht hatte, war nichts zu sehen. Und die junge Frau, die Pauldin hatte kommen sehen, war ebenfalls nicht da.

Der Käfer war mittlerweile stehengeblieben, die Mandibel leicht erhoben, als schnüffle er. Cassian ließ ihm genug Zeit, seine Arbeit zu vollenden, dann hob er ihn auf, wobei er einen schwachen, moschusartigen Duft wahrnahm, der sich von der widerlichen Süße des Parfüms, mit dem der Raum behandelt war, ganz erheblich unterschied. Er fragte sich, ob er sich den Duft nicht vielleicht eingebildet hatte, da er rasch wieder verflogen war. Er befestigte den Käfer wieder an seinem Schienbeinschützer und versuchte ohne Erfolg, seine triefenden Kleider auszuwringen, bevor er mehrere Leute nahen hörte. Ilfaraleks Stimme war bereits deutlich zu vernehmen, und als er mit einer Miene wie eine Gewitterwolke eintrat, wandte sich Cassian augenblicklich an ihn, ohne den beiden uniformierten Wachen in seiner Begleitung Bedeutung zu schenken. Er erzählte dem Sicherheitsleiter alles, was er gesehen und erfahren hatte, ließ jedoch die Details seiner magischen Untersuchungen und seine Wahrnehmung des sonderbaren Dufts aus.

»Ich habe nach Euch geschickt, weil ich es für angebracht halte, diese Angelegenheit nicht publik zu machen«, fuhr der Elf fort. »Ich meine, wir sollten dafür sorgen, daß sich Angehörige ihres Geburtshauses um Karlanta kümmern, vorzugsweise an einem ruhigen und abgelegenen Ort.«

Ilfaralek nickte zustimmend.

»Welches ist übrigens ihr Geburtshaus?« fragte Cassian. Unter den gegebenen Umständen war es sicherlich das Beste für die Frau, wenn sich die Familie um sie kümmerte, in die sie hineingeboren war.

»Medari«, informierte ihn Ilfaralek. »Cuiper, geh zum Haus des Tarlanth. Er ist am besten in der Lage, sich um diese Angelegenheit zu kümmern.« Eine der Wachen verließ den Raum und ging forsch den Flur entlang und hinaus.

»Ich glaube, dieser junge Mann ist vergiftet worden und erst seit kurzer Zeit tot«, sagte Cassian schließlich. Ilfaralek, der offenbar noch über die Ereignisse grübelte, nickte wiederum.

»Ich werde mich um die Angelegenheit der Bewachung des Hauses kümmern«, sagte er schließlich. »Das ist eine ziemlich üble Geschichte, so bald nach dem Unfall seines Vaters.«

»Der Junge ist jedenfalls ermordet worden«, sagte Cassian entschieden. »Wenn wir einmal ausklammern, daß Pauldin gelogen oder sich geirrt haben könnte, als er sagte, er habe eine junge Frau gesehen. Die Tatsache, daß sie nicht mehr da ist und auch keinen Alarm geschlagen hat, läßt vermuten, daß sie die Täterin ist, denn Crielle wird sich das Gift wohl kaum selbst verabreicht haben. Ich brauche eine Beschreibung dieser Frau.«

»Ich werde verlauten lassen, daß der Junge einen Unfall erlitten hat«, sagte Ilfaralek zögernd. »Er ist ertrunken, nachdem er ausgerutscht und mit dem Kopf auf den Beckenrand geschlagen ist. Die Leute werden reden, und die Gerüchte werden blühen, und vielleicht schöpft der eine oder andere auch Verdacht, aber das läßt sich nicht ändern. Viele Leute werden erwarten, daß Crielle ihnen einen Höflichkeitsbesuch abstattet, so daß wir seinen Tod nicht einfach unter den Teppich kehren können. Aber wir können auch nicht bekannt werden lassen, daß es Mord war. Die Sklaven müssen selbstverständlich verschwinden, damit sie nicht reden können.«

»Sie könnten ihre Herrin begleiten, um für sie zu sorgen, und in ihr Quartier eingesperrt werden, wo immer das auch sein mag.«

»Dann reden sie mit Tarlanths Sklaven, und die Wahrheit sickert ebenfalls durch. Es ist besser, sich ihrer sofort zu entledigen.«

»Aber ihr Verschwinden wird nur Anlaß zu neuem Gerede geben«, sagte Cassian in gemessenem Tonfall, um seinen Ärger über die abgebrühte Bereitschaft des Mannes zu verbergen, mehrere Leute umzubringen, nur weil es zweckdienlich war. Wenn man Ilfaraleks Stellung und die vielen unangenehmen Zeitgenossen berücksichtigte, mit denen er zu tun hatte, war diese Bereitschaft nicht weiter überraschend, doch Cassian war sie trotzdem zutiefst zuwider.

»Dann ist es das beste, wenn Karlanta zur Erholung auf eine Insel oder vielleicht nach Parland geschickt wird«, sagte Ilfaralek gelassen. »In Vivane werden alle denken, daß ihre Sklaven sie begleitet haben.«

»Warum schicken wir sie dann nicht einfach mit dorthin?«

»Inseln werden von Fischern, Kaufleuten und ähnlichen Personen besucht. Die Wahrheit würde durchsickern, und wir hätten keine Kontrolle darüber.«

Cassian wurde klar, daß er an der Entscheidung des mächtigen Mannes nichts ändern konnte. Er konnte lediglich versuchen zu retten, was zu retten war, um sein Gewissen zu beruhigen.

»Nun, wohin sie auch geschickt wird, Karlanta sollte nicht ausschließlich von unbekannten Gesichtern umgeben sein. Laßt wenigstens Pauldin und ihre Leibsklavin mitgehen. Es wird Eure und Tarlanths Fähigkeiten gewiß nicht überfordern, die beiden zumindest eine Weile am Reden zu hindern.«

»Also gut«, willigte Ilfaralek mit einem Anflug von Gereiztheit ein. Er räumte dem Wohlergehen von Sklaven keinen höheren Stellenwert ein als dem Akt des Zertretens eines lästigen Insekts und war offenbar ungehalten darüber, daß Cassian seine Zeit mit derartigen Banalitäten verschwendete. Er gab seinem verbliebenen

Untergebenen Anweisungen, und Cassian nutzte diesen Augenblick, um sich von Ilfaralek abzuwenden und Pauldin zu suchen. Er fand ihn im Flur, wo er herumstand und offenbar nicht wußte, was er mit sich anfangen sollte, während er argwöhnisch seinen Sklavenkollegen im Auge behielt, der das Gesicht ihrer Herrin wusch.

Als Cassian nach einer Beschreibung der jungen Frau fragte, lieferte ihm Pauldin mehr, als er gehofft hatte. Er beschrieb ihre Größe und Kleidung; sie hatte schwarze Haare, grüne Augen und eine weiße Hautfarbe. Als dem Sklaven die Worte ausgingen, er aber immer noch verzweifelt versuchte, nützlich zu sein, hatte Cassian plötzlich eine Eingebung.

»Wie hat sie gerochen, Pauldin?«

»Wie meint Ihr das, Herr?«

»War sie parfümiert? Hat sie einen Duft getragen?«

Der Sklave war zunächst sprachlos, doch dann machte er plötzlich einen zuversichtlicheren Eindruck. »Ja, Herr, ich glaube schon. Es war ein irgendwie pfeffriger Duft. Ein wenig nach verbranntem Holz, aber natürlich längst nicht so stark.«

»Moschusartig?«

»Ja, Herr.«

Cassian war jetzt mehr als erpicht darauf, von hier wegzukommen und seinen kleinen magischen Spion zu begutachten, aber gewisse Befürchtungen hielten ihn fest. »Du wirst deine Herrin zu Tarlanth bringen«, sagte er schließlich, während Pauldin ihm sein Reichssiegel zurückgab. »Nimm ihre Leibsklavin mit zu seinem Anwesen. Ein Bote ist bereits zu Tarlanth unterwegs, um ihn davon zu unterrichten, was sich hier abgespielt hat, aber wenn du auf Schwierigkeiten stößt, mußt du darauf bestehen, daß man jemanden zu mir schickt, dann werde ich mich dort für dich verbürgen. Nimm meine Kutsche und schick sie dann wieder hierher zurück. Nein, Augenblick, warte! Jerenn ist ja noch in der Kutsche. Er darf nichts von alledem erfahren.«

»Es tut mir leid, Herr, aber er war nicht in der Rosenvilla.« Pauldin sah jämmerlich aus, als habe er bei einer letzten Prüfung zu einem besonders ungünstigen Zeitpunkt versagt.

»Nicht?« Cassian versuchte seine Überraschung zu verbergen. »Nun, vielleicht ist er zu Tarlanths Anwesen gerufen worden. Ich kann schließlich nicht den ganzen Tag über ihn verfügen.« Wenn Pauldin argwöhnte, daß irgend etwas nicht stimmte, ließ er sich jedenfalls nichts anmerken. Hinter ihnen näherte sich Ilfaralek.

»Soll ich Karlanta mit den beiden Sklaven zu Tarlanth schicken?« fragte Cassian unschuldig. »Meine Kutsche wartet draußen.«

»Nun gut«, erwiderte Ilfaralek in jenem leicht gereizten Tonfall, an den Cassian sich langsam gewöhnte. Er bedeutete Pauldin, seinem Kameraden dabei zu helfen, die immer noch bewußtlose Karlanta aufzuheben und zur Haustür zu tragen.

»Bringt sie in meine Kutsche. Ich fahre mit ihnen und rede mit Tarlanth. Du«, sagte er gebieterisch zu dem Unteroffizier in seiner Begleitung, »wirst die Angelegenheit der Dienerschaft hier in die Hand nehmen. Geh sofort zur Kaserne am Stadttor.«

Als er gerade gehen wollte, wurde Ilfaralek plötzlich klar, daß er ein Haus voller Sklaven zurückließ, die dem Schicksal entgehen mochten, das er ihnen zugedacht hatte. Er wandte sich an Cassian.

»Ihr werdet ein paar Minuten bleiben, bis mein Leutnant zurückkehrt, nicht wahr?« Die schlichte Feststellung hatte noch eine tiefere Bedeutung. Ilfaralek verlangte von Cassian, daß dieser als Gegenleistung für die zwei Leben, die er ihm geschenkt hatte, die übrigen Sklaven dem Schicksal auslieferte, das ursprünglich allen zugedacht gewesen war. Cassian fühlte sich unwohl, da ihm klar war, daß ihn das in gewisser Weise zum Mitschuldigen an diesem Verbrechen machte. Dann verdrängte er den Gedanken, als ihm etwas Wichtiges einfiel, das er vergessen hatte. Um sich nichts anmerken zu lassen, gähnte Cassian, dann entschuldigte er sich dafür bei Ilfaralek.

»Tut mir leid«, sagte er, wobei er sich mit einem Ausdruck der Erschöpfung auf einen Stuhl sinken ließ. »Ich bin müder, als ich dachte. Ich habe mit der Generalin Crotias zu Mittag gegessen.«

»Ja, ich hörte davon.« Ilfaralek gestattete sich zum erstenmal seit seiner Ankunft ein Lächeln.

»Ich sorge dafür, daß alles in Ordnung ist – wie Ihr es gewiß ebenfalls tun werdet«, sagte der Elf glatt. Ilfaralek musterte ihn einen Moment lang mit bohrendem Blick, dann verschwand er in der Dunkelheit.

Als die Kutsche abgefahren war, stand Cassian auf und erklomm die Marmortreppe, die zu den Schlafräumen des Anwesens führte. Er wußte genau, wonach er suchte, und die Teppiche und Läufer würden die wäßrige Spur verbergen, die er zurückließ. Jedenfalls hoffte er das.

10

Jerenn beging nur eine kleine Unvorsichtigkeit und hätte dafür fast mit dem Leben bezahlt. Er war aufgeregt und glücklich und nahm sich nicht die übliche Zeit, um unter der klapprigen hölzernen Falltür zu warten und zu lauschen.

Als er in die Nacht hinauskletterte, lief er direkt einem Ork in die Arme, der gerade eine Flasche mit irgendeinem selbstgebrannten, eklig riechenden Schnaps leerte. Die Flasche fiel dem Ork aus der Hand, der daraufhin wüste Flüche ausstieß und mit einem gekrümmten Dolch, den er bereits in der anderen Hand hielt, nach Jerenn stieß. Glücklicherweise hatte der Ork durch den Zusammenstoß das Gleichgewicht verloren, und sein Stoß verfehlte Jerenn. Ein noch größeres Glück war die Tatsache, daß der Ork allein war. Er hatte keinen Kumpan, der nur darauf wartete, den erschrockenen Jungen von hinten zu packen und ihn zu Boden zu schleudern, um ihm dann die Kehle durchzuschneiden und die wenigen Habseligkeiten zu entwenden, die er bei sich tragen mochte, oder ihn bewußtlos zu schlagen und ihn einem Schicksal in den Tiefen der Unterstadt zuzuführen, das weit schlimmer war als eine durchschnittene Kehle. Jerenn hatte von verrückten Geisterbeschwörern und Blutmagiern gehört, die angeblich in den finstersten Winkeln der Unterstadt hausten, und war mehr als einmal vor den Menschenjägern gewarnt worden.

Er kannte seinen Weg ganz genau, aber nackte Angst und das Fehlen einer anständig brennenden Laterne bewirkten, daß er sich einfach nicht mehr an den Weg erinnern konnte. Während er durch Trümmer und Geröll raste, kamen die schweren stampfenden Schritte des erzürnten Orks hinter ihm immer näher. Zwei alte

Zwerge, heruntergekommen und fast zu betrunken, um sich zu bewegen, schafften es gerade noch, Platz zu machen, bevor Jerenn über sie stolperte. Als er an ihnen vorbeilief, blieb sein Fuß an einem Steinbrocken hängen, und er landete mit dem Gesicht nach unten in einer Lache mit einer kalten Flüssigkeit, die roch, als hätten die Zwerge vor nicht allzu langer Zeit ihren Schnaps oder vielleicht noch Schlimmeres dort ausgeschüttet. Die Galle hinunterschluckend, die in seiner Kehle aufstieg, rappelte er sich auf und stolperte weiter. Ein kurzer Blick zurück zeigte ihm, daß der Ork kaum noch ein halbes Dutzend Schritte hinter ihm war und die gelblichen Hauer und die gezackte Klinge ihm mit jedem Augenblick näher kamen.

Jerenn rannte jetzt aus Leibeskräften und betete, daß der Ork stolpern würde, bevor er es tat. Er wich einer Traube verschreckter Bettler und Krüppel aus, bis er schließlich einen winzigen Lichtstreifen unter der Tür eines Hauses sah, das plötzlich in der Dunkelheit vor ihm aufragte und nur zur Hälfte eine Ruine war.

Vielleicht war es nur Einbildung, aber hinterher hätte er schwören können, daß er den heißen Atem des Orks im Nacken spürte, als er sich gegen die Tür warf und dabei betete, daß sie sich öffnen würde, selbst wenn ihm der Aufprall das Bewußtsein raubte.

Ilfaraleks Leutnant kehrte nach wenigen Minuten zurück und fand einen augenscheinlich dösenden Elf auf einem Sessel in der Eingangshalle vor. Cassian rieb sich betont die Augen, als der Mann forsch ins Haus marschierte und fragte, ob er sich jetzt um das Haus kümmern könne.

»Unglücklicherweise muß jemand aus dem Hause Carinci davon unterrichtet werden«, sagte er, laut denkend. »Sie müssen die Vorbereitungen für die erforderlichen Rituale treffen. Karlanta wird diese Aufgabe kaum übernehmen können.«

»*Akarenti* Ilfaralek sagte, er würde sich um diese Dinge kümmern«, sagte der Offizier kühl. Offensichtlich wollte er, daß Cassian das Haus verließ, damit er mit seiner ›Arbeit‹ beginnen konnte. Draußen marschierte bereits ein Dutzend Soldaten auf. Cassian gehorchte und schlenderte in die kühle Nachtluft hinaus. An seiner Kutsche angelangt, entschuldigte er sich bei seinem müden Kutscher für die Verzögerung. Der Mann gaffte ihn wegen der durchnäßten Kleidung an, sagte jedoch nichts.

Wieder in seiner Villa fiel Cassian ein, daß er ganz einfach vergessen hatte, etwas wegen des verschwundenen Sklavenjungen zu unternehmen. Obwohl er hätte schwören können, daß er Sekunden nachdem er auf sein Bett gesunken war, einschlafen würde, mußte Cassian feststellen, daß er zu aufgekratzt war, um zu schlafen. Er war schrecklich müde, aber nicht im geringsten schläfrig. Das lag zum Teil an den Aufregungen der Nacht: dem ermordeten Elfenjungen, den Büchern, die er aus der Truhe genommen hatte, welche in einem Geheimverschlag im Boden unter Crielles Bett verborgen gewesen war. Aber auch andere Dinge spielten eine Rolle, und er wußte, was er deswegen tun konnte. Als er seine rituellen Gewänder, die er keinem Bediensteten anvertraut hatte, aus der Tasche nahm, schlug sein Herz noch schneller. Er zog sie an, dann löste er den Skarabäus aus der Halterung an seinem Schienbeinschützer und stellte ihn auf den Boden. Dann schloß er die Schlafzimmertür, klemmte einen Stuhl unter die Klinke, setzte sich auf die Bettkante und schloß die Augen. Er trug jetzt saubere, trockene Kleidung und konzentrierte sich intensiv.

Er sah den Raum mit dem Schwimmbecken aus einem Blickwinkel dicht über dem Boden, und sein geistiges Auge bewegte sich langsam über den Boden und die Wände, an Marmorsockeln und Gipsbüsten vorbei, bis er zur Ostwand kam. Dort verweilte sein geistiges

Auge und fixierte eine Stelle, bis dort ein warmes, blaßviolettes Leuchten von der Größe eines menschlichen Körpers erschien, der etwas kleiner war als er selbst. Die Gestalt war schlank, groß für eine Frau, schmalhüftig und langbeinig, aber er konnte absolut keine Einzelheiten erkennen.

Natürlich magisch maskiert, dachte er, als er die Augen öffnete und den Käfer wieder am Schienbeinschützer befestigte. Doch wer sie auch war, sie war durch die Wand gegangen. Der magische Rückstand war natürlich keine Illusion. Der Skarabäus ließ sich von solchen Dingen nicht täuschen. Elementare Magie, ziemlich mächtig. Es war recht unwahrscheinlich, daß es in Vivane von talentierten, jungen weiblichen Elementaristen wimmelte – und es mußte noch weniger Lehrer geben, die fähig waren, ihre Fähigkeiten an solch eine Schülerin weiterzugeben. Interessant.

Natürlich würde es ihm nicht möglich sein, ganz offen Fragen in dieser Richtung zu stellen. Seine magische Schnüffelei war in einem gewissen Sinn illegal. Seit langem geltende Reichsgesetze verboten den Einsatz von Divinationsmagie gegen Angehörige und Besitztümer des Adels, und zwar auch unter extremen Umständen. Früher hatte man derartige Gesetze gebraucht, um die verschiedenen Häuser davon abzuhalten, all ihre magischen Fähigkeiten in Nachforschungen zu stecken und sich dann gegenseitig anzuschwärzen. Gegenwärtig herrschte eine merkwürdige Doppelmoral: von einem *Praetor* wußte man, daß er bei seiner Arbeit magische Vorrichtungen und Fertigkeiten einsetzte, doch gleichzeitig erwartete man von ihm, daß er völliges Stillschweigen darüber bewahrte und die dadurch gewonnenen Erkenntnisse offiziell nicht verwertete. Alle auf diese Weise entdeckten Beweise waren weder in seinen Berichten noch vor einem Reichsgericht zulässig und konnten nur benutzt werden, um Informationen zu sammeln, die auf andere Art bestätigt und bewiesen werden mußten. Die Spitzfindigkeiten der Gesetze waren oft schwer zu durchschauen, was auch für die heikleren Aspekte des Protokolls galt, doch Cassian hatte schnell gelernt, Divinationsmagie diskret und sparsam einzusetzen.

Er nahm die Bücher, die er aus Daralecs Haus mitgenommen hatte, und legte sie auf den Tisch, um sich dann Gesicht und Arme in einer Schüssel mit kühlem Wasser zu waschen. Nachdem er einen Augenblick lang nachgedacht hatte, zog er sich aus und wusch seinen ganzen Körper mit einem nassen Handtuch, um sich danach mit den an und für sich unvereinbaren Düften von Oleander, Salbei und Pinie einzureiben. Dann wickelte er sich in seine verschiedenen Gewänder, die ersten Lagen eng, die letzte locker, um schließlich zur Tür zu gehen. Sein kleines Ritual war ein Zeichen für die zwiespältige Stimmung, in der er sich befand. Da er seinen Kutscher zur wohlverdienten Bettruhe entlassen hatte, ging er zu Fuß hinaus und über die Große Allee, durch die Kleinen Gärten und weiter zu den Schwebenden Zikkuraten.

Unter dem steigenden Mond, der jetzt nicht mehr unter der Wolkendecke hing, die sein Aufgehen früher am Abend verborgen hatte, schwebte dieser Ort der Ruhe auf eine Weise um die mächtigen Stufen der Pyramide, die ihn an die an einem windstillen Tag herabfallenden Samen eines Sykarabaumes erinnerte, als sei ein Augenblick ihres trägen Absinkens in der Zeit erstarrt und hier bewahrt worden. Obwohl der Sommer langsam dem Herbst wich, waren die Ränder der Stufen und die hängenden Gärten selbst mit eleganten Blumen übersät. Er erklomm mühelos die Stufen der Pyramide, da der daraufliegende Zauber den Aufstieg erheblich erleichterte, bis er einen Punkt dicht unterhalb der Spitze erreichte, wo er angelegentlich das solide Gestein verließ und über unsichtbare Träger aus elementarer Luft ging, bis er einen Ruheplatz fand. Er hörte über die Geräusche eines Liebespaares hinweg, welches sich über das Gesetz hinwegsetzte, das derartige Aktivitäten hier verbot, zündete die kleine Nachtlaterne an, die er mitgebracht hatte, und öffnete das erste der Bücher aus Daralecs Haus, das er auf seinen Schoß legte.

Er verschränkte die Hände über dem Buch und ließ sich treiben, die Augen immer noch geöffnet, nahm Bilder und Eindrücke von der Außenwelt in sich aus, beachtete sie jedoch immer weniger. Er träumte mit offenen Augen und ließ einfach ein paar Minuten lang Eindrücke und Gedanken aus sich herausfließen. Dann überflog er die ersten Seiten des Buchs. Kein Mensch, Ork, Zwerg oder sonstiges Wesen außer einem anderen Elf würde seine Handlungen verstanden haben. Er erfaßte die Zahlen und Namen, die Daten und Beschreibungen mehr durch Empathie als über die bewußte Wahrnehmung, wenngleich ihm seine Augen den Inhalt des Buchs vermitteln. Und er wechselte zwischen seiner seltsamen Träumerei und dem Lesen hin und her, selbstversunken und dann wieder neben sich stehend, bis die Intuitionen konkrete Formen annahmen und sich das Schema des Verbrechens, das er untersuchte, langsam vor seinem geistigen Auge abzuzeichnen begann.

Jerenn wurde umgerissen, als er sich von den Knien zu erheben versuchte. Glücklicherweise hatte ihn der Troll am Kragen und nicht an den Haaren gepackt, und er hatte der Tür einen Tritt versetzt, so daß sie hinter Jerenn ins Schloß gefallen war. Von draußen ertönte ein wütendes Hämmern.

In dem Raum, in den Jerenn eingedrungen war, saß ein Dutzend Leute im Kreis. Hauptsächlich Menschen, aber auch zwei Orks, ein Zwerg und der Troll, der ihn mißhandelte. Der Troll schleuderte ihn gegen eine Seitenwand, und Jerenn war halb betäubt und nahm kaum wahr, daß sein Verfolger es schließlich auch geschafft hatte, es ihm nachzutun und die Tür aufzubrechen.

Der Troll warf einen Blick auf den Ork, dann packte er dessen Dolch, entriß ihn ihm und zerbrach ihn in zwei Teile. Der Ork gaffte für einen Sekundenbruchteil, bis der Troll ihm mit abscheulicher Brutalität einen Faustschlag direkt ins Gesicht verpaßte. Blut spritzte aus der gebrochenen Nase des Orks, und einer seiner Hauer brach ab. Er taumelte rückwärts und fiel zu Boden.

Jerenn schloß die Augen vor dem Schauspiel, das folgte, und wünschte, er hätte sich auch vor den Geräuschen des schreienden Orks verschließen können, bis es den Troll langweilte, den Ork zu treten. Er kauerte jämmerlich in der Ecke und wagte es kaum, die anderen anzusehen. Dann umklammerte die Hand eines Orks, die ihm eher wie die Pranke eines bärenähnlichen Raubtiers vorkam, sein Kinn so kräftig, daß er glaubte, die Zähne würden ihm herausgequetscht. Mit unmißverständlicher Absicht zog der Ork ein Messer, und einen gräßlichen Moment lang wußte Jerenn, wie es war, tot zu sein, ohne daß es eine Möglichkeit der Rettung gab. Das erste Mal, das ihm das widerfahren war, lag schon so lange zurück, daß er fast in Ohnmacht gefallen wäre und wünschte, er wäre es tatsächlich, bis das Gesicht eines zweiten Orks hinter dem ersten auftauchte und den Mörder in spe anknurrte.

»Hör auf! Ich kenn ihn. Er is für die alte Mutter Grishin unterwegs, jawoll. Er is gut zu ihr. Wird ihr nich gefallen, wenn ihm was passiert.«

Der erste Ork grunzte und sah so aus, als widerstrebe es ihm zutiefst, das Messer herunterzunehmen. Jerenns Herz machte einen wilden Satz, als er den anderen Ork erkannte. Es war Taravail, der junge Ork mit dem entschieden unorkischen Namen, der ihn zur Zielscheibe vieler Spötteleien anderer Orks machte. Plötzlich freute sich Jerenn ungemein über die Tatsache, daß er sich noch nie über den Namen des Orks lustig gemacht, ja nicht einmal einen Scherz angedeutet hatte.

»Er hat uns gesehen. Er muß verschwinden«, brummte der erste Ork, indem er sich die Lippen leckte.

»Er hat niemals nix gesehen, auf keinen Fall nich«, versicherte Taravail in einer Aneinanderreihung von Verneinungen. »Laß ihn gehen.«

»Ich wollte nur Mutter Grishin besuchen«, jammerte der Junge flehentlich.

»Halt's Maul«, brüllte der Ork mit dem Messer. »Das hat nix mit dir zu tun, also halt die Schnauze, ja?« Jerenn fühlte sich lächerlicherweise plötzlich beleidigt. Nichts mit ihm zu tun?

»Paßt auf, wir schmeißen ihn einfach raus, und wenn dieser Ork ihn erwischt, Pech gehabt«, sagte eine matte Frauenstimme irgendwo hinter den Orks, die ihm die Sicht auf den Rest des dreckigen, übelriechenden Raums versperrten. »Sie ist sowieso nicht da. Er hat nur 'n Haufen Leute in einem Haus gesehen und wird wegrennen.«

»Darauf könnt ihr Gift nehmen«, sagte Jerenn eindringlich.

Sehr langsam und mit offensichtlicher Enttäuschung senkte der Ork sein Messer und steckte es in die Scheide an seinem Gürtel. Er packte den Jungen am Halsansatz und besaß die Freundlichkeit, die klapprige Tür zu öffnen, bevor er Jerenn einen Tritt in den Allerwertesten verpaßte, der ihn kopfüber durch die Tür und nach draußen beförderte.

Jerenn fing an zu rennen, wurde jedoch gleich darauf langsamer. Schließlich war er schon einmal gestolpert, als er durch dieses mit Trümmern übersäte Ruinenfeld gelaufen war, und bei seinem nächsten Sturz verstauchte er sich vielleicht den Knöchel oder brach ihn sich sogar.

Dann widerfuhr ihm etwas Seltsames.

Zweimal innerhalb weniger Minuten hatte er dem Tod in Gestalt eines Orks mit einem Messer ins Gesicht gesehen, und die unsagbare Erleichterung, die er nach der zweimaligen Flucht empfand, erfüllte ihn mit einem Gefühl aberwitziger Furchtlosigkeit. Sehr langsam machte er kehrt, schlich sich zu dem Haus zurück und hielt nach einem geeigneten Versteck Ausschau, wo er abwarten, beobachten und lauschen konnte.

Langsam, aber zielbewußt ordnete Cassian seinen Vorstellungen Wörter zu. Der Nachschub an Baumaterial ist gefährdet. Ein Magier und ein Baumeister, die mit diesem Baumaterial gearbeitet haben, um die Stadt zu sichern, sind ebenso tot wie der Importeur des Baumaterials und dessen Sohn. Eine Elementaristin ist in die Sache verwickelt. Das ist ein Schema. Ich glaube nicht, daß es sich um Sabotage handelt. Tatsächlich sieht es mir eher nach einer Rivalität zwischen verschiedenen Häusern aus. Jemand wird die Funktionen übernehmen, welche die Toten nicht mehr ausfüllen können. Vielleicht liegt den Morden auch eine Häuserfehde zu Grunde. Haus Carinci und Haus Narlanth haben jeweils zwei wichtige Mitglieder verloren. Also muß ich dem politischen Aspekt der Sache nachgehen. Die Notizen des Richter-Generals geben mir ein paar Anhaltspunkte, aber ich werde meine eigenen Fähigkeiten einsetzen müssen, um die Rivalitäten aufzudecken. Und vor allem muß ich herausfinden, wer am meisten von den Todesfällen profitiert. Es könnte nämlich sein, daß es nicht nur eine einzige Person ist.

Er war beinahe enttäuscht. Die Lösung hatte einen äußerst weltlichen Charakter, was allzu oft der Fall war. Habgierige Familien, die mehr wollten, als ihnen zustand, die nach zusätzlichem Reichtum trachteten, nach mehr Macht in den Randgebieten, vielleicht in der Hoffnung, mit der Zeit ihren Einfluß innerhalb der Konklave vergrößern zu können. Zwar hatte das Reich eine Vielzahl von Ritualen und Prozeduren entwickelt, um die Rivalitäten zwischen den Häusern auf ein Minimum zu beschränken, aber sie trieben immer noch an die Oberfläche wie Kot in einer Abwassergrube.

Plötzlich sprang ihn eine Vorstellung an, die ihm Sorgen bereitete. Irgend etwas tief in ihm flüsterte ihm zu, daß etwas Finsteres, Korruptes hinter dem Schleier des Anscheins lauerte. Der Schein trog vielleicht nicht, aber er machte nur einen Teil des Bildes aus. Er fühlte sich schwindlig, empfand ein reales körperliches Unbehagen in der Magengegend.

»Oder ist das nur Crotias' Bier?« flüsterte er plötzlich hörbar laut.

Dann wurde ihm klar, daß er über die Anwesenheit der Person neben sich schon seit einiger Zeit einfach hinweggesehen hatte.

11

Sie war elegant und schlank, das Haar dunkel und glänzend, und selbst im schwachen Schein der Laterne, der ihre einzige Lichtquelle war, da der Mond sich hinter den Wolken versteckt hatte, kam ihm ihre Haut dunkel vor. Cassians immer noch geschärfte Wahrnehmung verriet ihm, daß sie älter war, als sie aussah, obwohl sie wahrscheinlich nicht älter als zehn oder elf Dekaden war. Wie bei allen Elfen enthüllte ihr Aussehen nicht ihr Alter, nicht einmal den aufmerksamen Blicken eines anderen Elfs.

»Verzeiht mir«, sagte sie sanft. »Ihr wart in Gedanken verloren. Das kann sehr gefährlich sein, sogar hier. Es gibt einige Leute, die auf solche Gelegenheiten warten und bedenkenlos töten, um sich zu bereichern.«

»Ist es so unsicher? Hier gibt es doch regelmäßige Patrouillen«, sagte er aufrichtig überrascht.

»In der Stadt gibt es genug Leute mit den Fähigkeiten, diesen Patrouillen auszuweichen, und die Nacht ist jetzt ziemlich dunkel.« Sie musterte ihn kurz. »Ihr müßt neu in Vivane sein.«

»Das bin ich auch«, sagte Cassian, der seine Herkunft zwar nicht verraten wollte, sie aber auch kaum vor ihr verbergen konnte.

»Stammt Ihr vielleicht aus der Großen Stadt? Eure Gewänder lassen darauf schließen«, sagte sie, wobei die Andeutung eines Lächelns ihre Lippen umspielte. Seine Sinne waren immer noch ein wenig unscharf, und er brauchte Zeit, um sich zu fassen. Er traute sich noch nicht zu, eine Unterhaltung zu führen, ohne allzuviel von sich zu verraten, und wußte immer noch nicht, wer sie war. Sie spürte sein Zögern.

»Ich sollte die Situation nicht ausnutzen«, sagte sie

beinahe neckisch. »Wie ich sehe, seid Ihr in widersprüchlicher Stimmung.«

Er betrachtete seine Gewänder. Seine Kleidung verriet jedem Elf, daß seine Träumerei eine gespaltene war, da er sich zugleich auf sein Inneres und auch auf das Äußere konzentrieren mußte. Er hatte den richtigen Standpunkt gefunden, aber die Rückkehr in die normale Welt dauerte seine Zeit. Anspannung und Erregung stritten immer noch mit der wachsenden Erschöpfung seines Körpers, was dazu führte, daß ihm Entspannung und die Bereitschaft zum Schlaf versagt blieben.

Sie nahm seine Hand und ließ sie in ihrer ruhen, dann bot sie ihm mit der anderen Hand einen winzigen versilberten Flakon an, in dem sich ein stark duftender Likör befand. Er nahm ihn dankbar und trank einen Schluck. Die Flüssigkeit brannte in seinem Mund wie Feuer, war jedoch im Hals wunderbar mild, und seine Geschmacksknospen wurden von warmem Honig und Gewürzen umschmeichelt, die seine Nase kitzelten. Er schüttelte den Kopf wie ein Hund, der aus dem Wasser steigt.

»Ich glaube, ich kenne das«, sagte er anerkennend. »Es ist kein einheimisches Getränk, nicht wahr? Ist es *Qualifarn?*«

Einen Moment lang zögerte sie, dann bejahte sie die Frage. Er war nie in das weit entfernte Küstenland geschickt worden, aus dem das Getränk stammte, aber er kannte den feurigen Ruf jenes Grenzvolkes, und ihre dunkle Haut ließ solch eine Herkunft vermuten. Er spürte außerdem, daß sie ihn das nicht wissen lassen wollte, jedenfalls nicht so leicht.

Die Empfindungen, die das Getränk hervorrief, waren so stark, daß sie ihm dabei halfen, sich wieder völlig auf seine Umwelt zu konzentrieren und sich aus dem traumähnlichen Zustand zu lösen. Das Gefühl der Erschöpfung in seinen Muskeln und Knochen nahm schnell zu, und er seufzte vor Müdigkeit.

»Ich bin Euch sehr dankbar«, sagte er. »Danke, daß Ihr über mich gewacht habt.« Sie hatte nur das getan, was jeder Elf für einen anderen getan haben sollte, aber das war kein Grund, keine echte Dankbarkeit zu empfinden, und er meinte das, was er sagte, ernst. Er erhob sich ziemlich träge.

»Wir haben uns nicht einmal bekannt gemacht«, sagte er.

»Ich denke, Ihr seid wahrscheinlich *Praetor* Cassian«, sagte sie nach einer kurzen Pause, die ihn neugierig machte. »Ich habe in den letzten Tagen von keinem anderen Besucher aus Thera gehört. Jedenfalls von keinem unserer Rasse.«

»Dann seid Ihr mir gegenüber im Vorteil.« Wenngleich sie es offenbar nicht wollte, verlangte das Protokoll, daß sie sich vorstellte.

»Ich bin Shusala«, sagte sie. »Ihr werdet schon von mir gehört haben.« Sie erhob sich ebenfalls und entfernte sich von ihm.

In der Tat, sann er. Er hatte tatsächlich schon von ihr gehört: Ziraldeshs Frau und Daralecs Tochter. Er erinnerte sich daran, daß die Witwe Karlanta gesagt hatte, Crielle sei Daralecs und ihr einziges Kind. Aber er hatte auch gehört, daß Daralec zweimal verheiratet gewesen war, und wenngleich Elfen es nicht für notwendig befanden zu heiraten, um Kinder zu bekommen und großzuziehen, hatte er ein Gefühl der Ablehnung in dem Ausdruck gespürt, den sie benutzt hatte.

Er fragte sich, was wohl der Grund dafür gewesen sein mochte.

Jerenn war sich bewußt, daß es weit nach Mitternacht war und immer kühler wurde. Außerdem lag Regen in der Luft. Er klammerte sich an seinen gefährlichen Sitz auf dem Dach und preßte das Ohr noch fester dagegen, und zwar auf eine Stelle, wo die Balken verfault waren und Geräusche zu ihm durchdrangen, die aber auch einen halsbrecherischen Fall versprach, falls er sich noch weiter vorwagte.

Er konnte die Stimme eines Mädchens oder die einer jungen Frau hören, eine melodische Stimme. Sie redete davon, die Mauern des Theranerviertels von Vivane einzureißen, von den Leuten aus der Unterstadt und dem Ruinenviertel, die dann raubend und plündernd in das Theranerviertel strömen würden, von Rache und Zerstörung. Er hörte zustimmendes Gebrüll der anderen, das jedoch ihren Redefluß kaum unterbrach. Schließlich mischte sich die Stimme einer anderen Frau ein, die er als diejenige erkannte, welche die Orks bei ihrer Debatte über sein weiteres Schicksal unterbrochen hatte. Es war eine Stimme mit einer gewissen Schärfe, die welterfahren und skeptisch klang.

»Bleibt nur die Kleinigkeit der Achten Legion, ganz zu schweigen von den Luftschiffen in Himmelsspitze. Alles in allem vielleicht zehntausend ausgebildete Soldaten. Mit solch einem Gegner in der Stadt können wir die Stadt nicht bekommen.«

»Ihr könnt Vivane und alles andere darin haben, was ihr haben wollt«, erwiderte die melodische Stimme. »Allen Reichtum, alles Gold, alle Juwelen, alles, was die Theraner euch im Laufe der Jahrhunderte abgenommen haben.« Der Ärger in der Stimme war nicht zu überhören.

»Die Leute können keine Armee bekämpfen.«

»Du scheinst nicht zu verstehen«, konterte die Stimme mit einem leicht unheilverheißenden Unterton. »Wenn in einer Stadt ein derartiges Chaos ausbricht, gebietet der theranische Instinkt grundsätzlich, sich in eine Festung zurückzuziehen. Wenn es keine Mauern und keine Festung gibt, in die sie zurückweichen können, treten sie den Rückzug an. Die Alternative lautet, das Leben ihrer Soldaten aufs Spiel zu setzen, und das ist etwas, womit sich die Theraner nur in einem Krieg abfinden können. Du verstehst unsere Denkweise nicht.«

Unsere Denkweise? Dann ist sie eine *Theranerin?*

»Der Zeitpunkt rückt immer näher. Das Kyprosfest beginnt in zehn Tagen.«

Ein paar Minuten herrschte Schweigen, und dann meldete sich ein Zwerg mit einem nörgelnden Unterton zu Wort. »Wir würden alle gerne diese Hand der Nacht gerne einmal sehen. Ich meine, als Beweis, daß die Hand der Nacht wirklich existiert.« Ein leises Murmeln im Raum bestätigte seine Worte.

»Die Hand der Nacht existiert wirklich. Ihr alle habt ihr Werk gesehen. Habt ihr nicht alle in den Gängen und Katakomben gearbeitet, die wir zusammen restauriert haben?«

Wiederum erhob sich ein Murmeln der Zustimmung. Jerenn hörte, wie sich die Leute erhoben, während ihm bewußt wurde, daß es auf dem Dach zunehmend schlüpfrig wurde, da es zu regnen angefangen hatte. Er krümmte sich noch stärker zusammen und hielt sich mit seiner ganzen Willenskraft fest.

Cassian erwachte schon eine Stunde nach Sonnenaufgang und stellte zu seiner Überraschung fest, daß er sich erfrischt und ausgeruht fühlte. Nach den Ereignissen des vergangenen Tages, dem Trinkgelage und der Aufregung, der späten Stunde und der tiefen Versunkenheit hatte er damit gerechnet, sich an diesem Morgen elend zu fühlen, doch das Gegenteil war der Fall. Er rief nach Jerenn, während er mit unziemlicher Munterkeit aus dem Bett sprang.

Es dauerte einige Zeit, bis der Junge heißes Wasser und frische Seife brachte. Seine Augen blickten verschlafen drein, und seine Nase war gerötet. Es sah so aus, als sei eine Erkältung im Anzug, und der Elf sagte ihm, er solle sich setzen. Der Junge machte einen ängstlichen Eindruck.

»Also, wo hast du letzte Nacht spioniert?«

Jerenn sah aus, als sei er von einem Pfeil in die Brust

getroffen worden. Angst weitete seine Pupillen. Er umklammerte seine Knie, krümmte sich zu einer Art Abwehrhaltung zusammen und antwortete nicht.

»Es ist ganz offensichtlich, Junge. Letzte Nacht warst du nicht da, als ich einen Sklaven nach dir geschickt habe. In der Nacht hat es geregnet. Das Gras ist nasser, als dies bloßer Tau bewirken könnte. Du hast eine Erkältung und bist hier hereingekommen wie ein alter Mann, dessen Gelenke schon zu viele kalte Winter erlebt haben. Sag mir, wo du gewesen bist.«

Jerenn sah aus, als sei das Todesurteil über ihn verhängt worden. Cassian war entsetzt, als der Bursche sich plötzlich vor ihm auf den Boden warf und heisere Schluchzer seinen Körper erbeben ließen.

»Herr, bitte, mein Herr wird mich töten lassen.«

»Steh auf, Junge«, sagte Cassian, dessen Tonfall nicht unfreundlich war. »Was du mir erzählst, wird deinem Herrn nicht zu Ohren kommen. Es ist nur so, daß ich gestern nacht deine Dienste benötigt habe und du nicht da warst. Du schuldest mir eine Erklärung, und ich werde eine bekommen.«

Der Junge erhob sich auf die Knie, wollte ihn jedoch nicht ansehen. Schließlich, nachdem er seine Fassung zumindest teilweise wiedergewonnen hatte, brachte er einen zusammenhängenden Satz heraus. »Da ist eine alte Frau, Herr. Auf der anderen Seite der Mauern. Ich bringe ihr Essen und halte die Augen für sie offen, Herr.«

Als er hinterher darüber nachdachte, kam Cassian zu dem Schluß, daß das, was er in jenem Augenblick erlebte, nachdem er die Worte des Jungen gehört hatte, auf ein Überbleibsel seiner tiefen Versunkenheit aus der Nacht zuvor zurückzuführen sein mußte. Er empfand einen stechenden Schmerz in der Brust, ein starkes Mitgefühl mit dem Jungen. Einen Augenblick lang fühlte er sich ein wenig zittrig.

»Du bist ein Waisenkind.« Es war eine Feststellung

und für einen Sklavenjungen noch dazu eine sehr unwahrscheinliche. Was Cassian wußte, aber nicht sagte, war die Tatsache, daß der Umstand, daß der Junge ein Waisenkind war, mit Sicherheit nicht das Schlimmste an seiner Kindheit gewesen war. Ihm war augenblicklich klar, was die alte Frau dem Jungen bedeutete.

»Ja, Herr.« Der Blick des Jungen war immer noch zu Boden gerichtet. Er sah aus wie ein Kriegsgefangener, der soeben eine jämmerliche Niederlage erlitten hatte. Plötzlich drehte sich eine Goldmünze auf dem Stein vor ihm, die der Elf dorthin geworfen hatte.

»Dann bring ihr heute nacht etwas zu essen und vielleicht noch einen Schal vom Markt oder etwas anderes, das sie gegen die Kälte des kommenden Winters schützt«, sagte Cassian freundlich. »Aber wenn du weitere Besuche planst, ist es besser, wenn ich es vorher weiß, falls ich dich hier brauche. Ich bezweifle, daß deine Freundin ständiger Aufmerksamkeit bedarf.«

Jerenn betrachtete ihn mit staunendem Blick. Er bekam hin und wieder ein Silberstück, wenn er seine Arbeit besonders gut erledigte, aber das waren seltene Glücksfälle, und damit ging es ihm noch besser als den meisten Sklaven, die er kannte. Und dafür konnte er sich glücklich schätzen. Daß er Gold dafür bekam, daß er etwas Falsches getan hatte, war außergewöhnlich.

Mehrere einander widersprechende Gefühle wallten in ihm auf. Er war unendlich erleichtert. Immer noch verängstigt und erregt über das, was er in der Nacht zuvor gehört hatte. Und eine alte Sehnsucht überkam ihn wieder. Das, was dieser Theraner tat, führte ihn in viele weit entfernte fremde Länder. Jerenn sehnte sich danach, dasselbe zu tun, und obwohl ihn die Abgründe der Rasse und vieler Jahrzehnte der Lebenserfahrung von ihm trennten, empfand er ein starkes Verlangen, bei dem Elf zu bleiben, als Diener und Begleiter mit ihm zu reisen, ihm Augen und Ohren an Orten zu ersetzen, die Cassian nicht aufsuchen konnte. Es war alles zuviel für ihn, und er saß einfach nur stumm und halb betäubt da.

»Es gibt einen Laden namens – Culparn, nicht wahr? Ein Kräuterladen, glaube ich. Er gehört zu den nützlichen Orten hier im Viertel, die ich für mich notiert hatte, sollte ich Bedarf dafür haben. Du solltest dorthin gehen und etwas gegen deine Erkältung holen. Wenn du schnell genug das richtige Mittel einnimmst und dich heute nachmittag ins Bett legst, kommst du vielleicht ohne Fieber davon und ersparst dir drei Krankheitstage. Krank und fiebrig bist du mir keine Hilfe.«

»Ja, Herr. Ich gehe sofort, Herr«, sagte Jerenn rasch, indem er sich aufrappelte. So dankbar er war, er wollte schnell weg, um sich über seine Gefühle klar zu werden.

»Und hör auf, mich ›Herr‹ zu nennen! Wie oft muß ich dir das noch sagen?« rief Cassian der Gestalt hinterher, die durch den Flur lief. Das kurze ›Ja, Herr‹ war genau die Antwort, die er erwartet hatte. Er grinste und machte sich daran, sich das Gesicht einzuseifen.

12

»Ich kann Euch noch einmal versichern, Meister Haughrald, daß ich absolut keinen wie auch immer gearteten Verdacht gegen Euch hege. Ganz im Gegenteil. Nach allem, was ich gesehen habe, würde ich sagen, daß Ihr dieser Stadt und dem Reich ein äußerst loyaler Diener seid. Wenn ich von anderer Seite, und noch dazu von mächtiger, etwas anderes gehört habe, kann ich Euch versichern, daß derartige Überzeugungen meiner Ansicht nach falsch sind und auf Vorurteilen beruhen. Ich habe sie als völlig haltlos abgetan.«

Es war nicht leicht gewesen, den aufgebrachten alten Zwerg zu beruhigen. Cassians zweiter Besuch, um die Unterlagen der Künstler und Handwerker einzusehen, hatten die Befürchtungen des Architekten neuerlich geweckt. Was die Angelegenheit verschlimmerte, war die Tatsache, daß Cassian nicht offen zugeben konnte, wonach er suchte. Aus Daralecs geheimen Rechnungsbüchern, denjenigen, die er in Crielles Zimmer gefunden hatte, wußte er, daß es einen Partner im Hintergrund gab, mit dem der Steinhändler eine verborgene Allianz eingegangen war. Zweifellos war mit dieser Partnerschaft irgendein Betrug oder eine Korruption oder auch ein Skandal verbunden. Haughralds Unterlagen lieferten vielleicht einen Hinweis auf die Identität dieses geheimen Partners, aber Cassian wollte nicht, daß Haughrald davon erfuhr. Vom Standpunkt des Zwerges aus betrachtet war ein zweiter Besuch eines eigens von Thera geschickten Untersuchungsbeamten – der diesmal nicht sagte, wonach er suchte – offensichtlich kein gutes Zeichen.

Cassian entdeckte in Haughralds Unterlagen jedoch

nichts, was ihm weiterhalf. Somit blieb nur noch eine Möglichkeit.

»Es hat einen äußerst bedauerlichen Unfall gegeben, Haughrald. Daralecs Sohn ist letzte Nacht ausgerutscht und mit dem Kopf aufgeschlagen und dann in seinem Schwimmbecken ertrunken. Das bedeutet, daß die Steine zukünftig von anderer Quelle geliefert werden müssen.«

Der Zwerg strich sich beunruhigt den Bart. »Meine Güte, ich weiß von nichts. Das Haus Carinci hat immer ein Monopol auf die Versorgung gehabt. Ihm gehören die Steinbrüche in Isemgurd, wo die guten Steine herkommen. Ich habe damit nichts zu tun, das ist Sache der Carinci. Aber Ihr könntet mit K'keelifa reden.«

»Und wer ist das?«

»Er ist der Herr über die *Aropagoi* der Carinci.«

»Natürlich. Nun, ich bin Euch zu Dank verpflichtet. Ich glaube nicht, daß ich Euch noch einmal belästigen muß«, sagte der Elf heiter. Die Auseinandersetzung mit dem T'skrang würde eine gänzlich anders geartete diplomatische Annäherung erforderlich machen. K'keelifa würde selbstverständlich der Admiral der Flotte sein, die die Steine flußabwärts schiffte. Es war nicht überraschend, daß er den Titel eines Admirals angenommen hatte, wenngleich er vermutlich kein Soldat war. Es war das normale Gehabe der prahlerischen T'skrang in den entfernteren Winkeln des Reichs.

»Es könnte sogar sein, daß Ihr ihn noch erwischt, wenn Ihr Euch beeilt«, sagte der Zwerg hilfsbereit. Zweifellos ist er froh, wenn er mich los ist, dachte Cassian. Ich an seiner Stelle wäre es jedenfalls. »Er liegt mit seinem *Niall* noch im Hafen, soll aber gegen Mittag flußaufwärts zu den Steinbrüchen segeln. Wenn Ihr ihn jetzt nicht mehr erwischt, ist er wahrscheinlich bis zu den Feiertagen fort. Diese T'skrang feiern bei solchen Gelegenheiten immer ziemlich ausgiebig, wißt Ihr.«

»Ja, ich weiß«, sagte Cassian. Wenn sich die T'skrang auf eine lange Feier vorbereiteten, war totale Schmeichelei gefragt, aber die Angehörigen des Reptilienvolks waren in Zeiten des Feierns nicht besonders diplomatisch und sollten ziemlich leicht auszuhorchen sein. Was soll's, sann der Elf. Gestern mußte ich mich mit einer prahlerischen Ork-Generalin betrinken. Ich bin sicher, daß ich heute auch mit ein paar prahlerischen T'skrang zurechtkomme.

Als er an den Märkten vorbei und zu den Flußbehausungen der T'skrang ging, übersah er Jerenn, der fröhlich mit einer einäugigen Marktfrau feilschte. Er untersuchte die Handschuhe und beklagte sich, daß die Wolle zu kratzig sei und daß niemand, der noch ganz richtig im Kopf war, *so* viel für sie verlangen könne, und außerdem sei er ein armes Kind, dem die Hände in der Winterkälte abfrieren würden, und wie *könne* sie es übers Herz bringen, ihn so zu übervorteilen, habe sie denn selbst keine Kinder, und wo er doch eine arme Waise und alles sei ... Als die Frau schließlich seufzte und nachgab, betrachtete Cassian bereits die Zinnen, die sich auf der Flammenallee erhoben. Sie schienen zu schillern, als seien sie mit flüssigem Perlmutt überzogen, das in einem fabelhaften Regen aus Juwelen und Farben vom Himmel gefallen war. Im Sonnenlicht ähnelten sie den Flossen oder Krallen einiger großer Flußbewohner, statisch und solide, haltbar und immerwährend. Seine Bewunderung blieb nicht unbemerkt.

»Prachtvoll, nicht wahr? Haben wir hier nicht etwas Wunderbares erbaut?« sagte ein T'skrang stolz.

»Sie können sich mit allen messen, die ich in Indris gesehen habe«, versicherte ihm Cassian, »und sie sind unter den T'skrang in aller Munde, habe ich recht?«

Der T'skrang richtete sich zu voller Größe auf, und seine leuchtend rote und gelbe Kleidung strahlte so hell, wie er selbst es zu tun schien. »Wirklich?«

»Ich übertreibe nicht«, sagte Cassian, dem die Notlüge glatt über die Lippen kam. »Und schließlich haben sie dort gewisse Vorteile. Zum Beispiel die Schalen der *Kalivanti.* Das sind gewaltige Bestien, die ein Flußboot allein mit ihrem riesigen Schnabel versenken können, aber man kann sie töten, und dann wird die Schale mit gewissen Säuren und Fetten behandelt, deren Zusammensetzung die Indriser geheimhalten. Sie kann dehnbar und gefügig gemacht und geformt werden, und sie benutzen sie für ihre Bauten. Das hier« – Cassian deutete auf das schlammige Wasser – »erinnert mich stark an ihre Arbeit. Ich frage mich, ob Ihr nicht Verwandte oder Familien in Indris habt?«

Es war eine kluge List. Der Vortrag war ein Kompliment für die T'skrang, noch dazu eines mit einer verschwörerischen Komponente. Ein T'skrang wäre stolz auf solch eine Verbindung, wenn es sie gäbe, und obwohl er sie einem Angehörigen einer anderen Rasse gegenüber nicht erwähnen würde, wäre er doch erfreut darüber, daß der Betreffende aufmerksam und intelligent genug ist, um die Qualität ihrer handwerklichen Kunst zu erkennen und sich über eine derartige Verbindung Gedanken zu machen. Außerdem verriet die Frage, daß sich der Sprecher mit den Eigenarten der T'skrang auskannte, was eine Verbeugung vor der gesamten Rasse und daher ebenfalls erfreulich war. Cassians Belohnung bestand in einem kurzen Schlag des Schwanzes, ein sicheres Zeichen dafür, daß der T'skrang guter Dinge war.

Von hier aus müßte ich mich eigentlich in sicheren Gewässern bewegen, dachte Cassian und lächelte dann über das unbeabsichtigte Wortspiel. Die Laune dieses T'skrang mußte ansteckend sein.

Als er schließlich zum Admiral vorgelassen wurde – und die Erlaubnis zu bekommen, sein Schiff zu betreten, war mit einer königlichen Audienz vergleichbar –, hatte sich Cassian mit den Hauszugehörigkeiten der T'skrang vertraut gemacht. K'keelifa gehörte dem Haus Carinci an und war ein Mitglied der K'kandri-Familie dieses Hauses. Und schließlich gehörte er noch dem Handelshaus Stein und Wasser an. Es würde Cassian schlecht bekommen, über diese Dinge nicht informiert zu sein. Fehler in der Etikette waren hier unverzeihlich.

Der T'skrang bot einen prächtigen Anblick. Seine Haut war grün mit gelben Sprenkeln, und er sah schlank und gesund aus. Sein Kopfkamm war eingerollt und lag eng am Kopf an, und seine Kleidung war grün, hellblau und strahlend gelb. Er trug kaum Schmuck, aber die Armreifen aus Metall und der Gürtel aus Mastrylth-Haut waren kunstvoll gearbeitet. Da er damit gerechnet hatte, war Cassian in schlichten blauen Gewändern gekommen, so daß die Kleidung des T'skrang im Vergleich dazu prächtig wirkte. Es wäre undiplomatisch gewesen, den T'skrang auf seinem eigenen Schiff in puncto Kleidung auszustechen, doch Cassians Gewänder waren ebenfalls von hervorragender Qualität. Armselige Kleidung zu tragen, wäre ebenso undiplomatisch weil gleichermaßen beleidigend gewesen.

»Ihr müßt mindestens so stolz auf Euer Schiff sein wie jeder andere Admiral«, sagte Cassian glatt, »aber ich kann sagen, daß ich selten ein so sauberes und gepflegtes gesehen habe, vor allem, wenn man die anstrengende Natur Eurer Arbeit berücksichtigt. Eure Mannschaft muß in einer Woche mehr Staub beseitigen als die meisten anderen in einem Jahr.«

»Sehr aufmerksam von Euch«, erwiderte K'keelifa gewandt. »Ihr lobt die T'skrang und schmeichelt unserem Stolz auf unsere Schiffe, und Ihr macht mir ein Kompliment über die Wesensart, die ich für meine beste halte. Ihr schmeichelt mir mit Weitblick und Bedacht. Dafür danke ich Euch.«

»Schmeichelei wäre es nur, wenn es nicht stimmte«, sagte Cassian glatt.

»Ja, gewiß, genug davon«, erwiderte der T'skrang. »Ich habe die Absicht, früh die Segel zu setzen, und werde Euch helfen, so gut ich kann. Ich bin nur ein bescheidener Fluß-Admiral und habe nicht die geringste Ahnung, was einen *Praetor* auf mein Schiff führt.«

Cassian lächelte. In der Tat, ein bescheidener Admiral. Er hat Sinn für Humor. Vielleicht ist er sogar zur Selbstironie fähig, aber ich sollte mich gewiß nicht über ihn lustig machen. Wahrscheinlich unterzieht er mich in dieser Hinsicht gerade einer Prüfung.

»Ihr müßt mir verzeihen, wenn meine Annahme irrig ist, aber vielleicht habt Ihr bereits von Crielles Unfall gehört. Ich weiß nicht, wie schnell Neuigkeiten in Vivane die Runde machen.«

»Ich habe tatsächlich schon davon gehört.« K'keelifa gab sich nicht die geringste Blöße. Er lehnte sich in seinen prächtigen Rotholzsessel zurück, die Hände um ein Knie verschränkt, und fixierte den Elf aufmerksam.

»Ich muß Euch in dieser Angelegenheit ins Vertrauen ziehen«, sagte Cassian ruhig. »Ein *Praetor* kümmert sich um die Sicherheit jeder Stadt, die er besucht. Der Nachschub an Baumaterial ist ganz eindeutig wichtig für die Sicherheit einer Stadt. Ich hatte gehofft, Ihr könntet mir vielleicht verraten, wie der Nachschub an Baumaterial jetzt sichergestellt wird. Wer wird die Rolle übernehmen, die Crielle von seinem Vater geerbt hätte?

Ich möchte hinzufügen«, sagte er freundlich, »daß es sehr hilfreich wäre und in meinem Bericht gewiß Erwähnung fände, wenn Ihr dieses Gespräch während Eurer wohlverdienten Feierlichkeiten im Vorfeld des bevorstehenden Kyprosfestes vertraulich behandeln würdet.«

K'keelifa lächelte zögernd. Er fühlt sich nicht beleidigt, dachte Cassian erleichtert. T'skrang reden offen, und ich habe ihn gebeten, es nicht zu tun.

»Nun, *Praetor* Cassian, es mag Euch vielleicht überraschen, aber ich weiß nicht, wie dieser Nachschub sichergestellt wird. Die entsprechenden Regelungen werdet Ihr Daralecs Testament entnehmen müssen. Wenn es kein derartiges Dokument gibt, dann wird eine Konklave des Hauses Carinci über diese Frage entscheiden. Diese Konklave würde selbstverständlich erst nach den Feiertagen stattfinden.«

»Habt Ihr eine Vorstellung, wen die Konklave als wahrscheinlichsten oder vielleicht fähigsten Kandidaten betrachten würde, das Geschäft zu übernehmen? Immer unter der Voraussetzung, daß kein Testament existiert? Oder, falls doch eines existiert, es keinen Nachfolger benennt?«

K'keelifa hätte beinahe laut aufgelacht. Sein Schwanz zuckte hin und her und schlug fast auf die Schiffsplanken. Cassian kannte sich gut genug mit der Schwanz-Etikette aus, um zu wissen, daß der T'skrang nicht wütend oder beleidigt war.

»Ihr redet wie ein Schreiber, Cassian. Meine Antwort lautet wieder, ich weiß es nicht. Es gibt keinen offensichtlichen Kandidaten. Das Haus Carinci ist erst seit dreißig Jahren mit diesem Handel befaßt, und in dieser Zeit lagen alle Rechte bei Daralec. Das sah die vereinbarte Aufteilung des Handels vor.«

Erst dreißig Jahre ... Einen Moment lang hatte Cassian das schreckliche Gefühl, den armen Haughrald noch einmal belästigen zu müssen, doch dann überlegte er es sich anders. Nein, er würde es zunächst im Dokumentenhaus versuchen. Wenn möglich, würde er dem Zwerg einen dritten Besuch ersparen.

Er stand auf und nickte dem lächelnden Admiral zu, eine halbe Verbeugung, wie es das Protokoll verlangte.

»Ich bin Euch sehr dankbar für Eure Offenheit, Admiral. Könnte ich darauf doch nur bei jedem zählen, mit dem ich es zu tun bekomme«, sagte er warm.

»Vielen Dank. Und jetzt hinaus mit Euch«, sagte

K'keelifa spitz. »Ihr seid lange genug auf meinem Schiff gewesen. Ein Teil meiner Mannschaft ist abergläubisch und hält die Anwesenheit von Elfen an Bord für ein schlechtes Omen, müßt Ihr wissen.« Der T'skrang lachte, und sein Schwanz schlug freudig hin und her, als er aufstand, um Cassian durch die Kabinentür zu folgen.

Als sich Cassians und Jerenns Wege zum zweitenmal an diesem Tag kreuzten, sah Cassian den Jungen. Er trug ein mit einer Schnur zusammengebundenes Kleiderbündel und eilte über die breite Straße in Richtung Rosenvilla. Der Elf lächelte und setzte seinen Weg zum Dokumentenhaus in östlicher Richtung fort.

In der ersten Stunde, die er dort verbrachte, förderte er tatsächlich mehr zu Tage, als er gehofft hatte. Daralec war vor einunddreißig Jahren aus Marac nach Vivane gekommen. Innerhalb eines Jahres war bei einer großen Hauskonklave eine Vereinbarung besiegelt worden, die dem Haus Carinci das Recht des Steinimports übertrug. Sich Zugang zu den Einzelheiten der Konklave zu verschaffen, ähnelte dem Versuch, ein eingefettetes Ferkel zu fangen, aber schließlich gelang es Cassian, einen Schreiber mit seinem Rang zu beeindrucken, der daraufhin widerwillig das gebundene und mit einem Schloß versehene Buch holte und ihm dann nicht mehr von der Seite wich, um sich davon zu überzeugen, daß der Elf nur die Seiten las, die er zuvor genannt hatte, und ihn dann noch dafür eine Bestätigung unterzeichnen ließ. Vor dieser Zeit hatten die Importrechte beim Haus Narlanth gelegen, und zwar in Person eines gewissen Horlanth.

Cassian war gelinde überrascht. Narlanth war kein Handelshaus, und es mußten anfänglich merkwürdige Zustände geherrscht haben, daß ihm die Rechte übertragen worden waren. Weiteres Stöbern in alten Dokumenten förderte die Existenz einer uralten Übereinkunft zu Tage, die lange vor der Plage unterzeichnet und besiegelt worden war. Cassian wußte, daß es gleichermaßen ungewöhnlich für Narlanth war, Militärtechniker hervorzubringen, aber das war genau das, was Dragold war. Vielleicht sind die Abkömmlinge dieses Hauses hier vielseitiger als andernorts, überlegte er.

Nun, da seine Neugier durch diesen ein wenig überraschenden Fund angestachelt worden war, sah er Geburtsurkunden und Totenscheine durch, um einige grundlegende Informationen über Horlanth zu sammeln. Er fand heraus, daß sich sein Tod im ersten Jahr nach Daralecs Ankunft in Vivane ereignet hatte, und als Todesursache war Herzversagen infolge eines Fiebers angegeben. Horlanth war im Alter von sechsunddreißig Jahren gestorben. Ziemlich jung für eine Todesart, der normalerweise nur die Alten zum Opfer fallen, dachte Cassian, der jetzt beunruhigt war. Als er die Register des entsprechenden Jahres durchging, fand er keinerlei Hinweis auf eine Fieberepidemie. Das beunruhigte ihn noch mehr.

»Ich verlange Zugang zum Testament von Daralec aus dem Hause Carinci«, sagte er zu dem unwirschen Schreiber. »Außerdem verlange ich Zugang zu allen Dokumenten, die Daralec in den letzten zehn Jahren im Dokumentenhaus hinterlegt hat.«

Es war absurd, und Cassian wußte, daß er absolut keinen Grund für diese letzte Forderung hatte. Ihm mißfiel einfach der übertrieben diensteifrige Schreiber, und er hatte beschlossen, ihn ein wenig zu schikanieren. Das Testament war in jeder Beziehung normal. Kleinere Hinterlassenschaften, die übliche Stiftung für den einzigen Sohn mit den normalen Klauseln in bezug auf vorzeitiges Ableben und die Rechte seiner Frau. Die Handelsrechte wurden überhaupt nicht erwähnt.

»Vielen Dank für deine Hilfe«, sagte er zu dem erschöpften Schreiber, als er schließlich ein Einsehen mit ihm hatte, nachdem er ihm offenbar überflüssige Arbeit aufgebürdet hatte. Er gab dem Mann eine Goldmünze, da er ihm jetzt aufrichtig leid tat. Die Tatsache, daß Cassian ihn große Dokumentmengen hatte hin und her schleppen lassen, war nur durch einen vorübergehenden Anfall von Boshaftigkeit zu erklären und gewiß nicht zu entschuldigen. Der Mann sah dankbar aus und zu müde, um Cassian etwas nachzutragen.

»Nur, um ganz sicherzugehen. Kein Dokument hat offizielle Gültigkeit, wenn es nicht hier niedergelegt ist, richtig?«

»O nein, Herr, das stimmt nicht.«

Cassian war verblüfft. Das war eine klare Verletzung der Reichsgesetze. Er hatte die Frage nur aus einem Bedürfnis heraus gestellt, irgend etwas zu dem armen Mann zu sagen, bevor er ging. Tatsächlich hatte er die Frage als sinnlos betrachtet und das erste gesagt, was ihm eingefallen war. Jetzt fragte er sich, ob die Stunden des Brütens über rechtliche Einzelheiten seine Aufmerksamkeit nicht ebenso geschärft hatten, wie dies ein tiefer Tagtraum getan hätte.

»Wenn ein Dokument hier in Anwesenheit zweier Zeugen, die Mitglieder der Hauskonklave sind, niedergeschrieben wird und vor einem Richter ein Vereinbarungseid geleistet wird, reicht das auch aus.«

»Das widerspricht aber dem Reichsgesetz«, sagte Cassian düster. »Äußerst sonderbar. Nicht, daß das in deinen Verantwortungsbereich fallen würde«, beeilte er sich dem Schreiber zu versichern, der jetzt einen sehr verängstigten Eindruck machte. »In jedem Fall vielen Dank.«

Cassian war bereits auf dem Weg nach draußen, als ihm etwas anderes einfiel. Er eilte zurück zu den Geburtsurkunden und Totenscheinen, und der Name, der ihn ansprang, ließ ihn vor Freude strahlen. Das mußte etwas zu bedeuten haben.

Vor fünfundfünfzig Jahren hatte Horlanth aus dem Hause Narlanth einen Sohn bekommen. Er war sein einziges Kind. Und es trug den Namen Ziraldesh.

Nach weiteren zehn Minuten hatte er die äußerst bemerkenswerte Abwesenheit einer gewissen Person in Vivane entdeckt, was ihn noch stärker beflügelte.

13

Die Villa war klein und hinter dem braunen Blätterwald zahlreicher Büsche und kleiner Bäume verborgen. Schwünge rötlicher, goldener und brauner Blätter wirbelten in einer sanften Brise wie Wellen über den Rasen, als Cassian zur Eingangstür ging. Ein Bediensteter nahm sich prompt seiner an und führte ihn in ein kleines Empfangszimmer, wo er auf seinen vermutlich widerwilligen Gastgeber wartete.

Der Elf sah sich sorgfältig um. Das Mobiliar war ziemlich spärlich, wenngleich gut gepflegt. An Möbelpolitur schien in diesem Haushalt kein Mangel zu herrschen. Aber das Drum und Dran kündete von einem bescheidenen Leben ohne übermäßige Einkünfte. Ziraldesh muß sich seine Mittel wahrscheinlich mit Bedacht einteilen, dachte Cassian. Wäre Haus Narlanth dagegen noch im Besitz der Handelsrechte gewesen, die ihnen einst gehört hatten, wäre das gewiß anders.

Schließlich tauchte Ziraldesh in der Tür auf. Er trug einfache braune Gewänder, und sein Haar sah aus, als sei es frisch gewaschen, und war für sein Alter glänzend und dicht. Der Türrahmen ließ ihn größer wirken, als er eigentlich war, obwohl man ihn auf jeden Fall als hochgewachsen bezeichnen konnte. Die Stirn seines schmalen Gesichts war gerunzelt, doch ansonsten ließ seine Miene eher so etwas wie Resignation erkennen. Offenbar hatte er mit Cassians Besuch gerechnet, wahrscheinlich sogar zu einem früheren Zeitpunkt, als er nun tatsächlich erfolgte.

»Ich hoffe, Eurer Frau geht es einigermaßen gut?« fragte Cassian höflich.

»Sie hat sich nach dem Mittagessen ein wenig hingelegt«, sagte der Magier vorsichtig. Nichts in seiner

Stimme, die wenig oder gar kein Gefühl enthielt, verriet, daß er von Shusalas Zusammentreffen mit Cassian wußte.

»Gut. Nun, ich werde Eure Zeit nicht lange in Anspruch nehmen. Ich bin sicher, Ihr seid sehr beschäftigt. Dürfte ich bei dieser Gelegenheit übrigens fragen, welcher Art Eure Beschäftigung eigentlich ist?«

»Hauptsächlich unterrichte ich. Söhne und Töchter der Wohlhabenden und außerdem ein paar Stunden an der allgemeinen Schule. Hier und da ein paar Übersetzungsarbeiten. Mehr oder weniger alles, was sich mir bietet.«

»Das klingt irgendwie unbeständig«, sagte der Elf glatt.

»Es gibt magere Zeiten und fettere«, erwiderte der Magier ungerührt.

Cassian beschloß, seinen ersten Trumpf auszuspielen. »Es muß sehr unangenehm für Euch sein, Euch in den letzten Jahren so regelmäßig genötigt zu sehen, Eigentum zu veräußern«, murmelte er. Ziraldesh erbleichte und rang sichtlich mit der Fassung.

»Ich hatte hohe Ausgaben«, versuchte er es mit Ausflüchten. »Mein Sohn war wiederholt krank. Als er noch klein war, meine ich.«

»*Euer* Sohn?«

»Ich betrachte ihn als meinen Sohn«, sagte Ziraldesh trotzig.

Das ist doch Unsinn, dachte Cassian. Auch mit dem besten Willen, ganz zu schweigen von einem großen Herzen, konnte ein Mensch einen jungen Elf nicht als seinen eigenen Sohn betrachten. Das war einfach unmöglich.

»Dann gehe ich davon aus, daß Aralesh Euch etwas in seinem Testament hinterlassen hat, da Ihr sein Testamentsvollstrecker seid«, fuhr Cassian fort.

»Was wollt Ihr damit sagen?« schnappte der Magier aufgebracht.

»Nichts.« Cassian streckte die Arme aus, als wolle er Ziraldesh versichern, daß er mit offenen Karten spiele. »Vielleicht nur, daß man annehmen könnte, Ihr hättet Aralesh einigermaßen nahegestanden, wenn er Euch so sehr vertraut hat, daß er Euch als seinen Testamentsvollstrecker benannt hat. Und wenn man dann noch die familiären Bindungen und die Hauszugehörigkeit berücksichtigt – all das läßt vermuten, daß er Euch etwas hinterlassen haben muß.«

»Ihr wißt verdammt gut, was er mir hinterlassen hat«, schnauzte der Magier. »Sein Testament ist im Dokumentenhaus hinterlegt, wo jeder Einsicht nehmen kann. Nun, meiner Familie stehen einige Jahre der Sicherheit bevor, und darüber bin ich sehr froh. Das war auch das mindeste, was der elende Schweinehund tun konnte.«

Cassians Neugier war geweckt. Vielleicht trübte es das Bild für ihn noch weiter, wenn er einen weiteren Trumpf ausspielte, aber er hatte den Magier jetzt in die Defensive gedrängt, und er wollte ihn völlig aus dem Gleichgewicht bringen.

»Wäre die Angelegenheit mit Daralecs Testament doch nur ebenso einfach – oh, es tut mir leid! Daralec, Aralesh, die Namen sind sich so ähnlich, daß man sie leicht verwechseln kann.«

»Worauf, in aller Welt, wollt Ihr hinaus?« Ziraldesh zitterte jetzt, daran konnte kein Zweifel bestehen. Er war so weiß wie das sprichwörtliche Laken.

»Wen würdet Ihr als besten Elementarist der Stadt empfehlen?«

»Was?« Ziraldesh war jetzt völlig verwirrt, doch Cassian wußte, daß dieser Schuß sein Ziel verfehlt hatte. Was der Mann auch verbarg, es hatte nichts mit Elementarismus zu tun. Wenn es eine Verbindung zu der Frau gab, die Crielle in der vergangenen Nacht ermordet hatte, war es jedenfalls keine geradlinige.

»Schon gut«, machte Cassian einen Rückzieher. »Laßt

mich ein paar Dinge klarstellen. Ihr habt für Daralec den Steinhändler keine Liebe empfunden, und gerade habt Ihr Aralesh als elenden Schweinehund bezeichnet. Euer Vater hat Euer Erbe an Daralec verloren, der in Marac gewohnt hat, bevor er nach Vivane gezogen ist. Die Steuer- und Zehnt-Unterlagen dieser Stadt weisen aus, daß Ihr in den beiden Jahren vor Daralecs Ankunft im Ausland wart. Was hat Euch nach Marac geführt?«

»Ich bin nie dort gewesen«, polterte Ziraldesh.

»Seid kein Narr, Ziraldesh. Ein *Kedate* hat Befehl von mir, noch heute abend ein Luftschiff zu nehmen und über Thera dorthin zu fliegen«, sagte Cassian unnachgiebig. »Es ist nur eine Frage von Tagen, bevor dieser Bote mit der Wahrheit zurückkehrt. Wenn Ihr gerade gelogen habt, habt Ihr jetzt Gelegenheit, Eure Aussage noch einmal zu überdenken. Andernfalls werde ich Eure Unehrlichkeit in meinem Bericht erwähnen. Das könnte zu Eurem Ausschluß aus der Konklave und zu einem erheblichen Gesichtsverlust für das Haus Narlanth führen. Dann wärt Ihr in Eurer eigenen Familie ein Ausgestoßener.«

Der Magier ließ die Schultern hängen und wäre fast zusammengebrochen. Cassian mußte aufstehen und ihm helfen, sich auf einen Sessel zu setzen. Immerhin weinte der Mann nicht, aber er schluckte schwer und versuchte, all seinen Mut zusammenzunehmen.

»Was – warum habt Ihr mich nach einem Elementarist gefragt?« Ziraldesh klammerte sich an den einzigen Strohhalm, der den *Praetor* so lange ablenken mochte, bis er sich gefaßt hatte und wieder klar denken konnte.

»Das ist ohne Bedeutung – noch«, sagte Cassian, indem er das letzte Wort betonte. Dadurch wurde der Magier der Möglichkeit beraubt, dieses Thema weiterzuverfolgen. Der Elf hoffte, das Thema würde überhaupt nicht mehr zur Sprache kommen.

»Also, warum ist Aralesh ein elender Schweinehund?

Er ist Euer Cousin. Ihr habt fast zwanzig Jahre lang nur einen Steinwurf von ihm entfernt gewohnt.«

»Ich war ungerecht«, lenkte Ziraldesh rasch ein. »Die Wahrheit ist, ich habe ihn gewisser unkluger Machenschaften verdächtigt. Das heißt, unklug für einen Magier. Ich glaube, er hat mit gewissen Dingen herumgepfuscht, von denen er behauptet hat, sie ausschließlich anhand von Büchern zu studieren.«

»Ihr wart der Ansicht, er hätte sich mit Dämonen eingelassen.«

»Ja, das stimmt. Aber ich habe alles genommen ... alle seine Zauberkladden und Bücher, die ich in die Finger bekommen konnte, und ich habe keinen Beweis dafür gefunden.«

Cassian glaubte ihm, aber er konnte erkennen, daß Ziraldesh immer noch wegen irgend etwas verängstigt war, das mit Aralesh zusammenhing. Offensichtlich steckte viel mehr dahinter. Er wechselte wieder das Thema, da er einen neuerlichen Schlag landen wollte.

»Daralec hat Euren Vater getötet.«

»Ja, das hat er.« Ziraldesh schien eine Last von den Schultern zu fallen, als handele es sich um das Eingeständnis einer eigenen Untat. Das ergab für Cassian keinen Sinn. »Es konnte niemals etwas bewiesen werden, also blieb mir die Gerechtigkeit versagt. Ich bin froh, daß das Schwein tot ist. Es tut mir leid, aber ich bin sogar froh darüber, daß sein Sohn ebenfalls gestorben ist. Ich betrachte es als gerechte Strafe für den Tod meines Vaters.«

»Ihr habt Daralec in Marac kennengelernt«, hakte Cassian nach.

»Ich bin ihm ein paarmal begegnet«, sagte Ziraldesh zögernd, mittlerweile wieder auf der Hut.

»Ihr seid ihm mehr als nur begegnet«, beharrte Cassian. Hinter Ziraldeshs Erleichterung mußte, *mußte* ganz einfach mehr stecken. »Ihr kanntet ihn immerhin so gut, daß Ihr ihm vom Gewerbe Eures Vaters erzählt habt. Daralec muß nicht zuletzt aufgrund dessen, was Ihr ihm erzählt habt, geplant haben, die Rechte an Vivanes Steinhandel an sich zu reißen.« Es war ein Schuß ins Blaue, und wiederum verfehlte er sein Ziel.

»Das stimmt«, gab Ziraldesh viel zu bereitwillig zu.

»Und Ihr habt eine Frau geheiratet, die die Tochter des Mannes ist, der Euren Vater ermordet hat?« sagte Cassian ungläubig.

Ziraldesh zögerte und schwieg lange Zeit. »Ich liebe meine Frau sehr«, sagte er schließlich leise und mit einer gewissen Würde.

»Ja, ich glaube, das tut Ihr«, sagte Cassian. »So sehr, daß Ihr um ihretwillen davon Abstand genommen habt, etwas gegen ihren mörderischen Vater zu unternehmen? Dann müßt Ihr sie wirklich lieben.« Doch irgend etwas stimmte immer noch nicht, und Cassian wußte es. Er war ratlos. Seine Trümpfe, von denen er erwartet hatte, daß sie stachen, hatten ihm keinen entscheidenden Vorteil verschafft. Und jetzt war er wahrhaftig verwirrt. Ihm blieb nichts anderes übrig, als weitere Reisen zu unternehmen und weitere Untersuchungen anzustellen.

Ihm blieb eine letzte Trumpfkarte, die er ausspielte, als er sich zum Gehen erhob.

»Natürlich war Daralec kein Maracer«, sagte er glatt. »Ich habe mehr als ein Porträt von ihm gesehen. Er war viel zu hellhäutig. Aber Eure Frau hat eine entschieden maracische Färbung. Ich finde das höchst interessant.«

Als er diese Worte hörte, wich Ziraldesh alles Blut aus den Wangen, und er blieb stumm und wagte es nicht einmal, den Elf anzusehen. So bestürzt war er, daß er nicht einmal aufstehen und Cassian die Höflichkeit erweisen konnte, ihn hinauszubegleiten.

Ziemlich aufschlußreich, dachte Cassian. Die naheliegende Schlußfolgerung war die, daß Daralecs erste Frau eine Maracerin war und seine Tochter ihre Hautfarbe geerbt hat. Daran ist nichts Ungehöriges. Warum hat er dann aber so ausgesehen, als hätte ich ihm einen tödlichen Schlag versetzt?

Mein *Kedate* wird es für mich herausfinden. Und jetzt fordere ich besser einen schnellen Wagen an und sehe zu, daß ich K'keelifas Schiff an seinem nächtlichen Ankerplatz einhole. Mit etwas Glück bin ich in drei Tagen wieder zurück.

Bis dahin sollte ich einige von Ziraldeshs Geheimnissen aufgedeckt haben, obwohl mein *Kedate* in so kurzer Zeit noch nicht wieder in Vivane sein wird.

Jerenn schnaufte und ließ sich auf die Fersen zurücksinken. Sein Gesicht war vom Scheuern des Fußbodens gerötet. Zwei der Mädchen waren krank geworden, und trotz seiner drohenden Erkältung hatte man ihm eine der niedrigsten Hausarbeiten aufgebürdet. Als er mit leerem Blick nach vorn starrte, ein wenig schwindlig und erhitzt von seiner erhöhten Temperatur, fiel sein Blick auf ein gefaltenes Blatt Pergamentpapier. Cassian hatte zum erstenmal vergessen, eines seiner Schriftstücke in der kleinen Aktentasche zu versiegeln, wo er sie normalerweise aufbewahrte. Die Falz im Pergament war ungleichmäßig, und Jerenn konnte ein paar Worte der schlanken eleganten Handschrift lesen.

»Crotias mutmaßt Sabotage der Stadt…? Voreilig?« entzifferte er mühsam. Das Herz hämmerte in seiner Brust, als er sich an das Gespräch erinnerte, das er in der vergangenen Nacht belauscht hatte. Er hätte so gerne das Pergament genommen und gelesen, was Cassian sonst noch davon hielt, so hochstehende Leute wie Crotias zu treffen, doch er wagte es nicht. Sklaven waren schon für viel geringere Vergehen hingerichtet worden. Ihm fiel die Goldmünze ein, die Cassian ihm geschenkt hatte, und er mußte an die Kleidung denken, die er damit für die alte Orkfrau gekauft hatte, und da wußte er, daß es einem Verrat gleichkommen würde zu schnüffeln, wenngleich es ihn danach verlangte. Einen

Moment lang fragte er sich, ob es nicht seine Pflicht war, das Blatt zu lesen. Vielleicht konnte er Cassian erzählen, was er gehört hatte, vielleicht half es ihm sogar weiter!

Ihm schwirrte immer noch der Kopf von all den Möglichkeiten, als er den Elf kommen hörte. Jerenn scheuerte noch einmal die letzte Bodenfliese, wobei er sich mit lächerlichem Übereifer an die Arbeit machte. Tatsächlich gelang es ihm, im richtigen Augenblick aufzuhören und zu seufzen, als ruhe die gesamte Last der Welt auf seinen Schultern, nämlich gerade, als der Elf den Raum betrat.

»Grundgütiger, Junge, marsch ins Bett mit dir«, sagte Cassian fast ein wenig beunruhigt. »Du wirst eine Woche krank sein, wenn du solche Arbeiten erledigst. Geh und ruh dich aus, und wenn dir jemand etwas anderes sagt, schick ihn zu mir!«

»Ja, Herr«, sagte Jerenn in seinem besten Bleich-und-erschöpft-Tonfall. Den hatte er immer in den Tagen benutzt, als er sich als Bettler durchgeschlagen und Wasser und Seife in den Mund genommen hatte, um einen epileptischen Anfall vorzutäuschen. Danach war selbst der hartherzigste Geizhals von einem Zwerg bereit gewesen, diesem unglücklichen Häuflein Elend von einem Jungen ein Kupferstück zuzuwerfen. Andererseits markierte er nicht nur. Er hatte Schmerzen zwischen den Schulterblättern und in der linken Brust. Er zuckte zusammen und griff sich an die Seite.

Zu seinem Erstaunen hob ihn der Elf auf und trug ihn eigenhändig in die Sklavenquartiere. Nachdem er den Jungen abgesetzt hatte, befahl er dem verbliebenen älteren Hausmädchen, sich um den Jungen zu kümmern und dafür zu sorgen, daß er im Bett blieb.

»Ich werde drei Tage nicht da sein, und er muß sich in dieser Zeit ausruhen«, wies Cassian die Frau an.

Jerenn sah dem Elf nach, als dieser den Raum verließ.

Er ist stark, überlegte Jerenn. Er hat mich ohne große

Mühe aufgehoben, und ich bin nicht gerade klein. Er ist intelligent und gelehrt und kultiviert – und freundlich, glaube ich. Aber ich weiß etwas, das er nicht weiß, und vielleicht wird er mir sogar dankbar sein, wenn der Tag kommt, wo er dieses Etwas wissen muß. Ich werde jedenfalls keine drei Tage im Bett liegen. Ich kann in die Unterstadt gehen und dort betteln und mich umhören. Und die Alte kann ich aus meinem Zimmer fernhalten, indem ich ihr sage, daß meine Krankheit ansteckend ist. Bis morgen geht es mir bestimmt wieder so gut, daß ich aufstehen kann.

Er lächelte verschmitzt und schlief gleich darauf ein.

14

Jerenn hatte sich natürlich geirrt. Den größten Teil des nächsten Tages verbrachte er im Halbschlaf und mit verwirrenden Fieberträumen, in denen ihm äußerst lebendig wirkende Orks mit schmutzigen Fingernägeln an die Gurgel gingen und vornehm gekleidete Leute hinter Mauern zu leise flüsterten, um sie zu belauschen. Das Fieber war schlimmer, als er gedacht hatte, aber mit einem Teil des Elfengoldes hatte er immerhin die richtigen Kräuter erstanden, und so ging das Fieber nach sechsunddreißig Stunden zurück. Die folgende Nacht war nicht so schlimm wie der Tag zuvor, und schließlich war es dem erschöpften Jungen vergönnt, tief und friedlich zu schlafen.

Am nächsten Morgen fühlte er sich schwach, aber das war in erster Linie eine Folge des Nahrungsmangels. Er schlich sich früh aus dem Bett und in die Küche, wo er Brot und kaltes Fleisch aß und dann noch ein wenig Obst, weil sein Mund so trocken war. Zur Frühstückszeit konnte er sich dann mit etwas warmem Brot begnügen, wobei er die Frau anflehte, sich von ihm fernzuhalten, wenn sie nicht ebenfalls krank werden wolle. Da es in seinem fensterlosen Raum dunkel war, konnte die Frau nicht sehen, daß sein Gesicht nicht mehr heiß und gerötet war, und so beherzigte sie seine Warnung. Einen Moment lang fragte er sich, ob sie vielleicht die Tür abgeschlossen habe, als sei er Opfer einer tödlichen Seuche, aber dann fiel ihm ein, daß die Tür gar kein Schloß besaß.

Er holte ein paar Kleider, Lappen und ein Kissen und stopfte sie unter das Laken, um die täuschende Imitation eines Schlafenden zu schaffen. Kurz nach Mittag gelang es ihm, ungesehen aus der Villa zu schlüpfen. Er verschmierte sich das Gesicht mit Straßenschmutz, bevor ihm klar wurde, daß er das geflickte Wams trug, das er auch bei seinem noch nicht sehr lange zurückliegenden nächtlichen Abenteuer getragen hatte. Das Kleidungsstück wies immer noch die übelriechenden Spuren seines Sturzes in die Schlammpfütze auf, und bei dem Gestank rümpfte er unwillkürlich die Nase.

Was soll's, der Gestank erhöht meine Glaubwürdigkeit als Bettler, dachte er achselzuckend.

Jerenn ging durch die Geheimgänge, wobei er sehr darauf achtete, niemandes Weg zu kreuzen, bis er sich unter dem Ruinenviertel befand. Bevor er die Katakomben verließ, nahm er das Päckchen mit halb verwestem Fleisch, das er sich vom Abfallhaufen hinter der Villa besorgt hatte, und fing an, es zu bearbeiten. Als seine geschickten Finger ihr Werk getan hatten und er das Fleisch eng an seinen Körper gepreßt und seine Kleidung entsprechend geordnet hatte, konnte Jerenn eine brandig gewordene Wunde aufweisen, die ihm das Mitleid auch der abgebrühtesten Passanten einbringen würde. Nachdem er blinzelnd im Sonnenlicht stand, sah er sich nach dem geeignetsten Standort um, wo er seine Wunde in Kupfermünzen umsetzen konnte. Er würde auch Naturalien in Form von Brot- und Fleischresten bekommen, aber die konnte er nicht gebrauchen. Nichtsdestoweniger sollte sich ein bettelnder Jugendlicher für alles als dankbar erweisen, was ihm die Leute schenkten.

Er wußte, wo die aggressivsten Bettler waren, diejenigen, die ihm einen Tritt oder noch Schlimmeres verpassen würden, falls er ihnen in die Quere kam, und er mied diese Plätze. Aber er wußte auch, wo sie sich mit den erbettelten Münzen das Vergessen durch schlechten Schnaps kauften, und an diesen Orten konnte man sich in schattigen Nischen und Winkeln verstecken und Klatsch und Gerüchte hören. Es war nur ein Anfang, aber heute hatte er das Gefühl, als könne er auf sein Glück vertrauen.

Cassian erreichte Isemgurd so schnell, wie er gehofft hatte. Das Flußboot hatte nur für eine Stunde angelegt, um Grüße mit einem *Niall* der T'skrang von flußaufwärts auszutauschen, und die Meilen waren rasch vorbeigeflogen. K'keelifas Schiff war nicht nur sauber, es war auch schnell, und sie erreichten die Steinbrüche am frühen Nachmittag des folgenden Tages.

Mit den Informationen, die er im Dokumentenhaus und aus den im Haus Carinci vorhandenen Unterlagen über Besitz und Rechte zusammengetragen hatte, fand er die Person, die er suchte, schnell. Daralec hatte die tägliche Kontrolle der Steinbrüche seinem Bruder Fargresh übertragen, ein normaler Fall von Vetternwirtschaft. Der Mann hatte ein hartes Gesicht und war außerordentlich mißvergnügt, ihn zu sehen.

»Ich habe zu tun«, brummte er gereizt. »K'keelifa kommt in vier Tagen zurück und erwartet dann, daß er sein Schiff beladen kann. Die Arbeit ist schwer und bei diesem trockenen Wetter zu staubig, so daß viele meiner Arbeiter unter ständigem Husten leiden. Manche haben sogar das Fieber. Und jetzt kommt Ihr auch noch und belästigt mich. Überhaupt habe ich noch nie von *Praetori* gehört. Die Bezeichnung sagt mir nichts.«

»Das ist ziemlich unwahrscheinlich. Ihr mögt kein Mitglied der Konklave sein, aber Ihr seid Daralecs Bruder, und Ihr werdet in seinen Büchern öfter erwähnt als jeder andere. Ihr habt bei verschiedenen Gelegenheiten gleichzeitig Dokumente im Dokumentenhaus hinterlegt, obwohl Ihr die meiste Zeit des Jahres hier arbeitet. Kaum ein Zufall.

Also«, fuhr Cassian fort, »ich stelle mir vor, daß das Dokument, das ihr beide beeidet habt, Euch zur Aufbewahrung gegeben worden ist. Und ich stelle mir weiterhin vor, daß es auf der nächsten Konklave präsentiert wird, wenn Ihr zum Kyprosfest nach Vivane kommt.«

»Welches Dokument?« sagte Fargresh nervös. Erwischt, dachte Cassian in einem Augenblick echter Freude. Die drei Tage sind nicht vergeudet.

»Ihr vergeßt, daß zwei Mitglieder der Konklave als Zeugen anwesend sein müssen, wenn solch ein Dokument beeidet wird«, sagte Cassian vergnügt. Der Mann fiel darauf herein. Offensichtlich glaubte er, wie Cassian beabsichtigt hatte, daß die Zeugen dem Elf von dem Vorgang erzählt hatten.

»Ich hatte Anweisungen, es nicht vor der ersten Hauskonklave nach Daralecs Tod vorzulegen«, sagte er jämmerlich.

»Leider muß ich Euch davon in Kenntnis setzen, daß ich befugt bin, das Dokument einzusehen. Aber ich habe absolut keinen Grund, anderen Personen seinen Inhalt zu verraten, was ich auch nicht tun werde. Ich brauche es nicht einmal mitzunehmen«, sagte Cassian kühl.

»Hört mal, Ihr seid vielleicht das Gesetz, aber hier in dieser Gegend hat das nicht viel zu bedeuten«, sagte Fargresh. »Wenn ich sage, Ihr bekommt es nicht zu sehen, dann bleibt es auch dabei.«

»Zufällig habe ich eine halbe Meile weiter eine Abteilung der Achten Legion gesehen, die hier stationiert ist, um den Steinbruch zu schützen«, konterte Cassian. »Falls Ihr wirklich wollt, daß ich in einer halben Stunde mit den Soldaten zurückkomme und Eure Sklaven und Arbeiter sehen, wie Ihr in Ketten abgeführt werdet, könnt Ihr das gerne haben.

Kommt schon, Fargresh. Ihr könnt mich nicht abweisen«, endete Cassian in dem Versuch, das Gespräch wieder in vernünftige Bahnen zu lenken.

Der Mann zog sich in das Hinterzimmer seiner engen Barracke zurück und kehrte Minuten später mit einem schweren verschlossenen Holzkasten zurück. Er brauchte zwei Schlüssel, um sie zu öffnen, und Cassian entging nicht, daß er den zweiten Schlüssel mit besonderer Sorgfalt herumdrehte.

Meine Güte, dem Haus Carinci gefällt es offenbar, seine Geheimnisse mit tödlichen Fallen zu sichern, dachte Cassian. Warum so argwöhnisch?

»Ihr müßt mir etwas Schriftliches geben«, flehte der Mann. »Ich muß das Siegel erbrechen. Ich brauche etwas, das ich der Konklave zeigen kann.«

»Ich habe bereits etwas für Euch vorbereitet«, sagte Cassian, indem er ihm eine unterzeichnete und wachsversiegelte Schriftrolle aushändigte. »Darin steht, daß Ihr mir unter Zwang Einsicht in das Dokument gewährt habt und ich die volle Verantwortung dafür trage.«

Der Mann war offensichtlich dennoch ziemlich bestürzt, hatte aber selbstverständlich keine Wahl. Cassian erbrach das Siegel des Dokuments, entfaltete es und las begierig.

Zwei Namen wurden genannt, nicht das, was er erwartet hatte. Der Name des Mannes, der die Geschäftsrechte erben würde, war eine große Überraschung und erschreckte ihn. In diesem Stadium würde es schwierig und unangenehm werden, ihm gegenüberzutreten, obwohl der Elf wußte, daß es irgendwann unvermeidlich sein würde. Der andere Name, der zweite Zeuge, dessen Identität Cassian bis zu diesem Augenblick unbekannt gewesen war, elektrisierte ihn aus verschiedenen Gründen.

Patracheus! Der Mann, der die Finanzen von Vivane kontrollierte. Nun, das ist wohl nur logisch, nehme ich an, sagte sich Cassian. Ich werde mir durch Ilfaralek einen Gesprächstermin mit ihm vermitteln lassen – was ungefähr so leicht sein dürfte wie das Einfangen einer glitschigen Schlange im Sumpf.

Cassian faltete das Dokument wieder zusammen und gab es Fargresh zurück. Als er die Barracke verließ, sah er zu seiner Verärgerung, daß sich der Himmel schwarz verfärbt hatte. Er würde eines der Soldatenpferde requirieren, zum Fluß reiten und auf ein auf dem Rückweg befindliches Flußboot umsteigen müssen. Diese Reise würde mit Sicherheit nicht so angenehm werden wie diejenige, welche ihn hergebracht hatte, und aller Wahrscheinlichkeit nach würde er ohnehin bis auf die Haut durchnäßt sein, wenn er den Fluß erreichte. Er schlug den Kragen seines Umhangs hoch und hoffte das Beste.

Viele Meilen weiter östlich des dahingaloppierenden Elfs saß Jerenn still da und versuchte, den Mischgestank von abgestandenem Schweiß, anderen Körperflüssigkeiten kranker Leiber und von einigen auf spektakuläre Weise ekelerregend aussehenden Fleischpasteten, die auf dem Servierbrett der provisorischen Schenke standen, nicht zur Kenntnis zu nehmen. Im Ruinenviertel gab es viele Häuser und Gebäude, die fast unversehrt waren, und noch viel mehr mit nur einem einzigen größeren Mangel. Einem undichten Dach vielleicht oder einem Zimmer mit verfaulten Bodendielen. Viele Leute hatten eigene Wohnungen, und manche Händler und Kaufleute besaßen sogar eigene Häuser, aber es gab nur sehr wenige Tavernen und Herbergen. Die Einkehr war einfach zu gefährlich. An solch einem Ort fand sich zuviel Geld, und es gab viel zuviele verzweifelte Seelen, die bereit waren, es mit jeder beliebigen Anzahl von zum Schutz der Leute angeworbenen Wachen und Raufbolden aufzunehmen. Tatsächlich waren die meisten dieser Mietlinge nur allzu bereit, das Geld eines Tavernenbesitzers zu nehmen und ihm dann für den Rest die Gurgel durchzuschneiden. Also standen Erfrischungen in der Regel an Orten wie diesem zur Verfügung, einem Trinkbude genannten provisorischen Ausschank, der sich morgen an anderer Stelle in den Ruinen befinden würde, wo er dann ein paar Tage blieb, bis der Standort allgemein bekannt war und die Klugheit gebot weiterzuziehen.

Jerenn fielen die Worte der jungen Frau über die Tunnel wieder ein, und so steuerte er auf die Dunkelheit in der Nähe einiger Zwerge los. Was in der Unterstadt auch vorging, sie hatten bestimmt davon gehört. Er hatte ebensoviel Glück wie Cassian. Er hörte, wie ein paar Orte erwähnt wurden. Die Zwerge waren mürrisch und übellaunig, weil ihre Leute nicht an den bevorstehenden Ereignissen beteiligt sein würden. Dann hörte er einen Namen, und er lächelte in der Dunkelheit still vor sich hin, denn es war der eines Mannes, den auch Mutter Grishin schon einmal erwähnt hatte. Er hatte seine Geschenke für sie sorgfältig versteckt und huschte in die Dunkelheit des frühen Abends, um sie zu holen und ihr zu bringen. Jetzt würde er mit Sicherheit etwas Lohnenswertes erfahren.

Die alte Orkfrau hustete ziemlich stark, als er sie fand. Es schien eine Zeit für Krankheiten im Lungen- und Rippenbereich zu sein. Die plötzlichen Regenfälle nach einer langen Hitzeperiode brachten vielleicht Infektionskrankheiten mit sich. Wie üblich versuchte sie die Schmerzen mit hartem Schnaps zu ersticken, der ihre Sinne betäubte. Sie streifte die wollenen Fäustlinge mit einem Ächzen über, doch als er ihr die harten Lederriemen gab, freute sie sich, das konnte er erkennen.

»Ich weiß, du kannst Stiefel machen, jedenfalls hast du mir das gesagt«, sagte er. »Ich hatte nicht genug Geld, um Stiefel zu kaufen, und ich hätte sowieso nicht gewußt, welche Größe du hast.«

»Meine Finger sind nicht mehr das, was sie mal waren«, brummte sie, »aber das ist gutes Leder. Ich weiß nicht, was ich getan habe, um dich zu verdienen, Junge.« Sie betastete das Leder bewundernd, drehte und wendete es in den Händen, die mehr wie arthritische Klauen aussahen. Er setzte sich zu ihr, und sie aßen zusammen, bis er schließlich versuchte, auf das Thema zu sprechen zu kommen, das ihn interessierte, ohne sie übermäßig mißtrauisch zu machen.

»Ein paar Zwerge reden davon, daß jemand unten am Rattenzirkus einen Tunnel gräbt«, sagte er so beiläufig wie möglich. Ihre Augen verengten sich.

»Und was interessiert dich das, Junge?«

»Manchmal bettle ich in der Gegend, um ein paar Kupferstücke zu verdienen. Ich weiß nicht, ob ich mich nicht lieber fernhalten soll, solange ich nicht weiß, was los ist.«

Die Orkfrau wirkte verunsichert. Der Junge verdiente dort Geld, und ihr Leben würde aufgrund dessen, was er ihr von diesem Geld kaufte, in diesem Winter etwas weniger erbärmlich sein. Doch Jerenn war übereifrig und zu sehr darauf bedacht, die Gelegenheit auszunutzen.

»Sie reden auch von einer Magierin, einer jungen Frau. Nein, sie sagten sogar, daß da zwei wären, und ...«

Die Worte blieben ihm im Halse stecken. Mit überraschender Schnelligkeit und Kraft hatte ihn die Orkfrau an der Kehle gepackt.

»Jetzt hör mir mal gut zu«, fauchte sie. »Du vergißt besser alles, was du gehört hast. Nicht, daß ich irgendwas wüßte. Aber du hältst den Mund, oder ein paar Leute werden dir jeden Zahn darin ausschlagen und deine Knochen zu Staub zertreten, nachdem sie dich verprügelt haben. Verstanden?«

Er nickte, die Augen vor Schreck geweitet und zitternd. Sie ließ ihn langsam los, und er hustete heftig, da ihm von ihrem kraftvollen Griff der Hals brannte. Sie hatte ihm weh getan, und Augen und Nase stachen ihn jetzt, aber es war irgend etwas Wichtiges im Gange. Mutter Grishin hörte normalerweise das meiste von dem, was im Ruinenviertel los war, also konnte er sich nicht vorstellen, daß es allgemein bekannt war, aber es war auch kein richtiges Geheimnis mehr.

Das bedeutet, daß genug Leuten gesagt worden sein muß, daß sie sich für eine große Sache bereithalten sollen, dachte er.

Er saß schweigend da, bis sie ihm einigermaßen freundlich etwas zubrummte und noch ein Stück knusprigen Brotes für sie abbrach.

Morgen nacht komme ich hierher zurück, nahm er sich vor, und überzeuge mich selbst davon, was in den Tunnels vorgeht. Schließlich kenne ich ein paar Nebeneingänge und -ausgänge, von denen selbst die Erbauer keine Ahnung haben, und mit etwas Glück finde ich sie wieder.

Jerenn neigte dazu, den bei übermäßig optimistischen Jugendlichen weit verbreiteten Fehler zu begehen und sich einmal zu oft auf sein Glück zu verlassen.

15

Der nächste Tag war strahlend und klar, und die frische Morgenluft stellte Frost innerhalb der nächsten Tage in Aussicht. Nachdem er den ganzen Tag an Deck verbracht hatte, fand sich Cassian schließlich damit ab, daß sich das Schiff den Mauern und Hafenanlagen von Vivane später näherte, als er ursprünglich gehofft hatte, da in seinem Rücken bereits die Dämmerung heraufzog, ein Spektrum voller Rot- und Orangetöne. Es würden noch mehrere Tage vergehen, bis sein Bote aus Marac zurückkehrte, und er wußte nicht, ob er Ziraldesh noch einmal zur Rede stellen sollte. Die Alternative war ein Gesprächspartner, der gewiß eine größere Herausforderung war, doch Cassian fühlte sich zu ermüdet von den drei Reisetagen, um sich noch an diesem Abend mit Patracheus zu messen.

Die T'skrang-Matrosen waren ausgelassener Stimmung, als sie schließlich anlegten, und er konnte sich nicht von ihnen verabschieden, ohne sie zu einer Runde einzuladen. Sie wären beleidigt gewesen, wenn er sich einfach davongemacht hätte, und tatsächlich hatten sie ihn unterwegs auch sehr freundlich behandelt. Er hatte gut bei ihnen gegessen – ihr geräucherter Plattfisch war ausgezeichnet gewesen –, und es wäre unhöflich gewesen, ihre Freundlichkeit nicht zu erwidern. Daher war es keine Überraschung, daß Cassian an nichts anderes als ein warmes Bad und eine friedliche Nacht voll Schlaf dachte, als er schließlich aus seiner Kutsche stieg und seine müden Knochen zur Tür der Rosenvilla schleppte.

»Ja, ja, wunderbar, sorg einfach nur dafür, daß ich zuerst heißes Wasser für mein Bad bekomme«, murmelte er dem eifrigen Jerenn zu, während dieser um ihn herumschwirrte. »Nein, ich will nichts essen. Ja, meine Reise ist ohne Zwischenfälle verlaufen. Hör mal, was sollen all diese Fragen?«

Ein ernüchterter Jerenn zog sich in Richtung Küche zurück. Cassian schloß die Schlafzimmertür, schälte sich müde aus seiner Reisekleidung und zog sich das seidene Nachthemd über Kopf und Schultern. Es war ein einfaches Kleidungsstück, nicht bestickt, ohne Motive und von einem schlichten Dunkelblau, aber dennoch war es ihm wie eine Extravaganz vorgekommen, als er es sich in der Marktstadt flußaufwärts gekauft hatte. Auf den Märkten Vivanes hätte er zweifellos etwas Billigeres und Besseres finden können, aber es war ihm aufgefallen, und der atmende Stoff fühlte sich kühl und angenehm auf der Haut an. Er ging ins Badezimmer, trottete mit nackten Füßen über den kühlen Steinboden. Die starren, festen Steine fühlten sich unter seinen müden Füßen wunderbar an.

Einige Zeit später wurde er unsanft aus seinem leichten Schlummer gerissen, als ihm eine Hand auf die Schulter tippte. Sein plötzliches Aufschrecken ließ ihn halb im Wasser herumrollen, und er schluckte einen Mundvoll warmes Wasser, bevor er sich spritzend auf eine wenig elegante Weise wieder herumdrehte und heftig wegen des Wassers hustete, das ihm in die Lunge eingedrungen war. Seine geröteten Augen erblickten Jerenn, der sich hinter einem großen Handtuch zu verbergen versuchte, während er es Cassian gleichzeitig darbot wie eine Art zeremonieller Opfergabe.

»Ich bitte um Verzeihung, Herr«, flehte der Junge, »Ihr seid eingeschlafen. Das ist gefährlich, Herr – Ihr hättet ertrinken können.«

Cassian wollte ihn schelten, hielt sich jedoch zurück. Nein, er wäre nicht ertrunken. Er hatte viel zu gute Instinkte dafür, auch wenn er schlief, aber das konnte der Junge nicht wissen. Zweifellos hatte man ihm früher eingeschärft, auf betrunkene Adelige zu achten, wenn sie nach einer durchzechten Nacht in Tarlanths Bad einschliefen.

Er erreichte die Seite des Beckens mit ein paar kräftigen Schwimmzügen und stützte die Ellbogen auf den Rand.

»Danke für deine Wachsamkeit. Ich glaube, jetzt schaffe ich es allein ins Bett. Ein theranischer *Praetor* kommt dabei ohne die Hilfe eines Bediensteten zurecht, glaube ich.«

Der Junge wirkte niedergeschlagen, was Cassian auch hatte bewirken wollen.

Wenn er zu familiär mit mir umgeht, wird es nicht leicht für ihn, wenn ich wieder weg bin. Ein Abrutschen in die alten Gewohnheiten, und sein Herr läßt ihn schlagen oder noch Schlimmeres. Er ist ein nützlicher Bursche, aber ich darf nicht vergessen, daß ich nicht ewig hierbleibe.

Andererseits muß ich ihm irgendwann einmal auf einem seiner nächtlichen Streifzüge folgen, um zu sehen, was er tatsächlich vorhat.

Jerenn hatte in letzter Zeit genug erlebt, um in dieser Nacht auf seinem Weg zu Mutter Grishins Schlupfloch besonders vorsichtig zu sein. Sofern nicht jemand ganz genau wußte, daß er kam, und auch wußte, welchen Weg er nahm und wie lange er an verschiedenen Stellen des Weges wartete, konnte ihn niemand erwischen. Natürlich wußte jemand genau das. Oder vielmehr zwei Personen. Weniger als fünfzig Schritte vom Schlupfloch der alten Orkfrau entfernt schossen Hände aus der Dunkelheit und stülpten ihm einen Sack über den Kopf, bevor er überhaupt merkte, daß etwas nicht stimmte. Ein Schlag auf den Hinterkopf mit einem schweren und stumpfen Gegenstand raubte ihm das Bewußtsein.

Als Jerenn wieder zu sich kam, sah er nichts, weil der Sack ihm immer noch über den Kopf gebunden war. Es war kalt, und durch das grobe Sackleinen konnte er den trüben Schein einer flackernden Flamme erkennen, einer Fackel vielleicht. Er konnte ein Stöhnen nicht unterdrücken, und als er versuchte, sich die Beule an seinem Kopf zu reiben, stellte er fest, daß ihm die Hände auf den Rücken gefesselt waren. Murmelnde Stimmen hielten mitten im Satz inne, und rauhe Hände stießen nach ihm.

»Du redest besser ganz schnell«, fauchte ihn jemand in rauhem Throalisch an. Jerenn stieß absichtlich unverständliche Laute aus, um seine Häscher dazu zu verleiten, ihn von dem Sack zu befreien. Er wollte sehen, wo er war und wer ihn festhielt. Als Belohnung für seine Bemühungen bekam er einen gut gezielten Tritt in die Kniekehle. Er schrie auf und fragte seinen unsichtbaren Peiniger, was er wissen wollte.

»Du hast also etwas über Tunnels gehört?«

»Nur das, was ein paar Zwerge in einer Trinkbude gesagt haben«, erwiderte er unter Schmerzen. Er versuchte sich zusammenzurollen, um sich so gut wie möglich vor weiteren Angriffen dieser Art zu schützen. »Nichts Geheimes. Sie sind nicht mal selbst in den Tunnels gewesen.«

»Du hast ein paar Namen erwähnt, die du aufgeschnappt hast«, fuhr eine zweite Stimme drohend fort.

Jerenns Gedanken überschlugen sich. Mit der Behauptung, die Namen, die er dummerweise Mutter Grishin gegenüber erwähnt hatte, von ein paar alten Zwergen bei einem Bierplausch aufgeschnappt zu haben, würde er auf keinen Fall durchkommen.

»Ich habe sie von Taravail aufgeschnappt«, log er. Er wollte den Ork nicht in Schwierigkeiten bringen, aber wenn er die Wahrheit sagte, würden sie ihn wahrscheinlich auf der Stelle umbringen. Er wünschte sich inbrünstig, er hätte der alten Orkfrau nicht später in der vergangenen Nacht noch die Namen genannt, die er auf dem Dach des Hauses mitbekommen hatte.

»Der verdammte Ork konnte noch nie das Maul halten«, knurrte einer seiner Häscher. »Wir sollten ihn uns mal vorknöpfen.« Sein Gefährte überhörte ihn und stieß den Jungen noch einmal.

»Was weißt du über sie? Über Arlyna und die Hand der Nacht?«

»Nichts, ich habe nur die Namen gehört.«

Einen Moment lang herrschte Schweigen, und dann hätte der Junge beinahe vor Schmerzen aufgeschrien. Ein Brennen schoß durch sein rechtes Bein, und eine Faust traf ihn direkt in die Magengrube.

»Ich habe dich gefragt, was du über sie weißt!« Die Stimme klang wütend, und Jerenn wartete nicht auf den nächsten Schlag, der zwangsläufig kommen würde, wenn er schwieg. Durch den Hieb in den Magen bekam er kaum Luft und konnte immer nur ein paar Silben in einem Atemzug keuchen.

»Magier. Ich hörte, sie seien Magier. Das ist alles. Ehrlich«, flehte er.

»Warum warst du dann so an ihnen interessiert?«

»War ich gar nicht. Ich habe die Namen nur einer bestimmten Person gegenüber erwähnt.« Jerenn hatte zuviel Angst, um Mutter Grishins Namen zu nennen. Er wollte sie nicht in Schwierigkeiten bringen. »Sie weiß gerne, was los ist. Sie kann nicht mehr so gut laufen und kommt selbst nicht viel herum.«

»Ja, ja«, unterbrach ihn sein Häscher. »Laß dir was Besseres einfallen. Für wen spionierst du?«

»Ich spioniere nicht. Ich doch nicht!« schrie Jerenn geradezu heraus, um einem weiteren Schlag zuvorzukommen. Die Innenseite seines Beines pochte schmerzhaft. Dem Schmerz nach zu urteilen mußten sie ihn verbrannt haben.

»Du bist überall gesehen worden, du kleine Ratte«, sagte die Stimme, und Hände krampften sich um seinen Hals und drohten ihn zu erwürgen. Da der Druck um seinen Hals zunahm und er nicht mehr atmen konnte, bekam Jerenn nur noch ein paar gurgelnde Laute heraus. Er war kurz davor, das Bewußtsein zu verlieren, als die Hände ihren mörderischen Griff plötzlich lockerten. Hustend und keuchend schnappte er nach Luft. Man ließ ihm ein paar Minuten Zeit, sich zu erholen, bevor sein unbarmherziger Inquisitor das Verhör fortsetzte.

»Ich habe dich gefragt, für wen du spionierst! Versuch nicht zu lügen. Du wirst sterben, wenn du es mir nicht sagst.«

»Ich spioniere für niemanden. Ich war nur neugierig. Ich hatte Angst. Ich hörte von einem Plan, in das Theranerviertel einzudringen. Ich wollte wissen, wann das geschehen sollte, um mich rechtzeitig zu verdrücken. Wenn mich einer der Theraner je dabei gesehen hätte, wie ich durch die Tunnels gegangen bin, hätten sie mich sofort umgebracht«, sagte er, eine plausible Lüge erfindend. »Sie hätten gedacht, ich hätte etwas damit zu tun. Vielleicht. Ich weiß nicht, ich hatte einfach Angst.«

»Hör doch auf damit, wir machen ihn einfach kalt«, sagte eine matt und gelangweilt klingende Stimme irgendwo im Hintergrund.

»So einfach ist das nicht«, erwiderte der erste Mann. »Sogar die Theraner vermissen einen Sklaven. Man hat mir gesagt, daß sein Herr ihm vertraut. Übernimmt Botengänge und so. Er würde mit Sicherheit vermißt.

Besser, wir nehmen sein Blut«, schloß die Stimme.

Jerenn spürte, wie eine Klinge in seinen linken Arm eindrang. Er versuchte, trotz der immer stärker werdenden Schmerzen nicht aufzuschreien. Sein Bein brannte immer noch, der Magen tat ihm weh, und seine Kehle pochte. Noch eine Mißhandlung, und sein ganzer Körper würde in Flammen stehen.

»Jetzt hör mir mal gut zu, du Balg«, knurrte ihm der Mann ins Ohr. Jerenn spürte warmen, übelriechenden Atem auf seinem Gesicht. »Wir haben jetzt etwas von deinem Blut. Magier können dir schreckliche Dinge antun, wenn sie etwas von deinem Blut haben. Du kommst nicht mehr hierher zurück, nie mehr. Mach noch einen Schritt ins Ruinenviertel, und es ist dein letzter. Du bleibst hinter deinen Mauern und verhältst dich ruhig. Und wenn du zu irgend jemandem ein Sterbenswörtchen sagst – tja, nach den richtigen magischen Ritualen, die unsere Magier vollziehen können, erfahren wir davon. Und dann wärst du tot besser dran, klar? Heute nacht hattest du Glück. Eigentlich müßtest du schon tot sein. Du brauchst nur hierher zurückzukommen oder zu reden, und du wirst dir wünschen, du wärst es.«

»Ich verstehe«, sagte der Junge, in dessen Tonfall eine Mischung aus Schmerz, Angst und Erleichterung lag.

»Schafft ihn weg. Ladet ihn an der Stelle ab, wo wir ihn geschnappt haben«, sagte einer der Männer leise. Hände packten ihn an Armen und Beinen und trugen ihn durch die Nacht.

Jerenn versuchte, sich so gut wie möglich zusammenzuflicken, und trug am nächsten Tag langärmelige Kleidung. Die Beule an seinem Kopf war von vorn nicht zu sehen, aber die rote Brandwunde an der Innenseite seines Oberschenkels war so schmerzhaft, daß er nicht richtig laufen konnte. Ein wenig ängstlich ging er am frühen Morgen sehr langsam ins Schlafzimmer des Elfs, um ihm heißes Wasser zum Waschen und Rasieren zu bringen. Der Elf bedankte sich schläfrig, und als Jerren bis zur Tür gekommen war, glaubte er, es überstanden zu haben. Er war einen Schritt von der Sicherheit des Flurs entfernt, als ihn Cassians Stimme aufhielt, die immer noch sehr beiläufig klang.

»Hast du gestern nacht deine Freundin besucht?«

»Ja, Herr, ich habe ihr die Kleidung und etwas zu essen gebracht.« Jerenn nickte und wollte sich gerade abwenden.

»Augenblick noch«, sagte der Elf mit absichtlicher Nachlässigkeit. »Du scheinst ein paar ziemlich grobe Freunde zu haben, die dir für deine Geschenke nicht sehr dankbar sind. Du gehst sehr merkwürdig, und das ist eine ziemlich unangenehme Beule, die du da am Kopf hast.«

Jerenn hatte gehofft, aber nicht wirklich damit gerechnet, sich dem scharfen Blick des Elfs entziehen zu können. Er war vorbereitet.

»Ich bin gefallen, Herr. In den Tunnels. Manchmal bricht der Boden unter einem ein. Ich habe mir den Kopf gestoßen und mir das Knie ein wenig aufgeschlagen. Ich bin nur etwas steif, Herr, das ist alles.«

»Ich sehe mir das Knie besser mal an. Vielleicht muß es behandelt werden, damit es sich nicht entzündet«, erwiderte Cassian mit einem kaum merklichen Anflug von Schärfe.

»Das ist nicht nötig, Herr. Ich weiß, wie man es badet, und kennen auch die richtigen Kräuter. Es ist nicht verfärbt, und ...«

»Jerenn«, sagte der Elf, »zieh die Hose aus. Übrigens, es ist nicht meine Art, Sklavenjungen zu belästigen.«

Jerenn mußte gehorchen, und als er die Hose herunterließ, war das dunkelrote Brandmal nicht zu übersehen.

»Bei allen Passionen, Junge, was, in aller Welt, hast du getan? Diese Verbrennung muß behandelt werden. Das war kein Unfall. Du machst dich wohl besser noch einmal auf den Weg zu dem Kräuterladen – nachdem du mir erzählt hast, was dir zugestoßen ist.«

Jerenn versuchte nicht zu lügen, dafür aber bei jeder Gelegenheit mit weniger als der Wahrheit durchzukommen. Nach einer Weile gab er es auf, denn Cassian schien ihn immer zu durchschauen. Noch vorhandene Schmerzen und Müdigkeit brachen den Widerstand, den der Junge dem unbarmherzig bohrenden Cassian entgegensetzte. Schließlich fielen ihm die Worte ein, die er auf Cassians unversiegelter Schriftrolle gelesen hatte. Der Elf hatte sich mittlerweile aufgesetzt, die Arme vor der Brust verschränkt und den Blick fest auf ihn gerichtet. Er sah absolut unerbittlich aus, und Jerenn beschloß zu versuchen, einen Nachteil in einen möglichen Vorteil umzuwandeln.

»Unter den Mauern wird gegraben, Herr. Es gibt einen Plan, in das Theranerviertel einzudringen. Aber Ihr braucht Euch keine Sorgen zu machen, Herr, über solche Dinge wird hier ständig geredet.«

Cassian gelang es mit Erfolg, sich sein Interesse nicht anmerken zu lassen. Lediglich die vor der Brust verschränkten Arme krampften sich stärker zusammen.

»Ich habe den Eindruck, als sei man ziemlich übel mit dir umgesprungen, nur weil du davon erfahren hast, und ich bezweifle, daß es sich nur wieder um eines der üblichen Gerüchte handelt.«

Jerenn hielt einen Augenblick inne, dann wartete er mit seiner größten Hoffnung auf, Gnade vor den Augen des Elfs zu finden. »Nun ja, Herr, ein paar Magier sind in die Sache verwickelt. Und einer von ihnen ist eine Theranerin.« Er hatte die Warnung ganz einfach vergessen, daß er den Mund halten müsse, weil ihn sonst die magische Strafe aus den Händen eines unbekannten Magiers träfe, weil dieser sein Blut habe, mit dem er arbeiten könne.

Also hat Crotias doch recht gehabt, dachte Cassian. Und hatte ich nicht auch recht, mich zu fragen, ob dieser Bursche nicht klüger ist, als es ein Sklave sein sollte?

»Woher weißt du das?« sagte er laut.

»Ich habe eine Unterhaltung belauscht, Herr. Den anderen Magier habe ich weder gehört noch gesehen.«

»Ich glaube«, sagte Cassian bedächtig, »du solltest mir alles erzählen. Von Anfang an. Jedes noch so unbedeutende Detail.«

Jerenn hatte das Bedürfnis, sich am Kopf zu kratzen, und als er den Arm hob, um es zu tun, brach er die Bewegung ab und zuckte vor Schmerzen zusammen. Cassian wollte augenblicklich seinen Arm sehen. Seine Vergeßlichkeit verfluchend, rollte Jerenn den Ärmel auf. Das Blut aus der Wunde hatte den Verband mittlerweile fast durchtränkt, und während er sich mühte, mit einer Hand den Ärmel aufzukrempeln, löste sich das durchweichte Stück Stoff vom Arm und baumelte blutrot in der Luft. Cassian schoß aus dem Bett wie ein Hase aus einem Versteck, drückte den Jungen auf einen Stuhl und rannte zu den Sklavenquartieren, wobei er nach einem Mädchen rief.

Jerenn ließ den Kopf hängen und versuchte den Verband wieder anzulegen. In was hatte er sich jetzt wieder hineingeritten?

16

Gegen Mittag war Jerenns Widerstand so gering geworden, daß er mit seiner Furcht vor der Anwendung von Blutmagie gegen ihn herausplatzte. Cassian tat sein Möglichstes, um ihm zu versichern, daß die Schutzvorrichtungen der Rosenvilla derartige Vergeltungsmaßnahmen verhindern würden, und gab ihm einen silbernen Anhänger als zusätzliche besondere Abschirmung. Tatsächlich war der Anhänger nicht im geringsten magisch und ohne Wert – abgesehen davon, daß er Jerenn tröstete und ihm ein Gefühl der Sicherheit vermittelte. Der Elf sorgte dafür, daß die Wunden des Jungen vernünftig gereinigt und behandelt wurden, und ordnete an, ihn mit gutem Fleisch und ein wenig Wein zu versorgen, damit er nach seinem Blutverlust rascher wieder zu Kräften kam. Als ihm die Seitenblicke auffielen, die ihm einige der anderen Sklaven zuwarfen, war Cassian klar, daß sie glaubten, er habe den Jungen zu seinem Lustknaben gemacht.

Sollen sie tratschen, dachte er. Das wird sie davon abhalten, sich über wichtigere Dinge den Kopf zu zerbrechen.

Darüber hinaus nahm er sich noch ein paar Stunden Zeit, um im Dokumentenhaus zu arbeiten, wo er fleißig nach Papieren suchte, die auf eine Verbindung zwischen Ilfaralek und Patracheus hinwiesen. Zwar sollte Ilfaralek ebensosehr über den Plänen des Schatzmeisters der Stadt stehen wie Cassian selbst, doch die Weisheit gebot, daß er derartige Nachforschungen anstellte. Wenn Ilfaralek in etwas Unlauteres verwickelt war, würde er höchstwahrscheinlich keinen Beweis dafür hinterlassen haben, aber ein *Praetor* mußte jeden Stein umdrehen. Zu seiner Erleichterung fand Cassian keinen derartigen Beweis. Aber es gab viele formelle Vereinbarungen zwischen Mitgliedern der Häuser Zanjan und Thaloss, und die Aussicht darauf, was er als nächstes tun mußte, bereitete ihm großes Unbehagen.

»Danke, daß Ihr mich so kurzfristig empfangt«, sagte er zu Ilfaralek, als er in dessen Büro in der Südkaserne geführt wurde. »Ich fürchte, ich muß Eure Hilfe in Anspruch nehmen. Ich bin auf ein sehr interessantes Dokument gestoßen. Ich muß Euch um ein Gespräch über Patracheus bitten.«

Ilfaraleks Pupillen weiteten sich. »Er ist mächtig«, erwiderte er zögernd, »und sehr einflußreich. *Sehr* einflußreich.«

»Ich muß wissen, welche seiner kommerziellen Verbindungen am wichtigsten sind. Und welche vielleicht nicht so bekannt sind.« Cassian kam direkt zur Sache und ersparte sich den Austausch von Nettigkeiten, was nur Zeitverschwendung gewesen wäre und darüber hinaus nichts dazu beigetragen hätte, den aufmerksamen und äußerst intelligenten *Akarenti* einzulullen.

»Ich kann nur hoffen, daß Ihr einen sehr guten Grund für diese Frage habt«, sagte Ilfaralek. »Und ich kann nur hoffen, Ihr könnt mir versichern, daß Ihr diese Information in keinem Eurer Berichte mit mir in Verbindung bringt.«

»Das versteht sich von selbst«, antwortete Cassian.

»Ich würde es trotzdem gerne von Euch hören«, unterbrach ihn Ilfaralek spitz.

Cassian lachte. »Ich kann Euch versichern, daß es so sein wird. Ich bitte Euch, Euer Handwerk ist nicht so weit von meinem entfernt. Ihr wißt, daß ich weder so unklug noch so rücksichtslos sein würde.«

»Ein Großteil von Patracheus' Arbeit wird mittlerweile von seinem Partner Mordain erledigt. Patracheus war einige Jahre lang sein Mentor und ist vielleicht ein wenig zu träge geworden.«

»Sehr unklug für jemanden in seiner Stellung«, murmelte Cassian.

»Vielleicht, aber auf der anderen Seite sieht es dadurch so aus, als stünde Patracheus über der mit seiner Stellung untrennbar verbundenen üblichen Korruption.«

»Mordain erledigt die Schmutzarbeit, so daß Patracheus den Rücken frei hat, um sich ausschließlich um die mächtigsten Adeligen zu kümmern«, mutmaßte Cassian.

»Ganz genau. Patracheus hat nach wie vor die Oberherrschaft, aber er hat jemanden damit betraut, sich um die Einzelheiten zu kümmern«, sagte Ilfaralek.

»Kann Patracheus ihm trauen?«

»Ich glaube schon«, sagte Ilfaralek nach einigem Nachdenken zögernd. »Mordain ist noch zu jung und unerfahren, um für Patracheus eine Gefahr darzustellen. Jedenfalls könnt Ihr sicher sein, daß Patracheus genug gegen Mordain in der Hand hat, um ihn von unüberlegten Handlungen abzuhalten. Sollte einer fallen, würde der andere mitgerissen, würde ich sagen.«

»Patracheus hat mit allen größeren Bauprojekten der Stadt zu tun?« fragte Cassian in beiläufigem Tonfall.

»Höchstwahrscheinlich. Er entscheidet über die Finanzierung dieser Projekte. Natürlich gibt es separate Gelder für militärische Ausgaben, aber nie genug. Des weiteren hat der Oberherr seinen eigenen Finanzhaushalt, dessen Höhe ziemlich beträchtlich ist. Doch Patracheus kontrolliert das, was wirklich wichtig ist. Und selbst dann, wenn das nicht der Fall ist, wird er über alle Bauprojekte auf dem laufenden gehalten, nicht zuletzt deshalb, weil der Planer gewöhnlich auf ein paar zusätzliche Mittel aus dem Haus der Arbeit hofft. Ich muß selbst zu Patracheus gehen und ihn davon überzeugen, daß meine finanziellen Forderungen gerechtfertigt sind, und er ist einigermaßen empfänglich dafür. Ich habe eine gute Beziehung zu ihm, und wir haben keinen Grund für einen Streit. Daher könntet Ihr meine Ansichten als nicht gänzlich objektiv einstufen, obwohl ich mich nach Kräften darum bemüht habe, es zu sein.«

Cassian lächelte und änderte den Verlauf, den ihr Gespräch nahm.

»Dann könnte es also sein, daß er Verträge mit Daralec abgeschlossen hat?«

»Nicht doch, Cassian, Ihr habt einige Zeit im Dokumentenhaus verbracht. Ihr wißt bereits, daß es so ist.«

Der Elf lächelte, wobei er Ilfaralek das Gefühl vermitteln wollte, das Gespräch stärker unter Kontrolle zu haben, als dies tatsächlich der Fall war.

»Haughrald gehört ebenfalls dem Hause Thaloss an, und Dragold scheint sich Patracheus' Gunst erfreut zu haben«, fuhr Cassian fort.

»Ja, wegen seiner Zusammenarbeit mit Haughrald. Sie standen immer in der Gunst der Schatzmeisterei.«

»Patracheus' Frau entstammt dem Haus Medari«, stellte Cassian fest.

»Sie ist Tarlanths Cousine.«

»Genau. Dann waren Daralec und Tarlanth also beide an den städtischen Bauprojekten beteiligt?«

»Ja, schon, aber sie hatten kein besonders gutes Verhältnis.«

Das überraschte Cassian, doch er ließ sich nichts anmerken.

»Eine gegenseitige Abneigung, glaube ich. Nicht übermäßig ausgeprägt, aber gewöhnlich gingen sie einander so höflich wie möglich aus dem Weg. Tarlanth hat sich sowieso nie besonders für das Geschäft des Steinimports interessiert. Er beschäftigt sich mehr mit anderen Dingen: Lebensmitteln, Sklaven, Stoffen – nun, eigentlich mit allem, um ganz ehrlich zu sein.«

Und doch hatte es zwischen Daralec und Tarlanth einen regelmäßigen Austausch von Botschaften gegeben, erinnerte sich Cassian. Äußerst faszinierend. Ganz zu schweigen von der verblüffenden Tatsache, von der er in Isemgurd erfahren hatte, daß nämlich Tarlanth Daralecs Geschäft erben würde, und zwar mit stillschweigendem Einverständnis von Patracheus, da er den letzten Willen des Elfs bezeugt hatte.

»Ich verstehe. Abschließend frage ich mich noch, was von einer gewissen Information zu halten ist. Sie ist nur ganz allgemeiner Natur, könnte aber von jenseits der Mauern zu Euch durchgesickert sein.«

Ilfaralek war der Oberste Sicherheitsbeauftragte der Stadt. Und bestimmt hatte er ein Netz von Agenten und Spionen – Bettlern, Kindern und so weiter – inmitten der Massen der Barsaiver jenseits der Mauern des Theranerviertels.

»Tatsächlich?« sagte Ilfaralek, ohne sich eine Blöße zu geben.

»Dabei geht es um Dinge, die die Sicherheit der Stadt betreffen«, erwiderte Cassian glatt.

»Solche Gerüchte entstehen immer wieder, und von Zeit zu Zeit kommen mir auch welche zu Ohren.« Ilfaralek würde offensichtlich nichts verraten, wonach Cassian nicht direkt fragte.

»In diesem Fall könnte es um konkretere Dinge gehen. Um ein Datum und möglicherweise die Beteiligung einer oder zweier Personen, die mehr als die übliche Besorgnis rechtfertigen«, sagte Cassian.

»Ach, die Geschichten über Tunnelbauten. Ein Überfall auf die Stadt am Kyprosfest. Derartige Gerüchte hören wir jedes Jahr«, sagte Ilfaralek abwinkend. »Ich hörte, daß ein paar Magier daran beteiligt sein sollen. Falls an den Gerüchten etwas daran ist, würde ich mit einer Erhebung in der Nähe der Nordkaserne rechnen. Selbstverständlich müßten sich derartige Saboteure zuerst mit dem Zentrum des militärischen Widerstands und anschließender Vergeltungsmaßnahmen befassen. Kein Grund zur Beunruhigung. Wir haben die Dinge fest im Griff.«

»Ihr seid sehr tüchtig.« Cassian war beruhigt, aber

auch ein wenig verblüfft. »Könnten tatsächlich Magier in die Sache verwickelt sein?«

»Warum nicht?« entgegnete Ilfaralek. »Zwischen diesem wertlosen Gesindel dort draußen wird es auch ein paar Magier geben. Wahrscheinlich sind sie vor einem Dutzend verschiedener Feinde aus Barsaive geflohen. Schließlich ist es nicht so, als könnten wir dort draußen eine Volkszählung durchführen. Aber es gibt keinen Hinweis darauf, daß sich etwas Großes zusammenbraut.«

Cassian schwieg einen Augenblick, während er eigene Überlegungen anstellte. Aus Ilfaraleks Antwort ließ sich schließen, daß der Sicherheitsbeauftragte möglicherweise tatsächlich nichts von der Beteiligung eines theranischen Magier wußte, und Cassian wollte die Namen, die er von Jerenn gehört hatte, nicht erwähnen. Er mußte mehr in Erfahrung bringen, bevor er sich wieder an Ilfaralek wandte.

Cassian erhob sich und schüttelte dem *Akarenti* die Hand, wobei er sich für dessen Hilfsbereitschaft bedankte. Hätte er den nachdenklichen und neugierigen Blick gesehen, den Ilfaralek ihm bei seinem Abschied nachwarf, er hätte ihn nicht im geringsten überrascht.

Ihre Kutschen begegneten sich, als sich Cassian, der über die lange Große Allee fuhr, dem Westtor näherte. Er sah den Wirbel der Farben an ihr und die dunkle Mähne ihrer Haare, die ihr Gesicht einrahmte. Er streckte den Kopf aus dem offenen Fenster der Kutsche und rief dem Kutscher zu, kehrtzumachen und ihr zu folgen. Die Große Allee war für ein derartiges Manöver mehr als breit genug, und wenige Augenblicke später fuhr er ihr nach. Eine Gelegenheit, mit Shusala zu reden, ohne dabei ihrem Mann zu begegnen, war genau das, was er jetzt brauchte.

Zunächst zurück nach Osten und dann nach Norden fahrend, folgte er ihr bis zum Rezitatorium, wo er sie nach einer entschlossenen Suche in einer der kleinen Kammern fand, in der sich weder Künstler noch Publikum aufhielten. Sie saß mit dem Rücken zu ihm da, die Hände im Schoß gefalten und die schmalen Schultern vorgebeugt. Ihre Haare sahen eindrucksvoller aus denn je, wahrhaftig wie die Mähne eines thebarischen Löwen. Cassian ging durch den schmalen Mittelgang und an ein paar Sitzreihen vorbei und setzte sich neben sie. Sie wandte sich ihm zu, als habe sie schon die ganze Zeit hier auf ihn gewartet.

»Ich bedauere, daß mir Euer Gatte Dinge verheimlicht«, sagte er ein wenig bekümmert. »Das läßt vermuten, daß er etwas zu verbergen hat, was viel unwichtiger sein könnte, als es den Anschein hat.«

Als Erwiderung lächelte sie traurig, doch sie war keineswegs erschüttert. »Er ist ein guter Mann, *Praetor* Cassian.«

»Ich habe keinen Grund, etwas anderes zu glauben, aber seine Heimlichtuerei weckt Verdächtigungen, die einen nicht dazu ermutigen, eine wohlwollende Haltung einzunehmen«, erwiderte Cassian.

»Er schützt mich und meinen Sohn.«

»Mein *Kedate* wird in Kürze aus Marac zurückkehren.«

»Oh. Dann könnte er die Wahrheit herausfinden.«

»Es würde mir Zeit und auch weitere Besuche bei Eurem Gatten ersparen, wenn ich sie jetzt schon erführe.«

»Ich bin nicht Daralecs Tochter«, sagte Shusala leise.

»Das hat keine Folgen hinsichtlich des Erbes?« Cassian wußte ganz genau, daß das der Fall war. Er hatte beide Testamente Daralecs gesehen und wußte, daß eine Tochter aus einer gelösten Ehe ohnehin keinen Anspruch auf Daralecs Eigentum hatte.

»Nein, aber darum geht es gar nicht«, sagte sie. Es war offensichtlich, daß sie sich zwingen mußte, etwas zu sagen, von dem sie gehofft hatte, daß es für immer unausgesprochen bleiben würde.

»Zu den Fähigkeiten eines *Praetors* gehört auch, daß er in seinen Berichten vieles, was für die Sache nicht direkt von Belang ist, unerwähnt läßt«, sagte Cassian freundlich.

»Aber es könnte so aussehen, als sei es von Belang, selbst wenn es das nicht ist«, erwiderte sie verdrossen.

»Mein *Kedate* wird es ohnehin herausfinden«, sagte er, wobei er in einer Geste des Bedauerns die Arme ausbreitete. Ich werde es erfahren, besagte diese Geste, aber ich würde es gern jetzt schon wissen.

»Mein Sohn Ladamair weiß nicht, daß ich nicht Daralecs Tochter bin«, begann sie.

»Es wäre wohl kaum ein Grund für ihn, sich zu schämen, sollte er das erfahren.«

»Doch, das wäre es, wenn er den wahren Sachverhalt herausfände.«

»Aller Wahrscheinlichkeit nach wird er es nicht erfahren müssen. Ich werde ganz gewiß nicht mit ihm reden.«

Sie seufzte und wandte das Gesicht ab. »Ich war eine der *Jaraleh* in Marac«, sagte sie. »Ich wurde mit Kind erworben, und dort ist das ein unverzeihlicher Fehler. Vor den meisten verbarg ich meine Schwangerschaft. Nur wenige wußten davon.«

Eine Ex-Sklavin – natürlich! Die Reichsgesetze besagten, daß solch eine Frau niemals etwas erben konnte. Dasselbe galt auch für ihre Nachkommenschaft. Im weit entfernten Marac konnte eine *Jaraleh* zu einer bedeutenden Stellung aufsteigen, wenn sie Herz und Verstand eines Mannes eroberte, und die Geschichte kannte mehrere Beispiele, in denen ihre Kinder zu mächtigen Herrschern oder Kriegern geworden waren und sich ihre Mütter in ihrem Ruhm hatten sonnen können. Doch außerhalb dieses Landes mußte Shusalas Status schmachvoll sein. Wenn die Wahrheit herauskäme, würde sie in Vivane mehr oder weniger geächtet werden, und noch schmerzhafter für sie müßte der

Makel sein, mit dem ihr einziger Sohn nach dem Skandal behaftet wäre.

»Ich habe Ziraldesh dort kennengelernt. Er hat mich damals geliebt und liebt mich auch heute noch. Er hat eine Vereinbarung mit Daralec getroffen, der damals auch in Marac wohnte. Urkunden wurden gekauft, die richtigen Leute bezahlt, Dokumente wurden geändert, und Ziraldesh kaufte mich frei. Als alles geregelt war, brachte er mich hierher. Wir waren weit von Marac entfernt, und es hatte den Anschein, als wären wir hier vor der Vergangenheit sicher. Wenn die Wahrheit je herauskäme – nun, mein Mann hat Freunde in anderen Ländern. Wir hätten ebenso leicht wieder verschwinden können, wie wir gekommen waren.«

»Aber Ihr seid nicht mehr so ganz jung«, warf Cassian diplomatisch ein. »In Marac konnte diese List doch gar nicht funktionieren.«

»Dann seid Ihr noch nicht dort gewesen«, sagte sie scharf. »In Marac läßt sich mit Gold alles kaufen. Münzen und Juwelen kaufen Vergessen oder auch deutliche Erinnerungen an Dinge, die nie geschehen sind.«

»Was glaubt Euer Sohn, wer sein Vater ist?« fragte Cassian.

»Ein Schwertmeister, der von den Derwischen getötet wurde. Ich kannte so einen Elf tatsächlich, so daß es nicht schwer war, ihm davon zu erzählen.«

»Eines Tages wird er die Wahrheit erfahren müssen.«

»Eines Tages, wenn er seinen Weg gefunden hat. Aber Ladamair ist noch sehr jung und hat trotz seiner Frühreife noch viele Jahre vor sich, bevor er es erfahren muß.«

»Ich verstehe. Doch warum war Euer Gatte deswegen so ängstlich? Dieses Geheimnis hat nichts mit mir und meinen Angelegenheiten zu tun«, fragte Cassian.

»Nach unserer Ankunft hier in Vivane hat Daralec Geld von uns verlangt, um das Geheimnis zu wahren. Das gehörte nicht zur ursprünglichen Abmachung. Er hat uns jahrelang wie ein Blutegel ausgesogen.«

»Erpressung? Ein sehr gutes Motiv für einen Mord«, sann Cassian.

»Genau. Man hört viele Stimmen, die behaupten, daß Daralecs Unfall gar keiner war. Nun, da sein Sohn gestorben ist, werden diese Stimmen noch lauter. Ist es da verwunderlich, daß mein Mann Angst hat?«

»Und das ist der Grund, warum er mit den Jahren so viel von seinem Besitz verkauft hat«, dachte Cassian laut. »Jetzt wird mir einiges klar.

Vielen Dank für Eure Offenheit«, sagte er, indem er sich erhob und seine Schultermuskeln massierte, die ihm von den vielen Stunden schmerzten, welche er über Unterlagen gebeugt im Dokumentenhaus verbracht hatte. »Schließlich habt Ihr mir gerade einen Grund dafür genannt, warum Euer Mann Daralec ermordet haben könnte.«

»Nach über dreißig Jahren? Kaum. Mein Gatte würde sich sowieso eher selbst das Leben nehmen als einen anderen zu töten.«

»Es sei denn, um diejenigen zu schützen, die er am meisten liebt«, sagte Cassian sanft.

»Nach so langer Zeit?« Shusalas große braune Augen waren weich und flehend, aber sie baten um eine schlüssige Erklärung und nicht um Mitleid.

»Warum habt ihr Vivane nicht verlassen und euch anderswo niedergelassen, um Daralec zu entkommen?«

»Mein Mann ist nicht mehr der jüngste, und mein Sohn braucht ein geregeltes leben. Außerdem hat Ziraldesh hier viele Freunde und gute Arbeit gefunden, und wir brauchten nie mit Daralec zusammenzutreffen. Wir haben uns an das Leben in Vivane gewöhnt.«

»Nun, ich glaube nicht, daß Euer Gatte ein Mörder ist«, sagte Cassian. Doch ihn ließ der Gedanke nicht los, daß der Mörder Magie benutzt hatte und Ziraldesh ein Magier war. Er *glaubte* vielleicht nicht, daß Ziraldesh ein Mörder war, aber er konnte es sich auch nicht leisten, die Möglichkeit auszuschließen. Vielleicht hatte

Daralec eine zusätzliche Gefahr dargestellt und noch etwas gegen Ziraldesh in der Hand gehabt, von dem Shusala nichts wußte.

»Kennt Ihr Schavian und Andrellesse aus dem Hause Zanjan?« fragte er.

Die Frage schien sie nur gelinde zu überraschen. »Ziemlich flüchtig. Ich habe sie seit mehreren Monaten nicht mehr gesehen oder zumindest nicht mehr mit ihnen geredet. Gewiß, ich bin ihnen bei Konzerten und ähnlichen Anlässen begegnet, wenngleich wir derartige Veranstaltungen nur selten besuchen. Warum fragt Ihr?«

»Ich will sie besuchen und habe mich gefragt, was Ihr mir über sie erzählen könnt«, sagte er wahrheitsgetreu.

»Dann kann ich Euch kaum helfen. Schavian ist ein fähiger Schwertmeister und bei der Legion sehr angesehen. Er wohnt hier schon seit vielen Jahren, länger als ich. Seine Frau ist Goldschmiedin. Ihre Arbeiten sind recht gut, wenngleich sie nicht als außergewöhnlich angesehen werden.« Sie sah ihn ziemlich verwirrt und dann zunehmend beunruhigt an.

»Ihre Kinder haben sich das Leben genommen. Habt Ihr den Verdacht, daß ihr Tod etwas mit Daralec zu tun haben könnte?«

»Ich weiß nichts darüber«, sagte Cassian abweisend, »abgesehen von der Tatsache, daß ich sicher bin, Ihr werdet über unsere kleine Unterhaltung ebenso Stillschweigen bewahren wie ich.«

Sie schien besorgt zu sein und sich über ihn zu wundern, doch er war verschwunden, bevor sie noch etwas sagen konnte.

Auf der anderen Seite der Stadt glitt eine schmale, langfingrige Hand mit halbmondförmigen Nägeln und von sehr blasser Hautfarbe über eine Liste von Namen. Einige waren bereits durchgestrichen, vier noch übrig.

Die Finger ergriffen eine Feder und tauchten die Metallspitze in Tinte, die so schwarz wie eine mondlose Nacht waren. Dann bearbeitete sie das Papier mit der Gewalt eines Messers, das jemandem in die Rippen gestoßen wird.

Zwei verängstigte Personen hatten bereits eine Warnung von ihr erhalten, allerdings eine unwahre, die sie auf eine Gefahr aufmerksam machte, welche nicht existierte. Eine Warnung, die sie alle näher zusammenrücken ließ, die Schrecken schlimmer als das ewige Vergessen in die Herzen der Unwissenden pflanzte und sie dazu trieb, sie als ihre einzige Hoffnung zu betrachten, den schrecklichen unsichtbaren Feind abzuwehren.

Und sie ihr auslieferte, zusammen mit ihrem jungen Fleisch und warmen Blut und dem Versprechen von genug Macht, um alle zu vernichten, die noch übrig waren.

17

Cassians Mut sank, als er sah, daß Crotias ihre Männer im Kasernenhof exerzieren ließ. Seine Kutsche war zu auffällig, um unbemerkt zu bleiben, und stand bereits seit einiger Zeit im Kasernenkomplex. Crotias überließ es ihrem Leutnant, den Drill fortzusetzen, während sie zu ihm ging, um ihn zu begrüßen.

»Guten Tag, *Praetor* Cassian«, sagte sie laut. »Seid Ihr vielleicht gekommen, um noch einmal *Hurlg* mit mir zu trinken?«

»Ich halte es nicht für geraten, derart gutes Bier mit jemandem zu trinken, der so überragende Fähigkeiten besitzt, was seinen Verzehr anbelangt«, sagte er vorsichtig. »Ich bin froh, daß ich mit einem Körper gesegnet bin, der eine so harte Prüfung ohne Todesfurcht überstehen kann, aber ich halte es nicht für klug, ihn in einem so kurzen Zeitraum zweimal solchen Belastungen auszusetzen.«

Sie lächelte zufrieden über das Kompliment. »Dann habt Ihr also mit Ilfaralek geredet?« Sie stand vor ihm, die Hände in die Hüften gestemmt und guter Laune und erwartete offenbar eine direkte Antwort.

»Das habe ich in der Tat«, sagte er, wobei er die Stimme ein wenig senkte. »Über die Frage der Integrität der Stadt, die Ihr aufgeworfen habt. Es könnte durchaus sein, daß Eure Befürchtungen nicht grundlos sind, und ich hoffe, daß wir uns bald darüber unterhalten können. Nicht, daß ich glaube, wir hätten es mit einer unmittelbaren Gefahr zu tun, der wir nicht begegnen könnten«, beeilte er sich hinzuzufügen, als er die Besorgnis auf ihrem Gesicht sah. »Aber wir müssen sie erkennen und mehr darüber erfahren, bevor wir entscheidend zuschlagen.«

Crotias wirkte ein wenig enttäuscht. Feinfühlige Nachforschungen waren nicht nach ihrem Geschmack. Sie wollte eine Aufforderung zum direkten Handeln hören.

»Also gut. Ich gehe davon aus, daß Ihr Euch an mich wendet, wenn dieser Zeitpunkt gekommen ist«, sagte sie, wobei sie sich etwas rötlichen Staub von der Hüfte wischte. »Also wollt Ihr gleich wieder los?«

»Noch nicht, ich muß noch einen weiteren Besuch machen«, sagte Cassian so beiläufig wie möglich.

»Und wen wollt Ihr besuchen?« Sie sah ihn direkt an. Er konnte ihrer Frage nicht ausweichen.

»Ich dachte, ich sollte Hauptmann Schavian einmal meine Aufwartung machen«, sagte er, wobei er seiner Stimme wiederum einen verschwörerischen Unterton verlieh. »Falls ich irgend etwas von Bedeutung erfahre, lasse ich es Euch natürlich wissen, da einer Eure Männer daran beteiligt ist. Aber ein *Praetor* muß manchmal gewisse Besuche abstatten und gewisse Fragen allein deshalb stellen, um eine Ablenkung zu schaffen und gewisse Blicke zu verwirren, die auf ihm ruhen.«

»Hmm«, sagte sie unsicher und ein wenig verwirrt. Genau darauf hatte er gehofft.

»Wie ich schon sagte, ich unterrichte Euch, sollte ich irgend etwas erfahren«, wiederholte Cassian. Daraufhin sah sie etwas zufriedener aus, und nachdem sie ihn mit einem äußerst zackigen Gruß bedacht hatte, stapfte Crotias zu ihren Kriegern zurück. Cassian steuerte die weiter entfernt liegenden Offiziersquartiere an.

»Ich grüße und danke Euch, daß Ihr mich empfangt, Meister Schavian«, sagte Cassian freundlich. »Ich werde Eure Zeit nur kurz in Anspruch nehmen. Ich kann mir denken, daß Euch meine Anwesenheit hier nicht sehr angenehm ist, also will ich es kurz machen.«

»Danke«, erwiderte Schavian knapp. Er war ein wenig größer als Cassian, vielleicht eine halbe Handspanne, und muskulös gebaut. Das Schwert, das er an der Hüfte trug, hatte ein langes Heft und war wunderbar gearbeitet. Heft, Knauf und Scheide waren wahre Kunstwerke, und Cassian machte eine entsprechende Bemerkung, teils um Schavian zu beruhigen, und teils aus aufrichtiger Bewunderung.

Die aufmerksamen Augen des anderen Elfs musterten ihn. »Es ist eine ausgezeichnete Klinge«, sagte er, »die in den vielen Jahren, in denen sie sich in meinem Besitz befindet, schon viele Leben gerettet hat. Aber genug davon, ich bin sicher, mein Schwert hat Euch nicht zu mir geführt. Stellt Eure Fragen.«

»Zunächst möchte ich ausdrücklich feststellen, daß ich gewissen Gerüchten, die mir zu Ohren gekommen sein mögen, keinen Glauben schenke«, sagte Cassian ruhig. Der größere, dunkelhaarige Elf versteifte sich ein wenig.

»Aber ich muß gewisse Dinge fragen, Dinge, die delikaterer Natur sind. Man hat mich davon unterrichtet, daß Ihr die Leichen Eurer Kinder gefunden habt. Verzeiht die Taktlosigkeit, aber ich muß Euch fragen, ob Ihr Euch erinnern könnt, wie die Leichen ausgesehen haben, als Ihr sie gefunden habt. – Und zwar bevor etwaige zusätzliche Wunden aufgetreten oder auch nicht aufgetreten sind«, fügte Cassian hinzu.

»Sie schienen unter großen Schmerzen gestorben zu sein«, sagte Schavian mit einer Ruhe, die nur durch große innere Kraft zu erklären war.

»Und?«

»Und was?«

»Was noch? Versucht Euch zu erinnern. Nicht so sehr an ihre Gesichter, sondern vielmehr an ihre Gliedmaßen. Ist Euch irgend etwas an ihren Gliedern aufgefallen?«

»Ihre Lage war nicht ungewöhnlich«, sagte Schavian nachdenklich. »Aber ihre Haut hatte etwas an sich… sie war irgendwie bleich. Nein, das trifft es nicht.« Er versuchte sich offenbar ganz genau daran zu erinnern, was er in dieser schrecklichen Nacht gesehen hatte. »Was war es nur?«

Cassian verspürte den Drang, ihm eine Möglichkeit aufzuzeigen, aber das konnte er nicht, nicht wenn Schavian sich nicht von sich aus erinnerte. Wenn Cassian ihm die Worte in den Mund legte, war die Aussage des Schwertmeisters als Beweis nicht mehr viel wert.

»Ich dachte«, sagte Schavian zögernd, »das Gift müsse im Blut gewirkt haben. Die Adern traten an den Armen sehr stark hervor und waren unter der Haut ziemlich aufgebläht.«

Das war genau das, was Cassian hatte hören wollen, aber er wollte nicht, daß Schavian das mitbekam. Er fragte nach dem Aussehen der Augen und des Mundes, um seine Zufriedenheit zu verbergen. Schavian wurde immer verwirrter.

»Wonach sucht Ihr eigentlich, *Praetor?*«

»Das kann ich zur Zeit nicht sagen«, erwiderte Cassian, »nur so viel, daß ich Euch noch einmal versichere, daß Ihr keine weiteren Enthüllungen von mir zu erwarten habt, die Euch oder Eure Frau aufregen würden. Vielen Dank für Eure Zeit, Meister.« Damit erhob sich Cassian und ging über den heißen Exerzierplatz zu seiner Kutsche.

Was für ein Durcheinander, dachte er. Mord, der für einen Selbstmord gehalten wird, und dann versuchen die Eltern, ihn als Mord auszugeben. Jedenfalls schien es so, als seien die Zwillinge auf dieselbe Weise wie Crielle vergiftet worden.

Cassian erwog sorgfältig seine Möglichkeiten und kam zu dem Schluß, daß er doch noch mit Crotias würde essen müssen. Das war die einzige Möglichkeit, wie er mit der Person innerhalb der Kaserne, die er noch befragen mußte, reden konnte, da ihm ein Einschleichen als Möglichkeit kaum zur Verfügung stand.

Und dann muß ich auch an die Angst eines entsetzten Sklavenjungen denken, daß er bald dem Fluch eines

Magiers zum Opfer fällt, und ich muß bald Patracheus aufsuchen. Und diesen Besuch muß ich sehr sorgfältig planen.

Cassian hinterließ seine Karte und eine kurze Notiz mit seinem Wunsch im Haus der Arbeit, und da er nicht mit einer raschen Antwort rechnete, beschloß er, seinem Gastgeber einen Besuch abzustatten, um sich danach zu erkundigen, wie es der Witwe Karlanta ging. Es war einige Tage her, seit er Fleisch und Wein mit Tarlanth geteilt hatte, und die Höflichkeit gebot, bei einem zweiten Besuch ein Geschenk mitzubringen. Sein Aufenthalt hatte mittlerweile eine Woche überschritten, und solch eine Geste war nur angemessen, obwohl das Geschenk nicht zu prunkvoll sein durfte. Er stieg bei den Märkten aus und entschloß sich schließlich für zwei Bouquets mit den schönsten Spätsommerblumen und einige Bahnen hervorragender Seide in kalten, metallischen Farben, wie er sie Tarlanths Frau Cryselda hatte tragen sehen. Während er sich die Blumen einwickeln ließ – wofür er extra bezahlen mußte –, betrachtete er das lebhafte Treiben auf dem Markt.

Das bevorstehende Fest zog eindeutig bereits jetzt Händler aus weiter entfernteren Gegenden an als nur aus den umliegenden Dörfern und Siedlungen. Die dunklen, verschlungenen *Tuazaren*, die Kopfbedeckungen der Creaner, wippten in der Menge auf und ab. Im Süden machte Cassian außerdem die weißen Kopfbedeckungen einer kleinen Traube von Maracern aus, die beim Kokala zusammensaßen. Sie tranken ihn schwarz und bitter und sehr stark, ohne Zucker oder Honig. Außerdem sah er zwei Elfen-Frauen aus Indris, die wunderschöne Seide in leuchtenden Farben verkauften, und in der Luft des frühen Nachmittags lag der stechende Geruch nach Räucherwerk.

Einige von Crotias' Soldaten waren dort ebenfalls versammelt, offenbar mit der Aufgabe, die Pässe aller

Nicht-Theraner zu kontrollieren. Im Moment feilschten sie gerade mit einer Gruppe stämmiger Zwerge, bei denen es sich augenscheinlich um Waffenschmiede handelte. Ihre Arbeiten waren für Cassians Geschmack zu derb und zu massiv, aber er bewunderte dennoch die Detailfülle und die handwerkliche Perfektion der Waffen. Als er ein paar Bruchstücke der geflüsterten Unterhaltung zwischen ihnen aufschnappte, glaubte er, Worte in reinstem Throalisch zu hören. Meine Güte, sie kommen aus Throal, dachte er. Throal, das sich angeblich mit uns im Krieg befindet, und sie sind gekommen, um Handel zu treiben! Dann besann er sich und sah in ihnen nichts weiter als Barsaiver. Wir versklaven sie, sie verfluchen uns und greifen uns an, und hier nehmen sie unser Gold und bringen uns die Erzeugnisse ihrer Handwerkskunst.

Genauso wird es hier geschehen, und das wird zum besten aller sein, dachte er. Wir werden ihr Land erobern, wie wir es immer tun, und das Reich wird sich in seiner ganzen Herrlichkeit um mehrere tausend Meilen ausdehnen und mehr Wunder, mehr Magie und mehr Macht umfassen. Und sie werden nicht unglücklich sein. Nach wenigen Generationen werden sie reden wie wir, gehen und essen und das Brot brechen wie wir, und wir werden in Frieden mit ihnen leben, und unsere Lebensart wird sich vermischen. Cassian, der schon sehr weit im Reich herumgekommen war, betrachtete es als einen wunderbaren Flickenteppich, der über die Welt geworfen war, alle darunter warm und behaglich umschloß und jedem etwas bot.

Er drehte sich um, nahm seine eingewickelten Geschenke in Empfang und ging zu seiner Kutsche.

»Die sind wunderschön«, sagte Cryselda. »Im Frühstückszimmer werden sie ganz besonders gut aussehen, glaube ich. Sehr warm und hell. Und die Seide ist ebenfalls wunderbar und zeigt das Kennerauge eines echten

Medari.« Sie betrachtete die Seide mit beifällig taxierenden Blicken.

Cassian fühlte sich unbehaglich. Zwar waren seine Geschenke gut angekommen, aber er legte auf die Erwähnung seines Hauses keinen Wert. Die Hauszugehörigkeit durfte einen *Praetor* nicht interessieren, und jeder, der ihn daran erinnerte, mußte Hintergedanken haben. Doch er nickte höflich und murmelte eine Dankesformel.

»Trinkt doch einen Tee mit uns«, drängte sie ihn. »Unsere Süßigkeiten- und Kuchenbäckerin ist, wie Ihr wahrscheinlich wißt, sehr gut. Sie übt für das Fest, und Ihr solltet Euch nicht entgehen lassen, was Sie zubereitet hat. Wenn Ihr nicht etwas davon eßt, werden wir hier alle viel zu dick.«

»Ich glaube nicht, daß Ihr befürchten müßt, zu dick zu werden«, sagte Cassian wahrheitsgemäß. »Ihr seid mit einer wunderbaren Figur gesegnet, wenn ich das so sagen darf.«

»Ihr dürft«, sagte sie, indem sie sich wie ein Pfau spreizte.

Cassians Abneigung gegen diese Frau war nun, da sie gesprächig und sogar ein wenig kokett wurde, stärker denn je. Ihr Gatte war viel älter als sie, und er fragte sich, ob Cryselda ihn einwickeln wollte. Ich bezweifle, daß sie ernsthafte Absichten hat, beruhigte er sich. Das stünde in absolutem Widerspruch zum Protokoll.

Eine zornige Stimme, deren Worte gedämpft und unverständlich waren, kam von irgendwoher weit oben, und dann tauchte Tarlanth auf und kam wütend die Treppe herunter, bis er Cassian erblickte. Er faßte sich augenblicklich und verbarg seinen Zorn.

»Der elende Bursche täuscht wieder einen seiner Ohnmachtsanfälle vor«, knurrte er. »Verzeiht mir, Cassian. Es tut mir leid, daß Ihr dieses Schauspiel miterlebt.«

»Ich habe unseren Gast gebeten, Tee mit uns zu trinken«, sagte Cryselda, indem sie den Armvoll Blumen hob. »Er hat uns diese Geschenke mitgebracht, was wirklich sehr nett ist.«

In ihrer Stimme lag ein Unterton, der Tarlanth zu sagen schien, was er zu tun hatte, fiel Cassian auf. Bemerkenswert.

»Dann schleife ich den mißratenen Bengel an den Haaren herunter. Er könnte sich zur Abwechslung ja auch mal wie ein junger Mann mit Verstand und Manieren benehmen«, sagte Tarlanth, indem er wieder die Treppe hinaufstürmte.

»Ich will nicht der Grund für irgendwelche Störungen in Eurem Haushalt sein«, wandte Cassian ein. Doch Cryselda nahm lediglich seinen Arm und führte ihn ins Sommerzimmer.

»Das seid Ihr gewiß nicht«, sagte sie entschlossen. »Ihr dürft Tarlanth nicht so ernst nehmen. Hunde die bellen, beißen nicht.«

»Geht es Karlanta gut?« fragte er.

»Sie bekommt immer noch Kräuter und Tränke, die sie schlafen lassen«, sagte Cryselda mit übertriebenem Gram. »Vielleicht würde sie sich in einem südlicheren Klima besser erholen, nun, da das Ende des Sommers bevorsteht. Es besteht kein Grund zur Eile. Wir werden bei der nächsten Hauskonklave alle nötigen Vorkehrungen treffen.«

Es klang wie eine Diskussion darüber, was man mit einer unheilbar kranken und hoffnungslos schwachsinnigen Verwandten tun solle – oder, schlimmer, wie man sich ihrer am besten entledigen konnte. War es nur seine Einbildung, oder hörte er tatsächlich Grausamkeit aus ihrer Stimme heraus?

Kurz nachdem die Silberkännchen mit Kräutertee und eine erlesene Auswahl kleiner Törtchen, gezuckerter Früchte in Gelee und anderer Leckereien serviert worden waren, erschien auch Tarlanth mit seinem Sohn, der buchstäblich ins Zimmer geschleift wurde, bevor er sich verdrossen am Tisch niederließ.

Der Junge hatte sehr helle Haut, sein Hals war im Nacken zierlich und fast mädchenhaft geschwungen, die Hände waren schlank und die Bewegungen anmutig. Sein blondes Haar war fast so fein wie das eines hellhäutigen Elfs, und in seinen glitzernden grünen Augen lag Groll, aber auch Klarheit und Schärfe. Dunkle Ringe unter ihnen ließen vermuten, daß er nicht gut schlief, und insgesamt umgab ihn eine Atmosphäre der Zerbrechlichkeit. Der Junge, der so hartherzige Eltern hatte, tat Cassian leid, und er setzte sich neben ihn, fast als wolle er ihn vor ihnen schützen. Ein beinahe femininer Duft nach Flieder und Lilien wehte ihm entgegen.

»Ich bin Lyn«, sagte der Junge, ohne ihn anzusehen. »Ich soll erfreut sein, Euch kennenzulernen.«

»Achte auf deine verdammten Manieren, sonst beziehst du eine Tracht Prügel«, fauchte Tarlanth.

Cassian hob beschwichtigend die Hände. »Bitte! Ich sehe keinen Grund, warum er sich freuen sollte, mich zu sehen. Schließlich bin ich weder ein Verwandter noch bringe ich ihm etwas mit. Bitte streitet Euch nicht um meinetwillen.« Der Junge bedachte ihn mit einem fast dankbarem, freundlichem Blick. Cassian hatte offenbar keinen Anstoß am Benehmen des Jungen genommen, und der Zorn seines Gastgebers legte sich ein wenig.

»Hmm. Nun, es ist jedenfalls nicht die Art, wie sich ein Abkömmling dieses Hauses benehmen sollte«, brummte Tarlanth.

»Was macht Ihr denn so, Lyn?« fragte Cassian in der Hoffnung, die Stimmung ein wenig aufzuhellen.

»Absolut nichts, das ist ja das Problem«, warf Tarlanth ein. Cassian achtete nicht auf die Worte des Vaters.

»Ich male gern«, sagte der Junge zögernd mit seiner hohen Stimme.

»Eine ehrenhafte Fertigkeit, die nur wenigen gegeben

ist und die geübt sein will«, sagte Cassian beifällig und mit dem Gedanken, wie erbärmlich das Leben für den Jungen in diesem Haus sein mußte. Cassian nahm an, daß Tarlanth ein künstlerisch veranlagter Sohn ebenso willkommen war wie eine tödliche Krankheit.

»Ermutigt ihn nicht auch noch«, fauchte Tarlanth. »Wenn die Zeit gekommen ist, muß er alles lernen, was mit Geschäften und Geld zu tun hat.«

»Oh, aber die wird doch gewiß noch lange auf sich warten lassen.« Cassian wandte sich lächeln an Tarlanth. »Ihr seid ein Mann, der noch ein langes Leben vor sich hat, denke ich.«

Doch dessen war sich Cassian gar nicht so sicher. Er vermutete, daß Tarlanth knapp sechzig Jahre alt war und ein gefährliches aufbrausendes Temperament besaß, das sich bei Männern seines Alters oft in einem Schlaganfall äußerte, der entweder zum sofortigen Tod oder zur Debilität führte.

»Gut formuliert«, lachte Cryselda, indem sie in einer fast grotesk anmutenden Geste in die Hände klatschte. »Darf ich Euch eine dieser Köstlichkeiten unserer Köchin anbieten?«

Eine Stunde später verabschiedete sich Cassian von seinen Gastgebern, und er war mehr als froh, der Villa entkommen zu sein. Er war nicht dazu gekommen, Tarlanth Fragen hinsichtlich seiner Beziehungen zu Daralec zu stellen, da dieser sich praktisch ständig über das Aussehen und die Zerbrechlichkeit seines Sohnes lustig gemacht und seine Enttäuschung über ihn zum Ausdruck gebracht hatte. Die Mutter war einfach darüber hinweggegangen, hatte Bemerkungen über Cassians Geschenke und Kleidung geäußert und ihm Fragen über die Länder gestellt, die er besucht hatte. Tarlanth schien mit den meisten, wenn nicht sogar allen, Geschäftsbeziehungen zu unterhalten, und zu Cassians und Lyns Erleichterung hatte ihre Erwähnung zu einem

Ende des endlosen Herumnörgelns an seinem Sohn geführt. Demzufolge erzählte Cassian immer mehr von sich, um dem Jungen weitere Hänseleien und Peinlichkeiten zu ersparen, so daß er nicht in der Lage war, Tarlanth wie beabsichtigt zu befragen.

Ich werde ihn noch einmal besuchen und zusehen müssen, daß ich dann weiter komme als heute, dachte er niedergeschlagen.

Als er in der Rosenvilla ankam, stellte er fest, daß seine Karte zusammen mit einer größeren und prächtigeren von Patracheus zurückgebracht worden war. Auf ihr lud er ihn zu einem kleinen Umtrunk nach dem Abendessen ein und drückte sein Bedauern darüber aus, daß ein prall gefüllter Terminkalender ein Treffen zu einer früheren Stunde unmöglich machte.

Das übliche Vorgehen, dachte Cassian. Er wird sich nach dem Essen ein paar Stunden hinlegen und mir ausgeruht begegnen in der Hoffnung, daß ich müder und weniger aufmerksam als er sein werde. In diesem Fall wird er eine Enttäuschung erleben.

Jerenn döste, da Cassian Anweisung gegeben hatte, ihm mit der Nachmittagsmahlzeit ein Schlafmittel zu verabreichen. Als der Elf sich den schlafenden Jungen genauer ansah, stellte er zu seiner Freude fest, daß die Brandwunde unter dem Breiumschlag an den Rändern weniger entzündet aussah und der Verband am Arm nicht mit Blut getränkt war. Die Blutung war erfolgreich gestillt worden.

Nach seinem Süßigkeitenexzeß am Nachmittag sagte Cassian den Mädchen, daß er kein Abendessen wünsche, dann steuerte er das Bad und damit die Aussicht auf ein anschließendes langes Nickerchen an.

13

Es war fast Mitternacht, als Cassian am prächtigen Anwesen des vermutlich mächtigsten Mannes in Vivane eintraf. Die Auffahrt wurde nicht von Laternen erhellt, sondern von Kugeln aus feuriger magischer Energie, die einfach in der Luft schwebten. Eine äußerst extravagante Protzerei, dachte Cassian. Magisches Licht war eine Sache. Elementare Magie zu benutzen, um dieses Licht frei schweben zu lassen, war eine ganz andere. Dies war kein Mann, der sich einen Luxus versagte, den ihm das Leben bot.

Als er aus seiner Kutsche stieg, stellte er fest, daß Patracheus ihn persönlich erwartete. Er trug wunderbare Gewänder aus indriser Seide in zimtfarbenen, braunen und silbernen Tönen mit golden abgesetztem Kragen. Moschus und sagenhaft teurer *Garlanta*-Duft lag in der Luft. Er schüttelte dem Elf die Hand und verbeugte sich ein wenig zu tief, bevor er ihn in die Eingangshalle aus Marmor mit ihrem Überfluß an exotischen Blumen und Pflanzen führte. Es war fast so, als schreite er durch einen aztlanischen Dschungel. Patracheus streckte träge die rechte Hand aus und pflückte sich eine reife Frucht von einem Zwergpfirsichbusch. In der Halle war es überall gleichmäßig warm, und kein Zug kam von draußen herein, der die Pflanzen stören konnte.

»Kommt herein«, sagte er, indem er die Türen zu einem Salon öffnete, dessen Einrichtung mehr Geld gekostet haben mußte, als Cassian in mehreren Dienstjahrzehnten verdienen würde. Auf Patracheus' Einladung ließ er sich in einem Sessel mit erlesenem Seidenpolster nieder, von dessen Armlehnen Ozaravogelfedern herunterhingen, ein Fleck von makellosem Weiß auf dem Fußboden aus geädertem Marmor.

Als er sich in dem Salon umsah, stellte Cassian fest, daß die Fenster ebenfalls mit indriser Seide behangen waren, während ansonsten jeder freie Fleck an den Wänden, der nicht das Gewicht einer Unzahl von Büchern trug, von Gemälden und Wandteppichen bedeckt war. T'skrang-Körbe enthielten Fruchtschalen und zierliche Flaschen, in denen vielfarbige Liköre glänzten. Die Einrichtung war zwar opulent, erweckte aber nicht den Eindruck von Protzerei, und Cassian bemerkte mit Interesse ein einfaches, aber wunderschönes Beispiel für die Töpferkunst der Obsidianer, das zwischen den beiden größten Bücherregalen auf dem Boden stand.

»Also, Cassian«, sagte Patracheus, nachdem er die Frucht mit einem letzten wonnevollen Schlürfen verzehrt hatte, »zweifellos fragt Ihr Euch, warum ein Mann, der die Finanzen der Stadt verwaltet, so gut lebt. Und wenn Ihr Euch nicht fragen würdet, ob ich einen Teil dieser Finanzen für mich selbst abgezweigt habe, wäre ich ziemlich enttäuscht. Ein Mann Eurer Intelligenz und Stellung muß genau das annehmen. Aber« – Patracheus nahm einen kunstvoll gestalteten Goldflakon, an dem mehrere dünne lange Schläuche befestigt waren – »ich habe eine beträchtliche Summe von meinem Vater geerbt. Sogar mehrere Millionen. Das meiste hiervon«, und er macht eine Handbewegung, die den ganzen Raum einschloß, »ist von ihm gekauft worden. Meine Ausgaben waren tatsächlich eher bescheiden.«

Cassian lächelte, und plötzlich sah ihn Patracheus direkt an und fixierte ihn mit seinen durchdringenden Augen. Seine freie Hand strich das goldblonde Haar in einer absichtlich affektierten Geste zurück, während der Elf vor der Eindringlichkeit des Blickes unwillkürlich zurückzuckte. Patracheus lächelte vergnügt, als er ein wenig weißen Staub und ein Stück von einer glänzend braunen Substanz in den Flakon füllte.

»Also schön, Euer Lächeln verrät mir, daß Ihr mir

nicht so ganz glaubt. Gut für Euch. Ihr wärt ein Narr, wenn Ihr es tätet. Ich muß Euch die Wahrheit sagen, ich lüge tatsächlich. Gelegentlich.«

Ich glaube, hier kann ich mir das Protokoll schenken, beschloß Cassian. Dieser Mann hat genug Grips, um allen Finessen und Kniffen auszuweichen, die ich anwenden könnte.

»Darf ich Euch etwas anbieten? Es ist sehr gut«, sagte Patracheus, der eine Kerze benutzte, um unter dem Flakon etwas Öl in einem kleinen Behältnis zu entzünden. »Es ist natürlich Opara und *Kokaila* von auserlesener Qualität, aus echter Kokalawurzel. Der Rauch wird durch doppelt destillierten Qualifarn geleitet, der ihn milder macht und einen köstlichen Nachgeschmack hinzufügt.«

»Ich glaube, es würde mich über meine übliche Stunde hinaus wachhalten«, lehnte Cassian höflich ab.

»Unsinn. Aber nichts für ungut.« Der Mann nahm einen tiefen Zug aus einem der Schläuche, nachdem er die goldenen Verschlüsse an den anderen sorgfältig geschlossen hatte. Dann behielt er den Rauch ein paar Sekunden lang in den Lungen, bevor er ihn mit beinahe katzenhafter Anmut ausatmete. Nach einem lauten Seufzer des Wohlbehagens entspannte er sich sichtlich in der Seide und dem Satin seines Sessels.

»Euch entgeht eine Menge«, sagte er herzlich. »Nun, stellt Euch folgende Frage: Kann dieser verlogene korrupte Schuft, den Ihr hier vor Euch seht, überhaupt schuldig sein, wenn er sich Euch wehrlos in den Armen dieser wunderlichen und enthemmenden Droge präsentieren kann?«

»Interessante Frage«, sagte Cassian, dem es nicht gelang, ein Lächeln zu unterdrücken. Der Mann war unmöglich. Er übertrieb ganz gewiß, aber Cassian hatte sich bereits so sehr für ihn erwärmt, daß er bezweifelte, es mit einem mörderischen Ränkeschmied zu tun zu haben.

»Also, was wollt Ihr wissen?«

»Offensichtlich wißt Ihr mehr über die wirtschaftlichen Vereinbarungen der Stadt als sonst jemand in Vivane«, begann Cassian. Eine müde, theatralische und verächtliche Handbewegung von Patracheus ließ ihn innehalten.

»Ihr könnt Euch die Einleitung sparen. Ich kann Euch sagen, wer wem was schuldig ist und wann die Schulden fällig sind. Ich kann Euch sagen, wer wessen Pläne durchkreuzt hat, wer mich im Laufe der Jahre zu bestechen versucht hat, welche Gebäude von betrügerischen Schurken gebaut worden sind, wer was plant und wer seine Frau schlägt. Ich bin so mächtig, daß ich über mein eigenes Haus Schlechtes sagen kann und ungestraft davonkomme.

Auf der anderen Seite«, fuhr er fort, um dann innezuhalten und einen bescheideneren Zug aus dem Flakon zu nehmen, »wird meine Macht auch etwas übertrieben dargestellt. Obwohl diese Übertreibung zumindest teilweise auf meinem Geschick beruht, den fruchtbaren Boden zur Verfügung zu stellen, auf dem diese Übertreibungen blühen.«

Cassian lachte. Vielleicht war Patracheus' Offenheit trügerisch, aber der Mann war ein talentierter Schauspieler und hatte gewiß einen Applaus von seinem Publikum verdient. Patracheus atmete den Rauch fröhlich aus und erwartete die Fragen seines Gastes.

»Ihr habt vor kurzem ein Testament als Zeuge unterzeichnet.«

»Wessen Testament meint Ihr?«

»Das Testament von Daralec, Vivanes Hauptimporteur von Baumaterial.«

»Ah, ja«, sagte Patracheus mit ernster Miene. »Nun, das hängt alles davon ab, was Ihr erfahren zu haben glaubt.«

»Zum Beispiel?«

»Zum Beispiel: Habt Ihr gehört, daß Daralec und Tarlanth einander nicht leiden konnten?«

»Diese Ansicht ist mir zu Ohren gekommen, ja.«

»Bei den Passionen, Cassian, Ihr seid sehr redegewandt. Solltet Ihr in Thera jemals in Ungnade fallen, kommt zu mir, dann besorge ich Euch eine Stellung als Schreiber oder Richter. Jedenfalls haben sie diesen Eindruck vermittelt. Aber sie hatten auch Vereinbarungen und Abmachungen miteinander. Für sich betrachtet, ist keine Vereinbarung wirklich bedeutsam, aber insgesamt ergibt sich ein beachtliches Ausmaß an Zusammenarbeit.«

»In welchen Bereichen?«

»Oh, in vielen Kleinigkeiten. Tarlanth hat die Lebensmittel für Daralecs Arbeiter geliefert. Daralecs Steinmetze übernahmen die Ausführung von allen Bauvorhaben Tarlanths. Und sie trugen immer Kleidung aus Tarlanths Geschäften. Solche Dinge.«

»Das ist aber doch wohl kaum eine Erklärung dafür, daß Daralec Tarlanth sein gesamtes Geschäft vererbt, oder?«

»Nun, ich muß zu geben, daß ich überrascht war. Doch da beide eine bedeutende Rolle bei allen städtischen Bauvorhaben spielen, konnte ich mich kaum weigern, als sie mich baten, der Vereinbarung als Zeuge beizuwohnen. Sie wußten, ich würde nicht darüber reden – obwohl die Dinge jetzt, wo Daralec tot ist und Ihr das Dokument gesehen habt, anders liegen. Ihr wart in Isemgurd, nicht wahr?«

Der Elf nickte.

»Und jetzt fragt Ihr Euch, ob Tarlanth Daralec und dessen Sohn möglicherweise hat beseitigen lassen, um das Geschäft zu übernehmen, wie? Das muß ziemlich unangenehm für Euch sein, Cassian von Medari.«

»Ich bin ein *Praetor*«, sagte Cassian abwehrend.

»Ja, gewiß«, sagte Patracheus leutselig, »aber die Sache sieht ziemlich heikel aus, oder nicht? Wo Ihr in seiner Villa wohnt und alles. Ich bin sicher, Ihr würdet

Euch schlechte Manieren vorwerfen, bevor Ihr ihn dem Henkersbeil überantworten würdet.«

»Ich glaube kaum, daß ich das tun werde«, sagte Cassian, der sich im Augenblick ziemlich überfahren vorkam.

»Nicht? Ihr enttäuscht mich. Ich hatte mich schon darauf gefreut, daß eine hohe und mächtige Persönlichkeit zu einer öffentlichen Hinrichtung befördert wird.«

»Ich liefere dem Richter-General nur meinen Bericht«, sagte Cassian, »und dann liegt es an ihm, was auf der Grundlage dieses Berichts unternommen wird.«

»Jetzt stellt Ihr erneut Eure Redegewandtheit unter Beweis«, lächelte Patracheus. »Wenn Ihr das nächstemal zu mir kommt, sorgt dafür, daß Ihr zuvor ein paar Stunden bei Syranita verbringt.«

»Von einem solchen Ort hat man mir nichts erzählt«, sagte Cassian mit einigem Unbehagen.

»Wie erschreckend unzureichend Eure Vorabinformationen sind, mein Lieber! Er befindet sich direkt hinter jenem ausgezeichneten Wirtshaus, das sich des Namens Duraglim erfreut. Lustknaben, Konkubinen, was Ihr wollt. Alle bekannten Genußgifte stehen zur Verfügung, und zwar in bester Qualität. Nicht, daß ich diesen Ort noch oft besuchen würde – man wird schließlich nicht jünger. Außerdem muß ich zugeben, daß die Affäre mit den Ziegen mein Zartgefühl beleidigt hat, wie sie wahrscheinlich auch Eures beleidigt hätte. Mein lieber Cassian, man hatte ihnen *Seiden*gewänder angezogen!«

Die Darstellung empörter Mißbilligung in Mienenspiel und Gestik war so unglaublich, daß der Elf mitlachen mußte. Dann hörte Patracheus plötzlich auf zu lachen, richtete sich kerzengerade auf und starrte ihn wieder mit seinem verwirrend harten Blick an.

»Cassian, ich habe wirklich nichts von Euch zu befürchten. Ich habe keine Geheimnisse, die mich ernsthaft kompromittieren könnten, und es gibt nichts, was für einen *Praetor* von Interesse wäre. Meine Stellung in Vivane ist unerschütterlich, und jeder Wechsel wäre zum schlechteren. Alle Erkundigungen, die Ihr einzieht, werden das tausendfach bestätigen.

Andererseits habe ich Euch bereits gesagt, daß ich lüge. Gelegentlich.«

Ein sehr gebieterischer Mann, dachte Cassian. Ich glaube, er ist aufrichtig, und alles, was ich bisher erfahren habe, verrät mir, daß er in der Tat der richtige Mann am richtigen Ort ist. Dennoch weckt er Zweifel in mir. Er ist schlau, wirklich intelligent.

»Ihr müßt unbedingtes Vertrauen zu Mordain haben«, sagte der Elf.

Patracheus' Miene änderte sich nicht im geringsten.

»Er ist meine rechte Hand. Sehr diplomatisch. Sehr gut darin, Leute zu beruhigen. Sehr gut darin, sich um Einzelheiten zu kümmern. Was soll ich noch sagen? Irgendwann wird er meine Nachfolge antreten, wenn ich zu gelangweilt und zu alt bin, um weiterzumachen.« Patracheus sank in einer Parodie seiner selbst in seinem Sessel zusammen und stellte den Flakon ab, aus dem weißer Rauch aufstieg.

»Wie stark ist er an den städtischen Bauprojekten beteiligt?«

»Normalerweise behalte ich mir selbst diese Dinge vor«, sagte Patracheus nachdenklich. »Schließlich hat man es dabei mit einigen von Vivanes mächtigsten Personen zu tun. Und oft sind auch die Interessen meines eigenen Hauses beteiligt.«

»Wie zum Beispiel Haughrald?«

»Ja, und es ist nur gerecht, wenn ich ihn bevorzuge. Abgesehen von der Tatsache, daß er ausgezeichnete Arbeit leistet, haben gewisse Leute ein ziemlich unbegründetes Vorurteil gegen ihn, und mein Einfluß gleicht das aus.«

»Aber Mordain ist mittlerweile an der Vergabe einiger unbedeutenderer Lizenzen beteiligt«, stellte Cassian fest.

»Das ist wahr. Er gehört ebenfalls meinem Haus an, wie Ihr offensichtlich wißt, und muß aufgebaut werden. Das geschieht natürlich alles mit Zustimmung meiner Hauskonklave.«

»Wo Ihr zweifellos beträchtlichen Einfluß habt«, murmelte Cassian.

»Offensichtlich«, sagte Patracheus stirnrunzelnd. Er schien eher verblüfft denn verärgert zu sein. »Aber worauf wollt Ihr hinaus? Zwischen Mordain und mir gibt es keinen Riß, und ich habe keinen Grund, ihn für nicht vertrauenswürdig zu halten. Falls Ihr einen Grund habt, würde ich ihn gerne hören. Ich wäre gewiß bereit, Euch Einsicht in alle Unterlagen zu gewähren, wenn Ihr sie Euch ansehen wollt, und ich könnte Euch wahrscheinlich eine Menge Zeit ersparen, weil ich Euch sagen kann, wo Ihr nachsehen müßt.«

Cassian glaubte, daß Patracheus die Wahrheit sagte. Er hatte nach einem Anzeichen dafür gesucht, daß Patracheus sich vielleicht Sorgen wegen Mordain machte, nun, da hinsichtlich der städtischen Bauprojekte neue Verträge mit Adeligen abgeschlossen werden mußten. Eine ehrgeizige rechte Hand mochte viele Hebel in Bewegung setzen, um seinen Herrn zu stürzen, aber Cassian sah keinen Grund mehr, diese Theorie weiter zu verfolgen.

Wer steht im Zentrum all dessen? fragte er sich. Jemand muß bereit sein, sehr viel Macht zu übernehmen. Aber er sah immer noch nicht, wer das sein konnte.

»Es ist spät geworden«, sagte er, indem er sich aus den bequemen Tiefen des Sessels erhob. Das bedurfte einiger Anstrengung, da die Polster schon seit einiger Zeit im Begriff waren, ihn zu verschlingen. »Ich danke Euch sehr für Eure Gastfreundschaft, Patracheus. Ich glaube, Ihr seid offen und ehrlich zu mir gewesen, und ich fand unser Gespräch sehr angenehm und interessant.«

Patracheus griff neben sich, hob ein dünnes Buch

vom Boden auf und öffnete und schloß es wiederholt, wobei er die ganze Zeit vor sich hin murmelte.

»Tut mir leid, daß ich Eure Zeit über Gebühr in Anspruch genommen habe«, lächelte Cassian. »Trotzdem vielen Dank.«

»Findet Ihr allein hinaus? Eigentlich müßte auch noch ein Nachtsklave irgendwo in der Nähe sein.«

»Ich bin sicher, ich finde die Tür«, murmelte Cassian und verließ kurz darauf das elegante Anwesen. Sein Kutscher war eingedöst, doch Cassian war nach seinem frühabendlichen Nickerchen hellwach und hatte nicht das Bedürfnis, ins Bett zu gehen. Er weckte den Kutscher, indem er geräuschvoll in die Kutsche stieg, dann gab er ihm eine Goldmünze und befahl ihm, in nördlicher Richtung über die Große Allee zu fahren. Überrascht über das Geschenk war der Fahrer über die Überstunden mehr als glücklich.

»Dann wollen wir mal einen Blick auf die Welt jenseits der Tore werfen«, sagte der Elf laut. »Zur Nordkaserne, würde ich meinen.«

19

Während seine Kutsche schnell und lautlos durch die Nacht glitt, machte Cassian Pläne für den nächsten Tag. Morgen früh würde seine erste Aufgabe darin bestehen, zum Dokumentenhaus zu gehen und eine Liste jedes eingetragenen Magiers in der Stadt zusammenstellen. Wie in jeder Grenzstadt würde es auch in Vivane einen Eintrag über jeden Magier geben, der innerhalb der Stadtgrenzen wohnte. Das lag teils an der theranischen Vorliebe für Bürokratie, teils an den Steuern, die Magiern auferlegt wurden, und teils an der Notwendigkeit zu wissen, wo in Zeiten eines Angriffs magische Hilfe für die Stadt zu finden war. Einen Moment lang erwog der Elf, die Schreiber und Aktenverwalter noch zu dieser widersinnigen Stunde zu stören, entschied sich dann jedoch dagegen. Er hätte in der Tat die Möglichkeit gehabt, sie zu zwingen, ihn einzulassen, aber damit würde er sich den Zorn der Bürokraten zuziehen, was es ihm in Zukunft zehnmal so schwer machen würde, die gewünschten Informationen zu bekommen.

Als die Kutsche vor den Toren der Nordkaserne hielt, stieg Cassian aus und zeigte dem wachhabenden Offizier und dessen Soldaten sein Abzeichen. Als er um die Erlaubnis bat, die Mauern zu erklimmen, war der Ork-Offizier nicht sonderlich erfreut.

»Paßt auf, daß Ihr nicht herunterfallt. Während der Nacht gehen wir grundsätzlich nicht dort hinaus, um Leute zu bergen«, knurrte er. »Aus welchem verdammten Grund wollt Ihr überhaupt dort hinauf?«

»Aus reiner Neugier«, sagte der Elf gelassen, um dann die Holzleiter zu den Brustwehren hinaufzuklettern, von denen man über die Mauern des Theranerviertels hinweg und die gewaltige Ausdehnung des übrigen Vivane sehen konnte.

Tausende von flackernden, sich bewegenden Lichtpunkten boten sich seinem Blick dar. Laternen und Fackeln, Lagerfeuer und sogar ein brennendes Haus erhellten die Nacht. Am Südrand, dort, wo sich die ordentlicheren barsaivischen Handelsniederlassungen auf der Flammenallee befanden, waren die Lichtmuster regelmäßiger. Nicht weit von Cassian entfernt standen zwei Orks, die die Szenerie vor ihnen ungerührt betrachteten. Sie waren mit Armbrüsten bewaffnet und mit einer Rüstung aus gehärtetem Leder bekleidet, die von den meisten Mannschaftsdienstgraden der Legion bevorzugt wurde. Hinter ihnen strahlte ein schwarzes, eiförmiges Steinbehältnis ein mattes kirschrotes Glühen aus.

»Und das ist wofür?« fragte Cassian, obwohl er ganz genau wußte, warum das elementare Feuer dort aufbewahrt wurde. Einer der Orks umschloß einfach ein silbernes Abzeichen auf seiner Brust und deutete mit der anderen Hand auf eine Stelle jenseits der Mauer. Ein gewundener Strahl elementaren Feuers schoß aus dem Steinbehältnis in einem Blitz flammenden Lichts abwärts. Der Blitz ließ Cassian hundert oder noch mehr Elendsgestalten erkennen, die vor der Mauer hockten, bevor er von ihm geblendet wurde. Er schloß die Augen und sah deshalb nicht, wo das Feuer einschlug, aber ein schrecklicher Schrei überließ nur wenig der Phantasie. Als er kurz darauf die Augen wieder öffnete, stocherte sich einer der Orks ungerührt mit einer Stahlnadel, die er aus seiner Helmverzierung gezogen hatte, zwischen den Zähnen herum, als habe er nicht mehr getan, als einen Käfer zerquetscht.

»Die Sicherheit ist äußerst beeindruckend«, murmelte Cassian fast zu sich selbst. »Wo«, fügte er etwas lauter hinzu, als sei ihm nachträglich noch etwas eingefallen, »ist der Rattenzirkus dort draußen?« Er hoffte, daß er sich an den Namen, den Jerenn ihm genannt hatte, noch korrekt erinnerte. Andererseits war dies ein Name, den man nicht so schnell vergaß oder falsch verstand.

»Dort drüben, ungefähr eine halbe Meile in dieser Richtung. Seht, dort drüben auf dem Dach des Alten Fettsacks brennen ein paar Fackeln«, sagte einer der Orks. Cassian konnte die höhergelegenen flackernden Lichtpunkte gerade noch erkennen.

»Des Alten Fettsacks?«

»Des Ehrenwerten Quarique Eidstein, Regent der Stadt«, höhnte einer der Orks. »Er hat beschlossen, sich selbst ein Denkmal zu errichten, um die Einheimischen zu beeindrucken. Natürlich hat dieser Abschaum dort draußen im Lauf der Jahre die Hälfte abgetragen.«

»Kein angenehmer Ort für einen Besuch, nehme ich an«, sagte Cassian.

»Er wird Rattenzirkus genannt, weil es dort mehr Ratten als Leute gibt«, antwortete der Ork. »Angeblich reicht ein Netz von Katakomben eine halbe Meile tief unter die Erde. Manchmal, wenn der Sommer sehr heiß ist, kommen die daraus hervor wie eine Heuschreckenplage. Fressen jeden auf, der zu langsam oder zu betrunken ist, um zu fliehen, und bringen den anderen die Pest. Außerdem sind sie ziemlich bösartig. Manche sind so lang wie Euer Arm und haben Zähne wie die meinen.« Er grinste breit, um seine gewaltigen und unangenehm verfärbten Hauer zu zeigen, während er wiederum darin herumstocherte. Das Stück Fleisch, das er aus einer Lücke puhlte, schien seinen Beifall zu finden, da er es gleich noch einmal kaute.

»Aha. Vielen Dank, sehr hilfsbereit«, sagte Cassian, indem er sich vor dem widerlichen Anblick zurückzog. Es klang nicht nach einem vielversprechenden Ort, um Tunnel zu errichten oder zu renovieren – es sei denn, die Geschichten über dieses Gebiet waren grausiger als die Realität. Irgendwo dort unten muß eine theranische

Elementaristin ihr Unwesen treiben, dachte er. Sie könnte sich mit den Verteidigungsanlagen hier oben auskennen. Vielleicht war Ilfaralek zu selbstgefällig. Vielleicht sollte er sich selbst überzeugen. Er würde mit Sicherheit eine barsaivische Händlergruppe finden, der er sich anschließen konnte. Natürlich würde er sich maskieren und dabei hoffen, daß er niemandem über den Weg lief, der magische Masken mühelos durchschauen konnte.

»Fahr mich langsam nach Hause«, befahl er seinem Fahrer, als er wieder in seine Kutsche stieg. Sie waren unterwegs nach Süden, als Cassian plötzlich eine Gestalt wiederzuerkennen glaubte, die aus dem Eingang eines Geschäfts trat.

»Anhalten!« befahl er, und der Kutscher zog sofort die Zügel. Cassian sprang aus der Kutsche und näherte sich dem Mann zu Fuß.

»Pauldin! Wie geht es deiner Herrin?«

»Ach, Ihr seid es, Herr«, sagte der Mann ohne sichtbare Unruhe. Schließlich patrouillierte kaum hundert Schritte entfernt eine Nachtwache. »Nun, Herr, ich war gerade bei Culparn, um ein zusätzliches Beruhigungsmittel zu holen. Sie ist immer noch ziemlich außer sich, Herr. Ich muß schnell zurück.«

»Natürlich. Nur noch eines«, sagte Cassian freundlich. »Die Botschaften, die du immer von Daralec zu Tarlanth gebracht hast?«

»Habe ich das, Herr?« Es war offensichtlich, daß er nicht mehr wußte, was er Cassian erzählt hatte. Er war abwehrend und ängstlich.

»Ja, das hast du. Ziemlich oft.«

»Da muß ein Fehler vorliegen, Herr. Ich habe nur ganz selten Botschaften überbracht. Nichts von Bedeutung, Herr.«

»Tatsächlich? Nun, vielen Dank. Ich muß mich geirrt haben«, sagte Cassian höflich und ließ den Mann gehen.

Entweder hat jemand ein ernstes Wort mit dem Sklaven gewechselt, oder sein Verstand ist auf magische Art und Weise geändert worden, sann der Elf. Aber warum sollte jemand so etwas tun?

»Jetzt fahren wir, glaube ich, tatsächlich nach Hause«, sagte er zu dem Kutscher.

Das Durchforsten des Dokumentenhauses am nächsten Morgen dauerte länger, als Cassian lieb war. Trotz seines Reichssiegels mußte er sich eine von Kypros' Büro unterschriebene Erlaubnis besorgen, um Zugang zu den Listen mit den Magiern zu erhalten. Ihm fiel auf, daß viele Namen mit dem schlichten Eintrag ›Magier‹ versehen waren, und er hielt es für wahrscheinlich, daß das Militär detailliertere Listen führte. Auf der Liste seiner zukünftigen Termine ragte plötzlich wieder das Schreckgespenst eines Trinkgelages mit Crotias vor ihm auf.

Dann tauchte zu seiner Überraschung ein Name auf der Liste der Elementaristen auf, der im Zusammenhang damit stand, was er bisher herausgefunden hatte: Cryselda, Tarlanths Frau. Natürlich waren keine Einzelheiten hinsichtlich ihrer besonderen Fähigkeiten vermerkt.

Bei den Passionen, sie hat die richtige Größe, dachte er. Ihr Körper konnte durchaus derjenige sein, den er in der Nacht, als Crielle ermordet worden war, in Daralecs Haus entdeckt hatte. Aber wenn sie die Elementaristin wäre, hätte Jerenn ihre Stimme wiedererkannt, als er auf dem Dach des Hauses im Ruinenviertel gelauscht hatte. Und warum sollte so eine Frau den Wunsch haben, den Schutz der Mauern und den Luxus ihres Lebens zu verlassen, um umgeben von Abschaum im Ruinenviertel Ränke mit der Absicht zu schmieden, alles umzustürzen und niederzutrampeln, was sie behütete und verwöhnte?

Ich übersehe etwas, dachte Cassian traurig. Vielleicht

verbrachte er zuviel Zeit damit, Dokumente zu lesen und mit Leuten zu reden. Aber er hatte immer noch Zeit herauszufinden, was es war. Bis zum Geburtstagsfest des Oberherrn waren noch ein paar Tage Zeit.

Als er das Dokumentenhaus verließ und die Große Allee betrat, sah er im Süden jenseits der imposanten Konzerthallen und des stetigen Stroms berobter Schreiber, der das Dokumentenhaus betrat und verließ, die typischen blaugefiederten Helme der Elitesoldaten der Legion, und er ging ihnen entgegen. Am Ende einer kleinen Sackgasse, von der ein halbes Dutzend Auffahrten zu abgelegenen Villen und prunkvollen Anwesen führten, hatten sich Gardisten und nicht wenige Städter versammelt.

Cassian wurde von den Gardisten angehalten, die gerade ein Seil zur Absperrung spannten, um neugierige Passanten abzuhalten, doch sein Reichssiegel brachte ihn rasch hindurch. Dann eilte er über den kurzen Weg zum Eingang der Villa, der von weiteren Gardisten bewacht wurde. Nachdem er sein Siegel erneut vorgezeigt hatte, ging er hinein.

Drinnen stand Ilfaralek, der ein grimmiges Gesicht schnitt und sich leise mit einem Leutnant unterhielt. Der Anblick des Elfs schien ihn nicht zu freuen.

»Ihr seid verdammt schnell hier«, knurrte er. »Ihr scheint Euch immer schrecklich nah am Schauplatz eines Mordes aufzuhalten, Cassian.« Die Bemerkung enthielt keine Unterstellung, aber sie verunsicherte den Elf.

»Eines Mordes? Welchen Mordes? Ich war nur gerade im Dokumentenhaus, und als ich den Auflauf sah, bin ich hergekommen, um zu sehen, was los ist.«

»Das Opfer ist Darnius, Mordains Sohn. Es ist eine ziemliche Schweinerei. Ich nehme an, Ihr wollt selbst einen Blick darauf werfen.« Ilfaralek wartete nicht auf Cassians Antwort, sondern stürmte nach rechts durch einen Bogengang. Cassian folgte ihm gehorsam.

Es mußte einmal ein entzückender Raum gewesen sein, bevor alles mit Blut und Gewebe bespritzt worden war. Der größte Teil der Einrichtung bestand aus Glas, das so geschliffen war, daß es das Sonnenlicht bündelte und den Raum erhellte, ohne zu blenden. Splitter aus blauem und gelbem Glas schufen Inseln aus kühlen, beruhigenden Farben, in denen die vielen Pflanzen in Töpfen und Schalen geradezu badeten. Cassian nahm die Schönheit seiner Umgebung jedoch kaum wahr. Bei dem Anblick, der sich ihm bot, fiel ihm unwillkürlich die Kinnlade herunter.

»Nicht einmal wilde Bestien können eine Leiche derart zurichten«, sagte er nach einigen Augenblicken leise. »Seid Ihr sicher …«

»Der Kopf war größtenteils unversehrt«, sagte Ilfaralek, indem er einen Rohrstock nahm und damit ein Tuch anhob, um ihn zu enthüllen. Darnius war enthauptet worden, aber nicht mit einem sauberen Schwerthieb. Gnädigerweise lag der körperlose Kopf auf dem Gesicht. Cassian hatte nicht das Bedürfnis, den Ausdruck auf diesem Gesicht zu sehen.

»Ich verstehe.« Das Gemetzel erinnerte Cassian allzusehr an seine seltenen Begegnungen mit dem Werk der Dämonen. Er sah keinen Sinn darin, sich dieser Tortur noch länger auszusetzen, und das sagte er auch.

»Ich glaube, ich kann es Euch überlassen, den Tatort zu untersuchen«, murmelte er. »Habt Ihr schon Vernehmungen durchgeführt?« Hier würde sich ihm keine Gelegenheit bieten, seinen Skarabäus einzusetzen. Ilfaraleks Männer waren überall im Haus, und derartige Spionage würde selbst unter diesen Umständen nicht geduldet werden.

»Mordain müßte bald kommen. Ich habe mit den Sklaven und Bediensteten geredet. Niemand hat irgend jemanden beim Betreten oder Verlassen des Hauses gesehen, wenn man davon absieht, daß heute morgen ein paar Sklaven Obst und andere Lebensmittel gebracht haben. Und diese Sklaven waren den Bediensteten bekannt. Natürlich habe ich trotzdem Männer zu ihnen geschickt.«

»Wie konnte das geschehen, ohne daß jemand etwas gehört hat?«

»Genau.« Der Grund war offensichtlich. Bei diesem grauenhaften Gemetzel mußte Magie im Spiel gewesen sein.

»Wir können kaum darauf hoffen, die Geschichte ebenso zu vertuschen wie bei Crielle.«

»Das stimmt. Unglücklicherweise ist die Sklavin, die die Leiche entdeckt hat, gleich schreiend auf die Straße gerannt, und als die Wachen aus dem Dokumentenhaus eintrafen, hatten sich bereits fünfzig Passanten vor dem Haus versammelt, die alle hereinzukommen versuchten. Diesmal wird es mir nicht gelingen, die Sklaven beiseite zu schaffen und die Sache vertraulich zu behandeln.«

Nun, zumindest heißt das, es gibt nur eine Leiche und nicht ein Dutzend oder mehr, dachte Cassian grimmig.

»Wie geht Eure Untersuchung voran?« fragte Ilfaralek beiläufig. Augenblicklich befand sich Cassian in der Defensive. Dieser Mord ließ ihn erst richtig erkennen, wie wenig er seit seiner Ankunft in Vivane erreicht hatte.

»Ich habe einiges erfahren.« Er zuckte die Achseln. »Ich glaube, daß ich nur noch wenige Tage brauche.«

»Das trifft sich gut«, erwiderte Ilfaralek beißend. »Wißt Ihr, es gibt eine Grenze für die Anzahl der Leichen, die die öffentliche Ordnung verkraften kann.«

»Ich nehme an, Ihr habt unabhängig von mir Verhöre und Untersuchungen angestellt«, sagte der Elf spitz. »Es würde mich interessieren, irgendwann einmal die Ergebnisse zu sehen.«

»Gewiß. Wir können uns morgen treffen und die Angelegenheit besprechen. Ich kann Euch aber jetzt schon versichern, daß der Oberherr mit Sicherheit sehr hitzig auf diese Sache reagieren wird. Und ich kann mir gut vorstellen, daß er zur gegebenen Zeit persönlich eine Botschaft nach Thera schickt, die Euch dort, glaube ich, nicht sehr helfen wird.«

Cassian lächelte. »Wir dienen beide anspruchsvollen Herren«, sagte er. »Wie wäre es mit einem gemeinsamen Mittagessen? Ich muß noch ein paar zeitraubende Studien anstellen, und das gibt uns beiden noch ein paar Stunden mehr Zeit, um möglichst viel in Erfahrung zu bringen.«

Sie einigten sich auf eine Zeit und kehrten dem Gemetzel dann den Rücken. Als sie sich voneinander verabschiedeten, stürmte ein stämmiger Mann an den Wachen vorbei und blieb dann mit schreckgeweiteten Augen vor ihnen stehen, wobei er sich hektisch umsah.

»Mordain«, sagte Ilfaralek sanft, »ich fürchte, daß ...«

»Wo ist er? Was ist geschehen?« schrie der Mann beinahe. Ilfaralek sah unwillkürlich in die Richtung des Glaszimmers. Bevor er ihn zurückhalten konnte, lief Mordain hinein und stieß ein Heulen aus, bei dem selbst einem Ghul ein Schauer über den Rücken gelaufen wäre.

Sie liefen ihm hinterher und fanden ihn auf den Knien vor. Blut und Schmutz befleckte seine prächtigen Seidengewänder, da er den auf gräßliche Art abgetrennten Kopf in den Armen wiegte wie einen Säugling.

»Um Garlens Liebe willen, Mann, kommt weg von hier«, zischte Ilfaralek. Der Mann war blind und taub für seine Umwelt und weinte leise vor sich hin.

»Sie sagten, es würde passieren. Bei den Passionen, warum habe ich nicht auf sie gehört? Hätte ich doch nur bekannt! Ach, mein Sohn, mein Sohn!«

Sie sahen nicht, was er beabsichtigte, bis es zu spät war. Mordain griff in seinen Umhang und zog einen Dolch, dann stieß er ihn sich mit einem erstickten

Grunzen in den Leib. Cassian reagierte blitzschnell. Mit einem Hechtsprung erreichte er Mordain, umklammerte dessen Handgelenk wie ein Schraubstock und hielt sich daran fest, als ginge es um sein nacktes Leben, damit der Dolch nicht tiefer in Mordains Leib eindrang. Schwere Schritte kündeten von der Ankunft mehrerer Soldaten, während sich der leidgeprüfte Mann und der Elf in den gräßlichen Überresten herumwälzten.

Cassian erhob sich auf die Knie, während man Mordain in einen Sessel half und verzweifelt versuchte, die starke Blutung der ausgefransten Wunde in seinem Bauch zu heilen. Die Hände des Elfs waren mit Blut und menschlichen Überresten verschmiert, und seine Kleidung stank widerlich. Auf seiner linken Gesichtshälfte war ein Streifen getrockneten Blutes.

Ilfaralek befahl brüllend, einen Heiler zu holen, und Wachen rasten bereits zur Haustür. Cassian betrachtete angewidert seine Hände, die verschmiert und beschmutzt waren.

Wer waren *sie* – und was hätte Mordain bekennen müssen?

20

Cassian hätte sich in Mordains Haus säubern sollen, wollte jedoch so schnell wie möglich von diesem Ort verschwinden. Als er in der Rosenvilla eintraf, holte er sich frische Kleidung aus seinem Zimmer und hatte es fast unentdeckt ins Badezimmer geschafft, als Jerenn auftauchte. Dem Junge wären beinahe die Stielaugen aus dem Kopf gefallen.

»Herr, geht es Euch gut? Hattet Ihr einen Unfall?« Der Bursche eilte zu ihm und blieb dann einen Schritt vor ihm stehen, so daß er Cassian unabsichtlich den Weg versperrte. Als er sah, daß der Elf äußerlich unversehrt aussah und auch keine Anzeichen von Schmerzen erkennen ließ, trat Neugier an die Stelle von Jerenns Besorgnis.

»Mir ist nichts geschehen. Aber es hat einen Unfall gegeben, gewissermaßen«, sagte der Elf.

»Was ist passiert? Ist es jemand, den ich kenne? Gibt es …«

»Die Neuigkeit wird sehr rasch die Runde durch die Stadt machen, und du wirst sie zweifellos von anderen hören«, sagte Cassian. »Bis dahin will ich, daß diese Kleider so gründlich wie möglich gereinigt werden. Aber achte darauf, daß das Waschwasser für die Seide nicht zu heiß ist.«

»Damit sind wir immer sehr vorsichtig«, sagte Jerenn sofort, der nicht gewillt zu sein schien zu gehen, ohne zuvor seine Neugier befriedigt zu haben. »Aber, Herr, wer ist es gewesen? Habt Ihr gesehen, was passiert ist? Wo wart Ihr, als …«

»Versprichst du, mich in Frieden baden zu lassen, wenn ich es dir danach erzähle?« sagte Cassian müde. »Außerdem habe ich dann eine Aufgabe für dich.«

Der Junge machte einen aufgeregten Eindruck und schien zwischen den Möglichkeiten, seine Neugier jetzt oder später zu befriedigen, hin und her gerissen zu sein – ganz zu schweigen von der Aussicht auf einen weiteren interessanten Botendienst und die Gelegenheit, sich vielleicht eine weitere Goldmünze zu verdienen. Er ging aus dem Weg und fragte, ob Cassian sonst noch etwas wünsche.

»Nur warmes Wasser, viel Seife, reichlich Handtücher und etwas Ruhe und Frieden«, erwiderte der Elf in scharfem Tonfall, wobei er die letzten Worte besonders betonte. Der Junge eilte in Richtung Küche. Als Cassian das Bad schließlich verließ, nachdem er sich fast eine Stunde lang gründlich gewaschen und sich dann in dem parfümierten warmen Wasser entspannt hatte, fragte er sich, ob der Bursche die ganze Zeit vor der Tür gewartet hatte. Jedenfalls sah Jerenn ihn an wie ein eifriger, aufgeregter junger Hund, der darauf wartete, daß sein Herrchen ihm Kunststücke beibrachte.

»Bring etwas gekühlten Wein«, verlangte Cassian. »Ich glaube, ich könnte einen Schluck vertragen.« Während der Junge davoneilte, um das Getränk zu holen, ging der Elf rasch in sein Zimmer und holte seine Ledertasche hervor. Seine Hand glitt zwischen das Futter, das einem Betrachter, der nicht mit den Mitteln magischer Tarnung vertraut war, keinen Hinweis auf irgendeinen Hohlraum geliefert hätte. Er zog eine mit einer Flüssigkeit gefüllte Phiole heraus, die nicht größer als ein Daumennagel war, und löste den winzigen Glaspfropfen. Ich würde ihm das gerne ersparen, dachte der Elf, aber ich kann es mir nicht leisten, ein Risiko einzugehen.

Als Jerenn die Karaffe mit dem gut gekühlten Weißwein brachte, den Cassian, wie er wußte, sehr gern mochte, goß der Elf mit dem Rücken zu Jerenn zwei Gläser ein und fügte einem davon die farb- und geruchlose Kräuterflüssigkeit aus der Phiole hinzu. Es war ein Wahrheitstrank. Er behielt das andere Glas für sich und forderte den überraschten Jungen auf, mit ihm zu trinken. Jerenn, der etwas verwirrt, aber doch zufrieden mit der Aussicht war, mit dem Elf zu trinken, versuchte sich zu beherrschen und nur ganz kleine Schlucke zu nehmen, so daß er langsamer als Cassian trank. Bei seinem eigentlichen Herrn war so etwas undenkbar, und so hatte er keine Ahnung von der bei so einem Ereignis erforderlichen Etikette.

Cassian erzählte ihm von Darnius' Tod, ohne sich dabei jedoch in den grausigen Einzelheiten zu ergehen. Währenddessen beobachtete er sorgfältig Jerenns Augen, und nachdem der Junge sein Glas kaum zur Hälfte geleert hatte, sah er, daß sich seine Pupillen stark geweitet hatten.

»Also, da hast du deine Geschichte. Ein Attentäter hat zugeschlagen, und wir haben keine Spur von ihm gefunden«, schloß der Elf. »Aber genug davon. Ich habe etwas, das du für mich tun sollst.«

»Alles, was Ihr wollt, Herr«, sagte der Junge eifrig.

»Nenn mich nicht Herr«, sagte Cassian zum wiederholten Mal. Die Antwort des Jungen würde ein guter Indikator dafür sein, ob die Droge die gewünschte Wirkung hatte.

»Wenn Ihr es sagt, Cassian.« Es war das erstemal, daß der Junge den Namen des Elfs ohne Anzeichen von Verlegenheit benutzte.

»Ich will, daß du auf den Markt gehst und Kleider für jemanden von meiner Größe und Statur kaufst. Und zwar solche Kleidung, wie sie ein barsaivischer Elf tragen würde«, begann Cassian. »Und außerdem Kleidung für dich selbst, als seist du ein Reisender. Praktische Sachen. Robuste Beinkleider aus Leder und eine Weste aus grober Baumwolle, solche Dinge. Ich werde außerdem Stiefel brauchen.«

»Gehen wir irgendwohin?« fragte der Junge.

»In das Ruinenviertel. Ich will mir den Rattenzirkus

einmal selbst ansehen«, sagte der Elf kühl. Die Augen des Jungen weiteten sich.

»Aber Cassian, wenn die Leute dort wüßten, wer Ihr seid, würden sie Euch in tausend Stücke schneiden und sich dafür mindestens eine Woche Zeit lassen!«

»Sie werden aber nicht erfahren, wer ich bin. Du würdest es Ihnen doch nicht sagen, oder?« Das war der eigentliche Test.

»Natürlich nicht«, sagte Jerenn inbrünstig. »Jetzt weiß ich, daß ich ihm trauen kann«, dachte Cassian mit stiller Zufriedenheit. »Aber wird das denn nicht gefährlich?«

»Kennst du dich in der Gegend nicht aus?«

»Der Rattenzirkus – alle halten sich von ihm fern! Einmal natürlich wegen der Ratten, aber es gibt Schlimmeres. Nur die allerverzweifeltsten Leute leben dort in der Unterstadt. Sie töten für ein Kupferstück oder auch nur deshalb, weil sie betrunken, verrückt oder lebensmüde sind. Es wird sehr gefährlich!« Diesmal blieb der Junge hartnäckig.

»Vielleicht, aber wir werden auch geschützt sein. Erzähl mir doch von deinem Leben vor deiner Zeit als Sklave. Ich kann mir gut vorstellen, daß jemand wie du durchaus in der Lage war, für sich zu sorgen.«

Und so wurde der Elf mehrere Minuten lang in die Kunst eingeweiht, wie man als Waise am Leben blieb. In die Kniffe des Bettelns, wie man Verletzungen, Anfälle und kleinere Leiden und Gebrechen vortäuschte. In die Notwendigkeit, vorsichtig zu sein, damit niemand auf den Gedanken kam, daß der Bettler ein Dämonenmal trug. In die Kunst des Diebstahls und wie man sich Zutritt zu Orten verschaffte, an denen man nichts zu suchen hatte, und wie man um Häuser herumschlich und eine einfache Rute aus Holz mit einem Haken daran benutzte, um sich alles mögliche daraus zu angeln, angefangen von einer Geldkassette bis zu einem Braten für das Abendessen, und vieles mehr. Jerenn wollte gerade mit dem leidenschaftlichen Vortrag eines Reiseliedes der Windlinge beginnen, als der Elf ihn bat aufzuhören.

»Das reicht«, lachte er. »Ich glaube, du bist ziemlich einfallsreich. Wir werden gemeinsam gehen, und zwar morgen kurz vor der Abenddämmerung. Ich rechne damit, gegen Mitternacht zurück zu sein.«

»Aber ich darf das Theranerviertel nicht verlassen«, wandte Jerenn ein. Cassian hob eine Augenbraue. »Aber das ist etwas anderes, ich meine, wenn ich allein gehe, brauche ich mich nicht mit den Torwachen abzugeben.«

»Wir könnten deinen Weg nehmen.«

»Auf dem ich beim letztenmal erwischt worden bin«, stellte Jerenn fest.

»Dann müssen wir durch das Tor. Die Wachen werden mir keine Schwierigkeiten machen«, erwiderte Cassian.

Der Junge dachte einen Augenblick darüber nach. »Wonach suchen wir?«

»Wenn ich die Antwort darauf wüßte, brauchten wir gar nicht erst zu gehen.«

»Wir werden etwas Geld brauchen.«

»Das sollte kaum ein Problem sein.«

»Und Laternen. Und wir sollten etwas Gutes zu essen mitnehmen. Viele Leute lassen sich damit besser bestechen als mit Geld.«

»Ich bin sicher, wir finden etwas auf dem Markt.«

»Wir werden auch Öl und kleine Marmorkugeln brauchen, falls wir verfolgt werden«, fügte der Junge hinzu.

»Ah, ich sehe du kennst dich aus«, sagte der Elf beifällig.

»Und einen Beutel mit Pfeffer, Mehl und etwas von diesem ekligen Katzenpfoten-Leim.« Davon hatte nicht einmal Cassian gehört, und das sagte er auch. »Angeblich wird dieser Leim aus toten Katzen gemacht. Er stinkt wie die Pest. Man braucht nur etwas davon zu verteilen, und schon läßt sich kein Hund mehr in der Umgebung blicken. Manche Leute dort draußen haben Hunde – große Hunde. Um sich zu schützen. Sie sind größer als Zwerge, zumindest manche von ihnen, und aufs Töten abgerichtet.«

»Ich glaube, es ist am einfachsten«, sagte Cassian, dem langsam aufging, daß der Junge ein besserer Taktiker war, als er in der unvertrauten Umgebung der Unterstadt je zu werden hoffen konnte, »wenn ich dir genug Geld gebe, damit du alles kaufen kannst, was du für sinnvoll hältst.« Er hatte eigene Schutzmittel und Vorsichtsmaßnahmen, aber es konnte nicht schaden, sich den Einfallsreichtum Jerenns zunutze zu machen.

»Nicht alles auf einmal«, sagte der Junge sofort. »Das ist zu auffällig. Ich kann jetzt die Kleidung kaufen, aber einen Teil der anderen Sachen beschaffe ich dann im Laufe des Tages in Vivane und den Rest in der Nacht im Ruinenviertel. Und dabei werde ich mich jedesmal anders verkleiden.«

Dann sah Jerenn wieder verwirrt aus. »Ich darf keine gewöhnliche Kleidung tragen«, sagte er niedergeschlagen. Das stimmte natürlich. Sklaven mußten schwarze Kleidung tragen und konnten für einen Verstoß gegen diese Regel sogar hingerichtet werden.

»Du darfst, wenn du bei mir bist«, stellte der Elf fest. »Also bleib immer in meiner Nähe.«

»Aber, aber …« Der Junge war bekümmert. Er versuchte sich irgend etwas zusammenzureimen. »Warum wollt Ihr mich überhaupt mitnehmen? Ich könnte Euch verraten.«

»Du hast bereits gesagt, daß du das nicht tun würdest.«

»Ja, aber darum geht es gar nicht«, sagte Jerenn. »Ich meine, ich *könnte*. Die meisten Sklaven würden. Tatsächlich sogar fast alle.«

Ich weiß, wie er mit dem Herzen empfindet, dachte Cassian, aber jetzt braucht sein Kopf eine logische Erklärung zur Unterstützung seiner Gefühle.

»Da sind immer noch die Leute, die dein Blut haben«, erinnerte ihn der Elf gelassen. »Solange ich lebe und du bei mir bist, bist du vor ihnen sicher. Meine Schutzvorrichtungen werden uns beide schützen. Wenn ich sterbe, bist du nicht mehr geschützt. Und selbst wenn du mich an diejenigen verraten wolltest, die dein Blut haben, könntest du nicht sicher sein, daß sie uns nicht beide umbringen würden. Ich an ihrer Stelle würde mich mit Sicherheit jedes Theraners und auch seiner Begleiter entledigen. Ich nehme an, der Gedanke ist dir auch schon gekommen.«

Jerenn nickte. »So habe ich es mir zwar nicht überlegt«, sagte er zögernd, »aber ich dachte mir, daß Ihr eine Art Versicherung haben würdet. Es ist schon schwer genug, sich vorzustellen, daß mich ein Theraner überhaupt mit ins Ruinenviertel nimmt.«

»Wenn ich Wachen brauche, rufe ich Wachen. Wenn ich einen *Kedate* – einen Boten – brauche, rufe ich einen. Wenn ich jemanden brauche, der eine Gegend besser als jeder andere kennt, dann ist das die Person, deren Hilfe ich mich versichern muß. Das ist nicht das erstemal, daß ich mir von einem Sklaven dabei helfen lasse, an Orte zu gelangen, die mir sonst verwehrt wären.«

Der Junge nickte. Er schien immer noch überrascht zu sein und vielleicht auch ein wenig ängstlich. Zumindest diese letztere Empfindung teilte Cassian mit ihm.

»Und jetzt geh zum Markt«, sagte er, indem er Jerenn einen kleinen Beutel mit Goldmünzen gab. »Und ich wünsche eine genaue Abrechnung über alles, was du dort kaufst.«

»Die werdet Ihr bekommen, Cassian«, sagte der

Junge eifrig. »Ich werde Preise aushandeln, die Ihr nicht glauben werdet!«

»Das bezweifle ich nicht«, grinste der Elf. Als der Junge aufstand und ging, überlegte er, was er in der Zwischenzeit tun sollte.

Wieder ins Dokumentenhaus, dachte er, um weitere Berge von Papier zu durchwühlen. Am Ende würde er gewiß *irgend* etwas finden.

Und das tat er auch, aber auf andere Weise, als er erwartet hatte. Auf dem Weg zum Dokumentenhaus lief Cassian dem allgegenwärtigen Ilfaralek über den Weg, der ihm zielstrebig entgegenging. Die Patrouillen auf der Großen Allee waren bereits verstärkt worden. Der offizielle Grund dafür war die Notwendigkeit zusätzlicher Sicherheit vor dem großen Fest, aber dafür war es eigentlich noch zu früh, und da sich die Nachricht von Darnius' blutigem Ableben über die ganze Stadt verbreitete, konnte es nicht schaden, zusätzliche Soldaten zur Hand zu haben.

»Auf ein Wort, bitte«, sagte der *Akarenti* entschlossen, indem er Cassians Arm nahm und ihn die breiten Marmorstufen hinaufführte. Ilfaralek befahl einem der Schreiber, sein Büro zu räumen, und schloß die Tür hinter dem verblüfften Mann, als dieser durch einen der labyrinthartigen Gänge davonschlurfte.

»Mordain hat geredet. Nun, nicht viel, aber doch genug«, sagte Ilfaralek kurz und bündig. »Ich dachte, Ihr solltet es erfahren.« Mittlerweile hatte Cassian die Tatsache registriert, daß Ilfaralek ein kleines, dünnes, dunkelbraunes, in Leder gebundenes Buch mit einem Fleck auf dem Rücken in der Hand hielt. »Er hat uns das hier überlassen.«

Cassian nahm das Buch und setzte sich auf den mit Papieren übersäten Schreibtisch, um sich den Text anzusehen. Er war verschlüsselt und zusätzlich noch von rechts nach links geschrieben. Keine ungewöhnliche Methode, und er benutzte seinen kleinen Handspiegel, um sich an die Entschlüsselung zu machen.

»Seht es Euch nur in aller Ruhe an«, sagte Ilfaralek. »Auf jeden Fall ist klar, daß Mordain nicht so ehrlich war, wie wir alle gedacht haben. Und er hat es ziemlich schlau angestellt. Allein anhand der öffentlichen Dokumente hätte man ihm niemals auf die Schliche kommen können.«

Der Elf murmelte eine zustimmende Antwort. Ilfaralek hatte offenbar sofort damit begonnen, Mordains Geschäfte unter die Lupe zu nehmen, und Cassian fragte sich, ob Ilfaralek vielleicht auch erfahren hatte, daß Cassian unter anderem auch seiner möglichen Verwicklung in die Sache nachgegangen war. Außerdem wußte er jetzt, mit wem Mordain zusammengearbeitet hatte. Diese Art der Verschlüsselung und die Spiegelschrift kannte er. Das Protokoll verlangte nicht ausdrücklich, daß er Ilfaralek davon in Kenntnis setzte, aber er wollte sich den Mann nicht zum Feind machen und beschloß, mitteilsam zu sein.

»Ich habe diese Art der Verschlüsselung schon einmal gesehen«, sagte Cassian leise, »und zwar im Hause Araleshs.« Ilfaralek stand gleichmütig da, die Arme vor der Brust verschränkt, und sah ihn an.

»Eine Initiale wiederholt sich immer wieder, ein W«, sagte Ilfaralek. »Zwischen Mordain und diesem ›W‹ scheinen beträchtliche Summen aufgeteilt worden zu sein.«

»Mordain hat nicht gesagt, wer ›W‹ ist?«

»Er ist im Moment bewußtlos und überlebt vielleicht nicht.«

»Dann kann ich Euch sagen, daß Ihr von diesem mysteriösen ›W‹ nichts zu befürchten habt«, lächelte Cassian.

»Wie könnt Ihr Euch dessen sicher sein?« Ilfaralek runzelte die Stirn und lächelte dann selbst. »Ah, ich verstehe. Unser Freund W weilt nicht länger unter uns.«

»Das wäre eine korrekte Annahme. Die Verschlüsselung ist nicht allzu schwierig. Ersetzt den vierten Buchstaben vom Ende des Alphabets durch den vierten Buchstaben vom Anfang.«

»Ich verstehe. Aber wer, im Namen der Passionen, profitiert von alledem jetzt, wo Daralec tot ist?« fragte sich Ilfaralek laut. »Und warum bedarf es dazu so vieler Tode?«

»Ich glaube, daß ich hierher geschickt worden bin, um genau das herauszufinden«, sagte Cassian diplomatisch.

»Ich kann nur hoffen, daß Ihr das auch tut, bevor weitere Leichen in den Häusern der Reichen und Mächtigen entdeckt werden«, entgegnete Ilfaralek mit Nachdruck. »Oberherr Kypros will mich morgen früh sehen. Früher, als ich erwartet habe. Ich meine, daß wir unser Treffen unter diesen Bedingungen verschieben sollten. Ich werde zu beschäftigt sein.«

Darauf würde ich wetten, dachte Cassian. Wahrscheinlich damit, die eine oder andere Gefälligkeit einzufordern, falls der Oberherr schwierig wird.

»Laßt mich wissen, was Ihr sonst noch herausfindet«, sagte Ilfaralek, obwohl Cassian wußte, daß er dazu nicht verpflichtet war. Der Elf schuldete nur dem weit entfernten Richter-General einen Bericht, doch Ilfaraleks Probleme betrafen auch ihn.

Cassian nickte. »Ich bin Euch sehr dankbar, daß Ihr mir das Buch gezeigt habt. Kann ich es noch eine Weile behalten?«

»Sofern Ihr es mir bis zum Abend zurückbringt. Ach, und ich hätte nichts dagegen, auch einen Blick auf das zu werfen, was Ihr von Aralesh habt und genauso verschlüsselt ist. Wenn ich dem Oberherrn morgen diese beiden Dinge zeigen kann, wird sein Zorn dadurch vielleicht etwas besänftigt.«

Cassian lächelte. »Ein vernünftiger Austausch… und nochmals vielen Dank.«

»Wolltet Ihr hier etwas erledigen?« fragte Ilfaralek beiläufig, als der Elf die Tür öffnete.

»Das ist jetzt nicht mehr nötig«, grinste Cassian, um dann durch die Tür und rasch auf die Straße zu gehen.

21

Am frühen Nachmittag fuhr Cassian bei Tarlanth vorbei, um sich nach Karlanta zu erkundigen. Er hatte immer noch keine Möglichkeit gehabt, mit ihr zu reden, und unter Berücksichtigung dessen, was er über Daralecs Geschäfte und dessen Testament wußte, konnte er das Gespräch mit ihr nicht mehr länger aufschieben. Er mußte mehrfach anklopfen, und als er schließlich von einem Bediensteten eingelassen wurde, sah er sich Tarlanths Sohn gegenüber. Lyn betrachtete ihn scheu und fragend.

»Hallo. Ich fürchte, meine Eltern sind nicht da«, sagte der junge Mann mit seiner sanften Stimme.

»Ich wollte eigentlich zu Karlanta.«

»Sie ist auch nicht da. Sie haben sie weggebracht. Flußaufwärts«, sagte der Junge.

»Warum?« Cassian war völlig verblüfft.

»Nun, sie wollte nicht hier bleiben. Nicht, daß sie sich schon wieder erholt hätte, aber es geht ihr jedenfalls etwas besser. Sie wollte außerhalb der Stadt genesen. Nicht weiter überraschend nach allem, was ihrer Familie zugestoßen ist.«

»Wahrscheinlich nicht«, sagte Cassian nachdenklich. »Wohin wollte sie?«

»Nach Sendernis«, sagte der Junge ohne weitere Erklärung. Als Cassian um Erläuterung bat, sagte er: »Das ist ein Ort westlich von hier. Alte und kranke Leute gehen dorthin, um entweder geheilt zu werden oder schnell zu sterben. In dem Ort wimmelt es von Heilern, und das Wasser soll angeblich magische Kräfte haben. Jedenfalls habe ich das gehört.«

»Ich nehme an, Ihr habt diesen Ort noch nie gesehen?«

»Ich komme nicht sehr oft von hier weg«, sagte der Junge ein wenig pathetisch. »Meine Gesundheit ist auch nicht die beste, fürchte ich.«

»Was fehlt Euch eigentlich?«

»Ich bin nur ein wenig kränklich.« Lyn brachte ein schwaches Lächeln zustande. »Ich war ein kränklicher Säugling, dann ein kränkliches Kind, und jetzt bin ich nicht unbedingt ein gesunder Erwachsener.«

Eigentlich nicht einmal ein Erwachsener, dachte Cassian, als er den Jungen betrachtete. Seine Haltung war ein wenig gebeugt, und seine lockere und schäbige Kleidung stand in scharfem Kontrast zur prächtigen Garderobe seiner Eltern und insbesondere zum diszipliniert guten Aussehen und dem ebenso guten Kleidergeschmack seiner Mutter.

»Ihr malt also«, sagte Cassian, der abgesehen davon, daß er Ilfaralek abends die Bücher bringen mußte, nicht mehr viel zu tun hatte. »Darf ich mir Eure Bilder einmal ansehen?«

Der Junge war verlegen. »Es ist nichts«, murmelte er. »Nur etwas, das ich in meiner Freizeit tue. Eigentlich habe ich kein Talent dazu.«

Cassian lachte leise. »Nun, vor meinem Urteil braucht Ihr Euch nicht zu fürchten. Ich bin kein Experte, obwohl es mir immer viel Freude bereitet hat, mir an den Orten, an denen ich schon gewesen bin, Beispiele der jeweiligen Stilarten anzusehen. Es wäre mir ein Vergnügen, einen Blick auf Eure Werke zu werfen.«

Widerwillig ging der Junge die Treppe hinauf und führte den Elf in eine helle, luftige Dachkammer. Bis auf ein paar Gerüste, Bänke und wacklige Stühle war der Raum völlig kahl. Die Wände bestanden aus nacktem Stein, nur auf dem Boden sah man ein paar Farbkleckse. Zu seiner Überraschung sah Cassian keine Gemälde an den Wänden. Sogar die Staffelei neben dem Fenster war nicht mit einer Leinwand bespannt. Die einzigen sichtbaren Bilder lagen auf einem Haufen in der Ecke und waren mit einem schmutzigen Stück Tuch bedeckt.

Er mußte das erste Bild aufheben und zu sich herumdrehen, um etwas darauf zu erkennen. Es war ein Nachtmotiv, das sich nur schwer interpretieren ließ, der Garten einer Villa mit einem tiefen Teich in der Mitte. Zuerst sah das Bild wie eine Studie in Schwarz aus, bis er Nuancen und Schattierungen in den Schwarz- und Blautönen ausmachte, Andeutungen schattenhafter Präsenzen, die sich zu sammeln schienen. Oder zumindest gaukelte ihm seine Phantasie so eine Szene vor. Das Werk war unklar und mehrdeutig, aber raffiniert, und es verlangte dem Betrachter mehr ab als ein gewöhnliches schlichtes Thema. Cassian wußte nicht, wie gut es war, aber es ließ mit Sicherheit gute Ansätze erkennen. Er betrachtete es eine Weile mit Interesse, dann legte er es wieder auf den Stapel zu den restlichen Bildern.

»Ihr tut Euch keinen Gefallen«, sagte er. »Ich habe selbst in der Großen Stadt selbst Werke gesehen, die nicht so gut wie die Euren waren. Habt Ihr einen Lehrer?«

»Wofür?« fragte der Junge ängstlich.

»Für das Malen natürlich«, sagte Cassian, der immer noch den Stapel von Gemälden betrachtete und die Feinheiten des einen, das er sich angesehen hatte, vor seinem geistigen Auge vergegenwärtigte.

»O nein«, erwiderte Lyn. »Ich male nur zum Zeitvertreib. Wie ich schon sagte.«

»Ihr solltet die richtige Unterweisung bekommen«, sagte Cassian, indem er sich wieder zu Lyn umdrehte. »Dann könntet Ihr später einmal vielleicht ein bekannter Künstler werden. Wer weiß?«

Der Junge schüttelte nur den Kopf und starrte zu Boden. Er schien nicht zu wissen, was er mit den Händen anfangen sollte, und rieb sie kraftlos. Er fühlte sich sichtlich unwohl.

»Das ist vielleicht keine schlechte Idee«, beharrte der Elf. »Irgendwie kann ich mir nicht vorstellen, daß es Euch Freude machen wird, das Geschäft Eures Vaters zu erben.«

»Warum sagt Ihr das?« fragte Lyn mit einem quengeligen Unterton.

»Leute, die in Gelddingen erfolgreich sind, haben normalerweise einen sturen Kopf und meistens die Bereitschaft, ihre Gefühle beiseite zu schieben, und Ihr scheint mir keine derartige Persönlichkeit zu sein«, entgegnete der Elf glatt. »Wie auch immer, ich werde nun nicht mehr von Eurer Zeit in Anspruch nehmen. Vielen Dank für die Neuigkeiten über Karlanta. Ich wünsche Euch noch einen guten Tag.«

Als Cassian an dem Jungen vorbeiging, roch er einen schwachen Blumenduft an ihm. Ein feminines Parfüm, sehr dezent, doch für seine scharfen Sinne unverkennbar. Er hielt nicht inne, sondern dachte lediglich, daß der Junge im Hause seines Vaters ein erbärmliches Leben führen mußte. Wahrscheinlich flüchtete er sich in Krankheiten, um den Zorn seines Vaters zu vermeiden, und würde vermutlich ein Halbinvalide bleiben, bis Tarlanth starb. Der Elf schob diesen düsteren Gedanken beiseite und ging die Treppe hinab.

Lyn sah ihm nach. Seine Miene war eine ausdruckslose Maske.

Jerenn war noch nicht wieder von seinen Einkäufen zurück, als Cassian zur Rosenvilla zurückkehrte. Der Stapel Kleidung und Ausrüstung auf Cassians Bett war jedoch ein unübersehbarer Beweis dafür, daß der Junge sehr fleißig gewesen war. Die Kleider waren schlicht und von guter Qualität. Sie wiesen einen Grad von Verzierung auf, der den Stolz des Handwerkers auf seine Arbeit zeigte, ohne jedoch protzig oder prunkvoll zu wirken. Der Kleidung nach zu urteilen, die er einige barsaivische Elfen auf den Straßen und Märkten Vivanes hatte tragen sehen, würde er mit dieser Gewandung mühelos als solcher durchgehen. Ein kleiner Rucksack enthielt eine Vielfalt anderer Dinge, die Jerenn für nützlich und sinnvoll erachtete: Öl, konservierte Nahrungsmittel, eine kleine Laterne, ein Seil, ein Lederbeutel, in dem kleine Marmorkugeln klirrten, als Cassian ihn schüttelte, ein Wasserbeutel, ein kleines Messer mit gekrümmter Spitze, ein Gewirr von Lederriemen und noch vieles mehr.

Es sah eher so aus, als rüste Jerenn sie für eine längere Reise in die Wildnis aus und nicht für einen kurzen Abstecher auf die andere Seite der Mauern des Theranerviertels. Der Elf lächelte. Vielleicht, dachte er, sollte ich einfach die Generalin Crotias aufrütteln und sie eine oder zwei Abteilungen – oder auch eine ganze Kohorte – der Legion in das Ruinenviertel schicken lassen, um festzustellen, was im Rattenzirkus vorgeht. Doch eine stampfende, marschierende Kohorte würde jeden verschrecken, über den ich dort gerne Bescheid wüßte. Es wäre völlig sinnlos. Und ich kann immer noch sehen, ob Crotias die Legion schicken will, wenn ich ihr mehr Beweise vorlegen kann – falls sich dort Beweise finden.

Cassians Überlegungen wurden durch ein Klopfen an der Tür unterbrochen. Er gab Erlaubnis einzutreten, und ein Mädchen streckte den Kopf herein und kam dann zu ihm, um ihm eine verschnürte Pergamentrolle mit vergoldeten Rändern auf einem Silbertablett zu bringen. Cassian nahm das Pergament, löste die Binde, entrollte es und stellte fest, daß Oberherr Kypros persönlich eine Besprechung mit Cassian um die Mittagszeit des nächsten Tages wünschte. Ein kurzes Postskriptum setzte ihn davon in Kenntnis, daß keine Antwort notwendig sei. Cassian entließ das Mädchen und lächelte, während er die unwillkommene Einladung in den Händen herumdrehte.

Der Oberherr wird langsam nervös, dachte er. Wahrscheinlich macht das eine Änderung der Pläne erforderlich. Jerenn und ich werden uns schon heute in die Unterstadt wagen müssen. Ich hoffe nur, er kommt bald zurück, so daß wir uns eine Reisegruppe suchen und uns ihr anschließen können. Kypros kann sich nicht in meine Arbeit einmischen, aber er kann mir das Leben schwermachen, und darauf kann ich gut verzichten.

Fast wie auf ein Stichwort kündete ein zweites Klopfen an seiner Tür von der Ankunft des Jungen. Er hatte einen großen, prall gefüllten Beutel auf der Schulter und ein breites Grinsen auf den Lippen.

»Ich glaube, wir müssen schon heute abend gehen«, sagte der Elf beiläufig. Jerenn sah das Pergament, das der Elf immer noch in den Händen hielt, und wirkte verblüfft. Cassian warf ihm einen wissenden Blick zu, und der Junge zuckte unmerklich zusammen.

»Es tut mir leid, ich habe so ein Pergament schon einmal gesehen, als ich es zu meinem Herrn bringen mußte, weil Berelas krank war«, stammelte er. »Ich habe es nicht gelesen oder so, aber …«

»Erspar mir deine Erklärungen«, erwiderte Cassian. »Du weißt also, von wem diese Einladung stammt. Du scheinst ein sehr gut unterrichteter Bursche zu sein.«

»Ich will keine Schwierigkeiten bekommen«, sagte Jerenn furchtsam.

»Dann laß uns nicht weiter davon reden«, erwiderte der Elf. »Wir sollten mit den Vorbereitungen beginnen, finde ich.«

»Wir brauchen Pässe«, sagte Jerenn unschlüssig.

»Kaum ein Problem«, lächelte der Elf. »Ich habe sie von jemandem, der kein Wort darüber verlieren wird.« Er würde Ilfaraleks Namen nicht erwähnen. Zu Crotias zu gehen und einen Torpaß für einen Barsaiver anzufordern, hätte zu viele Fragen herausgefordert.

»Seid Ihr sicher, daß ich keine schwarze Kleidung tragen muß?« Der Junge hatte deswegen offenbar sehr große Angst. Schließlich handelte es sich unter gewissen Umständen um ein Kapitalverbrechen. Sklaven wurden an ihrer Kleidung erkannt, und sich nicht sklavengerecht anzuziehen, wurde als Eingeständnis der Unaufrichtigkeit und eine an Subversion und Aufruhr grenzende Vorspiegelung falscher Tatsachen betrachtet.

»Ich habe bei einem bedeutenden und vertrauenswürdigen Offiziellen der Stadt ein unterzeichnetes Dokument hinterlassen, falls mir irgend etwas zustoßen sollte und du fälschlich angeklagt wirst«, sagte Cassian.

»Wer ist es?« fragte Jerenn. Als der Elf nicht antwortete, fuhr der Junge fort: »Wenn etwas schiefgeht, muß ich wissen, wer es ist, um den Wachen zu sagen, an wen sie sich wenden müssen.«

»Nein«, widersprach Cassian. »Ich kann dir nur versichern, daß er es erfahren wird.« Der Elf behielt die Tatsache im Hinterkopf, daß der Junge vielleicht nicht mehr so vertrauenswürdig war, wenn er wußte, wo er sich solch eine gesetzliche Absolution beschaffen konnte. Zwar hatte ihn die Droge von der Aufrichtigkeit und wahrscheinlichen Loyalität des Jungen überzeugt, aber es hatte keinen Sinn, größere Risiken einzugehen, als unbedingt nötig. Jerenn machte einen unglücklichen Eindruck, aber als ihn der Elf aufforderte, ihm die restlichen Einkäufe zu zeigen, schüttete er den Inhalt des Beutels aufs Bett und berichtete stolz von seiner Tüchtigkeit beim Feilschen.

Als Jerenn sich langsam zu fangen schien und munter weiterplapperte, wurde Cassian klar, daß alles ein Spiel für den Jungen war. Ein Abenteuer. Er würde sich vergewissern müssen, ob er zu mehr fähig war.

Er griff unter ein Stofftuch, das auf dem Tisch lag, und holte eine gekrümmte Lederscheide darunter hervor, aus der er ein fast eine Elle langes Messer zog. Die Klinge war scharf, die Fertigungskunst der Waffe hervorragend. Er hielt dem Jungen das Messer hin.

»Kannst du mit so einer Waffe umgehen?« Zu seiner

großen Erleichterung zuckte der Junge nicht mit der Wimper.

»Ja, Herr. In Märkteburg mußte ich es lernen. Ich war zu klein für ein Schwert oder eine Axt, und so hatte ich immer ein Messer oder einen Dolch zu meinem Schutz dabei. Andernfalls hätte ich nicht sehr lange überlebt.«

»Dann nimm diesen Dolch«, sagte Cassian, »und hoffe, daß du ihn nicht benutzen mußt.«

Der frühe Abend sah einen Elf und seinen jungen Reisebegleiter zusammen mit einer bunt zusammengewürfelten Gruppe creanischer Männer, die nach Märkteburg unterwegs war, auf die Nordtore des theranischen Viertels zugehen. Da er die Sprache dieses fremden Volkes beherrschte, war es Cassian nicht schwergefallen, vom Anführer die Erlaubnis zu erhalten, sich seiner Gruppe für kurze Zeit anzuschließen. Noch überzeugender als seine Worte war vermutlich der kleine Beutel Gold gewesen, der den Besitzer gewechselt hatte. Sich den creanischen Männern anzuschließen, war dem Elf klüger erschienen, als es bei einer Gruppe Barsaiver zu versuchen, die verdächtiger waren und sie wahrscheinlich zudem noch an ihre Landsleute jenseits des Tores verraten würden. Die Pässe wurden von einer Ork-Patrouille am Tor kontrolliert, und Cassian sah, daß der Creaner dem kontrollierenden Offizier ein paar Goldmünzen zusteckte. Die Gruppe wurde durch das kleine Seitentor hinausgelassen, während ihre Reit- und Packtiere durch das größere Pferdetor geführt wurden.

Als sie sich schließlich auf der breiten, doch ziemlich verfallenen Straße befanden, die sich in nordöstlicher Richtung durch das Ruinenviertel und dann weiter ins eigentliche Barsaive wand, versuchte ein Ork aus der Gruppe der Creaner Cassian in ein Gespräch zu verwickeln. Ihm schien die Vorstellung Unbehagen zu bereiten, mit Reisegefährten unterwegs zu sein, die er nicht kannte und vor einer Stunde zum erstenmal gesehen hatte. Doch Cassian gelang es, die Befürchtungen des Mannes mit einer Geschichte über die Statuen der Vorfahren in Creana zu zerstreuen, die er tatsächlich einmal bei ihrem alljährlichen Gang über den alten Friedhof des Plateaus gesehen hatte. Die riesigen gesichtslosen Steinmonolithen hatten einen außerordentlichen Anblick geboten, wie sie unter dem Licht des Vollmonds plötzlich zum Leben erwacht und in einem komplexen geometrischen Muster umherschritten, von dem einige Weise behaupteten, es handele sich um eine symbolische Darstellung der Bahnen der Gestirne am Nachthimmel. Der Ork war zunächst offenbar ziemlich abergläubisch, doch seine Unsicherheit wich schließlich einer tiefen Neugier, die auch einen gewissen Respekt vor Cassian und nicht wenig Angst und Ehrfurcht beinhaltete. Der Elf war sehr zufrieden, daß sich den Barsaivern, die ihnen unterwegs begegneten, das Bild zweier im Gespräch vertiefter Männer bot, so daß sie annehmen mußten, der Ork und der Elf seien tatsächlich Gefährten. Als Cassian und Jerenn sich von der Gruppe verabschiedeten, war der Elf fast ein wenig enttäuscht.

»Wir kommen in der letzten Borrumwoche auf diesem Weg zurück. Wirst du dann noch in Vivane sein?« fragte der Ork traurig. »Ich würde gern mehr hören. Ich war jetzt seit sechs Jahren nicht mehr zu Hause und habe die Statuen noch nie gesehen.«

»Ich halte auf dem Markt Ausschau nach dir«, sagte Cassian. Zu seiner Überraschung ergriff der Ork seine Schultern und verabschiedete sich von ihm mit dem sanften Nackenbiß, den viele Orks als Gruß benutzten. In Erwiderung des Bisses spie Cassian vorsichtig nach links, eine Geste des Respekts vor der neuen Bekanntschaft. Der Ork grinste breit, bevor er und der Rest der Gruppe weiterzogen und die klirrenden Geräusche der Pferdegeschirre und der Waren, die sie trugen, leiser wurden.

Jerenn führte Cassian weg von der Straße und zu einem matt erleuchteten Haus auf der linken Seite. Der Junge war kaum wiederzuerkennen. Seine Haare wiesen hellbraune Strähnen auf, und die Augenbrauen waren beinahe kastanienfarben. Er hatte sich die Haare kürzer geschnitten, und auf der linken Seite seines Kinns prangte eine kleine dreieckige Narbe. Aufgrund einer ausführlichen Beschäftigung mit seinem Schuhwerk war er jetzt auch über einen Fingerbreit größer als noch vor ein paar Stunden, und ein klobiger Bronzearmreif am linken Handgelenk vervollständigte die Maskerade. Sein Dolch war gut verborgen, und er sah aus wie jemand, der sich mit seiner Umgebung auskannte, wußte, was er tat, und in der Lage war, auf sich achtzugeben.

»Hier«, sagte er entschlossen. »Das ist der sicherste Laden in der ganzen Gegend, obwohl er früher einmal eine echte Hölle war. Ich war erst einmal hier, und das war vor sechs Monaten. Wahrscheinlich hat er sich ziemlich verändert, seit ihn der Zwerg übernommen hat. Das Bier soll angeblich mittlerweile ziemlich gut sein.«

»Das hast du mir schon erzählt«, erinnerte ihn Cassian. »Und jetzt laß uns hineingehen und eine nette, ruhige abgeschiedene Ecke suchen, wo wir warten können, bis es richtig dunkel geworden ist.«

22

Nachdem sie die nächsten zwei Stunden damit verbracht hatten, sich unauffällig zu verhalten, verließen Cassian und Jerenn die Trinkstube und überquerten die mit Schutt und Geröll übersäte Straße im letzten Licht der Dämmerung. Cassian hatte Jerenns findiger Idee zugestimmt, sich als stumm auszugeben, um nicht auf unerwünschte Fragen von Betrunkenen und übermäßig Neugierigen antworten zu müssen. Da der Junge sich in der Stadt jenseits der Mauern besser auskannte und Cassians Throalisch einerseits ein wenig holprig und andererseits mit einem unverkennbaren theranischen Akzent behaftet war, war Cassian dankbar für diese List. Einige der Kunden in der Trinkstube erklärten sich das Gebrechen wahrscheinlich so, daß die Mutter des Elfs verflucht worden war, als sie mit ihm schwanger ging, was wiederum dabei half, andere Leute auf Distanz zu halten.

»Hier«, zischte Jerenn. »Von hier aus führt ein Schacht nach unten.« Cassians Elfenaugen reichte das letzte Tageslicht, um das Loch in der Erde mühelos wahrzunehmen. Sie gingen vorsichtig darauf zu.

»Der Zugang ist erstaunlich offensichtlich«, rätselte der Elf.

»Es soll dort unten voller Ratten sein, Pestratten«, erinnerte ihn der Junge. »Niemand, der noch ganz richtig im Kopf ist, würde dort hinuntergehen. Tief unten soll es auch Gräber und Wiedergänger geben. Die Leute haben so viel Angst, daß sie das Loch nicht einmal abdecken. Die letzte Person, die das versucht hat, ist nicht zurückgekommen. Wohlgemerkt, ich glaube nicht, daß ihn die Ratten erwischt haben. Wahrscheinlicher ist, daß er von jemandem umgebracht worden ist, der wollte, was er hatte.«

Cassian kniete sich vor die Öffnung und drückte den Kopf gegen den Boden. Zwar waren in der Ferne Schreie und die Geräusche auf Schutt und Geröll knirschender Schritte zu hören, aber die scharfen Sinne des Elfs konnten Vibrationen unter der Erde von derartigen Ablenkungen unterscheiden.

»Viel ist nicht zu hören«, flüsterte er. »Dieser Schacht – werden wir Seile brauchen?«

Jerenn lag jetzt auf dem Bauch, und seine Hände erforschten den Schachtrand. »In den Stein sind Eisensprossen gehauen«, flüsterte er zurück.

»Wir werden eine Laterne brauchen, um die Sprossen zu sehen«, stellte der Elf fest.

»Jetzt noch nicht. Es ist zu gefährlich. Wenn Ihr vorangeht, sollte ich Euch gefahrlos folgen können«, sagte der Junge ziemlich verunsichert. »Aber wenn wir erst dort unten sind, werde ich ganz bestimmt Licht brauchen.«

»Ich auch, in pechschwarzer Dunkelheit«, grinste der Elf. »Aber wir wollen uns zuerst hinsichtlich des Halts vergewissern.« In der Dunkelheit sah der Junge nicht, wie er sich ans Bein griff, um den kleinen schwarzen Skarabäus zu lösen und ihn auf dem Boden vor der Schachtöffnung abzusetzen. Nach einer Minute des Schweigens, in der Cassian betete, daß kein nächtlicher Wanderer auf sie stieß, war Cassian überzeugt, daß keine Fallen für die Unvorsichtigen gestellt worden waren. Zumindest nicht im Schacht selbst.

Er ließ vorsichtig die Beine in den Schacht hinab und unterzog die ersten beiden Sprossen einer Prüfung, indem er sie immer stärker belastete, bis er davon überzeugt war, daß sie nicht nachgeben würden. Er hielt sich mit den Händen am Schachtrand fest und begann mit dem Abstieg.

Zwar war es ihm wie eine kluge Vorsichtsmaßnahme erschienen, ihren Weg nicht zu erleuchten, aber nachdem Jerenns Fuß zum drittenmal gegen seinen Kopf gestoßen war, bereute er sie. Der Junge wollte so schnell wie möglich nach unten, und im Gegensatz zu Cassian wußte er, daß er der nächsten Sprosse vertrauen konnte, da jemand voranging und sie ausprobierte. Schließlich setzte Cassian den Fuß auf festen Boden, und er stand in absoluter Finsternis da und half Jerenn dabei, die letzten Ellen herabzuklettern. Sie blieben ein paar Sekunden lang schweigend stehen, hörten jedoch nichts außer dem leisen Geräusch tropfenden Wassers in der Ferne.

»Jetzt brauchen wir Licht«, sagte Cassian, der den Jungen bereits in seinem Rucksack wühlen hörte. »Wir könnten gesehen werden – aber jeder, der sich uns nähert, braucht ebenfalls Licht, so daß wir vermutlich nicht überrascht werden können.«

Es sei denn, ein Magier ist in der Nähe, dachte Cassian. Wir könnten entdeckt und auch angegriffen werden. Er holte wieder den Skarabäus hervor und legte ihn auf den Boden, während Jerenn die Laterne anzündete und abschirmte, um den Lichtkreis so klein wie möglich zu halten. Der Junge bemerkte den Käfer, als er sein leises Kratzen hörte, und senkte die Laterne, um ihn sich anzusehen. Einen Moment lang schien er ihn für echt zu halten. Cassian, der sich stark konzentrierte, legte einen Finger auf die Lippen und wartete auf die Eindrücke, die der Skarabäus übermitteln würde.

In der Ferne im Westen war Magie am Werk. Elementare Magie, die die Gegend gestaltete. Als Cassian in diese Richtung schaute, konnte er lediglich einen offenbar stillgelegten, verfallenen Gang mit bröckelndem Mauerwerk sehen. Zumindest der Boden sah jedoch noch einigermaßen sicher aus. Im Osten bot sich ganz genau derselbe Anblick, doch von dort winkte keine magische Aura.

»Hier entlang«, flüsterte Cassian, als er den Skarabäus aufhob. Jerenn stieß den Elf an und gab ihm ein paar Lederriemen und Lappen. Dem Elf fiel der Vorschlag wieder ein, den der Junge im Planungsstadium gemacht hatte, und mit Hilfe der Lederriemen befestigte er die Lappen unter seinen Fußsohlen. Da der Weg einigermaßen eben und sicher zu sein schien, würde der Stoff die Geräusche ihrer Schritte dämpfen. Als sie fertig waren, schlugen sie die Richtung nach Westen ein. Nach zwanzig Schritten veränderte sich das Aussehen des Ganges schlagartig. Es gab eine Stelle, an der ein Steinschlag oder ein anderes Hindernis beseitigt worden sein mußte, denn die Spuren an den Wänden und auf dem Boden sahen wie Schläge von Grubenäxten aus. Jenseits dieser Stelle waren die Wände sauber und erweckten den Eindruck, als seien sie vor gar nicht allzu langer Zeit in den Fels gehauen worden.

»Neue Arbeiten«, flüsterte der Junge dem Elf ins Ohr. Cassian lächelte und setzte seinen Skarabäus wieder auf dem Boden ab. Nach kurzer Zeit wußte er mit Sicherheit, was ohnehin ziemlich offensichtlich gewesen war. Die Arbeit war in der Tat jüngeren Datums, aber nicht allein von Händen und Werkzeugen ausgeführt worden. Die Aura der Magie war hier stärker.

»Sei vorsichtig«, sagte er leise, indem er seinen langen Dolch – eigentlich ein Kurzschwert – zog und den kostbaren Skarabäus wieder aufhob, bevor er sehr vorsichtig weiterging.

Hinterher ärgerte sich Cassian über sich selbst, weil er den offensichtlichen Fehler begangen hatte. Ganz auf die Gefahr voraus konzentriert, hatte er keinen Gedanken daran verschwendet, daß sich ihnen etwas von hinten nähern konnte. Als mildernder Umstand ließ sich anführen, daß sich seine Sinne noch im Zustand der Umgewöhnung befanden, nachdem sie mit dem Skarabäus in Einklang gewesen waren, doch bevor er wußte, was geschah, hörte er Rufe und Schreie in der Ferne hinter ihnen und wirbelte herum. Jerenns Augen glänzten furchtsam im Lampenlicht.

»Irgend was kommt«, sagte der Junge völlig unnötigerweise. Sie gingen weiter, fast im Laufschritt jetzt und so schnell sie es wagten. Rennen kam nicht in Frage. Ein Hindernis wie zum Beispiel ein einfaches Loch im Boden reichte, um sich ein Bein oder vielleicht sogar den Hals zu brechen. Hinter ihnen wurden die wütenden Schreie lauter und kamen die Geräusche schneller Schritte näher.

»Wir können uns nirgendwo verstecken«, sagte Jerenn jämmerlich. Er zog sein Messer und wappnete sich gegen den zu erwartenden Angriff.

Cassian legte ihm eine Hand auf die Schulter und sagte mit fester Stimme: »Drück dich gegen die Wand. Vielleicht bleiben wir unentdeckt, auch wenn sie an uns vorbeilaufen. Lösch die Laterne!« Er befestigte etwas an seinem Hals, das durch seine Kleidung und die Dunkelheit verborgen wurde.

Jerenn war der Panik nahe, erkannte aber dennoch, daß der Elf über magische Schutzmaßnahmen verfügen mußte, und gehorchte dem Befehl. Er kannte sich mit solchen Dingen zwar nicht aus, aber da er miterlebt hatte, wie sich Illusionisten in Märkteburg einen Haufen Geld verdient hatten, indem sie die Neugierigen und Abergläubischen unterhielten, drückte er sich so fest er konnte gegen die Wand und betete, daß die Magie funktionieren würde.

»Rühr dich nicht. Nicht einen Fingerbreit«, zischte ihm der Elf ins Ohr, als eine polternde, zusammengewürfelte Horde im Osten erschien. Das Licht ihrer Laternen, die in den Händen der sich nähernden Horde wild hin und her schwangen, warf bizarre Schatten.

Ein einzelner Ork war den übrigen ein paar Schritte voraus. Sein Gesicht war schweißüberströmt. Er trug keine Waffe, und der schmutzige rechte Ärmel seiner Jacke war mit frischem Blut verschmiert. Seine Augen rollten hin und her, und er stand offensichtlich kurz vor dem Zusammenbruch. Er rannte ruckartig wie eine schlecht gefertigte Gliederpuppe. Ihm dicht auf den Fersen war eine Kreatur, die ebenso wüst und verdreckt aussah wie der Ork, und Cassian hielt sie zunächst für einen Mann, der ebenfalls vor der verfolgenden Gruppe der Orks floh. Die Orks trugen eine Vielzahl von Handwaffen, angefangen von Schwertern bis hin zu primitiven Keulen, und sie schrien und fluchten voller Wut.

Der führende Ork war noch ein paar Schritte von ihnen entfernt, als plötzlich mehrere Dinge gleichzeitig geschahen. Cassian sah mit einem einzigen entsetzten Blick, daß das Ding, welches den Ork verfolgte, keineswegs menschlich war, wenngleich es das vermutlich früher einmal gewesen war. Und auch die Schatten wurden nicht alle von den Laternen geworfen. Cassian brauchte kein Magier zu sein, um die geradezu greifbare Aura der Magie um das untote Ding zu spüren. Arme schossen aus der belebten Leiche, und sie wirkten im Vergleich zu denen eines echten, lebendigen Leibes viel zu lang. Schmutzverkrustete Krallen bohrten sich dicht unterhalb des Nackens in das Rückgrat des Orks, der jämmerlich aufschrie. Er stolperte direkt gegen sie, als ihn der Kadaver ansprang.

Cassian konnte die Illusion der Unsichtbarkeit nicht mehr aufrechterhalten, da der körperliche Kontakt seine Versunkenheit störte. Er hörte Jerenn vor Schmerzen aufstöhnen. Der Ork hatte ihn in der Magengegend getroffen, während der Elf nur einen Schlag von seinen wild rudernden Armen abbekommen hatte. Er hielt sein Messer bereit und hoffte, daß die Schutzvorrichtungen seines Amuletts und Gürtels ausreichen würden.

Die Orks waren offenbar verwirrt und stutzten für einen Sekundenbruchteil. Wo sich kurz zuvor noch nackter Fels befunden hatte, sahen sie jetzt einen Elf mit einem langen Dolch auftauchen und ihren Kameraden zu Boden gehen. Das Kadaver-Ding ließ sich durch solche Dinge jedoch nicht stören, sondern schlug seine Krallen noch tiefer in den Ork und packte seinen Hals. Die Hände drückten mit so unglaublicher Kraft zu, daß der Hinterkopf des Orks platzte wie eine verfaulte Frucht. Zuckend sackte der Ork zusammen. Der Kadaver hielt ihn fest und schleuderte ihn in einer neuerlichen Demonstration seiner Kraft herum und in die Masse der anderen Orks. Zwei von ihnen stürzten zu Boden, wobei ein Regen aus Blut und Hirnmasse auf sie niederging.

Ein Ork stand zitternd vor Entsetzen da und hielt sein Schwert wie eine Schutzrune vor sich. Das Kadaver-Ding watschelte, getrieben vom Schwung der Schleuderbewegung, auf ihn zu. Reflexartig stieß Cassian mit seinem Dolch zu, und die verzauberte Klinge drang tief in verwestes Fleisch und verfaulte Knochen ein. Aus dieser Nähe war der Gestank des Dings überwältigend und kaum zu ertragen, und Cassian hätte sich fast übergeben.

Unglaublicherweise schenkte ihm das Ding keine Beachtung. Es hielt für einen Sekundenbruchteil inne, bevor es sich auf den Ork stürzte, ihm die Waffe aus der Hand schlug und ihm dabei den Unterarm brach. Vor Schmerz aufschreiend zuckte der Ork zurück. Hinter ihm versperrten die gefallenen Orks den Weg, so daß von dort keine Hilfe zu erwarten war. Cassian folgte dem Ding und stieß ihm seinen Dolch aufwärts in den Nacken.

Der Kadaver hatte dem Ork die Krallen in den Leib geschlagen, und Cassian hörte ihn schreien. Er sammelte alle seine Kräfte und ruckte den Dolch aufwärts und seitwärts, bis er schließlich eine letzte Drehung ausführte, bei der er sich fast die Hand abgetrennt hätte. Die Klinge schnitt seitlich durch den Hals des Ungeheuers und riß ihm das halbe Ohr ab, um dann zur Kehle herumzugleiten und die Luftröhre zu durchtrennen. Jetzt ließ das Ding den Ork los und schlug wie verrückt um sich. Es fiel, und Cassian verpaßte dem Ding noch einen letzten kraftvollen Stoß, bevor er die Klinge herauszog. Schwarzes Blut floß über den Steinboden, als die Kreatur aufheulte und in irrsinniger Raserei um sich trat, während die Schatten über die Wände tanzten. Der Elf sprang zurück, als das Ding auf den Boden aufschlug, wo es immer noch heulte und um sich trat. Der Ork, den es zuvor gepackt hatte, starrte verständnislos und ungläubig zitternd auf seinen schlaff herabhängenden Arm. Nach einem scheinbar endlos währenden Augenblick durchlief das grausige Ding noch ein letztes krampfartiges Zucken, dann lag es still.

Cassian hatte keine Ahnung, mit was für einer Kreatur er es zu tun hatte. Sie war sicherlich stärker als die Kadaver-Menschen, denen er einst in den Höhlen von Myterne entgegengetreten war, und die Schatten, die jetzt ins Licht flackerten, ähnelten denen von Totengeistern, doch das Ungeheuer hatte nichts von der tödlichen Kälte dieser Wesen an sich gehabt. Er drehte sich kurz zu dem ersten Ork um und sah augenblicklich, daß für ihn jede Hilfe zu spät kam. Ohne in seiner Wachsamkeit nachzulassen, richtete er den Blick dann wieder auf den verwundeten Ork vor sich. Der Ork spie nervös nach links.

»Fast hätte es mich erledigt«, sagte er nur, während er nervös eine Stiefelspitze in den stinkenden Leichnam bohrte.

»Warte«, knurrte ein anderer Ork hinter ihm. »Ich kenne diesen Elf. Ich hab ihn schon in der Stadt gesehen.«

»Und wenn schon! Er hat mir …«

»Er is'n Schnüffler. Ein Theraner.«

Sechs Augenpaare starrten Cassian an, und jemand stieß einen haßerfüllten Fluch aus. Waffen wurden gehoben. Cassian umklammerte seinen Dolch fester, und in diesem Augenblick fiel ihm auf, daß Jerenn ihn im Stich gelassen hatte. Der Junge war nirgendwo zu sehen.

Sechs zu eins. Keine sonderlich guten Aussichten, dachte er mit sinkendem Mut. Und keine Fluchtmöglichkeit. Hätte er die Wahl gehabt, würde er sich zum Sterben gewiß keinen so erbärmlichen Ort wie diesen ausgesucht haben.

23

Alles wurde augenblicklich dunkel, als Jerenn fiel. Plötzlich war hinter ihm kein Widerstand mehr, und er landete mit rudernden Armen auf dem Rücken. In seinem Rucksack hörte er etwas knirschen, vielleicht brechen. In völliger Dunkelheit tastete er vorsichtig nach der Laterne und stellte zu seiner ungeheuren Erleichterung fest, daß sie noch heil war. Er konnte weder etwas sehen noch hören, der Tumult um ihn war plötzlich verschwunden. Er hörte nicht einmal gedämpfte Geräusche.

Wo waren sie alle nur geblieben?

Als es ihm schließlich gelungen war, die Laterne wieder anzuzünden, fand er sich am Ende eines sachkundig und erst kürzlich behauenen Ganges wieder. Er rieb sich den Magen und versuchte wieder zu Atem zu kommen, dann erhob er sich auf die Knie und krümmte sich vor Schmerzen. Als der massige Ork gegen ihn gestolpert war, hatte er die Augen geschlossen, und jetzt schien alles verschwunden zu sein. In einem kurzen Augenblick der Hoffnung fragte er sich, ob Cassians Magie sie beide aus der Gefahrenzone entfernt hatte. Dann stellte er fest, daß keine Spur von dem Elf zu sehen war, und als er es wagte, Cassians Namen zu flüstern, bekam er keine Antwort.

Plötzlich hörte er einen erstickten Laut, ein entsetzlich schrilles Jaulen zur Linken. Er preßte ein Ohr gegen die Wand, und das Jaulen wurde ein wenig lauter, dann war alles wieder still. Augenblicke später hörte er lebhafte Stimmen und einen Ork unmißverständlich sagen: »Tötet ihn!«

Auf der Suche nach dem Hebel für den Öffnungsmechanismus der Tür, der irgendwo sein mußte, kratzte er aufgeregt an der Wand herum. Wie sonst hätte er hier an diesen anderen Ort gelangen können? Er wollte schon mit aller Kraft gegen die Wand schlagen, als es auf der anderen Seite wieder still und ihm klar wurde, daß eine Entdeckung seinen augenblicklichen Tod zur Folge haben konnte. Doch nach den unheimlichen Worten des Orks hatte er keine Kampfgeräusche gehört, und er fragte sich, ob Cassian irgendwie überlebt haben mochte, obwohl er sich gewiß in großer Gefahr befand.

Ich muß etwas tun, um ihm zu helfen, dachte er, doch seine tastenden Hände fanden kein Zeichen für das Vorhandensein einer Tür oder anderer Mittel, um sich Zugang zu verschaffen.

Der Steinboden sah eben und sicher aus, so daß Jerenn beschloß, es darauf ankommen zu lassen. Er rannte den Gang entlang, wobei ihm die Richtung gleichgültig war. Sein Atem kam in keuchenden Stößen, da sein Magen immer noch schmerzte. Er rannte, als ginge es um sein Leben, und schließlich fand er einen Schacht, der von dem ansonsten endlosen geraden Gang aufwärts führte. Zu seiner Erleichterung war eine Sprossenleiter in die Schachtwand eingelassen. Er kletterte so rasch hinauf, wie er konnte, und stemmte sich mit aller Kraft gegen das Gitter am Ende, auf dem ein Mächtiger Stein lag. Es gelang ihm, das Gitter einen Spalt zu öffnen, dann schob er es quälend langsam zur Seite. Als er ein paar Fingerbreit Bewegungsspielraum hatte, streckte Jerenn beide Hände durch den Spalt und schob das Gitter so weit beiseite, daß er sich hindurchzwängen konnte.

Ein sehr schwacher Geruch hing in der Luft, als habe jemand an dieser Stelle gewartet und erst vor kurzer Zeit seinen Posten verlassen, aber die Sinne des Jungen nahmen den Moschusduft nicht wahr. Er schaute in alle Richtungen, während er keuchend die wärmere Luft außerhalb der unterirdischen Kühle einsog. Zwar erkannte er nicht die genaue Stelle wieder, aber er wußte, daß sich die Tore Vivanes nicht allzu weit entfernt in südwestlicher Richtung befanden, und er lief in die entsprechende Richtung, wobei er betete, daß er unterwegs nicht stolpern und sich den Knöchel verdrehen würde. Er rannte geradewegs durch eine Gruppe betrunkener Orks, die an einem Feuer zwischen ihren Zelten hockten, und ließ ihre Flüche, die durch die kühlende Nachtluft hallten, rasch hinter sich. Als er schließlich das Tor erreichte, bekam Jerenn kaum noch Luft. Zwei belustigte Orkwachen sahen zu dem abgerissen aussehenden Jungen hinunter, der sich vergeblich mühte, auch nur eine Silbe herauszubringen.

»Scher dich weg«, sagte einer von ihnen höhnisch. »Geh zu denen zurück, die hinter deinem Arsch her sind, du Zwerg.«

Japsend zeigte der Junge seinen Paß und brachte dazu das Wort ›Spion‹ heraus.

»Du bist also ein Spion, wie? Nun, nett von dir, uns das zu sagen«, lachte der Ork unfreundlich. »Das macht fünfzig Peitschenhiebe oder vielleicht sogar eine Enthauptung, wenn du Glück hast.«

Jerenn musterte ihn so haßerfüllt, wie es ihm möglich war. »Wenn ihr mich« – er schnappte nach Luft – »nicht einlaßt…, wird Ilfaralek euch… zur Schnecke machen.« Obendrein fügte er noch eine mittelschwere Beleidigung hinzu. Wenn er gehofft hatte, den Ork dadurch einzuschüchtern, wurde Jerenn rasch eines anderen belehrte. Der Ork packte ihn am Kragen und hob ihn hoch.

»Jetzt hör mir mal gut zu, du kleine Wanze«, lautete die scharfe Erwiderung. »Wir werden dafür bezahlt zu wissen, wer die Leute sind, die durch dieses Tor ein und aus gehen. Du gehörst nicht zu ihnen.« Er ließ den Jungen zu Boden fallen und wollte ihm noch einen Tritt in die ohnehin schon schmerzenden Rippen verpassen, doch Jerenn gelang es, sich zur Seite zu wälzen. Als er wieder aufstand, glitzerte Gold in seiner Hand. Er hatte bei seinen Einkäufen ein wenig Geld gespart, und die Notwendigkeit, sich bei Nacht ins Ruinenviertel zu schleichen, hatte ihn der Möglichkeit beraubt, es auszugeben. Das Geld war jetzt seine einzige Hoffnung.

Der zweite Wächter, der weniger zornig als der erste zu sein schien, tippte seinem Kollegen auf die Schulter und grunzte etwas. Jerenns Angreifer beherrschte sich.

»Warum schlagen wir ihn nicht einfach zusammen und nehmen das Geld trotzdem?« sagte der Wächter verständig. Der erste Ork hatte daran noch gar nicht gedacht und sah aus, als gefalle ihm die Idee außerordentlich. Seine Miene verzog sich zu einem boshaften Grinsen.

»Ihr könnt das Geld auch so haben«, sagte Jerenn matt. »Ich komme von einem theranischen *Praetor*. Er steckt in großen Schwierigkeiten. Ich muß zu Ilfaralek und ihm sagen, was passiert ist.« Jetzt konnten ihm weder List noch Bestechung helfen. Dem Jungen blieb nur die Hoffnung, daß es mit der Wahrheit klappen würde. Normalerweise war das nicht der Fall.

Bei der Erwähnung des Wortes *Praetor* änderte sich die Miene der Orks. Sie wechselten ein paar Worte in einem Orkdialekt, den Jerenn nicht kannte. Offensichtlich waren sie unentschlossen, und Jerenn wußte, daß Orks oft sehr lange brauchten, um zu Entscheidungen zu gelangen, die sorgfältiges Nachdenken und Abwägen erforderten. Dasselbe galt für Soldaten, so daß es bei Ork-Soldaten eine Ewigkeit dauern mochte.

»Jede Sekunde Verzögerung ist eine Sekunde, in der er sterben kann«, flehte der Junge.

»Wir riskieren besser nichts«, murmelte der weniger aggressive der Orks.

»Paßt auf«, sagte Jerenn, einer plötzlichen Eingebung folgend, »ich muß zur Südkaserne. Schnell. Setzt mich auf ein Pferd und gebt mir einen Leutnant oder irgend jemanden mit. Dann laufe ich nicht frei in der Stadt herum, und ihr braucht euch keine Sorgen zu machen.« Die Orks sahen einander an. »Wartet, ich habe noch eine bessere Idee«, fuhr der Junge fort, der jetzt neuen Mut schöpfte. »Ich werde sagen, daß es eure Idee gewesen ist. Vielleicht bekommt ihr sogar ein Lob.«

»Ist er nicht ein frecher kleiner Knirps? Etwas zu schlau. Er könnte ein Spion sein, den wir nicht kennen«, sagte der freundlichere Ork. Zu seiner ungeheuren Erleichterung sah Jerenn, wie dessen Kollege seine prankenähnliche Hand ausstreckte, und er ließ das Gold hineinfallen.

»Hierher, Grundertz!« rief der Ork über die Schulter in die Schatten hinter den großen Toren. »Sattle ein Pferd, und beeil dich!«

Jerenn blieb gegenüber dem Ork-Offizier hartnäckig. Er befürchtete, ein Untergebener würde niemanden von Bedeutung unterrichten, bis es zu spät war, und die Versicherung des Offiziers, daß Ilfaralek beim Essen sei und nicht persönlich kommen könne, beunruhigte ihn noch mehr.

»Es geht um den *Praetor*«, wiederholte Jerenn. »Wenn wir noch länger warten, wird er getötet. Er hat mir gesagt«, log er glatt, »daß ich mit Ilfaralek und sonst niemandem reden muß.« Jerenn nahm all seinen Mut zusammen und richtete sich so hoch auf, wie er nur konnte, um die viel größere Gestalt des Orks herauszufordern. Die Antwort des Orks bestand darin, ihn am Kragen zu packen und sein Gesicht in Jerenns zu schieben. Es war kein schöner Anblick.

»Jetzt paß mal gut auf«, knurrte der Offizier, indem er den Jungen vom Boden hochriß, »du sagst mir jetzt sofort, was es mit dieses Geschwätz über Mord und Totschlag auf sich hat, oder ich werde …«

»Was ist hier los?« erklang eine schneidende Stimme

jenseits der Soldatentraube, die Jerenn umringte. Wie es der Zufall wollte, war Ilfaralek zu dem Schluß gekommen, daß ein wenig frische Luft seiner Verdauung – die nie zu den verläßlichsten Dingen des Lebens gehörte – nach einem überreichlichen Mahl gut tun würde. Bei derartigen Gelegenheiten war seine Laune nie die beste.

»Nichts, Herr, nur ein Sklavenjunge«, sagte der Offizier angelegentlich. »Ich wünsche einen guten Abend, Herr.«

Ilfaralek wollte sich gerade abwenden, als Jerenn ihm nachrief.

»Seid Ihr Ilfaralek, Herr?« Er glaubte – hoffte –, daß er den Mann von dem Fest wiedererkannte, das am Abend von Cassians Ankunft in der Rosenvilla stattgefunden hatte. Es war dunkel, und auf das Fackellicht vor den Kasernengebäuden konnte er sich nicht verlassen. Die Gestalt verhielt mitten im Schritt, wandte sich um und starrte den Jungen an.

»Es geht um Cassian, Herr. Er sitzt in der Falle. Im Rattenzirkus. Herr, man wird ihn töten!« versuchte Jerenn seiner Aussage einen Hauch von Dramatik zu verleihen, ohne zu übertreiben. Der Mann gaffte ein wenig und ging dann zu der Versammlung der Soldaten.

»Es gibt Tunnels dort, Herr, und Orks mit Schwertern und Rüstungen und ein untotes Wesen und …«

»Cassian hat *dich* geschickt?« sagte der Mann ungläubig.

»Ja, Herr. Ich mußte ihm zeigen, wie man in den Zirkus gelangt, Herr. Bitte, Herr. Man wird ihn töten!« Die Stimme des Jungen klang flehentlich, und Ilfaralek war geneigt, ihm zu glauben. Als der Junge ihm seinen Torpaß zeigte, den sich ein Sklave kaum beschaffen konnte – solche Dinge kosteten beträchtliche Summen auf dem Schwarzmarkt, da sie ein Freifahrschein in die Freiheit waren, und dieser Bursche würde niemals das nötige Geld zusammenbekommen –, war er fast überzeugt.

»Wie viele? Wie viele Orks hast du gesehen?«

»Ungefähr ein Dutzend«, übertrieb Jerenn.

»Deine Name, Junge?«

»Jerenn, Herr.« Ilfaralek runzelte die Stirn. Früher an diesem Tag hatte Cassian ihm eine Nachricht gesandt, die nur geöffnet und gelesen werden sollte, wenn ein Sklave aus Tarlanths Haushalt aus irgendeinem Grund den Behörden auffiel und Cassian selbst nicht in der Lage war, sich für diese Person einzusetzen. Ilfaralek, der neugierig gewesen war, hatte die Nachricht trotzdem gelesen und kannte daher den Namen. Jetzt mußte er seine Behauptung wirklich ernst nehmen.

»Darisharg, hol zwanzig Männer, wir reiten sofort. Wir haben keine Zeit zu verlieren. Und du, Junge, wirst hierbleiben und, wenn es sich um eine Falle handeln sollte, unter der Folter sterben. Unter unvorstellbaren Schmerzen«, drohte Ilfaralek. »Ach, und sag auch Harrishaz Bescheid. Wir sollten nicht ohne magische Unterstützung reiten, falls die Sache haariger wird, als wir glauben.«

»Ihr müßt mich auch mitnehmen«, protestierte Jerenn. »Ich muß Euch zeigen, wo wir eingestiegen sind, damit Ihr wißt, wo Ihr suchen müßt.«

»Er hat recht, Herr«, stellte der Leutnant fest. »Die Gänge dort unten sind der reinste Irrgarten.«

»Zum Henker damit, dann nehmen wir besser fünfzig Männer mit. Nein, ihr kommt alle mit mir, und du, Darisharg, trommelst weitere vierzig zusammen und schleifst diesen nutzlosen Magier aus dem Bett und weg von der Küchenmagd, bei der er gerade ist.« Diese Anspielung auf Harrishaz' bereits legendären, nicht sehr wählerischen fleischlichen Gelüste entlockte einigen Gekicher, das Ilfaralek mit einer ungeduldigen Handbewegung zum Verstummen brachte.

»Ich verspreche dir«, fauchte er plötzlich Jerenn an, »wenn du mich belogen hast, wirst du dafür teuer bezahlen. Du wirst darum beten zu sterben, bevor ich mit dir fertig bin.«

Der Junge zuckte ein wenig zusammen, blieb jedoch standhaft und begegnete dem durchdringenden Blick des Mannes.

Er lügt nicht, dachte Ilfaralek, doch ob er die Wahrheit sagt, ist eine ganz andere Frage.

Während die Pferde wieherten, da sie in ihrer Nachtruhe gestört wurden, machte sich der Sicherheitsleiter von Vivane bereit, es herauszufinden.

24

Als der größte der Orks sein schartiges Schwert hob und einen entschlossenen Schritt vortrat, legte ihm einer seiner Kameraden eine blutige, doch unverletzte Hand auf die Schulter und hielt ihn zurück. Der Ork mit dem gebrochenen Arm knurrte den anderen eine Warnung zu.

»Mir ist egal, wer er ist. Er hat mir gerade das Leben gerettet. Ich lasse nicht zu, daß er einfach so getötet wird.«

»Geh aus dem Weg, du Trottel«, knurrte einer der Orks weiter hinten. »Er ist ein Theraner, oder nicht? Das reicht.«

»Ist mir ganz egal, ob er ein Theraner ist«, erwiderte der erste Ork eigensinnig. »Er hat mir das Leben gerettet. Das hätte er nicht zu tun brauchen. Er hätte auch weglaufen können. Viele hätten vielleicht genau das getan«, sagte er spitz.

»Was willst du damit sagen?« herrschte ihn ein einäugiger Ork aus den flackernden Schatten der hinteren Reihen der Horde an. »Worauf willst du hinaus, Rashurg?«

»Ich will damit sagen, daß ich das eine Mal nicht vergessen habe, als wir nach dem Jadegrab gesucht haben und du mich den Wiedergängern überlassen hast«, schleuderte ihm der Ork namens Rashurg entgegen.

»Du stinkender …«

»Um der Passionen willen«, sagte der Ork mit dem schartigen Schwert, indem er sich mit der flachen Hand gegen die warzige Stirn schlug. »Jetzt ist keine Zeit für eine verdammte Geschichtsstunde. Wir müssen einen Theraner umbringen. Wenn wir ihn laufen lassen, wird er sofort zur Legion rennen und erzählen, was er gesehen hat. Wir *müssen* ihn töten.«

Unter den Orks erhob sich ein allgemeines Murmeln der Zustimmung. Cassian wußte, es hatte wenig Sinn aufzuzeigen, daß er in Wahrheit bisher bemerkenswert wenig gesehen hatte. Er erwog zu fliehen, aber die Armbrüste, die zwei der Orks auf dem Rücken trugen, sahen zu gefährlich aus, und der Elf hatte ohnehin keine Ahnung, was ihn im Westen erwartete. Eine Flucht mußte vorbereitet sein, und das erforderte Zeit für eine List. Rashurg trat zwei Schritte vor, so daß er mit dem Rücken zu Cassian stand.

»Nein. Das lasse ich nicht zu«, sagte er. »Blut ist Blut. Er hat mein Leben gerettet, und deshalb werde ich ihm seines nicht nehmen. Und ich lasse nicht zu, daß ihr ihn kaltblütig tötet.«

»Wer hat irgendwas von kaltblütig gesagt?« konterte der Ork mit dem schartigen Schwert in einem Tonfall vorgetäuschter Unschuld.

»Tu doch nicht so, wir wissen doch alle, daß dein Schwert vergiftet ist«, hielt Rashurg ihm entgegen. »Das ist kein ausgewogener Kampf. Genausowenig wie sechs zu eins. Ihr müßt zuerst an mir vorbei.«

Ich glaube nicht, daß er tatsächlich für mich kämpfen will, dachte Cassian. Es ist eine List, aber er verschafft mir Zeit. Der Ork schirmte ihn ab, und so konnte er unbemerkt das Ende seiner Dolchscheide drehen, um der Höhlung darunter eine kräftige Prise eines gelblichgrünen Pulvers zu entnehmen und es sich auf die Handfläche zu streuen.

»Schließ die Augen«, rief er Rashurg zu, als er plötzlich neben ihn sprang, den feinen metallischen Staub in die Luft schleuderte und sich dabei abwandte. Die winzigen Partikel explodierten zu einer erstickenden und blendenden Wolke aus feurigen Funken und Rauch, die die Orks einhüllte und sie hustend und hilflos zurückließ. Sekundenlang schien ein langer Schweif aus kleinen Sternschnuppen Lichtbögen in die Luft zu brennen, die knisterten, zischten, Funken sprühten und dicke Wolken grauen, übelriechenden Qualms absonderten.

Der Elf rannte in die Dunkelheit nach Westen. Er mußte das Risiko eingehen, hundert Schritte oder so zu rennen, um sich einen Vorsprung vor den Orks zu verschaffen, und dann mußte er kostbare Sekunden verschwenden, in denen die Orks hinter ihm fluchten und ihr Stand- und Sehvermögen wiedererlangten. Die grünen Smaragdaugen des Schlangenamuletts um seinem Hals leuchtete plötzlich auf und umgab ihn mit einer Aura aus Licht, die ausreichte, um ihn erkennen zu lassen, wohin er seine nächsten Schritte setzte. Dennoch konnte er es nicht länger riskieren zu rennen, und so wagte er nur einen Trabeschritt, aber auf diese Weise würden ihn die Orks mit ihren Laternen schnell einholen.

Zu seiner Verzweiflung fand er sich in einer Sackgasse wieder. In aller Eile untersuchte er die Wände nach einer Geheimtür oder ähnlichen Vorrichtung. Als die Orks ihn fast erreicht hatten und er ihre Leiber im Laternenlicht erkennen konnte, in das er jetzt gehüllt war, gab die Wand unter seinen tastenden Fingern nach, und Cassian stürzte fast in eine seitliche Nische.

Zu seiner Verblüffung konnte er die Orks sehen, die zum Endes des Ganges stürmten, und es dauerte ein paar Herzschläge, bevor ihm klar wurde, daß sie ihn nicht sehen konnten. Er hatte seine Unsichtbarkeitsmagie nicht erneuert und verfluchte sich dafür, nicht daran gedacht zu haben, aber andererseits wäre ihm dafür kaum Zeit geblieben. Jetzt hatte es den Anschein, als befände er sich an einem Ort, der ihn ohnehin in solch eine Magie einhüllte. Er wagte es, sich von den Orks abzuwenden, die sich verdutzt umsahen und dann die Stelle anstarrten, wo er so plötzlich verschwunden war.

Die Nische ähnelte in der Größe einem kleinen Wäscheschrank. Sie war winzig und bot Platz für zwei, höchstens drei Leiber. Die Einrichtung bestand aus einem kleinen Tisch und einem Stuhl. Auf dem Tisch stand ein einfacher silberner Flakon, und an einem in die dem Gang gegenüberliegenden Wand gehämmerten Metallhaken hing eine einfache graue Robe. Er hatte gerade noch Zeit die Flasche einzustecken, weil sie ihn wegen der eingravierten Schlangenmotive interessierte, bevor er die Orks murmeln hörte.

»Er muß hier irgendwo sein«, sagte einer der verwirrten Orks gerade. »Hier kommt sie immer her. Vielleicht hat er herausgefunden, wo sie reinkommt und rausgeht, und denselben Weg genommen.«

»Ja, aber wo, zum Henker, ist er dann?« brüllte ein anderer Ork gereizt.

»Was weiß ich? Es ist Magie. Magierkram. Wenn mir niemand den Weg zum Tunnelende dort hinten gezeigt hätte« – er deutete in die Richtung, aus der die Orks gekommen waren – »hätte ich ihn nie gefunden.«

Die Orks gingen jetzt dazu über, mit ihren Waffen gegen dic Wände des Ganges zu hämmern. Cassian war davon überzeugt, daß sie ihn finden würden. Ein besonders kräftiger Hieb traf die Wand, die er irgendwie durchdrungen hatte, und als er unwillkürlich zurückzuckte, klang es, als habe die Waffe festes Gestein getroffen. Nach einer ausgedehnten Suche hielten die Orks inne und kratzten sich ratlos die Köpfe.

»Das ist deine Schuld, Rashurg, du verdammter Idiot«, knurrte der einäugige Ork. »Jetzt ist er entkommen, und in ein paar Minuten wird die halbe Legion hier aufkreuzen.«

»Das wissen wir nicht«, protestierte Rashurg, während sich seine Kameraden um ihn versammelten.

»Arlyna wird dich töten«, rief einer der Orks. »Wenn du alles verdorben hast, du Elfenfreund ...«

Der Satz wurde nicht beendet. In der Wand gegenüber der Nische, aus der Cassian die Ereignisse beobachtete, schien sich eine in dunkle Gewänder gehüllte Gestalt aus dem Gestein zu schälen. Sie war groß für eine Frau und hatte kurzes rabenschwarzes Haar. Ihre grünen Augen funkelten im Laternenlicht wie die einer Wildkatze in einem dunklen Wald. Sie war jung und wirkte elegant, und Cassian schnappte selbst von dort, wo er stand, einen vollen, pfeffrigen Duft auf. Sie kam ihm merkwürdig bekannt vor, wenngleich er ihr Gesicht nicht unterbringen konnte.

Die Kinnlade fiel ihm herunter, als ihm klar wurde, daß sie ihn ansah. Im Gegensatz zu den Orks konnte sie ihn sehen, und sie zog sich vor Wut schäumend zurück wie eine in die Enge getriebene Ratte. Sie zeigte auf ihn und rief ein paar Worte in einer Sprache, die Cassian nicht verstand. Die Orks fuhren herum und starrten auf die Wand, als seien ihnen Scheuklappen von den Augen gefallen. Sie zogen ihre Waffen und taten einen Schritt vorwärts. Cassian war klar, daß er keine Fluchtmöglichkeit hatte. Die junge Frau griff sich bereits an den Hals, und er wußte sofort, daß sie einen magischen Gegenstand besaß, mit dem sie ihn angreifen oder gar kampfunfähig machen würde. Davor gab es einfach keine Rettung mehr.

Der Ork mit dem vergifteten Schwert war halbwegs durch das Tor in der Wand, als seine linke Halsseite plötzlich in einer Blutfontäne förmlich zu explodieren schien. Er verdrehte die Augen und kippte vornüber, während der Armbrustbolzen, der ihn gefällt hatte, in groteskem Winkel aus seinem Hals ragte. Cassian schaffte es gerade noch, sich gegen eine Nischenwand zu drücken, um nicht von der fallenden Leiche getroffen zu werden. Ein zweiter Ork taumelte bereits, da zwei Bolzen in seiner Brust steckten. Die Orks, die ihrerseits mit Armbrüsten bewaffnet waren, hatten keine Zeit, den Beschuß zu erwidern, denn plötzlich erschien aus dem Nichts eine leuchtend gelbe schlangengleiche Kreatur in ihrer Mitte, die sich sofort ausdehnte und sie einhüllte.

Was als Schlangengestalt mit festen Umrissen und einer gewissen Anmut begann, wuchs in wenigen Augenblicken zu aufgeblähter Unförmigkeit mit klebrigen, glitschigen Tentakeln heran, die ziellos um sich schlugen. Gliedmaßen und Hälse wurden von den schwächenden magischen Strängen umschlungen. Innerhalb weniger Augenblicke war kein einziger Ork mehr übrig, der Cassian noch hätte angreifen können. Dann, als er fast bereit war, die Nische zu verlassen und nach der Frau zu suchen, tauchte inmitten der magischen Fluten ein roter Punkt auf, der einen Augenblick später bereits den gesamten Gang ausfüllte.

Obwohl er durch die magische Barriere abgeschirmt wurde, spürte Cassian die intensive Hitze der glühenden roten Kugel. Dann setzte sich die Kugel in Bewegung und raste in östlicher Richtung durch den Gang. Falls dort jemand dem magischen Feuersturm in die Quere kam, konnte Cassian das weder sehen noch hören. Die Schreie der Orks, die bei lebendigem Leib verbrannt wurden, und der entsetzliche Gestank nach verbranntem Fleisch überwältigten seine Sinne. Er wankte zurück, weg von der Hitze und dem Licht, und versuchte verzweifelt, seinen Mageninhalt bei sich zu behalten. Die eine Hand fest auf den Mund gepreßt, griff er in seinen Rucksack, zog einen Wasserbeutel heraus und goß sich den Inhalt über Kopf und Kleidung. Er hockte sich hin und zog sich einen durchnäßten Streifen seines Gewandes über Gesicht und Hände, um so Verbrennungen vorzubeugen.

Als das rote Leuchten verblaßte und er spürte, daß die glühende Hitze nachließ, riskierte er einen Blick aus der Nische. Eine Wolke aus schmutzig schwarzem Rauch hing über einem Haufen verkohlter Leichen, die kaum noch als einzelne Leiber zu erkennen waren. Die Hitze mußte unglaublich gewesen sein, um Fleisch und Knochen in so kurzer Zeit zu solch einem grausigen Scheiterhaufen zu verschmelzen.

Der Elf hatte keinerlei Bedürfnis, seinen verhältnismäßig sicheren Zufluchtsort zu verlassen, aber die Luft in der Nische wurde trotz der magischen Barriere, die er durchdrungen hatte, immer schlechter, und er wußte, er würde ersticken, wenn er noch viel länger blieb. Nachdem er den Inhalt des zweiten Wasserbeutels über sein Gewand geleert hatte, holte der jetzt fast bis auf die Haut durchnäßte Elf noch einmal tief Luft und trat entschlossen aus der Nische heraus.

Die Resthitze war immer noch außerordentlich, und Cassian spürte, wie die glühend heißen Steine des Bodens die Lappen wegbrannten, mit denen er seine Stiefel umwickelt hatte. Hätte er nach unten geschaut, würde er sie rauchen gesehen haben, aber dazu hatte er keine Zeit. Es war unmöglich, nicht auf eine Leiche zu treten, und sein Fuß durchbrach knisternde, verkohlte Hautreste und bohrte sich kurz in halb geröstetes Fleisch und glitschige Innereien. Die Empfindung war eine der ekelerregendsten, die Cassian je erlebt hatte. Er wußte genau, daß es ihm diesmal nicht gelingen würde, seinen Abscheu zu überwinden und seinen Mageninhalt bei sich zu behalten.

Kaum hatte er die Leichen hinter sich gelassen, als er den Atem anhielt und nach Osten lief. Er kam gut dreißig Schritt weit, bevor er die Rebellion in seinen Eingeweiden nicht mehr unterdrücken konnte und er sich ausgiebig erbrach. Vor Ekel keuchend, fiel ihm auf, daß die schreckliche Hitze hier ein wenig nachgelassen hatte, wenngleich der Gestank den Tunnel bis zum Ende ausfüllen mußte. Der Schweiß lief ihm bereits in Strömen über das Gesicht.

Er wischte sich mit der Hand über den Mund und schaute mit geröteten Augen auf, um eine vertraute Gestalt in voller militärischer Uniform vor sich zu sehen. Hinter dieser Gestalt entdeckte er eine weitere vertraute Person, die kleiner und schlanker als die erste war, vor Furcht zitterte und fast so entsetzt aussah wie Cassian selbst.

»Wie es scheint, hat mich Euer Sklavenjunge nicht belogen«, sagte Ilfaralek. »Also, das ist tatsächlich sehr interessant. Ich wußte gar nichts von alledem hier.« Seine kurze Handbewegung umfaßte den gesamten Tunnelkomplex. »Ich meine, wir sollten ein längeres Gespräch führen, Cassian.«

»Gewiß«, sagte Cassian, der eine gewaltige Anstrengung unternahm, sich zu fassen. »Übrigens, was hat Euch so lange aufgehalten?«

»Sehr witzig«, konterte Ilfaralek, doch Cassian entdeckte ein dünnes Lächeln auf seinen Lippen.

»Kümmert Euch um Jerenn«, sagte der Elf schwer atmend, während Schock und Ekel allmählich abklangen. »Er hat Euch hergeführt?«

»Das hat er«, erwiderte Ilfaralek mit einem Anflug von Überraschung.

»Dann sorgt dafür, daß er anständiges Essen, guten Wein und ein bequemes Bett bekommt.« Nachdem er geglaubt hatte, daß Jerenn ihn im Stich gelassen hatte, wurde Cassian jetzt klar, daß er mittlerweile längst von den Waffen der Orks in Stücke gehauen worden wäre, hätte der Junge nicht entschlossen gehandelt.

Er wandte sich abrupt um und zwang sich, die Leichen zu betrachten. Wenngleich der optische Eindruck keinen endgültigen Aufschluß darüber geben konnte, war er doch sicher, daß sich keine menschliche Frau darunter befand.

Sie hat diesen Feuersturm beschworen, wurde ihm klar. Sie hat all diese Orks getötet, die ihr vertraut haben, nur um ihre Flucht zu decken.

Damit hatte die Zahl der Mordopfer jetzt eine zweistellige Höhe erreicht.

25

Die Ankunft von fünfzig berittenen Soldaten im Ruinenviertel konnte kaum unbemerkt bleiben. Längst hatten sich Schwärme von Leuten aus den Ruinen und Löchern ergossen, um sich in der Gegend zu sammeln, wobei sie es jedoch nicht wagten, der Phalanx der Soldaten zu nahe zu kommen, die am Eingangsschacht zu den Tunnels Wache standen, aus denen soeben Ilfaralek und Cassian samt Gefolge gestiegen waren. Ihr Aussehen rief ein allgemeines Murmeln der Überraschung hervor. Ilfaralek trug seine vollständigen Generalsinsignien, und Harrishaz, sein Magier, war auch nach den Maßstäben der eitleren Magier der Stadt ziemlich bombastisch gekleidet. Offensichtlich gingen wichtige Dinge vor.

»Wir schaffen wohl besser eine ganze Abteilung her«, sagte Ilfaralek zu seinem Leutnant. »Wir riegeln das ganze Gebiet ab. Du«, fügte er an Harrishaz gewandt hinzu, »gehst mit Tenshen und einem Dutzend Männern zurück und legst eine Karte von dem Tunnelkomplex an. Wer weiß, wie viele magische Barrieren und Tore es dort unten gibt. Ich hatte ja keine Ahnung, daß die Anlage so komplex ist.«

Der rotgesichtige Magier wirkte unlustig, konnte seinem Vorgesetzten aber nicht widersprechen. Mürrisch griff er in die Falten seines Umhangs und wollte gerade einen kräftigen Schluck aus einem versilberten Flakon nehmen, als Ilfaralek ihn ihm fast aus der Hand schlug.

»Und trink nicht dieses Zeug, du Idiot«, schrie Ilfaralek. »Ich will, daß du bei klarem Verstand bist, wenn du die Tunnel untersuchst. Bei den Passionen, warum muß ich mich nur mit solchen Leuten auseinandersetzen?«

Ein wütender Magier stapfte zurück zu dem Schacht,

der in die Tiefe führte, und ließ seinen Zorn an einem Fußsoldat aus, der nach einem gut gezielten Tritt fast in die Tiefe gestürzt wäre, nur weil er zur falschen Zeit am richtigen Ort war. Cassian grinste und kratzte sich am Kopf. Seine Haut war heiß, verschwitzt und schmutzig, und bevor er mit irgend jemandem ein längeres Gespräch führte, brauchte er ein Bad.

»Ich muß morgen zu Kypros, und …«

»Es wird wohl eine Stunde dauern, fürchte ich, aber ich fühle mich absolut schrecklich und werde erst dann mit jemandem reden, wenn ich mich einigermaßen präsentabel fühle«, beharrte Cassian. »Und sorgt dafür, daß man sich gut um Jerenn kümmert. Darauf bestehe ich mit allem Nachdruck.«

»Bei Thystonius«, murmelte Ilfaralek gereizt, »jetzt fehlt nur noch, daß Ihr mich bittet, einen *Kedate* ins Bordell zu schicken, um ihm ein halbes Dutzend Huren zu besorgen.«

»Wenn er das will, werde ich dafür bezahlen«, knirschte Cassian mit zusammengebissenen Zähnen. Sie funkelten einander einen Moment lang an und brachen dann beide in ein halb entschuldigendes Grinsen aus. Anspannung, innere Unruhe und nicht zuletzt die bloße Erschöpfung forderten langsam ihren Tribut.

»Es ist wichtig«, sagte Cassian. »Dort unten waren Magier an der Arbeit. Und einer von ihnen könnte eine Probe vom Blut des Jungen haben. Er muß an einem sicheren Ort untergebracht werden.«

Ilfaralek schlug dem Elf freundschaftlich auf die Schulter. »Ich sorge dafür. Kann ich Euch in einer Stunde sprechen?« sagte er herzlicher.

»Selbstverständlich«, erwiderte Cassian das Lächeln. »Kann ich mir ein Pferd ausborgen, um ins Theranerviertel zurückzureiten? Ich bin nicht mit der Kutsche gekommen.«

Ilfaralek lachte und rief einem der Soldaten einen Befehl zu. Die ersten Verstärkungen trafen bereits aus den

Kasernen im Theranerviertel ein, und die Scharen der neugierigen Zuschauer wurden stetig zurückgedrängt, da man das Gebiet abriegelte. Cassian wandte sich ab, stieg mit einem Ächzen der Erschöpfung in den Sattel und ritt langsam seiner Villa und der Aussicht auf Wasser, Seife, Parfüm, Handtücher und die sich lösende Verkrampfung seiner Muskeln entgegen.

Zuerst glaubte der Junge, er würde in eine der Gefängniszellen der Kaserne geworfen. Jedermann in Vivane wußte, welchem Zweck sie dienten: In ihnen waren Gefangene inhaftiert, die bereits zum Tode verurteilt waren oder unter einer Anklage standen, die im Falle eines Schuldspruchs die Todesstrafe nach sich zog. Als sie schließlich in der Kaserne anlangten, war er vor Angst wie versteinert, und die Soldaten, die ihn begleiteten, mußten ihm aus dem Sattel helfen. Seine Angst war kindisch und entbehrte jeder Grundlage, doch Jerenn hatte noch nie derartige magische Macht gesehen, wie sie in den Tunnels und Gängen unter dem Rattenzirkus demonstriert worden war, und das hatte ihn gänzlich aus der Fassung gebracht. Ein ernst dreinschauender Hauptmann führte ihn in den Bereich der Unterkünfte und durch ein Labyrinth sich verzweigender Gänge, bis sie an eine massive, ansonsten jedoch völlig unscheinbare Holztür anlangten. Der Hauptmann schloß die Tür auf und öffnete sie und damit den Blick auf die Finsternis dahinter. Jerenn fühlte sich, als habe er etwas furchtbar Falsches getan, wußte jedoch beim besten Willen nicht, was das sein sollte. Mit hängendem Kopf folgte er dem Hauptmann wie ein verurteilter Mörder auf dem Weg zum Richtblock.

Dann zeigte ihm das Licht einer aufflammenden Laterne ein ganz anderes Bild als das, welches er erwartet hatte. Die Kammer wurde von einem gewaltigen Bett beherrscht, auf dem jede Menge Seidenkissen lagen, und ein in den Boden eingelassenes Bad war mit warmem, klarem und wunderbar einladendem Wasser gefüllt. Sein erstaunter Blick fiel auf Obstschalen, Flaschen, Kelche und eine Platte mit kaltem Fleisch.

»General Ilfaralk sagt, du mußt jederzeit für ein Verhör zur Verfügung stehen«, sagte der Hauptmann. Ein scharfer Unterton in seiner Stimme verriet seinen Unwillen angesichts der Vorstellung, daß ein Sklave auf diese Weise behandelt werden sollte. »Du wirst hier bleiben. Ich sperre dich ein.« Ohne eine Antwort abzuwarten, drehte er sich auf dem Absatz um und verschloß die Tür hinter sich.

Jerenn konnte sein Glück kaum fassen. Er streifte seine verschmutzte Kleidung ab und ließ sich in das Bad sinken. In dem Wasser stiegen ständig Luftblasen empor, so daß er sich mühelos auf dem Wasser treiben lassen konnte. Parfüm und Duftstoffe ließen Luft und Wasser herrlich sauber, leicht und gesund riechen. Er ließ sich zum Beckenrand treiben, streckte die Hand aus und nahm sich ein paar Trauben aus einer Obstschale, die er dann verstohlen hinunterschlang wie ein Bettler, der befürchtete, daß sie ihm jemand im letzten Augenblick wieder entreißen könne. Doch nach einigen Minuten wurde er kühner und erkannte, daß man ihn bewußt hierher gebracht hatte und ihm gewiß nicht all diese Dinge zur Verfügung gestellt hätte, wenn er keinen Gebrauch davon machen durfte.

Zehn Minuten später hatte er sich in ein gelbes Seidengewand von erlesenem Schnitt und ebensolcher Zeichnung gehüllt und schickte sich an, dem besten vasgothischen Wein in einer magisch und ständig gekühlten Flasche auf den Grund zu gehen.

Cassian kam zu spät zu der Unterredung mit Ilfaralek. Er hatte eine gute Stunde damit verbracht, sich wiederholt die Haare zu waschen, um den Gestank nach verbranntem Fleisch loszuwerden. Dann fühlte es sich trocken und spröde an, also beschloß er, es mit einem leicht duftenden Öl einzureiben. Normalerweise ohnehin schon anspruchsvoll in dieser Beziehung, entwikkelte er geradezu eine Besessenheit, auch die allerletzten Schmutz- und Gestankreste von seinem Körper zu entfernen. Er hatte zuvor bereits angeordnet, seine Kleider zu verbrennen.

Als er sich schließlich mit Ilfaralek traf, war dieser offenbar verärgert über Cassians Unpünktlichkeit, doch da es noch mehrere Stunden bis zum Morgengrauen waren, schluckte er seinen Ärger herunter. Cassian begann mit einer wohldurchdachten Schilderung der Ereignisse in der Unterstadt, da er die Tatsache verschweigen wollte, daß er die Information, die ihn dorthin geführt hatte, von Jerenn bekommen hatte. Der Sicherheitsleiter war jedoch zu gewitzt, um die Auslassung nicht zu bemerken.

»Ich kann nicht sagen, von wem ich die Information habe«, sagte Cassian bedauernd. »Ich bin während meiner Nachforschungen darauf gestoßen, die ich noch nicht beendet habe.«

Ilfaralek beharrte nicht darauf, aber er schien nicht zu wissen, was er mit seinen Händen anfangen sollte, während er Schlußfolgerungen aus den Tatsachen zu ziehen versuchte.

»Crotias hat mich mehr als einmal darauf angesprochen«, sagte er schließlich, »und sie glaubt, daß irgendein Plan existiert, die Stadt zu sabotieren. Je nachdem, was dieser nichtsnutzige Magier dort unten findet, würde ich sagen, daß ihr Verdacht richtig war.«

»Wir sollten tatsächlich abwarten, was Harrishaz findet«, sagte Cassian vorsichtig.

»Es ist ziemlich schlüssig«, beharrte Ilfaralek. »Haus Carincis Steinimport wird attackiert. Die Stadt verliert ihren besten Baumeister und den Magier, der die Aufgabe hat, Barrieren und Schutzvorrichtungen in die wichtigsten Bauwerke einzuarbeiten. Innerhalb des Hauses der Arbeit ist ein erhebliches Ausmaß an Korruption entdeckt worden. Das ergibt eindeutig ein Schema.«

»Diese Tatsachen scheinen die Theorie zu stützen«, stimmte Cassian zu.

»Aber wer steckt dahinter?« Ilfaralek dachte lange und angestrengt nach. »Die Tunnel sind von Unterstadtbewohnern angelegt worden. Aber dieses Gesindel kann kaum Daralec, dessen Sohn, Dragold und die anderen beseitigt haben. Sie hatten Hilfe innerhalb der Stadt – oder sind mit jemandem dort verbündet.«

»Die Stadt – damit meint Ihr das Theranerviertel?«

»Natürlich. Was außerhalb unserer Mauern liegt, ist größtenteils so verfallen, daß es kaum erwähnenswert ist. Aber ja, ich meine das Theranerviertel von Vivane.«

»Der Gedanke, daß sie Hilfe hatten, ist naheliegend«, stimmte Cassian zu.

»Nicht nur naheliegend, sondern wahrscheinlich«, erwiderte Ilfaralek. »Aber wer würde diesem Abschaum dabei helfen wollen, unser Viertel zu überrennen? Das ergibt einfach keinen Sinn.«

»Genau meine Meinung«, sagte Cassian. Er war es zufrieden, daß Ilfaralek seine eigenen Überlegungen laut aussprach und er selbst seine Karten nicht aufzudecken brauchte. Dann sah Ilfaralek plötzlich aus, als habe ihn der Schlag getroffen.

»Es sei denn, diese Absicht hat nie existiert.«

»Was meint Ihr damit?« Cassian war aufrichtig verwirrt.

»Denkt darüber nach. Die Sicherheitsvorkehrungen im Theranerviertel sind offensichtlich ziemlich massiv, insbesondere vor dem Kyprosfest. Einen Tunnels in unser Viertel zu bauen und dann während des Festes auszubrechen, wäre ein ziemliches Ärgernis, aber die Schuldigen könnten niemals darauf hoffen, das Viertel zu übernehmen.«

»Zugegeben.«

»Also kann das Ziel nicht darin bestehen, einen Aufruhr im Theranerviertel anzuzetteln.«

»Das hört sich logisch an«, pflichtete ihm der Elf bei. Er sah langsam, worauf Ilfaralek hinaus wollte.

»Unter dieser Voraussetzung gibt es zwei Möglichkeiten. Erstens, die Verschwörer wollen Kypros in große Verlegenheit bringen. Da sich unter seinen Gästen auch viele Adelige aus anderen bemerkenswerten Städten des Reichs befinden werden, würde er erheblich an Gesicht verlieren. Die Geschichte wäre innerhalb weniger Wochen im ganzen Reich bekannt.«

»Und Kaiser Kanidris würde gewiß noch viel früher davon hören«, warf Cassian ein.

»In der Tat. Aber dieses Ziel allein kann die Morde nicht erklären. Es erklärt den Tunnelbau, aber nichts anderes.«

»Also ist das zweite Ziel welches?«

»In diesen Tunnels ist eindeutig Magie am Werk. Ein mit Hilfe von Magie inszenierter Aufruhr könnte einen beträchtlichen Schaden an den wichtigen Gebäuden des Theranerviertels anrichten. Insbesondere dann, wenn die Tunnel direkt unter ihnen oder in ihrer Nähe verlaufen. Wir müssen auf die Einzelheiten warten, aber die Möglichkeit ist durchaus gegeben.«

»Und der Grund, warum jemand das tun wollte ...«, begann Cassian.

»... besteht darin, daß mit dem Wiederaufbau dieser verdammten Häuser ein unabsehbarer Gewinn von Prestige und Geld verbunden ist«, sagte Ilfaralek. »Die Verträge wären buchstäblich ein Vermögen wert.«

»Ich verstehe«, sagte Cassian nachdenklich. »Dann lautet die Frage also, wer sich diese Gelder und Verträge an Land ziehen würde.«

»Und genau das bereitet mir Kopfzerbrechen«, sagte Ilfaralek. »Jetzt, wo Daralec tot ist, würde sein Anteil am Geschäft einem Verwandten im Hause Carinci zufallen. Schließlich unterstehen Carinci die Rechte für den Steinimport. Aber wer das sein wird, muß bei einer Hauskonklave entschieden werden, und niemand kann sich des Ausgangs so einer Konklave sicher sein – jedenfalls nicht nach allem, was ich über sie weiß –, und ich habe meine Stellung, weil ich eine Menge über sie weiß. Es gibt keinen offensichtlichen Kandidaten.«

»Nicht nur das, Haus Carinci wird angesichts der Korruptionsaffäre mit Mordain noch beträchtlich an Gesicht verlieren«, stellte Cassian fest.

»Ja, das kommt noch hinzu. Welcher Carinci-Adelige auch dahintersteckt, er setzt eine Menge aufs Spiel.«

»Es sei denn, Carinci behält die Rechte für den Steinimport nicht«, sagte Cassian bedächtig. Er konnte Ilfaralek diese Information nicht vorenthalten. Schließlich hatte der Oberste Sicherheitsbeauftragte ihn gerade erst vor dem Tod bewahrt, und außerdem würde die Wahrheit ohnehin sehr bald ans Licht kommen.

Ilfaralek musterte ihn mit scharfem Blick. »Was wollt Ihr damit sagen?«

»Daralec hat bei einem engen Verwandten ein geschäftliches Testament hinterlassen«, informierte ihn Cassian, »wenngleich ich nicht bezweifle, daß eine Kopie davon auch anderswo hinterlegt wurde – aller Wahrscheinlichkeit sogar mehrere.«

»Im Dokumentenhaus ist kein derartiges Schriftstück hinterlegt.«

»Es wurde anderswo in Anwesenheit eines geeigneten Zeugen adeliger Herkunft abgefaßt«, fuhr Cassian fort.

»Bei den Passionen«, sagte Ilfaralek, der ehrlich erschüttert aussah. »Also, wer erbt denn nun das Geschäft? Und wer ist der Zeuge?«

»Der Zeuge ist Patracheus«, sagte Cassian zögernd. Der Sicherheitsbeauftragte sah aus, als habe ihn der Schlag getroffen. »Und der Erbe des Geschäfts heißt Tarlanth.«

»*Tarlanth!*« stöhnte Ilfaralek, indem er sich mit der

flachen Hand in einer Geste gegen die Stirn schlug, die theatralisch gewirkt hätte, wäre die Enthüllung nicht so explosiver Natur gewesen. »Haughrald ist Tarlanths Lieblingsbaumeister. Er hat praktisch alle Verträge von Dragold übernommen. Wie günstig für Tarlanth.«

»Seine Frau ist eine Elementaristin«, stellte Cassian beiläufig fest.

»Also ist sie, also ist sie… da soll mich doch der Schlag treffen«, kommentierte Ilfaralek flapsig. »Also reißt sie die halbe Stadt ein, und Tarlanth kann sie wieder aufbauen. Er importiert die Steine, stellt die Arbeiter ein, nährt und kleidet sie, erstellt alle Pläne, baut alles und wird in jedem Stadium dafür bezahlt. Dann sorgt er dafür, daß Daralec und Mordain völlig entehrt sind, so daß die Häuser Carinci und Thaloss nicht mehr den politischen Einfluß haben, um ihm entgegenzutreten.

Cassian, mein lieber«, sagte Ilfaralek plötzlich in einem ganz anderen Tonfall. Er klang aufrichtig besorgt. »Das bringt Euch in eine ziemlich schwierige Lage.«

»Tarlanth und Haus Medari mögen meine Gastgeber sein, aber ich bin nicht zuletzt deshalb *Praetor*, weil mich solche Überlegungen nicht beeinflussen«, sagte der Elf ein wenig steif. »Aber sei es, wie es sei, vielleicht wäre es angebracht, wenn ich mir eine andere Bleibe als die Rosenvilla suchte.«

»Vielleicht auch nicht«, sagte Ilfaralek zögernd. »Ich glaube, daß ich eine Reichsverfügung erwirken kann, nachdem ich Kypros morgen die Fakten und unsere Überlegungen präsentiert habe. Es könnte durchaus sein, daß Tarlanth sich seines Besitzes nicht mehr allzu lange erfreuen kann.«

»Aber es ist nichts bewiesen«, erinnerte ihn Cassian.

»Natürlich nicht. Aber Kypros hat die Macht der Konfiskation während eines schwebenden Verfahrens. Natürlich kann er sie nur unter extremen Umständen einsetzen. Aber ein Gewirr von Tunnels unter dem Theranerviertel ist mit Sicherheit ein extremer Umstand. Sehr wahrscheinlich werde ich nicht sofort handeln. Schließlich liegt es an Kypros, die endgültige Entscheidung zu fällen.«

»Aber es muß doch bereits Zugangspunkte geben«, gab Cassian zu bedenken.

»Ja, und das ist eben der Witz.« Ilfaralek grinste und rieb sich mit echter Zufriedenheit die Hände. »Jeder, der nur hinein und heraus will, kann das auch tun, jedenfalls mehr oder weniger. Ich kenne die meisten Wege und lasse sie überwachen. Niemand stört sich daran, wenn sich eine zweibeinige Ratte einschleicht, um auf dem Markt den einen oder anderen Krimskrams für das eine oder andere Kupferstück zu verkaufen. Aber einen neuen Tunnel anzulegen, muß doch einem anderen Zweck dienen, oder?

Ich wäre bereit, um den Preis einer Unze Opara zu wetten, Cassian, daß derjenige, der diese Elenden rekrutiert hat, die Absicht hatte, sie als Ablenkung oder als eine Art Sklavenarbeiter einzusetzen. Man wird ihnen gesagt haben, das Ziel sei, in das Theranerviertel zu gelangen und es zu übernehmen. Das war natürlich eine Lüge, um sie dazu zu bringen, dort unten zu arbeiten und diese Tunnels zu dem einen Zweck zu bauen, den die existierenden nicht erfüllen können – um die Fundamente einiger Gebäude zu unterminieren und mit einem einzigen gezielten magischen Schlag genug davon zum Einsturz zu bringen, um den Wiederaufbau sehr, sehr gewinnträchtig zu machen. Und Tarlanth würde in jedem Stadium dieses Unternehmens verdienen.

Bei allen Passionen, Cassian, wenn Kypros genügend entehrt würde, könnte Tarlanth sogar die Möglichkeit haben, Oberherr zu werden. Wenn nicht der nächste, so doch gewiß der übernächste – und nachdem er einen gestürzt hätte, wäre ein weiterer nicht das Problem, oder?«

Ilfaralek lehnte sich offenbar zufrieden mit sich zurück.

»Aber Daralec und Tarlanth hatten eine ziemlich weitreichende Beziehung«, sagte Cassian, der wiederum versuchte, aus gewissen Einzelheiten schlau zu werden. »In der Öffentlichkeit traten sie als Rivalen auf, aber privat haben sie zusammengearbeitet.«

»Andernfalls hätte Daralec wohl kaum ein Testament zu Tarlanths Gunsten aufgesetzt.«

»Warum dann aber die öffentliche Feindschaft? Oder zumindest die Kühle?«

»Es überrascht mich, daß ich Euch das noch erläutern muß, mein lieber *Praetor*.« Ilfaraleks Tonfall ließ vermuten, daß er den starken Drang unterdrücken mußte, belehrend den Finger zu heben. »Sie haben nicht zusammengearbeitet. Sie standen in Verbindung. Das ist ein Unterschied. Hin und wieder sind einfach Boten von einem zum anderen geschickt worden.«

»Ja, davon habe ich gehört«, sagte Cassian, der sich an seine Unterhaltung mit Daralecs Sklave erinnerte.

»Erpressung. Das muß es gewesen sein. Tarlanth hatte Wind davon bekommen, daß Daralec und Mordain gemeinsame Sache machten, um die Stadt zu betrügen. Ihr habt ziemlich rasch nach Eurer Ankunft einen Blick auf den Schauplatz von Daralecs ›Unfall‹ geworfen. Das war kein Unfall. Er hat Selbstmord begangen.«

»Er soll sich wegen eines Mannes getötet haben, dem er damit sein Geschäft übergab?« sagte Cassian zweifelnd.

»Ja. Zumindest würde sein Sohn auf diese Weise Besitz, Haus und Vermögen der Familie behalten. Andernfalls, wenn das volle Ausmaß der Schande bekannt würde – und wir erfahren laufend neue Einzelheiten von Mordain –, könnte die Hauskonklave den Familienbesitz konfiszieren. Ganz zu schweigen davon, dem Haus Carinci die Schande zu ersparen, indem Daralec einfach stirbt und Tarlanth in aller Stille bekommt, was er will. Bei den Passionen, Cassian, Daralecs Frau stammt aus dem Hause Medari.«

»Das scheint zu passen«, stimmte Cassian zu, als er daran denken mußte, wie unerwartet Karlantas rasche Abreise aus der Stadt gewesen war und daß Tarlanth und dessen Frau sie begleitet hatten. »Aber wie hat Tarlanth die Sache zwischen Mordain und Daralec herausgefunden? Ich will damit sagen, niemand sonst scheint auch nur geargwöhnt zu haben, daß zwischen den beiden eine stillschweigende Übereinkunft besteht. Das kommt mir merkwürdig vor.«

Ilfaralek dachte einen Moment lang darüber nach und wurde dann leichenblaß. Er zog den Glasstopfen aus einer Karaffe mit ausgezeichnetem Branntwein auf dem Tisch vor sich, goß sich eine unschicklich große Menge in ein Glas und trank das meiste davon in einem Zug aus.

»Patracheus. Patracheus ist intelligent genug, um es gewußt haben zu können. Nein – mehr als das. Er ist so gerissen, daß es ihm mit Sicherheit nicht entgangen sein kann. *Und wer hat Daralecs Testament bezeugt?*«

»Aha«, sagte Cassian zögernd und gedehnt.

»Damit kann Tarlanth sich alle wirtschaftlichen Lizenzen an Land ziehen, da sie Ihr-wißt-schon-wer vergibt. Die Alternative besteht im Ruin des Ansehens der Häuser Carinci und Thaloss, was Medari ebenfalls eine überlegene Stellung in Vivane sichern würde. Ihr werdet zweifellos bemerkt haben, Cassian, daß von den Getöteten und Entehrten in Vivane nicht einer dem Haus Medari angehört.«

»Das ist mir in der Tat aufgefallen«, sagte der Elf trocken. »Aber eine Sache bereitet mir Kopfzerbrechen, ein winziges Detail.«

»Und das wäre?«

»Schavians Kinder.«

»Ach das«, sagte Ilfaralek wegwerfend. »Die haben

natürlich Selbstmord begangen. Eine inzestuöse Beziehung nach allem, was man so hört. Was haben sie damit zu tun?«

Ja, das ist die Frage, dachte Cassian, der einstweilen jedoch seine Überlegungen für sich behielt. Zwei Dinge gaben ihm zu denken. Erstens, es stimmte zwar, daß alle Häuser Vivanes außer Medari von Todesfällen heimgesucht worden waren – aber die Zwillinge waren Haus Zanjans einziger Verlust. Wenn sie ausgeklammert wurden, ging die Symmetrie des Musters verloren. Und Cassian mochte keine asymmetrischen Muster.

Zweitens, wenn er sich nicht sehr täuschte, blieb die Tatsache bestehen, daß diese beiden Elfen mit demselben Gift umgebracht worden waren wie Crielle. Cassian beschäftigte sich seit vielen Jahren mit Giften, denn schließlich waren sie ein Standardwerkzeug bei Hausfehden, wenn die Dinge außer Kontrolle gerieten. Bei dem Gift, mit dem die Zwillinge getötet worden waren, handelte es sich um ein seltenes und unverkennbares indriser Gift, das aus den Fängen einer gelb- und kupfergestreiften Schlange von der Länge eines menschlichen Unterarms gewonnen wurde.

Und dann hatte er natürlich vor kaum mehr als einer Stunde in der Nische unter dem Rattenzirkus einen Flakon mit eben diesem Gift gefunden. Nein, Cassian war ziemlich sicher, daß er diese beiden ermordeten Elfen nicht so einfach abtun konnte.

Aber was konnten sie mit den Ränken und Intrigen zu tun haben, die das wirtschaftliche Leben dieser Stadt durchdrangen?

26

Ilfaralek gähnte und hob entschuldigend die Hand. »Es wird spät, Cassian. Ich denke, wir sollten morgen gemeinsam zu Kypros gehen, wenn es Euch recht ist.«

»Das ist mir sogar sehr recht«, gab Cassian zu. »Eine Unterredung mit einem Oberherrn kann ein wenig – nun – heikel sein, und wenn wir gemeinsam gehen, könnte es für uns beide einfacher werden.«

»Wir sollten eine gemeinsame Linie vertreten«, sagte Ilfaralek. »Nicht, daß wir ihm irgendwelche Schlußfolgerungen aufzwingen wollen, aber wenn wir uns in wesentlichen Dingen uneins sind, wird er keinen so guten Eindruck von uns bekommen.«

»Einverstanden. Ich kann an Euren Schlußfolgerungen nichts finden, dem ich widersprechen würde.« Andererseits, dachte Cassian, weiß ich das eine oder andere, das du nicht weißt.

»Kypros wird mit unserem Bericht nicht sehr zufrieden sein«, fuhr Ilfaralek fort. »Das Haus Carinci kommt dabei besser weg als die anderen, weil es das Opfer zu sein scheint. Die Admiralin Tularch gehört Haus Carinci an, und Kypros ist nicht gerade in sie verliebt.«

»Ich verstehe«, lächelte Cassian, den Andreax' Notizen in dieser Hinsicht vorgewarnt hatten. Es war allgemein bekannt, daß der gerissene Oberherr von Vivane darauf aus war, einen seiner Speichellecker in Tularchs Stellung als Provinzadmiral zu hieven und immer nach Gelegenheiten Ausschau hielt, sie zu diskreditieren.

»Dann wäre da noch das Problem Patracheus«, sann Ilfaralek. »Er gehört wie Kypros dem Hause Thaloss an. Kypros war ihm immer wohlgesonnen. Sein Lieblingsausspruch ist der, daß ihm alle nur Probleme bereiten, während Patracheus Lösungen anbietet.«

»Vielleicht könnten wir taktvollerweise durchblicken lassen, daß Patracheus' Zeugnis für Daralecs Testament lediglich eine Formalität war«, schlug Cassian ziemlich lahm vor.

»Das wird nicht ziehen, aber wenn wir schnell darüber hinweggehen, wird sich Kypros' Unwillen vermutlich in Grenzen halten. Ach, was soll's! Wahrscheinlich haben wir Kypros davor gerettet, daß er bei seiner Geburtstagsparade im wahrsten Sinne des Wortes unterminiert wird. Wenn er uns dafür nicht dankbar ist, wird er ohnehin weder auf Takt noch Vernunft noch Diplomatie reagieren.«

Ein lautes Klopfen ertönte an der Tür, und auf Ilfaraleks ›Herein‹ trat Harrishaz ein. Die Augen des Magiers waren mit tiefen Ringen unterlegt, und bei ihrem Anblick wurde Cassian plötzlich klar, daß draußen bereits die Vögel sangen. Es war viel später, als er gedacht hatte. Der Magier warf einen Blick auf den Elf und sah Ilfaralek dann vielsagend an.

»Keine Sorge, Harrishaz. Schließlich hat uns der *Praetor* erst auf die Gefahr aufmerksam gemacht. Du kannst ganz offen reden.«

»Das Tunnelnetz ist ziemlich ausgedehnt, *Akarenti*. Es gibt mehrere Stellen, an denen sehr geschickt Magie eingesetzt wurde, um Verbindungen zu anderen Tunnels zu verbergen. Wir haben etwa ein Dutzend Unterstadt-Leute in den Tunnels festgenommen. Es hat den Anschein, als habe jeder nur einen kleinen Teil des ganzen Komplexes gekannt. Alle erwähnen eine Frau namens Arlyna, die hinter all dem stecken soll. Außerdem reden sie von einem Magier namens Hand der Nacht« – er schnaufte verächtlich – »obwohl keiner von ihnen für sich in Anspruch nehmen kann, diesem Individuum je begegnet zu sein. Wir haben sie den *Ghareez* übergeben.«

Cassian lächelte kaum bei der Erwähnung der Windling-Experten, die hier in Vivane ein ebenso geheimes

Dasein fristeten wie in allen anderen Reichsstädten. Die *Ghareez* widmeten sich dem Studium des Körpers und seiner Funktionen und waren sehr kenntnisreich darin. Ihre kleinen Hände konnten in Verbindung mit Präzisionsinstrumenten der Folter ein Maximum an Schmerzen bei einem Minimum von Schäden an anderen Körperteilen hervorrufen. Relativ wenige Leute außerhalb der Hierarchien des Reichs wußten auch nur von ihrer Existenz, und die meisten Leute stellten sich zweifellos vor, daß es in den Folterkellern der Reichsgefängnisse von brutalen Trollen wimmelte, die bereit und begierig waren, Leiber auf Streckbänken, die in einigen Provinzen bei öffentlichen Hinrichtungen immer noch Verwendung fanden, in Stücke zu reißen. Jene Unglücklichen, die den *Ghareez* übergeben wurden, kehrten niemals zurück, um anderen von ihrem Schicksal zu erzählen.

»Sehr gut«, sagte Ilfaralek, als Harrishaz ihm eine vorläufige Skizze des Tunnelsystems gab, soweit es bisher bekannt war. Er pfiff durch die Zähne, eine höchst unübliche Äußerung, und zeigte die Zeichnung dann kurz Cassian, so daß dieser einen ersten flüchtigen Eindruck bekam.

»Die Planung und die Grabungen müssen schon vor ziemlich langer Zeit begonnen haben«, überlegte er laut. »Sei es, wie es sei, du kannst dich jetzt erst einmal ausruhen, Harrishaz. Laß Alkatur wecken, damit er deine Arbeit fortsetzen kann, und geh zu Bett. Du hast gute Arbeit geleistet.«

»Ich danke Euch, *Akarenti*«, sagte der Mann mit einem öligen Grinsen. »Ich werde ihn selbst wecken.«

»Davon bin ich überzeugt«, sagte Ilfaralek wissend, als der Magier davontrottete. »Verdammte Magier«, flüsterte er Cassian zu. »Sie plappern von morgens bis abends wie Fünfjährige.

Also, wo waren wir?«

»Dabei, auch noch eine Mütze voll Schlaf zu nehmen«, sagte Cassian. »Schließlich haben wir in ein paar Stunden eine Besprechung mit dem Oberherrn.«

»In der Tat.« Ilfaralek reckte sich und unterdrückte ein weiteres Gähnen. Er goß sich noch einen großzügig bemessenen Branntwein ein, um den Vorgang des Einschlafens zu unterstützen.

»Ich würde gerne noch kurz nach Jerenn sehen«, sagte Cassian, und Ilfaralek beschrieb dem Elf, wo er ihn finden würde.

Als Cassian mit dem Schlüssel, den man ihm gegeben hatte, die Tür aufschloß, fand er den Raum fast dunkel vor. Eine kleine Lampe brannte auf kleiner Flamme, da der Ölvorrat offensichtlich fast verbraucht war. Der Junge lag laut schnarchend auf dem Bett und hatte sich mit einem Seidengewand zugedeckt. Als er sich ihm leise näherte, roch er den Rest Wein in dem Flakon, der achtlos neben dem Bett abgestellt worden war. Er lächelte, als er die schlafende Gestalt betrachtete.

Du hast mich nicht im Stich gelassen, dachte er. Wenn Tarlanth in Ungnade fällt und sein Eigentum konfisziert oder veräußert wird, um die Schatzkasse des Reichs aufzufüllen, dann werde dich dir deine Freiheit kaufen. Das ist das mindeste, was ich für dich tun kann.

Dann wandte er sich ab, verließ den Raum und schloß die Tür sachte und behutsam hinter sich ab.

Nachdem er mit der Erwartung ins Bett gegangen war, eher unruhig zu schlafen, war Cassian einigermaßen überrascht, als er plötzlich aus tiefstem Schlummer erwachte. Er rieb sich die Augen und entnahm dann dem Sonnenstand, daß es bereits kurz vor Mittag sein mußte. Er sprang aus dem Bett und ging wie gewöhnlich in den Baderaum, wo er diesmal ein paar Minuten schwamm, anstatt wie sonst faul und entspannt zu baden. Nach fünfzehn Minuten war er erfrischt und hellwach, zog seine elegantesten Reichsgewänder an und machte sich bereit, dem Oberherrn gegenüberzutreten.

Als seine Kutsche vor den großen Toren des Reichspalasts vorfuhr, stellte er zu seinem Erstaunen fest, daß ihm eine große Versammlung von Stadtbewohnern den Weg versperrte. Sie drängten sich vor den hohen Eisengittern, die das Palastgrundstück umgaben, und gafften in den Innenhof, wo einige militärische Übungen stattfanden. Cassian stieg aus seiner Kutsche und entdeckte Ilfaralek, der schon vor ihm eingetroffen war.

»Ein Schauspiel für unsere ausländischen Freunde«, grinste der Sicherheitsbeauftragte, »so daß sie nach Hause gehen und jedem erzählen können, welch großartiges Gefolge der große Oberherr von Vivane hat.«

»Ich verstehe«, erwiderte Cassian. Nachdem sie den T'skrang-Torwächtern ihre Einladungen gezeigt hatten, war er jedoch enttäuscht, daß die großen Eisentore des Palasts nicht geöffnet wurden, sondern sie durch ein Wächterhäuschen eingelassen wurden.

Sie gingen stetigen Schrittes die lange Auffahrt zum eigentlichen Palastgebäude entlang, und dabei hatte Cassian reichlich Zeit, sich das Exerzieren anzusehen. Er hatte viele ausgezeichnete Krieger des Reichs gesehen. Creaner Derwische, die zum Reichsdienst gepreßt worden waren, die berühmte Bärenlegion von Vasgothien und ihre furchterregenden Großen Bären, riesige Trolle, neben denen sogar Obsidianer schmächtig wirkten, die gefürchtete Sturmreiterlegion von Myterne, ›Pestreiter‹ für das rebellische Volk dieses weit entfernten Landes, die jede Gemeinde mit ihren Plünderungen und Zerstörungen ebenso gründlich heimsuchten wie die schlimmste Pest. Aber Kypros hatte ebenfalls eine hervorragende Gardeabteilung seiner Achten Legion, und so protzig das Spektakel auch war, so hervorragend waren die Fähigkeiten, die es zu bewundern gab.

Der Hauptmann der Abteilung war ein Schwertmeister der T'skrang. Er trug einen Kristallschuppenpanzer und einen jener leichten Helme, den Crotias Cassian irgendwann während ihres endlosen Gelages beschrieben hatte. Der T'skrang, der sich rasch und geschmeidig bewegte, hielt in der linken Hand und mit dem Schwanz jeweils ein kurzes Paradeschwert – das wesentlich effektiver als ein Schild war –, während er mit dem langen, schmalen, glänzenden Silberschwert in der rechten wohlüberlegte, klug kalkulierte und präzise Stöße ausführte. Seine Männer, in der Mehrzahl T'skrang und Orks, trugen Kristallringrüstungen, die in der Sonne glänzten und je nach dem Winkel, aus dem sie betrachtet wurden, in einer anderen Farbe schimmerten.

Zu Tarnzwecken verzaubert, dachte Cassian: ziemlich unnötig für eine Gardeabteilung, deren einzige Aufgabe der Schutz des Palastes war. Dennoch wirkte alles an ihnen tüchtig, geschmeidig und elegant, und als einige leicht zu beeindruckende Jugendliche – und vielleicht auch einige nicht mehr ganz Jugendliche – aus der Menge bewundernde Hochrufe ausstießen, wandten sie nicht den Kopf, um sich in der Bewunderung zu sonnen, sondern setzten ihre Übungen völlig unbeeindruckt fort.

»Sie sind gut«, räumte der Elf ein.

»Nicht schlecht«, gab Ilfaralek ihm recht. »Und auch nicht nur zur Schau. Wenn es in der näheren Umgebung von Vivane echte Probleme gibt, läßt Kypros normalerweise die halbe Einheit als Elitevorhut ausrücken. Jedenfalls«, fuhr er fort, als sie schließlich den Eingang des eigentlichen Palasts erreichten, nachdem sie die Stallungen mit dem einen großen und auffälligen Gebäude, in dem der Mastrylth des Oberherrn untergebracht war, längst passiert hatten, »sollten wir jetzt einfach hineingehen und abwarten, was er zu sagen hat.« Hoch über ihnen hing die *Überlegenheit* bewegungslos an ihrem Ankerplatz an der Basaltzinne am Himmel. Gemeinsam bereiteten sich der *Praetor* und der *Akarenti* darauf vor, sich der endlosen Phalanx der Wachen, Sekretäre und Hüter des Allerheiligsten des Oberherrn zu stellen.

Kypros war eine imposantere Gestalt, als Cassian erwartet hatte. Nach allem, was er gehört hatte, waren die meisten Oberherren Schreibtischhengste mittleren Alters mit blassem Teint und einem Hang zur Fettleibigkeit. Sie waren keine Militärs, denn hervorragende Generäle taten normalerweise ihr möglichstes, um den oft vergifteten Kelch einer Oberherrschaft an sich vorbeigehen zu lassen, und zogen die Rolle einer Crotias oder Tularch in einer großen Stadt des Reichs vor. Doch Kypros war etwas über sechs Ellen groß, sein graues Haar, das an der Stirn licht zu werden begann, war kurzgeschnitten, und der Blick seiner grauen Augen war klar und aufmerksam. Sein Händedruck war fest und stark, ohne jedoch jenen übermäßigen Druck auszuüben, der oft auf Unsicherheit und ein Bedürfnis zu beeindrucken zurückzuführen war. Seine Stimme klang entschlossen und ruhig, und er trug einfache grausilberne Gewänder. Cassian fiel der Mangel an Schmuck und Juwelen an ihm auf. Er war nicht parfümiert, und seine Fingernägel waren weder schmutzig noch abgenagt, noch wiesen sie die verräterischen Flecken auf, die das Inhalieren eines von vielen verschiedenen Rauschmitteln mit sich brachte, bei denen so viele Adelige Zuflucht suchten.

»Ich hörte, es hat einige Aufregung in meiner Stadt gegeben«, stellte Kypros trocken fest. »Ich hatte Euch nicht gebeten, gemeinsam zu kommen, aber man hat mir zu verstehen gegeben, daß Ihr beide einigen Anteil daran hattet. Also ist es vielleicht sogar besser, daß Ihr hier zusammen vor mich tretet. Ich würde sagen, daß Euch das auch ausreichend Zeit gegeben haben dürfte, einen gemeinsamen Standpunkt auszuarbeiten.«

Kypros übersah Ilfaraleks halbherzige Geste des Protests. »Ihr hättet beide wohl kaum Euren Posten verdient, wenn es anders wäre. *Praetor* Cassian, vergebt mir. Mir ist bewußt, daß sich der Oberherr nicht in die Pflichten eines so angesehenen Diener des Reiches einmischen sollte. Außerdem gehe ich davon aus, daß Ihr alle Informationen zurückhaltet, die Ihr aus diplomatischen Gründen vertraulich behandelt, und ich werde daran keinen Anstoß nehmen. Unter Berücksichtigung des Ernstes der Lage empfand ich es jedoch als durchaus angebracht, Euch um eine Audienz zu ersuchen.«

Cassian verbarg seine Überraschung. Normalerweise neigten Oberherren nicht dazu, die Leute in ihren Städten und Provinzen um etwas zu ersuchen. Das Wort ›ersuchen‹ existierte in ihrem Vokabular nur dann, wenn sie es mit den Ämtern des Kaisers zu tun hatten.

»Das ist sehr gnädig von Euch, Euer Exzellenz.«

»Gut. Damit ist der Höflichkeit genüge getan. Und jetzt sagt mir schleunigst, was, zum Henker, eigentlich vorgeht, daß so viele Adelige getötet werden und meine halbe Legion vor den Toren steht!«

Das ist schon typischer, dachte Cassian, im stillen lächelnd.

Kypros begnügte sich damit, beinahe eine Stunde lang schweigend zuzuhören und nur zu unterbrechen, wenn er zu einem bestimmten Punkt eine Erläuterung wünschte.

Die wenigen Fragen, die der Oberherr stellte, verrieten Cassian viel über seinen Verstand. Er war akribisch genau und nahm oft Einzelheiten zur Kenntnis, die anderen entgingen. Er hatte vor allem einen sehr logischen Verstand. Aber er klammerte sich zu oft an Belanglosigkeiten, anstatt nach dem großen Bild zu suchen. Cassian glaubte, daß Kypros am Ende von alledem übervorsichtig sein würde.

Wie sie abgemacht hatten, achteten Cassian und Ilfaralek darauf, nur Tatsachen darzulegen und Spekulationen auch als solche kenntlich zu machen, es sei denn, eine Annahme war erforderlich, damit spätere Tatsachen und Beobachtungen Sinn machten. Kypros schien das zu begrüßen. Schließlich, als sie fast fertig waren, brachten vier ziemlich grell gekleidete Sklaven vergoldete Platten mit üppigem Essen. Mit einiger Belustigung bemerkte Cassian, daß der Oberherr persönlich die Rolle des Zeremonienmeisters übernahm, da er es vorzog, sich sein Essen selbst auszuwählen und aufzulegen, anstatt sich von den Sklaven bedienen zu lassen.

»Lakarazungenpastete«, sagte Kyros vergnügt. »Eine hiesige Delikatesse. Sehr gut zubereitet, wenn ich so sagen darf. Meine Köchin ist seit drei Jahren bei mir, und ich habe in dieser Zeit nur einen Vorkoster verloren. Sie ist eine wirklich außergewöhnliche Bereicherung.« Kurz darauf hielt Cassian einen Teller mit einem Stück von einer sehr hohen Pastete darauf, und der mit Butterflocken bestreute Teig konnte kaum die Massen winziger Vogelzungen halten, die sich in dem Kräuteraspik befanden. Daneben war dampfendes Gemüse gehäuft, das schlicht und dennoch meisterhaft in einer leichten Kräutersauce gedünstet war.

»Ausgezeichnet«, kommentierte er wahrheitsgemäß nach dem ersten Bissen.

»Bleibt bis zum Fest, dann gibt es noch viel mehr«, sagte der Oberherr. »Die Ochsengruben werden bereits befeuert. Wenn wir hier etwas machen, dann machen wir es auch richtig. Einschließlich Subversion, wenn das stimmt, was ihr mir erzählt.«

»Wir sind uns der Tatsachen gewiß, Exzellenz. Vor weniger als einer halben Stunde habe ich einen weiteren Bericht über das Tunnelnetz erhalten. Das Netz ist insgesamt über zwei Meilen lang, und unter dem Dokumentenhaus, dem Rezitatorium, den Zikkuraten und den Arbeitsstätten der Baumeister neben dem Haus der Arbeit wurden große Hohlräume entdeckt.«

»Dann kann ich wohl von Glück sagen, daß meine Magier dafür gesorgt haben, daß unter dem Palast selbst keine derartigen Tunnel ausgehoben werden können«, sagte Kypros temperamentvoll.

»Das ist wahr, Exzellenz. Aber sie sind bis zu der Stelle ausgehoben, an der Ihr Eure Geburtstagsansprache an die Bevölkerung haltet«, erwiderte Ilfaralek spitz.

»Ja, *Akarenti*«, sagte Kypros bedächtig, »das bringt mich in eine etwas schwierige Lage. Wenn ein Ziel dieser Übung darin bestand, mich zu beseitigen, muß ich darauf achten, daß ich nicht aus Wut überreagiere.«

Genau, wie ich erwartet habe, dachte Cassian. Und auch eine nette Begründung.

»Was mir Sorgen macht«, fuhr Kypros fort, »ist die Tatsache, daß all diese Aktivitäten bis vor kurzem unentdeckt geblieben sind.«

Ilfaralek hatte mit dieser unterschwelligen Kritik gerechnet. Schließlich war es seine Aufgabe, frühzeitig Wind von derartigen Plänen und Verschwörungen zu bekommen und sie dann aufzudecken.

»Dafür gibt es mehrere Gründe, Exzellenz. Erstens glauben wir, daß viele von denen, die in den Tunnels gearbeitet haben, keine Ahnung vom Ausmaß des Projekts hatten. Bei manchen sind sogar magische Eingriffe in den Verstand vorgenommen worden, um die Erinnerung an Einzelheiten zu löschen. Zweitens, es ist noch zu früh, um ein endgültiges Urteil abzugeben, aber die Arbeiten müssen durch sehr mächtige Magie getarnt worden sein. Derartige Fähigkeiten sind den Adeligen der Stadt kaum unbekannt, Exzellenz.«

»In der Tat. Was der Grund dafür ist, daß Ihr bezahlt werdet, um sie zu durchschauen, Ilfaralek.«

»Die Tarnungsmagie ist sehr mächtig, Exzellenz. Soviel wissen wir.«

»Hmmm.« Kypros trommelte mit den Fingern der rechten Hand auf den Tisch, während er die Gabel in der anderen Hand beiseite legte und nach seiner Leinenserviette griff, um sich den Mund abzutupfen. »Und wir kennen nur die Decknamen der offenbar verantwortlichen Magier.

Wer sind sie also?«

»Das weiß ich nicht mit Sicherheit«, sagte Ilfaralek zögernd. »Aber wir glauben, daß eine Menge gegen eine bestimmte Person spricht.«

»Gut«, sagte Kypros begeistert, indem er sich ein großes Stück aus einer geeisten Obsttorte schnitt und Schlagsahne darauf häufte. Er goß sich ein kleines Glas eines honiggelben Dessertweins ein und reichte die verzierte Kristallkaraffe an Cassian weiter. »Der ist außergewöhnlich. Ein ganz besonderer Jahrgang.

Und jetzt heraus damit.«

Kypros hörte sich Ilfaraleks Theorie aufmerksam an, wobei er kein Zeichen von Unwillen oder Zustimmung erkennen ließ. Er aß bedächtig sein Dessert, und weder nickte er an einer Stelle noch schlug er die Augen nieder.

Er hat gelernt, sich bedeckt zu halten, dachte Cassian. Eine nützliche Fähigkeit für jemanden in seiner Stellung, insbesondere dann, wenn er vorhat, sich länger darin zu halten.

Als Ilfaralek fertig war, wischte sich Kypros mit einem Anflug von Endgültigkeit die Lippen ab, lehnte sich zurück und faltete die Hände über dem Bauch.

Kein Anzeichen für Fettleibigkeit, stellte Cassian fest. Er genießt gutes Essen, aber er ist in Form und achtet auf sich. Ein interessanter Mann. Unter anderen Umständen wüßte ich gern mehr über ihn.

»Nun, das ist ziemlich überzeugend. Das Testament ist in der Tat merkwürdig«, sann der Oberherr. »Höchst ungewöhnlich. Was mir Kopfzerbrechen bereitet.«

»Euer Exzellenz?« sagte Ilfaralek.

»Ich will Euch gern zugestehen, daß Tarlanth aus alledem reicher und einflußreicher hervorgehen wird, und vielleicht wäre er sogar, wie Ihr mir wohlweislich verschwiegen habt, in einer sehr guten Position, um Oberherr zu werden, wenn ich in den Tunnel fallen würde, der so liebevoll für mich ausgehoben worden ist«, sagte Kypros trocken. »Aber nicht sofort. Vielleicht als übernächster. Wahrscheinlich würde er diese Närrin Tularch einsetzen lassen, und der würde es bestimmt gelingen, sich binnen eines Jahres völlig unmöglich zu machen, und *dann* wäre er in einer hervorragenden Position. Vielen Dank dafür, daß Ihr soviel Takt und Anstand besessen habt, das unerwähnt zu lassen, Ilfaralek – Ihr müßt gewußt haben, daß mich das möglicherweise voreingenommen gemacht hätte.«

Cassian konnte sich ein Lächeln nicht verkneifen. Kypros war in der Tat gewitzt.

»Aber dieses Testament … es ist einfach *zu* ungewöhnlich. Es wird viele argwöhnische Blicke auf Tarlanth ziehen«, sann Kypros. »Darüber bin ich nicht sehr glücklich. Ich nehme an, Ihr wollt, daß ich Euch eine Verfügung ausstelle, so daß Ihr seinen Besitz nach Belieben durchgehen könnt, während er eine Woche oder zwei als Gast im Palastverlies verbringt?«

»Das liegt ganz in Eurem Ermessen, Exzellenz«, widersprach Ilfaralek.

»Nun, ich glaube nicht«, sagte Kypros gelassen. »Ich glaube nicht, daß Ihr einen Beweis habt, Ilfaralek.«

»Eine entsprechende Verfügung erfordert lediglich einen begründeten Verdacht. Das Testament allein ist Grund genug«, stellte Ilfaralek fest.

»Schade um den Oberherrn, der solch eine Verfügung ausstellt und feststellt, daß der Verdacht nicht so begründet ist, wie er gedacht hat«, erwiderte Kypros mit beißendem Sarkasmus. »Manche Leute könnten sagen, daß ein Oberherr aus dem Hause Carinci, der seine Macht benutzt, um einen führenden Adeligen aus dem Hause Medari einzusperren, wobei der Beweis ein

Testament ist, welches es einem Medari gestattet, die Geschäfte eines Carinci zu übernehmen, vielleicht eine Spur fragwürdig handelt. Findet Ihr nicht auch, Cassian?«

»Es steht mir nicht zu, die Stellung und Handlungsweisen der Adeligen Vivanes in solchen Fragen zu beurteilen«, sagte der Elf diplomatisch.

Mit einigem Nachdruck stieß Kypros einen deftigen Fluch aus. »Unsinn, Cassian. Kommt mir nicht mit, ›ich bin ein *Praetor* und kann mich *unmöglich* zu Sachen äußern‹. Ich kann Tarlanth nicht einfach so in den Kerker werfen lassen. Bringt mir einen Beweis, der eine Verbindung zwischen ihm und den Tunnels herstellt, und morgen früh steckt sein Kopf auf dem Palastgitter, aber das Testament reicht nicht.

Ihr«, schloß er, indem er auf den glücklosen Obersten Sicherheitsbeauftragten zeigte, »macht Euch daran, einen solchen Beweis zu finden.«

»Das Problem ist«, beharrte Ilfaralek, »daß derjenige, der hinter dem Tunnelbau steckt, jetzt weiß, daß sein Spiel aus ist. Diese Person wird sich beeilen, alle Spuren ihrer Einmischung zu verwischen.«

»Noch ein Grund mehr, endlich Euren Hintern aus diesem Stuhl zu lüften und Euch an die Arbeit zu machen, bevor es der betreffenden Person gelingt«, erwiderte Kypros. »Und was Euch betrifft, *Praetor* Cassian. Nun, es steht mir nicht an, Euch in Eure Arbeit dreinzureden, aber vielleicht solltet Euch einmal eingehender in Tarlanths Angelegenheiten und vor allem auch in seinem Haus umsehen. Schließlich ist er Euer Gastgeber.«

»Ich hatte das in Erwägung gezogen«, erwiderte Cassian kühl. »Leider wird er ganz genau wissen, daß er unter Verdacht steht, wenn ich einen halben Tag nach der Entdeckung dieser Tunnels bei ihm auftauche und ein bis dahin unbekanntes Interesse an seinen Angelegenheiten an den Tag lege.«

»Ein berechtigter Einwand«, räumte Kypros ein. »Verfolgt Ihr noch andere Spuren oder habt Ihr andere Möglichkeiten, Erkundigungen einzuziehen?«

»Möglicherweise«, sagte der Elf vorsichtig. Kypros lächelte und fragte nicht weiter.

»Ihr habt noch dreieinhalb Tage Zeit«, sagte er. »Dann befinden wir uns am Vorabend des Fests. Während der Feierlichkeiten wird es meiner Ansicht nach sehr schwierig werden, Untersuchungen anzustellen oder jemanden zu befragen. Bis dahin solltet ihr den Fall also abgeschlossen haben. Im übrigen seid Ihr ohnehin lange genug hier«, fügte er an den Elf gewandt hinzu. Falls das ein Scherz war, dann nur ein halber, dachte Cassian.

»Und was Euch betrifft, Ilfaralek, so könnte es sein, daß ich einen Ersatz für Euch anfordern muß, wenn Ihr bis dahin nicht herausgefunden habt, was vorgeht. Und ich würde es wirklich vorziehen, wenn die Straßen in Zukunft nicht mit noch mehr Leichen übersät wären.«

»Sie waren bisher kaum mit ihnen übersät, Exze ...«

»Dann eben die Häuser, Schwimmbecken und Jagdgründe«, rief Kypros aufgebracht. »Ihr habt dreieinhalb Tage. Höchstens. Vielen Dank, *Akarenti*. Es ist immer ein Vergnügen, Euch zu sehen.«

Die beiden Besucher erhoben sich und überließen den Oberherrn den Genüssen einer Käseplatte. Im Vorraum des Audienzzimmers war eine kleine Schar herausgeputzter Lakaien damit beschäftigt, Krümel und Staub von der stattlichen Gestalt Quarique Eidsteins zu bürsten, des barsaivischen Marionettenstatthalters der Stadt. Als sich die Tür öffnete, schlug er ihre Hände weg und versuchte zumindest ein wenig von seiner kostbaren Würde zu wahren, aber die beiden Theraner nahmen ihn kaum zur Kenntnis, als sie an ihm vorbeigingen.

Ilfaralek, der mit Cassian in seinem Schlepptau die Auffahrt zu den Toren herunterstürmte, konnte kaum reden.

»Ich glaube nicht, daß die Unterredung so gut gelaufen ist, wie wir gehofft haben«, sagte der Elf ruhig. Etwas mußte gesagt werden, bevor sich ihre Wege am Tor trennten.

»Der Bastard«, sagte Ilfaralek giftig. »Ich rette seine Haut, und das Schwein droht mir mit der Entlassung. Ich werde Harrishaz sagen, er soll die Tunnel vergessen und eine Eliteabteilung der Legion herunterbringen, um einen davon zum Einsturz zu bringen, und zwar genau unter seinem Podest, wenn er die Ansprache hält.«

Cassian lachte und legte dem Mann einen Arm um die Schulter. »Kommt schon, vielleicht findet Ihr etwas in diesen Tunnels.«

»Das bezweifle ich. Das erste, was ein adeliger Magier lernt, ist das Verwischen, Tarnen und Verbergen von Spuren. Schließlich haben sie es auf diese Weise geschafft, sich in all den Jahren nicht gegenseitig den Hals umzudrehen, indem sie alle Geheimnisse für sich behalten haben. Ich fürchte, daß selbst meine Leute nichts finden werden. Aber ich werde es versuchen.«

»Ich auch«, sagte Cassian. »Und ich sorge dafür, daß Ihr über alles, was ich erfahre, informiert werdet.«

»Ich bin Euch sehr dankbar«, erwiderte Ilfaralek mit aufrichtiger Rührung. »Er wird es tun, wißt Ihr.«

»Ich weiß«, sagte der Elf mitfühlend. »Aber dreieinhalb Tage sind eine lange Zeit.«

Eine längere, als er dachte …

27

Cassian trennte sich von Ilfaralek und fuhr dann allein zur Südkaserne. In der Hoffnung, mit Crotias zu reden, stellte er sehr rasch fest, daß er nicht lange nach ihr suchen mußte. Sie kommandierte Truppen auf dem Exerzierplatz und hörte gerade damit auf, als er eintraf. Sie winkte ihm ausgelassen zu und ging ihm mit Riesenschritten entgegen. Sie hatte offensichtlich gute Laune.

»Gute Arbeit, Cassian. Gut gemacht. Meine Männer sind ganz begeistert deswegen.«

»Verzeihung?« Cassian wußte nicht, wovon sie sprach.

»Nun, normalerweise hätten sie sich mit zusätzlichen Patrouillen und Exerzieren und bedeutungslosen Paraden herumschlagen müssen, wo sie dann von den Besuchern des Kyprosfests angegafft worden wären. Jetzt haben sie etwas zu *tun*. Das ist gut für die Moral.«

»Ich verstehe«, sagte Cassian zweifelnd.

»Zu wem wollt Ihr eigentlich? *Akarenti* Ilfaralek wird gerade von Kypros zusammengestaucht, glaube ich«, grinste sie.

»Ja, ich glaube auch. Tatsächlich bin ich hier, um Euren Rat zu erbitten«, sagte Cassian leise und in einem leicht verschwörerischen Tonfall. Crotias näherte sich ihm betont übertrieben bis auf Flüsterreichweite. Nach dem harten morgendlichen Drill – und Crotias war als Frühaufsteherin bekannt – roch sie nach Hitze, Staub, Leder und Schweiß.

»Welcher von den anderen Offizieren kennt Hauptmann Schavian am besten? Ich denke da weniger an seinen kommandierenden Offizier, sondern mehr an einen guten Kameraden. Also zum Beispiel an jemanden, mit dem er in mehreren Feldzügen gemeinsam gekämpft hat. An einen langjährigen persönlichen Freund.«

»Hmmm.« Ihre Augen verengten sich ein wenig. »Hauptmann Ildrissta, würde ich sagen. Sie hatten gemeinsam den Befehl über eine Kohorte, die am Hildingrist-Kamm von Brennern überfallen wurde, und haben sich gut geschlagen und beide eine Belobigung bekommen. Ich glaube, vor einigen Jahren haben sie gemeinsam Dienst in Thebenta geleistet. Sie essen oft zusammen, gelegentlich sogar in Begleitung ihrer Familien. Wenn Ihr mit Ildrissta reden wollt, werdet Ihr ihn im Eßsaal der Offiziere finden. Er nimmt ein verspätetes Frühstück ein, nachdem er heute morgen das Kommando über die Torwachen hatte. Alle, die das Theranerviertel betreten, werden jetzt, wie Ihr wißt, von Kopf bis Fuß durchsucht.«

»Sehr lobenswert«, murmelte Cassian und dankte für ihre Hilfe. Erleichtert, daß er um eine weitere Einladung zum Essen herumgekommen war, ging er dem Geruch der Militärküche nach. Er war nicht sehr angenehm. Als er den langen, düsteren Eßsaal betrat, verriet ihm eine Anfrage an die Bediensteten, wer der Gesuchte war.

Der T'skrang war eine ungewöhnliche Erscheinung, die sich von seinen Kameraden abhob, was hauptsächlich an seiner Rüstung lag. Zwar erwartete man von theranischen Offizieren, daß alle Angehörigen einer Kohorte die gleichen Rüstungen trugen, aber der T'skrang hatte sich offenbar eines gewissen Reichtums erfreut, möglicherweise bevor er in die theranische Armee aufgenommen worden war. Auf seiner Haut lag ein matter metallischer Schimmer. Sein Körper war offenbar von einer lebenden Haut aus dünnem Metall bedeckt, die mit blutroten Kieseln übersät war. Darüber trug er einen lederüberzogenen Brustharnisch und metallene Beinschützer, vermutlich jedoch nur aus Gründen der Einheitlichkeit. Die magische Rüstung war ein besserer Schutz als jede noch so gute echte theranische Ausrüstung. Cassian bat den T'skrang um die Erlaubnis, sich zu ihm setzen zu dürfen, und der T'skrang nickte gleichgültig, während er seinen langen Silberlöffel ziemlich angewidert in eine graue und unappetitlich aussehende Suppe tauchte.

»Vielen Dank, daß Ihr mit mir redet«, sagte Cassian ziemlich dreist. »Ich bin übrigens *Praetor* Cassian. Aus Thera.«

»Ich weiß«, sagte der T'skrang mürrisch, als kümmere ihn das nicht die Bohne.

»Man hat mir gesagt, Hauptmann Schavian und Ihr wärt gute Freunde.«

»Ja?« Der T'skrang war jetzt wachsamer und ein wenig mißtrauisch. Seine Schwanzspitze zuckte hinter seinem Stuhl leicht über den Boden.

»Bitte macht Euch keine Sorgen«, sagte Cassian beruhigend, wobei er sich umsah, um sich zu vergewissern, daß die wenigen anderen anwesenden Offiziere – die meisten hatten ihre Mahlzeit zuvor eingenommen – außer Hörweite waren. »Ich habe keinerlei Verdacht gegen Hauptmann Schavian, und ich weiß, wie sehr er und seine Familie gelitten haben. Offenbar sind gewisse schändliche Gerüchte geschürt worden, aber ich möchte Euch versichern, daß ich ihnen keine Beachtung geschenkt habe.«

»Tatsächlich?« Der T'skrang war immer noch mißtrauisch, wenngleich er jetzt ein wenig beruhigter und bereit zu sein schien, dem Blick des Elfs zu begegnen.

»Ich bin an anderen Dingen interessiert, Hauptmann Ildrissta. So weiß ich zum Beispiel noch nicht, ob Schavian Feinde hatte.«

»Nein«, sagte der T'skrang mit Bestimmtheit. »Er ist ein guter Kamerad. Sein erster Gedanke gilt immer den Männern, die er führt. Es gibt viele, die nicht so rücksichtsvoll sind.«

»In der Tat. Also wißt Ihr nichts von gegen ihn gerichteten Fehden oder Böswilligkeiten?«

»Ganz gewiß nicht. Geht und sprecht mit seinen Männern. Sie werden sich für ihn verbürgen, ohne Ausnahme.«

»Euer Wort reicht mir durchaus«, sagte Cassian gelassen. Der T'skrang machte jetzt einen weniger mißtrauischen Eindruck. »Nun gut. Hat er geschäftliche Verpflichtungen in Vivane?«

»Macht Ihr Witze? Natürlich nicht. Schavian lebt hier bei uns in der Kaserne. Er ist kein pikfeiner General mit einem Riesenanwesen drüben in der Stadt. Er hat wie ich nur seinen monatlichen Sold.«

»Nun, das habe ich mir gedacht.« Cassian verschwieg die Tatsache, daß er sich bei einem seiner zahlreichen Besuche im Dokumentenhaus bereits davon überzeugt hatte. »Und seine Frau?«

»Sie ist eine Zauberin«, sagte der T'skrang. »Arbeitet im Marakanium.«

»Wenn das ein Beispiel für die Arbeit ist, die dort geleistet wird«, sagte Cassian mit einem Kopfnicken in Richtung der Blutkieselrüstung des Hauptmanns, »haben sie dort hervorragende Künstler.«

»Es steht mir nicht an zu beurteilen, wie mächtig die Magier des Marakaniums sind«, sagte der T'skrang in scharfem Tonfall. »Diese gehört jedenfalls mir. Ich hatte sie schon in Thebenta, bevor ich mich der Legion anschloß.«

»Sie ist sehr schön«, sagte Cassian bewundernd. Der T'skrang war immer noch abweisend und nur allzu bereit, auf alle Fragen, die etwas ungewöhnlicherer Natur waren, abwehrend zu reagieren. »Sagt mir, Hauptmann, sind die Zwillinge eher nach dem Vater oder nach der Mutter geraten?«

»Kann ich nicht sagen.« Der T'skrang verschloß sich offenbar wieder.

Cassian saß in der Klemme. Er konnte kaum versuchen, den widerspenstigen Soldaten dadurch entgegenkommender zu machen, daß er ihm von seinem Verdacht erzählte, die jungen Elfen seien tatsächlich ermordet worden. Mehr Druck und beharrliche Fragen würden ihn nur noch ablehnender und unkooperativer machen. Er beschloß, das Gespräch zu beenden.

»Nun, vielen Dank«, sagte er, indem er aufstand und seinen Stuhl unter den Tisch schob. »Ich kann Euch nur noch einmal versichern, daß Euer Freund mein Mitgefühl hat und ich Eure Besorgnis um ihn zu schätzen weiß. Er hat in der Tat Glück, einen so treuen Kameraden zu haben.«

»Hmmm«, murmelte der T'skrang, während er die fischig aussehenden Stücke auf dem Grund seines Suppentellers betrachtete. Die etwas dickliche Flüssigkeit, in denen sie schwammen, war nur noch lauwarm, und die Gesamtwirkung war weit davon entfernt, appetitanregend zu sein. Er rührte in den Stücken herum, schob den Teller beiseite und erhob sich abrupt, offenbar um sich auf die Suche nach dem Hauptgericht zu machen.

Cassian überließ ihn seiner Suche und erwog auf dem Rückweg zum Exerzierplatz seine Möglichkeiten. Die letzte Abteilung marschierte gerade zur Kaserne, und er war allein mit dem Staub und dem Sonnenschein als Gesellschaft. Ich muß herausfinden, wer diese Magier sind, dachte er. Arlyna und die Hand der Nacht.

Etwas anderes im Schema der Ereignisse bereitete ihm ebenfalls Kopfzerbrechen. Jemand griff Personen über deren Kinder an, möglicherweise als Form der Vergeltung. Daralec zu töten, hatte nicht gereicht, sein Sohn war ebenfalls ermordet worden. Mordain war durch das Abschlachten seines Sohnes tödlich getroffen worden. Schavians Kinder waren umgebracht worden. Das war bestürzend. Es schien nichts mit dem Plan zu tun zu haben, die Stadt zu sabotieren und so nach Geld und Macht zu greifen. Irgendwie hatte Cassian das Gefühl, daß die ganze Angelegenheit verworrener und finsterer war, als Ilfaraleks vernünftige Theorien nahelegten. Irgend etwas fehlte immer noch.

Er konnte abwarten, was Mordain zu sagen hatte, wenn, oder vielmehr falls er sich je von seinem Selbstmordversuch erholte. Er konnte abwarten, bis Ilfaraleks Magier auch den letzten Schritt des unterirdischen Tunnelsystems erfaßt und untersucht hatten. Aber irgendwie glaubte Cassian nicht, daß er dort die Antworten finden würde.

Ziraldesh. Irgendeine Eingebung ließ ihn an den Magier denken. Magier, Kinder ... Ziraldesh war Lehrer ... ein Magier ... der um seines Adoptivsohnes willen erpreßt wurde ... Cassian hatte plötzlich das Gefühl, etwas von ihm erfahren zu können. Seine Instinkte verrieten ihm, daß der Mann keinen Anteil an den mörderischen Vorgängen in dieser Stadt hatte, aber da war etwas – oder auch mehr –, das er bis jetzt verschwiegen hatte, etwas, das Cassian wissen mußte.

Cassian mußte mehrere Minuten lang laut an die Tür von Ziraldeshs Haus klopfen, bevor endlich ein gehetzt aussehender Sklave auftauchte, um sie zu öffnen. Er erkundigte sich nicht allzu höflich nach dem Hausherrn.

»Er ist nicht da«, antwortete der Sklave abweisend.

»Wo ist er denn?«

»Ich weiß nicht genau«, murmelte der Mann.

»Hör gut zu, Bursche, du meinst wohl, du sollst es niemandem sagen. Das ist etwas anderes. Du weißt, wer ich bin, und du sagst es mir jetzt besser.«

»Herr, er wird wütend sein, wenn ich es tue.«

»Und ich werde wütend, wenn du es nicht tust, und ich bin jetzt hier und er nicht«, beharrte der Elf.

»Er ist zur Himmelsspitze gegangen, Herr.«

»Warum?«

»Ich weiß es nicht, Herr. Wirklich nicht.«

»Schön. Ist dann die Hausherrin da?«

»Nein, Herr. Sie ist mit ihm gegangen.«

»Prächtig«, knurrte Cassian. »Dann vielleicht sein Sohn – Ladamair?«

»Der ist auch nicht da«, sagte der Mann jämmerlich.

»Wunderbar. Wann erwartest du deinen Herrn zurück?«

»Er hat mir nichts gesagt, Herr.«

»Wann ist er gegangen?«

»So etwa eine Stunde nach Sonnenaufgang, Herr.«

Dann ist er längst dort angekommen, dachte Cassian. Wenn Ziraldesh vorgehabt hat, aus der Stadt zu fliehen, könnte er mittlerweile schon Hunderte von Meilen weit weg sein und seine ganze Familie mit ihm. Das war das letzte, was Cassian von Ziraldesh erwartet hätte. Warum hatte er es getan?

»Wenn er zurückkehrt, schickst du mir sofort eine Nachricht zur Rosenvilla des Hauses Medari«, befahl der Elf wütend. »Und du wirst deinem Herrn nichts davon erzählen.«

»Aber, Herr ...«

»Falls du keine Botschaft schicken oder deinem Herrn davon erzählen solltest, wird es dir sehr leid tun«, sagte Cassian grimmig. Er wußte, daß das, was er von dem Sklaven verlangte, unbillig war und er ihn damit in eine unmögliche Lage brachte, aber er hatte keine andere Wahl. Er konnte das Haus kaum Tag und Nacht bis zu Ziraldeshs möglicher Rückkehr überwachen lassen, insbesondere deswegen, weil er keinen Grund hatte, ihn einer Straftat zu verdächtigen, ganz zu schweigen von einem Beweis für eine solche. Es selbst zu tun, kam nicht in Frage. Er mußte sich um zu viele andere Dinge kümmern. Ohne auf eine Antwort zu warten, wandte er sich ab und stapfte ergrimmt zu seiner Kutsche zurück.

Ich könnte ihm zur Himmelsspitze folgen, aber das

würde den ganzen Tag lang dauern, dachte er. Jerenn zu schicken, kann ich nicht riskieren. Der Junge hat immer noch Angst vor der Blutmagie-Drohung, und vielleicht ist sie noch nicht einmal unbegründet. Er würde noch einen *Kedate* von Ilfaralek anfordern müssen.

Als er daraufhin zur Kaserne zurückkehrte, herrschte in den Büros des *Akarenti* emsige Betriebsamkeit. Das hatte er erwartet. Was er nicht erwartet hatte, war, Ilfaralek so gutgelaunt anzutreffen. Der Mann war fast außer sich, und in seinen Augen stand ein triumphierendes Glitzern.

Cassian stellte die naheliegende Frage: »Ihr habt etwas erfahren?«

Ilfaralek wedelte mit einem Dokument, welches das Siegel des Hauses Thaloss trug. »Ich habe das Schwein!« krähte er fröhlich. »Kypros kann die Verfügung ausstellen.«

»Und was habt Ihr dort?«

»Ein Testament. Ein Testament, mein Lieber.«

»Mordains Testament?«

»Noch besser. Darnius' Testament!«

»Das Testament seines *Sohnes?*« Cassian war mehr als verblüfft.

»Wir haben es zwischen seinen Papieren und Wertsachen gefunden.«

»Also nicht im Dokumentenhaus.«

»Nein. Es ist in Anwesenheit eines Zeugen aufgesetzt worden, genau wie das von Daralec. Und genau wie bei Daralec ist der Zeuge auch hier unser Freund Patracheus.«

»Bei Mynbruje!« rief Cassian mit aufrichtiger Überraschung. Das war das letzte, was er erwartet hätte.

»Und ratet, wer Geschäft und Eigentum erbt.«

»Tarlanth.«

»Genau!«

»Aber dieser Fall liegt rechtlich etwas komplizierter.

Laut Reichsrecht *kann* der Sohn auch dann erben, wenn er vor dem Vater stirbt, aber höchstens sieben Tage früher«, sann Cassian. »Aber das kommt so selten vor, daß das Gesetz selten zitiert wird.«

»Nun, Ihr könnt Euch darauf verlassen, daß Tarlanth die Absicht hat«, sagte Ilfaralek grimmig.

»Gibt es irgendwelche Zweifel an der Echtheit des Dokuments?«

»Es ist unbestreitbar die Handschrift des Jungen«, sagte Ilfaralek. »Die Unterschriften von Patracheus und Tarlanth sind ebenfalls echt.«

»Habt Ihr Patracheus wegen dieser Sache befragt?«

»Ja. Er streitet alles ab. Er bestreitet, dieses Dokument je gesehen oder davon gehört zu haben, aber offensichtlich lügt er.«

»Augenblick«, sagte Cassian. »Es ist gar nicht so schwer, eine perfekte Fälschung mit magischen Mitteln herzustellen.«

»Er hat zugegeben, Daralecs Testament bezeugt zu haben. Er sagte, er hätte Daralec damit einen persönlichen Gefallen getan. Wenn er das eine bezeugt hat, dann auch das andere.«

»Merkwürdig, daß er zu dem einen steht und zu dem anderen nicht«, sagte Cassian. Der Fall lag nicht so klar, wie es durch Ilfaraleks offensichtliche Hochstimmung zunächst den Anschein gehabt hatte.

»Für mich reicht es, und ich wage zu behaupten, daß es auch für Kypros reichen wird.«

»Was ist mit Mordain? Was hat er dazu zu sagen?«

»Er ist vor weniger als einer Stunde gestorben.« Ilfaralek senkte den Kopf, um seinen Respekt zu bezeugen.

»Im unpassendsten Augenblick«, murmelte Cassian. »Irgend etwas scheint hier nicht zu stimmen, *Akarenti*. Ganz und gar nicht zu stimmen.«

»Hört zu, *Praetor* …« Die Benutzung von Cassians offiziellem Titel dokumentierte Ilfaraleks Mißvergnügen.

»Ich hatte achtzig Stunden Zeit, um meinen Hals zu retten. Nachdem ich Kypros davor bewahrt habe, an seinem eigenen Geburtstag getötet zu werden, hat mir das Schwein mit Entlassung und Schande gedroht. Ich kann damit zu ihm gehen, und es wird ihm reichen. Was soll ich denn tun? Auf dem Hintern sitzen und sagen, ›nein, das reicht nicht, warten wir einfach ab, was passiert‹? Macht Euch nicht lächerlich. In einer Stunde habe ich eine Unterredung mit Seiner Exzellenz, und wenn diese Unterredung vorbei ist, werde ich als der Retter Vivanes dastehen. Und wenn Ihr mich jetzt entschuldigen wollt, auf mich warten dringende Angelegenheiten.«

Cassian, der den ursprünglichen Zweck seines Besuchs völlig vergessen hatte, kehrte mißmutig zu seiner Kutsche zurück. Dann traf ihn plötzlich die Erkenntnis, so hell und klar wie die Mittagssonne, und er blieb wie vom Donner gerührt stehen.

Natürlich. *Natürlich!*

23

Cassian mußte nachdenken, also ließ er seine wartende Kutsche stehen und ging in südlicher Richtung zum Fluß und zum südlichsten Teil des Marktes. Dies war eine rauhere Gegend innerhalb des Theranerviertels, ein Ort, den er mit gefüllter Börse nie aufgesucht hätte. Doch das wenige, was er an kostbaren Besitztümern bei sich hatte, war unter seiner Kleidung verborgen, also setzte er sich ins Freie und kaufte bei einem eifrigen jungen Mädchen mit schmutzigem Gesicht Kokala und einen kleinen Teller mit kleinen süßen Obsttörtchen. Während er die dunkle, heiße, bittere Flüssigkeit schlürfte und sich am Kontrast des Getränks zur Süße der Törtchen erfreute, sammelte er seine Gedanken.

Die ganze Angelegenheit stellte sich so dar, als würde Tarlanth von den Ereignissen gewaltig profitieren. Finanziell würde er enorm zulegen. Und politisch hätte Kypros' Tod während seiner Geburtstagsansprache Tarlanth die Tür zum Palast des Oberherrn weit geöffnet. Die Planung war sorgsam und umfassend gewesen. Aber nicht sorgsam genug.

Es war nicht so, daß die Häuser Medari und Tarlanth profitieren würden. Es war nur so, daß es so *aussah*, als würden sie profitieren.

Derjenige, der hinter dieser Planung steckte, hatte beabsichtigt, Tarlanth als Spinne im Netz hinzustellen. Sie vermuteten, und das wahrscheinlich zu recht, daß der Zeitpunkt gekommen war, eben diesen Schluß zu ziehen. Das Kyprosfest war nah. Ilfaralek und das Militär waren nervös und standen unter großem Druck aufzudecken, warum so viele Adelige ermordet worden waren und wer – allem Anschein nach – die Absicht hatte, Kypros zu töten. Unter solchen Umständen würden die meisten Leute die offensichtliche Schlußfolgerung ziehen. Wie Ilfaralek. Falls der Oberste Sicherheitsbeauftragte irgendwelche Zweifel hatte, würde er sie wegen der Notwendigkeit herunterschlucken, seine Haut zu retten. Und jemand hatte all das berücksichtigt.

Wenn Tarlanth hier also als Sündenbock hingestellt wurde, wer konnte dann dafür verantwortlich sein? Wer es auch war, er mußte ausgedehnte und intime Kenntnisse über die Vorgänge in dieser Stadt haben. Ein Teil dieses Puzzles war unumstößlich – Daralecs Testament. Jemand mußte davon gewußt haben. Es war in der Tat sehr wahrscheinlich, daß Tarlanth zumindest *diesen* Teil geplant hatte. Er hatte Daralec irgendwie in der Hand gehabt. Vielleicht wußte er von Daralecs korrupten Machenschaften mit Mordain und hatte Daralec gezwungen, ein Testament zu seinen Gunsten abzufassen. Er hätte Daralec vielleicht auch töten lassen. Er hätte sogar den Mord an Daralecs Sohn arrangieren können, um absolut sicherzugehen, daß Daralec ihn nicht mit einer anderen Urkunde betrogen hatte, die das Testament null und nichtig machte. Es war möglich, aber irgendwie glaubte Cassian nicht daran. Nichtsdestoweniger ließ die Art und Weise, wie Tarlanth Daralecs Frau aus der Stadt geschafft hatte, darauf schließen, daß er an dem Unheil, das über das Haus Carinci hereingebrochen war, durchaus einen Anteil hatte.

Gewiß, Cassian hatte das Testament nicht gesehen, mit dem Ilfaralek ihm vor der Nase herumgewedelt hatte, aber er war sicher, daß sich der *Akarenti* irrte! Dieses Testament machte es zu offensichtlich, daß Tarlanth hinter den mysteriösen und schrecklichen Vorgängen steckte, die Vivane in Atem hielten. Viel zu offensichtlich. Doch das spielte vielleicht keine Rolle. Wenn derjenige, der hinter alledem steckte, sich mit den politischen Verhältnissen in Vivane auskannte, mochte er zu dem

Schluß gekommen sein, daß die Offensichtlichkeit kein Problem darstellte. Wie jeder mächtige Mann hatte bestimmt auch Tarlanth Feinde haben, Leute, die froh darüber sein würden, ihn stürzen zu sehen, und die nicht allzu genau auf die Vorgeschichte schauen würden. Und es würde viele andere Opportunisten geben, die nur allzu bereit waren, die Rolle der Schakale zu übernehmen. Der geheimnisvolle Unbekannte hatte in der Tat alles sehr schlau eingefädelt. Cassian hatte sich nicht täuschen lassen, aber der Unbekannte hatte vielleicht nicht gewußt, daß ein *Praetor* hinzugezogen würde. Und nun, da die Dinge dieses Stadium erreicht hatten, mochte der Unbekannte darauf spekulieren, daß die Stimme des *Praetors* im Chor der anderen Stimmen hier in Vivane untergehen würde.

Doch wer konnte es sein? Cassians sich überschlagende Gedanken kehrten immer wieder zu dieser Frage zurück. Wer war Tarlanths Feind? Wer würde von seinem Sturz profitieren? Es fiel ihm schwer, vernünftig darüber nachzudenken. Schließlich hatte er tagelang über völlig gegensätzliche Probleme gebrütet. Seine Schlußfolgerungen so plötzlich über den Haufen zu werfen, war nicht leicht, und er gab den ungleichen Kampf auf. Frustriert, aber nichtsdestoweniger äußerst erregt, ordnete er die von den Obsttörtchen übriggebliebenen Krümel mit dem Zeigefinger zu einer Reihe an, hob sie auf und aß sie, wobei er sich ob des Nachgeschmacks nach Obst und Honig die Lippen leckte.

Es war an der Zeit, seinem Gastgeber einen weiteren Besuch abzustatten. Schließlich war das womöglich seine letzte Gelegenheit, bevor Kypros Tarlanth ins Gefängnis werfen ließ. Und es gelang ihm vielleicht gerade noch, einen akzeptablen Vorwand zu ersinnen.

»Es kann natürlich sein, daß ich mir grundlos Sorgen mache«, sagte Cassian glatt. »Aber hier gibt es so etwas wie ein Muster. Mächtige Männer, die großen Anteil am wirtschaftlichen Leben der Stadt haben, verlieren ihre Söhne durch Mord. Ich nehme an, Ihr habt Vorsichtsmaßnahmen gegen einen derartigen Angriff getroffen, aber vielleicht solltet Ihr doch in Erwägung ziehen, Euren Sohn an einen sicheren Ort bringen zu lassen.«

Cassian hatte sich diese Einleitung sehr sorgfältig überlegt. Sie gab ihm einen natürlichen Aufhänger dafür, sich nach Karlanta zu erkundigen, sie demonstrierte Besorgnis um Tarlanths Familie und weckte so nicht das Mißtrauen des Mannes, und sie wirkte logisch und weitsichtig. Alles in allem hätte Tarlanth positiv darauf reagieren müssen. Die Antwort des Mannes kam völlig unerwartet.

»Absolut indiskutabel.« Tarlanth schien schon ob der bloßen Vorstellung in Rage zu geraten. »Ich würde keinen Gedanken daran verschwenden.«

»Es tut mir schrecklich leid, falls ich Euch gekränkt haben sollte«, sagte Cassian verblüfft. »Ich war nur um sein Wohlergehen und das Eurer Familie und Eures Hauses besorgt.«

»Ja, nun«, polterte Tarlanth, der jetzt eindeutig ins Hintertreffen geriet und aus irgendeinem Grund die Fassung zu verlieren schien. »Ich will nichts davon hören. Meine Familie bleibt hier in diesem Haus zusammen. Wir sind hier gut behütet, und Ihr könnt sicher sein, daß wir auf uns achtgeben können, vielen Dank, *Praetor*.«

»Wie Ihr wünscht. Ich glaube, ich irre mich nicht, wenn ich sage, daß Patracheus einen Sohn hat?«

»Was ist mit ihm?«

»Er ist vielleicht ebenfalls ein potentielles Ziel für einen Anschlag. Ich werde ihm denselben Rat geben wie Euch, obwohl es natürlich möglich ist, daß seine Antwort ebenso ausfällt.«

»Das ist seine Sache.« Tarlanth hatte sich wieder gefaßt, war jedoch ungehalten und wünschte offenbar, daß der Elf sein Haus verließ. Doch Cassian mußte nachsetzen, da die Zeit knapp wurde.

»Ist für Karlanta gut gesorgt?«

»Seit wann ist das Eure Sache?«

»Seit ich es zu meiner Sache gemacht habe, und Ihr würdet gut daran tun, das nicht zu vergessen, wenn ich eine von Besorgnis und Mitgefühl geleitete Frage stelle«, sagte Cassian scharf, der Tarlanths Grobheit für unangebracht hielt.

Wenngleich er immer noch ziemlich mürrisch aussah, schien sich Tarlanth ein wenig zu entspannen.

»Es tut mir leid, Cassian. Verzeiht meine Unhöflichkeit. Ich bin so beschäftigt, daß ich gelegentlich meine Manieren vergesse. Nun, da das Kyprosfest heranrückt, weiß ich kaum noch, wo mir der Kopf steht. Ich muß mich um so viele Dinge kümmern. Hunderte von Leuten sind zu organisieren, Vorräte müssen beschafft und angeliefert, bezahlt und verteilt werden, und es gibt tausend andere Dinge, über die ich mir den Kopf zerbreche. Nun, was Eure Frage betrifft, Karlanta wird sehr gut versorgt und befindet sich in guten Händen. Wir erwarten sie in etwa zwei Wochen zurück, wenngleich das natürlich davon abhängt, wie gut sie sich erholt. Der Verlust ihres Mannes und ihres Sohnes war schließlich ein furchtbarer Schock für sie.«

»Sie wird wahrscheinlich Daralecs Besitztümer erben, was ein Trost für sie sein sollte. Immerhin braucht sie sich in finanzieller Hinsicht keine Sorgen zu machen.«

Tarlanths Augen verengten sich, und sein ganzer Körper wurde starr. »Medari würde sich ohnehin um sie kümmern«, knurrte er. »Sie braucht keine Angst zu haben. Daran haben wir ihr gegenüber auch keinen Zweifel gelassen. All ihre Bedürfnisse werden erfüllt. Das ist unsere Pflicht.«

»In der Tat. Es ist auch ganz gut für sie, daß Medari so gewissenhaft in solchen Angelegenheiten ist«, sagte

Cassian schlagfertig. »Und natürlich wird das Haus selbst davon profitieren.«

»Was wollt Ihr damit sagen?« Tarlanths giftiger Unterton war unüberhörbar.

»Ich will damit sagen, daß Daralecs Testament bekannt ist«, sagte Cassian schlicht.

»Das geht nur Daralec und mich etwas an«, sagte Tarlanth. »Das Dokument ist absolut in Ordnung. Es wurde bezeugt von ...«

»Von Patracheus, ich weiß. Eine Gestalt von untadeliger Integrität und ein Mann mit sehr viel politischer Macht. Niemand, dessen Wort leicht angezweifelt werden kann.« Cassian sah Tarlanth direkt an und verwickelte den anderen Mann in ein Blickduell. »Nichtsdestoweniger werden viele Leute darauf sehr überrascht reagieren.«

»Das geht, verdammt noch mal, niemanden etwas an«, schrie Tarlanth.

»Vielleicht wird Darnius' Testament noch mehr Leute interessieren«, erwiderte Cassian gelassen. Das war sein Abschiedsschuß, mit dem er hoffte, Tarlanth zu zerbrechen. Die Reaktion des Mannes überraschte den Elf und befriedigte ihn zugleich.

»Darnius? Mordains Sohn? Was, um alles in der Welt, hat der damit zu tun?« Tarlanth sah völlig verwirrt aus.

»Ah, nun, vielleicht hätte ich das nicht ansprechen sollen«, sagte Cassian in beschwichtigendem Tonfall. »Eine kleine Indiskretion. Nun, es ist eigentlich nicht wichtig. Ich wage zu behaupten, daß Ihr in Kürze alles darüber erfahren werdet. Es tut mir leid, Eure Zeit in Anspruch genommen zu haben, wo Ihr so beschäftigt seid, Tarlanth. Verzeiht mein Eindringen.«

Cassian ließ Tarlanth mit offenem Mund zurück, als er innerlich lächelnd die prächtige Villa verließ.

Tarlanth hat keine Ahnung, dachte Cassian in dem sicheren Gefühl, daß dessen Reaktion nicht vorgetäuscht war. Er weiß wirklich nichts von dem Testament. Er kann Daralec ermordet oder den Mord an ihm und seinem Sohn arrangiert haben oder auch nicht, aber er hat nichts mit dem Unglück zu tun, das über Haus Thaloss hereingebrochen ist. Nichts anderes hatte Cassian erwartet. Kein Adeliger, der noch einigermaßen bei Verstand war, würde das Risiko eingehen und gleichzeitig ein Attentat auf die Abkömmlinge *zweier* Häuser verüben. Es sei denn, er war ungewöhnlich kühn und ungewöhnlich arrogant. Und Tarlanth war zwar arrogant, aber Kühnheit war kein hervorstechendes Merkmal eines Mannes in seinem Alter. Zumindest nicht sehr oft.

Cassian drehte sich kurz zur Villa um, als er die Schritte einer sich nähernden Abteilung Bewaffneter hörte. Vielleicht war es nur eine Routinepatrouille, vielleicht hatte Ilfaralek auch bereits die Verfügung von Kypros bekommen. Dann fiel Cassian das Glitzern des Sonnenlichts auf geneigtem Glas ins Auge, als sich ein Fenster im obersten Stockwerk des großen Hauses öffnete. Er schaute genauer hin und sah Lyn dort stehen, dessen Gesicht und Schultern vom Fenster eingerahmt wurden. Die zerbrechliche Gestalt mit dem blassen Gesicht sah ihm nach.

Armer Junge, dachte Cassian mitleidig. Was wird aus ihm werden? Wenn sein Vater seinen ganzen Besitz verliert, wird er in die Armut gestoßen. Sein Haus wird nicht für ihn sorgen, da die Sünden seines Vaters auf ihn zurückfallen werden und er ein Ausgestoßener sein wird. Der Junge schien nicht die Willenskraft zu haben, auf sich allein gestellt zu überleben. Cassian hatte seinen Vorschlag, den Jungen zu seiner eigenen Sicherheit fortzuschicken, ernst gemeint.

Die Sonne ging langsam unter, da die langen Sommertage der Vergangenheit angehörten, und der Abend brach an. Plötzlich fiel Cassian wieder ein, daß er vergessen hatte, Ziraldesh einen *Kedate* nachzusenden, und als er an die Kaserne und an die Notwendigkeit dachte, wieder dorthin zurückzukehren, erinnerte er sich auch an Jerenn.

Der Junge müßte seinen Kater mittlerweile überwunden haben, dachte er mit einem Grinsen. Ich sehe besser nach ihm. Zumindest werde ich ihn retten können, wenn die Legion eintrifft und Tarlanths Eigentum beschlagnahmt.

Hinter ihm starrte derjenige, den er nicht beschützen konnte, dem Elf lange und angestrengt nach, während dieser in seine Kutsche stieg und in einer Staubwolke auf der Auffahrt verschwand.

29

Sollte ich morgen irgendwohin gehen, mache ich mir vorher eine Liste von allen Dingen, die ich dort erledigen muß, so daß ich nichts vergesse, dachte Cassian, als er den Wachen am Kasernentor erneut seinen Paß zeigte. Glücklicherweise hatten die Wachen gewechselt, so daß ihm wenigstens respektlose Blicke von Soldaten erspart blieben, die sich vermutlich gefragt hätten, ob sie es bei ihm mit einem Anfall unheilbarer Vergeßlichkeit zu tun hatten.

Er ging zu dem Raum, in dem Jerenn eingeschlossen war, und sperrte die Tür auf. Der Junge war blaß, aber er stand problemlos auf, als der Elf eintrat, und sah auch nicht sonderlich mitgenommen aus.

»Ich glaube, du kannst gehen, wann immer du willst«, sagte Cassian zu ihm. »Die Soldaten haben mittlerweile fast dreihundert Leute festgenommen – praktisch jeden, der sich auch nur in der Nähe der Tunnels aufhielt. Du müßtest eigentlich vor allen magischen Bedrohungen sicher sein, die über deinem Haupt geschwebt haben. Aber du kannst auch noch bleiben, wenn du willst.«

»Mein Herr fragt sich vielleicht, wo ich bin«, sagte der Junge unschlüssig.

»Ich würde um Tarlanths Haus zur Zeit einen großen Bogen machen, wenn ich du wäre. Es ist besser, sich dort nicht sehen zu lassen.«

»Was ist passiert?«

»Das erzähle ich dir morgen«, erwiderte der Elf, der sein kleines Eingeständnis bereits bereute.

»Ich glaube, ich fühle mich wohler, wenn ich hier raus bin«, bekannte Jerenn.

Was dir außerdem ermöglichen würde, zu Tarlanths

Haus zu gehen und dort herumzuschnüffeln, dachte Cassian sofort und sagte es auch. Jerenn senkte den Blick und betrachtete angelegentlich seine Stiefelspitzen.

»Ich meine es ernst, geh heute nicht dorthin«, beharrte der Elf. »Es ist sicherer für dich, wenn du dich von Tarlanths Haus fernhältst. Bitte, Jerenn, beherzige meinen Rat in dieser Angelegenheit.«

Der Junge schien überrascht zu sein, mit einer Bitte und nicht mit einem Befehl konfrontiert zu werden. Normalerweise war das Sklavenleben anders.

»Ich verspreche es, Herr.«

»Gut. Nun, ich muß sagen, der Rosenvilla wird deine Anwesenheit gut tun, um die Mädchen auf Trab zu halten«, sagte Cassian mit einem Grinsen. »Außerdem nehme ich an, daß sich der eine oder andere Besucher bei mir einfinden wird, und es könnte ganz nützlich sein, dich zur Hand zu haben. Pack deine Sachen, dann nehme ich dich mit zurück.«

Während der Junge seine wenigen Habseligkeiten einsammelte, fand Cassian den äußerst beschäftigten *Akarenti* und erkundigte sich nach seinen Fortschritten.

»Tarlanth müßte bereits hierher unterwegs sein«, sagte Ilfaralek gutgelaunt. »Selbstverständlich zusammen mit seiner Frau. Ich habe kaum Zweifel daran, daß sie sich um die magischen Aspekte ihrer Planung gekümmert hat.«

»Wenn man ihm Schuld unterstellt, so ist das durchaus nachvollziehbar«, sagte Cassian glatt, wobei er Ilfaraleks Stirnrunzeln geflissentlich übersah. »Aber ich bezweifle, daß er gesteht. Und Beweise werden sich kaum erbringen lassen.«

»Nun, ich kann ihn kaum den *Ghareez* übergeben«, räumte Ilfaralek ein. »Jedenfalls nicht ohne die Erlaubnis einer Vollkonklave, und die zu bekommen, könnte schwierig sein, wenn man bedenkt, daß Tarlanth in fast allen Geschäften der Stadt mitmischt. Aber ich kann sein Haus von oben bis unten durchsuchen lassen, und ich bin sicher, daß wir etwas finden werden.«

»Außer Spinnweben, nehme ich an«, sagte der Elf mit honigsüßer Stimme. »Nun, ich wünsche Euch jedenfalls viel Glück und gute Jagd. Eigentlich bin ich hier, um für den Rest des Tages einen *Kedate* von Euch anzufordern.«

»Ich glaube, das ist möglich, aber nun, da wir neben den Vorbereitungen für das Fest noch das halbe Ruinenviertel absperren und Männer zu Tarlanth schicken müssen, ist es ein wenig schwierig«, erwiderte Ilfaralek. »Ist es denn dringend?«

»Hmmm. Nein, nun, vielleicht kann ich selbst gehen«, grübelte Cassian. Er überlegte sich rasch, daß es ihm möglich sein sollte, vor Anbruch der Nacht wieder zurück zu sein. »Es ist eigentlich nichts von Bedeutung. Wahrscheinlich jage ich nur Hirngespinsten nach.«

»Ein Berufsrisiko, würde ich sagen«, stellte Ilfaralek trocken fest.

»In der Tat, und auch für einen *Akarenti*«, erwiderte Cassian leichthin. »Nun, ich mache mich jetzt auf den Weg. Vielen Dank, daß Ihr Euch um Jerenn gekümmert habt.«

»Vielen Dank, daß Ihr ihn jetzt mitnehmt. Ich erwarte in Kürze einige wichtige Besucher«, sagte Ilfaralek, und wie auf Stichwort kündigte ein energisches Klopfen an der Tür die Ankunft des ersten an. Cassian warf einen Blick auf den schwarz behelmten vasgothischen Abgesandten und entschuldigte sich dann.

Harte Männer aus einem harten Land, dachte Cassian. Sie leben immer noch mit der Plage, mehr als wir, da sie anscheinend jeden Tag ein neues Kaer entdecken – oder wenigstens war es während meiner kurzen Zeit bei ihnen so. Mädchen werden verheiratet, sobald sie Kinder bekommen können, und wenn es keine geeigneten jungen Männer für eine Heirat gibt – und oft gibt es keine –, bekommen sie trotzdem welche. In diesem grauen Land sterben so viele, daß es die einzige Möglichkeit ist, wie sie überleben können: Indem sie so rasch wie möglich so viele Kinder wie möglich bekommen. Es spiegelt sich auf ihren Gesichtern wider: Glück ist ein Gefühl, das bei ihnen nicht zu existieren scheint. Cassian hatte Vasgothien nicht gemocht und seinen Aufenthalt dort als sehr bedrückend empfunden. Tatsächlich hatte er sich seitdem bemüht, vasgothische Gesellschaft grundsätzlich zu meiden.

Jerenn, der auf ihn wartete, lungerte draußen herum. Gemeinsam gingen sie zur Kutsche des Elfs und fuhren dann in gemächlichem Tempo zur Großen Allee und dann weiter zur Rosenvilla.

Cassian wollte sichergehen, daß Jerenn möglichst wenig Gelegenheit bekam, Unheil anzurichten, also sagte er zu ihm: »Bei meiner Rückkehr werde ich ein Bad nehmen und zu Abend essen wollen. Eines der Mädchen, Shalstra, nicht wahr?« – der Junge nickte – »Sie hat Fieber. Hat einen gekochten Schweinsfuß gegessen, der offenbar nicht ganz gar war«, fuhr der Elf fort, der bei dem Gedanken daran eine Grimasse schnitt. »Also wirst du einkaufen und vielleicht sogar Gemüse schälen müssen, solche Dinge eben. Sorg dafür, daß bei meiner Rückkehr alles für mich bereit ist.«

»Das werde ich, Herr«, sagte Jerenn ergeben. Cassian warf ihm noch einen vielsagenden Blick zu, ging dann zu seiner Kutsche und ließ den Jungen an der Haustür stehen. Als die Kutsche wieder auf die Straße bog, winkte er ihm noch einmal zum Abschied zu.

Jerenn brauchte fünf Minuten, um sich zu vergewissern, daß Hysilde, das zweite Mädchen, wie erwartet schon alles für das Abendessen vorbereitet hatte. Sie war weder intelligent noch hübsch, aber sie arbeitete für zwei, und dafür hatte Jerenn sie schon immer gemocht. Dadurch war sein eigenes Leben weniger anstrengend. Kurz danach überlegte er sich, welche Verkleidung er benötigen würde.

Cassian brauchte für die Reise länger als erwartet, weil so viele Leute in die andere Richtung, also nach Vivane, unterwegs waren. Viele hatten offenbar beschlossen, ein paar Tage vor dem Kyprosfest einzutreffen, um sich den Markt anzusehen, Zeit mit Verwandten zu verbringen, das schöne Wetter zu genießen und in einem der wenigen Flüsse zu schwimmen, die keine größeren Gefahren aufzuweisen hatten als übernervöse T'skrang-Matrosen, oder auch aus schändlicheren oder zügelloseren Gründen. Ihre Karawanen, von Sklaven getragene Bahren, Reisegesellschaften, Pferde und Lasttiere schienen manchmal die gesamte Straße in Beschlag zu nehmen.

Cassian trommelte verärgert mit den Fingern auf den Knien, verkniff es sich aber, dem Kutscher zuzurufen, er solle schneller fahren, da sich an der Verzögerung nichts ändern ließ, aber als er schließlich in der Lage war, seine Beine aus der Kutschentür zu strecken und sich den Wachen Vrontoks, der Siedlung unter Himmelsspitze, zu nähern, bildete er sich bereits ein, die Anfänge eines Krampfes in ihnen zu spüren. Sogar mit seinem Paß dauerte es fast eine halbe Stunde, bis er hindurch war. Die Anzahl der Leute, die herein oder in den meisten Fällen heraus wollten, war gewaltig, und die Wachen waren überarbeitet. Cassian steuerte die Büros der Admiralin Tularch an. Natürlich würde die Tularch nicht da sein, aber dort würde er die Listen mit den Reiseunterlagen finden.

»Ich muß die Abreiselisten des heutigen Tages einsehen«, sagte er zu einem überarbeiteten Hauptmann. Der Zwerg betrachtete ihn voller Zorn, bis er Cassians Reichssiegel sah, um dann laut zu seufzen.

»*Praetor*, ich weiß nicht, ob wir alle erfaßt haben«, gestand er ein. »Wir mußten uns zwei völlig unerwartete Reisegesellschaften aus Marac und Indris vornehmen. Dabei haben wir fast eine halbe Tonne Schmuggelware beschlagnahmt. Wir können nicht überall zugleich sein.«

»Natürlich nicht«, sagte Cassian beschwichtigend. »Nicht unter solchen Umständen.« Er drehte das Buch um, das ihm der Zwerg zuschob, um die gestochene Schrift richtig herum lesen zu können. Das Buch durchzusehen, dauerte fast eine halbe Stunde, in der er inmitten des Tohuwabohus in dem Büro ruhig dasaß, aber als er zum letzten Namen kam, hatte er immer noch keine Spur von demjenigen gefunden, den er suchte.

»Habt Ihr gefunden, wonach Ihr sucht?«

»Ich fürchte, nein«, sagte Cassian.

»O je.« Der Zwerg war offensichtlich beunruhigt, da er zweifellos befürchtete, daß man ihm die Schuld für alle fehlenden Einträge geben würde, was immer Cassian zuvor auch gesagt haben mochte. »Sucht Ihr jemand Bestimmtes?«

»Einen Mann namens Ziraldesh aus Vivane.«

Die Augen des Zwergs leuchteten auf. »Warum habt Ihr das nicht gleich gesagt? Einer unserer jungen Magier hier kennt ihn sehr gut. Er war heute für die Kontrolle aller Abreisenden zuständig, und zwar seit neun Uhr heute morgen. War Euer Mann danach hier?«

»Mit Sicherheit.«

»Gut!« sagte der Zwerg mit offensichtlicher Erleichterung. »Belrundi! Geh und hol Akalar. Sag ihm, es ist wichtig und er muß sofort kommen. Um diese Zeit gibt es für ihn ohnehin nichts mehr zu kontrollieren.«

Einer der Untergebenen des Zwergs trollte sich und kehrte zehn Minuten später mit einem gertenschlanken jungen Mann zurück, dessen Teint vermuten ließ, daß er möglicherweise allergisch gegen Sonnenschein war. Der unerfreuliche Geruch, der ihm anhing, ließ dagegen vermuten, daß er wohl auch gegen Bäder allergisch war. Cassian bemühte sich, nicht zu vergessen, daß man an die gelegentlich sehr weltfremde Art von Magiern Zugeständnisse machen mußte. Unter Berücksichtigung seiner empfindlichen Nase und der Nähe des jungen Mannes dauerte es glücklicherweise nur ein paar Augenblicke, die Tatsachen in Erfahrung zu bringen.

»Er war hier«, sagte Akalar nachdenklich, »aber er war nicht dort, wo ich war. Ich habe ihn in meiner Pause gesehen, als ich einem Ruf der Natur folgte. Er ging auf und ab und starrte überall und nirgends hin, wenn Ihr wißt, was ich meine. Ich habe ihn gegrüßt, aber er schien mich gar nicht zur Kenntnis zu nehmen.«

»Wann war das?«

»Am Vormittag. Ich weiß nicht genau, wann, aber ich kann die Abreiselisten durchgehen und …«

»Das ist nicht nötig, solange du sicher bist, daß er nicht abgereist ist.«

»Nein, das ist er nicht«, sagte der junge Mann zuversichtlich, dessen Lächeln zwei Zahnreihen enthüllte, in denen seit einiger Zeit die Fäule Amok lief. »Ich habe ihn nicht gesehen. Und ich habe jeden gesehen. Ich sehe sogar Leute, die man gar nicht sehen kann.«

»Er meint Leute, die versuchen, unsichtbar an Bord zu gelangen«, warf der Zwergenhauptmann ein.

Ihr Passionen, bewahrt mich, dachte Cassian. Hier arbeiten zu müssen, mußte ein Zeichen ernstlicher Ungnade sein.

»Ich danke, daß ihr mir eure Zeit geopfert habt. Ihr habt mir sehr geholfen.«

Auf dem Rückweg dachte Cassian über das soeben Gehörte nach. Ziraldesh war hier gewesen, aber nicht, um sich aus dem Staub zu machen. Was hatte er also hier gewollt? Wahrscheinlich hat er auf eine Ankunft gewartet, dachte Cassian. Aber warum hätte er seine Frau und seinen Sohn mitnehmen sollen? Das war ungewöhnlich. Wenn er gekommen war, um einen Verwandten abzuholen, warum dann mit seiner Frau? Schließlich war der Heimweg nicht so lang. Verwirrend.

Nun, zweifellos ist er mittlerweile nach Vivane zurückgekehrt, sagte sich Cassian, und es scheint wenig Sinn zu haben, die Listen aller Ankömmlinge durchzusehen und zu raten, wer wohl sein Freund oder Verwandter sein könnte. Es wird einfacher sein, ihn direkt zu fragen.

Jerenn war zwischen Neugier und Furcht hin und her gerissen. Er befürchtete, daß Mutter Grishin von den Soldaten festgenommen worden sein könnte, also wollte er herausfinden, ob sie in Sicherheit war. Außerdem wollte er möglichst viel Klatsch über die Vorgänge unter dem Rattenzirkus hören, der im Ruinenviertel gewiß die Runde machte. Einerseits wollte er herausfinden, ob der Magier, der sein Blut hatte, festgenommen worden war, da er davon überzeugt war, darüber weder von den Soldaten noch von Cassian etwas zu erfahren. Außerdem wollte er aus Eitelkeit hören, ob er selbst in den Gerüchten und Geschichten Erwähnung fand. Der unbekannte Sklavenjunge, der zurück in die Stadt gerannt war und seinen Freund davor bewahrt hatte, von den Orks und der Magierin getötet zu werden. Das alles herauszufinden, verlangte eine bessere Verkleidung als seine übliche.

Eine rasche Stippvisite in den Zimmern der Mädchen versorgte ihn, unterstützt durch Shalstras Abwesenheit, mit allem, was er benötigte. Jerenn hatte sich schon früher als Mädchen verkleidet, als er aus Märkteburg geflohen war und versucht hatte, dem halben Dutzend Personen zu entkommen, die ihn verfolgten und immer danach fragten, ob ein Junge des Weges gekommen sei. Die List hatte ihm das Leben gerettet, daran zweifelte er nicht.

Jetzt war er älter und befangener und daher nicht besonders glücklich darüber, es wieder zu tun, aber er erinnerte sich auch daran, daß ihm seine Maskerade als Mädchen ermöglicht hatte, einiges von dem mitzuhören, was sich die Mädchen über Jungen und Männer erzählten, Bemerkungen, die ebenso erhellend wie peinlich gewesen waren.

Er besaß immer noch etwas von Cassians Gold und seinen Torpaß. Der Elf hatte ihn nicht aufgefordert, ihn zurückzugeben. Er würde sich vergewissern müssen, daß die Wachen am Tor nicht diejenigen waren, die seinen Paß in der letzten Nacht kontrolliert hatten und wußten, daß er ein Junge war, aber er würde sie sich unbemerkt ansehen können und sich zuerst vergewissern, daß er nicht entdeckt werden konnte. Jedenfalls konnte er es nicht riskieren, seinen alten Weg durch die Keller und unterirdischen Gänge zu nehmen. Das war viel zu gefährlich. Er hielt sich ein wenig geduckt, um seine Größe zu verbergen, die eher der einer erwachsenen Frau als der mädchenhaften Gestalt entsprach, die er anzunehmen versuchte, wickelte sich ein Seidentuch über das kurze Haar. Dann überließ er Hysilde ihren Kochtöpfen und schlich sich vorsichtig zur Hintertür hinaus.

Innerhalb einer halben Stunde, in der er sich reichlich Zeit ließ, die Wachen zu beobachten, war Jerenn wieder im Ruinenviertel. Er hängte sich einfach ans Ende einer Reihe von Arbeitern, Waschfrauen und Kulis, die sich einen Hungerlohn verdienten, indem sie für theranische Haushalte arbeiteten, die nicht wohlhabend genug waren, um sich eine komplette Belegschaft von Sklaven leisten zu können, und wurde durchgelassen, wobei sein Paß kaum von der Phalanx menschlicher und zwergischer Soldaten inspiziert wurde, die offensichtlich tagtäglich Tausende dieser Papiere kontrollieren mußten und die diese Aufgabe wahrscheinlich so leid waren, daß sie nachlässig wurden. Jerenn fiel jedoch auf, daß sie bei der Kontrolle der hereinkommenden Personen wesentlich aufmerksamer zu Werke gingen. Wenn er sich im Ruinenviertel in eine Trinkstube setzte, mußte er darauf achten, nur sehr wenig zu trinken. Er würde seinen ganzen Verstand brauchen, wenn er später wieder zurückkommen wollte.

Als er einen Platz gefunden hatte, wo er ein schlechtes kleines Bier trinken und ein Stück Brot verzehren konnte, gab er sich absichtlich so wie jemand, der nach einer bestimmten Person Ausschau hielt, indem er immer wieder hierhin und dorthin sah. Schließlich hatte der Trick die gewünschte Wirkung. Ein stämmiger Ork verschüttete fast seinen Krug mit vorgeblichem *Hurlg*, das in Geschmack und Konsistenz jedoch eher dem ähnelte, was der Hund des Schankwirts früher am Tag in seiner Blase gehabt haben mochte, als er Jerenn lüstern angrinste und fragte, wen sie suche.

Jerenn wedelte mit einer Handvoll Lederriemen. »Ich suche Taravail«, sagte er mit einer Stimme, die beträchtlich höher war als seine übliche. »Die sind für die alte Mutter Grishin. Ich weiß nicht, wohin sie verschwunden ist, und Taravail finde ich auch nicht.«

»Wofür sind die?« wollte der Ork wissen, wobei er versuchte, die hin und her schwingenden Lederriemen zu fixieren.

»Für Stiefel«, sagte Jerenn zuckersüß.

»Ach ja, ich hörte, daß sie die macht«, sagte der Ork, indem er versuchte, den Anschein von Nachdenklichkeit zu erwecken. Es war kein sehr überzeugender Anschein. »Tja, den kannst du vergessen. Sie haben ihn mitgenommen.«

»Die Soldaten? O je«, sagte Jerenn traurig. Taravail hatte ihm schließlich nie etwas getan und ihn bei mindestens einer Gelegenheit vor einem wahrscheinlich äußerst unangenehmen Schicksal bewahrt. Jerenn wußte, daß Leute, die von den Soldaten aus dem Ruinenviertel geholt wurden, nur selten zurückkamen.

Und wenn sie zurückkamen, fehlte ihnen das eine oder andere.

»Über die alte Grishin weiß ich nichts«, sagte der Ork, wobei das letzte Wort in einem donnernden Rülpser unterging. »Sie sagen, sie wär' abgehauen, als die Soldaten kamen. Man sagt, sie wär jetzt unten bei den Wiedergängern.« Er grinste bösartig. »Is sowieso 'ne komische Tante. Dämliche alte Kuh. Komm und setz dich auf mein Knie und trink 'n Schluck.« Er hob die Brauen in einer – wie er wohl meinte – suggestiven Geste der Ermutigung, aber da er dabei ziemlich schielte, war die Wirkung eher komisch als beleidigend. Jerenn mußte einfach lachen und dann hastig den Rückzug antreten, bevor der Ork seiner Wut auf gewalttätige Weise Luft machte.

In sicherer Entfernung von der Trinkstube sah Jerenn sich um. Er wußte nicht so recht, was er tun sollte. Wenn Grishin aus den oberen Tunnels weiter nach unten geflohen war, konnte er das Risiko, ihr zu folgen, nicht eingehen. Soldaten, übriggebliebene rachsüchtige Tunnelbauer, Grabbesetzer und schlimmere Dinge mochten ihn dort erwarten. Er konnte herzlich wenig tun.

Dann sah er aus dem Augenwinkel zwei Gestalten durch den Eingang einer Zwergenhütte verschwinden. Daß es sich um ein Haus für Zwerge handelte, war für ihn wegen der Größe offensichtlich. Doch die Gestalten waren keine Zwerge, das ging eindeutig aus der Tatsache hervor, daß sie sich bücken mußten, um das Haus zu betreten. Bei der einen Gestalt handelte es sich um einen verdächtig gut gekleideten, schlanken Elf mit dunkler Haut, der jung und stark aussah. Die andere Gestalt war eine dunkelhaarige junge Frau in schwarzen und braunen Gewändern. Irgend etwas an ihnen erinnerte Jerenn an jemanden oder etwas, wenngleich er nicht wußte, wer oder was das war. Doch er hatte so eine Ahnung, daß es wichtig war. Außerdem war ihm klar, daß er mitten am Tag nicht einfach hingehen und versuchen konnte, sie zu belauschen.

Wenn ich mehr erfahren will, muß ich bis zur Dämmerung warten, dachte er traurig. Cassian wird mich *töten*, wenn ich wieder bis in die Nacht fortbleibe.

Nein, wird er nicht, sagte seine Neugier. Es ist noch gar nicht so lange her, seit ich ihn vor den Orks gerettet habe. Er wird mich dieses eine Mal noch verschonen. Bestimmt. Schließlich bleibt er nicht ohne Abendessen, oder?

Jerenn grinste und sah sich nach einem Platz um, an dem er bleiben konnte, bis es dunkel genug war, um sich näher heran zu schleichen, oder bis das Paar wieder herauskam und er ihm folgen konnte. Er wußte immer noch nicht, warum es wichtig war, nur, daß er es tun mußte.

Innerhalb von zehn Minuten hatte er eine geeignete Stelle gefunden, einen Spalt in einer Ecke zwischen zwei fast völlig eingestürzten Mauern, von dem aus er das Haus beobachten konnte, ohne sich verdächtig zu machen. Wenn ihn jemand bemerkte, würde dieser jemand annehmen, er – oder vielmehr ›sie‹ – suche sich früh am Abend ein warmes Plätzchen für die Nacht. Er wußte nicht, daß innerhalb der Mauern des kleinen Hauses bereits niemand mehr lebte.

30

Cassian hatte sich mittlerweile an die Tatsache gewöhnt, daß es immer ein paar Minuten dauerte, wenn er an eine Tür klopfte, bis diese geöffnet wurde. Er wartete geduldig, und schließlich erschien wieder derselbe unglücklich wirkende Sklave, um sein lautes Pochen zu beantworten. Der Mann sah noch ängstlicher aus als bei seinem letzten Besuch.

»Ich will nichts davon hören, daß dein Herr nicht zu Hause ist«, sagte Cassian.

»Nun, er ist tatsächlich nicht da«, erwiderte der Mann verdrossen, »aber dafür ist die Herrin jetzt im Hause. Vielleicht tretet Ihr besser ein.«

Der Elf ging an ihm vorbei und fand Shusala im Wohnzimmer, wo sie geistesabwesend das Porträt eines jungen Elfs betrachtete. Er war dunkelhäutig, hübsch und schlank, und seine Züge waren fein gezeichnet. Die Ähnlichkeit mit ihr war nicht zu übersehen. Cassian räusperte sich, um sich bemerkbar zu machen.

»Ich hoffte, Euren Mann sprechen zu können«, sagte er höflich.

»Er ist nicht da«, erwiderte sie ein wenig mechanisch, ohne sich ihm zuzuwenden.

»Was wolltet Ihr heute in Himmelsspitze?« fragte Cassian direkt. »Ich kann keinerlei Anzeichen von einem Neuankömmling im Haus entdecken.« Daraufhin drehte sie sich zu ihm um. In ihren Augen lag ein Ausdruck der Trauer, und ihre Haltung drückte Niedergeschlagenheit aus.

»Wir haben meinen Sohn gesucht«, sagte sie traurig.

»Ist er fortgegangen?«

»Er sagte, er würde es tun. Oder vielmehr hat er eine entsprechende Nachricht hinterlassen. Wir sind ihn suchen gegangen. Er hat nämlich keinen zwingenden Grund genannt.«

Damit hatte Cassian nicht gerechnet. »Es tut mir leid«, sagte er ziemlich verlegen. »Aber ich würde trotzdem gerne mit Ziraldesh reden. Wo kann ich ihn finden?«

»Irgendwo in der Stadt«, sagte sie, wobei sie kraftlos mit der Hand wedelte. »Er wollte ein paar Freunde fragen, ob sie etwas über Ladamair wissen. Wohin er gegangen sein könnte, irgend etwas, irgendeinen Hinweis. Er wird wohl erst sehr spät in der Nacht zurückkommen.«

»Ist er das?« fragte Cassian, auf das Porträt deutend. Sie nickte. »Er ist ein hübscher junger Mann. Ihr müßt sehr stolz auf ihn sein.«

Shusala sagte nichts, doch Cassians Blick glitt an dem Porträt vorbei, das sich in einem neuen Rahmen befand und an der Wand lehnte, wo es offenbar darauf wartete, aufgehängt zu werden. Daneben stand ein weiteres Bild, auf dem zwei junge Elfen zu sehen waren, ein Mädchen und ein Junge. Die Ähnlichkeit der beiden war verblüffend. Beide hatten lange dunkle Haare, die auf fast identische Art geflochten waren, und der junge Mann wirkte ein klein wenig feminin, wobei ihm eine Eleganz anhaftete, in der sich seine – mutmaßliche – Schwester widerspiegelte.

»Wer sind diese beiden, wenn ich fragen darf?«

»Parinth und Insensora. Ihre Mutter und ich sind befreundet. Nach der Tragödie wollte sie dieses Bild nicht mehr haben. Es war zu schmerzhaft für sie. Sie wollte es wegwerfen, aber dann habe ich es genommen. Ich dachte, daß sie später vielleicht dankbar sein könnte, es als Andenken zurückzubekommen, wenn die Zeit einmal die Wunden geheilt hat.«

»Sie kann sich glücklich schätzen, solch eine aufmerksame und mitfühlende Freundin zu haben«, sagte Cassian aufrichtig. »Das sind sehr gelungene Porträts.

Ich würde normalerweise sagen, daß sie nur ein elfischer Künstler gemalt haben kann. Aber irgendwie kommt mir der Stil nicht elfisch vor. Die Details entsprechen nicht dem, was ich von solchen Händen erwarte. Wer ist der Künstler?«

»Lyn. Tarlanths Sohn. Er war für kurze Zeit ein Schüler meines Mannes, bis es offensichtlich würde, daß er kein Talent besaß. Dann, nach einer seiner Krankheiten, ist mein Mann nicht mehr zu seinem Lehrer bestellt worden.«

»Waren alle drei Ziraldeshs Schüler?«

»Nicht wirklich. Wie ich schon sagte, mein Mann hat Lyn nur für kurze Zeit unterrichtet.« Ihr Tonfall veränderte sich. »Ich mache mir Sorgen um diesen Jungen. Natürlich habt Ihr die Neuigkeiten über Tarlanth bereits gehört.«

»Ich bin gerade erst in die Stadt zurückgekehrt«, erwiderte Cassian. »Aber ich nehme an, daß er festgenommen wurde?«

»In der Stadt häufen sich die Gerüchte darüber«, bestätigte sie. »Natürlich weiß niemand etwas Genaues, aber nach Mordains Selbstmord überschlagen sich die Klatschmäuler der Stadt förmlich.«

»Das kann ich mir vorstellen«, sagte Cassian mit einem trockenen Lächeln. »Nun, ich will Ziraldesh auf jeden Fall sprechen. Er hat nichts zu befürchten, das kann ich Euch versichern. Ich bedaure, daß er sich bei unseren bisherigen Gesprächen immer zu einer sehr abwehrenden Haltung verpflichtet gefühlt hat.«

»Nicht überraschend, wenn gerade ein Mann sehr plötzlich gestorben ist, der uns so lange erpreßt hat und unser Leben hätte ruinieren können«, stellte Shusala fest.

»In der Tat. Nun, ich habe keinen Grund zu glauben, daß Ziraldesh damit etwas zu tun hatte«, sagte Cassian zu ihr. »Ich habe keinen bestimmten Grund, warum ich ihn sprechen will. Ich habe nur so eine Ahnung, daß er mir wahrscheinlich helfen kann. Ich wäre sehr dankbar, wenn er mir bei seiner Rückkehr eine Botschaft senden könnte. Wenn er sehr spät heimkommt und sehr müde ist, ist morgen auch noch früh genug. Ich hoffe, bis dahin wißt Ihr schon etwas Neues über Euren Sohn. Hat es Ärger gegeben?«

»Nein, das ist es ja, was mich so überrascht«, sagte Shusala. »Er kam mir in letzter Zeit ziemlich reizbar vor, aber er hat mir gegenüber nichts Bestimmtes erwähnt. Darum mache ich mir auch solche Sorgen.«

»Ich bin sicher, es geht ihm gut.« Cassian wünschte, er hätte überzeugender geklungen. »Ich wünsche Euch eine gute Nacht. Vielen Dank für Eure Hilfe.«

Die Dämmerung brach herein, als die Sonne zwischen den Zinnen der entfernten Stadtmauer verschwand. Jerenn war mittlerweile müde und gelangweilt. Niemand hatte das kleine Haus verlassen oder betreten, und er hatte nichts Ungewöhnliches bemerkt. Zwar wäre ihm tiefere Dunkelheit als Deckung lieber gewesen wäre, um sich näher heranzuschleichen, aber ein Vorfall ein Stück weit entfernt gab ihm die Hoffnung, auch jetzt schon der allgemeinen Aufmerksamkeit zu entgehen. Zwei Trolle hatten offenbar eine Meinungsverschiedenheit wegen irgendeiner Kleinigkeit, die sie augenscheinlich mit Gewalt bereinigen wollten, da sie sich, zweifellos beflügelt durch das eine oder andere Glas, im Staub wälzten und wütend miteinander rangen. Eine kleine Zuschauermenge hatte sich bereits um sie versammelt, die beide Kämpfer anfeuerte, den anderen in Stücke zu reißen. Aller Augen waren auf den Kampf gerichtet, also beschloß Jerenn, das Risiko einzugehen und sich zum Haus zu schleichen.

Die Haustür war geschlossen und sah solide und stabil aus. Viele Häuser im Ruinenviertel hatten beschädigte oder verzogene Türen oder Türrahmen, aber diese war völlig in Ordnung. Ein vorsichtiger Druck ließ nicht vermuten, daß sie sich leicht öffnen würde. Die Fensterläden waren geschlossen, und Jerenn konnte nichts durch sie sehen. Er vergewisserte sich kurz, daß ihm niemand zusah, dann zog er sein Messer und stieß entschlossen gegen die Tür.

Im Innern stank es entsetzlich. Widerwärtig stinkende Luft drang in Mund und Nase und biß in seine Kehle. Der Gestank war scharf und ätzend und mit dem unverkennbaren Geruch nach Blut durchsetzt. Es war dunkel in dem Haus, nur durch ein paar Risse in den Fensterläden fielen noch Strahlen der untergehenden Sonne. Jerenn konnte fast nichts sehen, obwohl er die Tür nicht ganz hinter sich zugezogen hatte. Da er keine Laterne bei sich hatte, beschloß er, das Risiko einzugehen, die Tür wieder zu öffnen, um zu sehen, was der Raum enthielt.

Ein Elf lag am Boden. Sein Hemd war aufgerissen, so daß seine nackte Brust zu sehen war. Die Adern auf dem entblößten Leib, im Gesicht und an den Armen traten stark hervor. Die Kehle war ihm mit einem präzisen Schnitt von Ohr zu Ohr durchtrennt worden, und ein zweiter, mit gleicher Präzision ausgeführter Schnitt spaltete das Gesicht von der Stirn bis zur Luftröhre. Der Kopf lag in einer Blutlache, die wie ein scharlachroter Glorienschein aussah. Die Hände der Leiche schienen nach irgend etwas zu greifen, und Jerenn sah, daß sich Kristallscherben in die Handflächen und sogar unter die Fingernägel gebohrt hatten. Sein Gesicht hatte sich zu einem Ausdruck furchtbaren Schreckens verzogen anstatt zu einem der durch einen schmerzhaften Tod hervorgerufenen Qual.

Von Entsetzen geschüttelt, kehrten Jerenns Sinne zurück und schrien ihm zu, sofort zu verschwinden. Er konnte nicht den ganzen Raum sehen, und es war möglich, daß der Mörder immer noch im Haus oder hinter der nächsten Tür lauerte. Er ging hinaus, schloß die Tür hinter sich und entfernte sich so schnell wie möglich von dem Haus, ohne dabei zu laufen. Als er zwanzig Schritte weit gekommen war, stieß er alle Vorsicht in den Wind und rannte wie verrückt, wobei ihm völlig egal war, ob ihn jemand bemerkte. Schließlich war er nur ein Mädchen, das vor einem raubgierigen oder übereifrigen Verfolger floh. Das war ein alltäglicher Anblick. Nicht, daß ihm in seinem panikerfüllten Zustand so ein vernünftiger Gedanke gekommen wäre. Er rannte aus Leibeskräften zum Stadttor.

Tarlanths Haus wimmelte von Soldaten, die alles durchsuchten. Sie hatten bereits damit begonnen, riesige Stapel von Büchern und Papieren in Kisten zu packen, die später von Ilfaraleks Leuten unter die Lupe genommen würden. Als Cassian eintrat, hörte er verzweifelte, flehentliche Bitten von oben. Er eilte schnell die Marmorstufen empor und fand einen in Tränen aufgelösten Jungen vor, der zwei Zwergensoldaten anflehte, auf deren Gesichtern boshafte Freude stand. Lyn warf Cassian einen verzweifelten, hilfesuchenden Blick zu.

»Bitte, sie wollen mir alles nehmen, was ich habe«, schluchzte er jämmerlich.

»Bei allen Passionen«, sagte Cassian zu den Zwergen, »dieser Junge ist praktisch ein Invalide. Er ist krank und bekümmert. Ihr habt keine Vollmacht, ihn zu schikanieren, und solltet ihn eigentlich sogar schützen. Oder ist euch noch nicht aufgefallen, daß kürzlich die Söhne gewisser Adeliger dieser Stadt ermordet worden sind?«

»Doch, und wir wissen auch, wer der Mörder ist«, konterte einer der Zwerge.

»Ihr *glaubt* es zu wissen. Ich möchte euch daran erinnern, daß nichts bewiesen ist. Laßt diesen Jungen in Ruhe. Er besitzt absolut nichts, was ihr mitnehmen müßtet. Ihr habt bereits genug Sachen durchwühlt, um Material für ein Dutzend Verhandlungen vor der Konklave zusammenzutragen, von einer ganz zu schweigen –

wenn ihr wißt, was ihr tut.« Die Zwerge verzogen das Gesicht, wichen aber schließlich brummend zurück.

Später wußte Cassian nicht, warum seine Reaktion so stark ausgefallen war. Eine Eingebung sagte ihm, daß Shusalas Sohn wahrscheinlich bereits tot war, und Lyn mochte das nächste Opfer sein. Irgendeine seltsame Gefühlsregung rebellierte gegen die Vorstellung, daß der Junge dem Tod so einsam und unglücklich ins Auge sehen würde.

Lyn sank auf einen Sessel, wo er sich leicht hin und her wiegte. Erschütternderweise lutschte er tatsächlich am Daumen. Einerseits war Cassian zornig auf ihn, weil er sich so kindisch benahm, aber insgesamt überwog das Mitleid für den unglücklichen Jungen.

»Ich werde mit Ilfaralek reden«, sagte der Elf entschlossen. »Ich werde dafür sorgen, daß du Räumlichkeiten für dich bekommst und dich die Soldaten in Ruhe lassen.«

»Danke«, sagte der Junge mit unendlicher Müdigkeit und Trauer. Er war offenbar am Boden zerstört.

»Hast du jemanden, der sich um dich kümmert?« fragte der Elf. »Du solltest nicht ganz allein hier bleiben.«

»Ich habe ein Hausmädchen«, sagte der Junge unsicher.

»Ich dachte mehr an eine Familie«, sagte der Elf. »Vielleicht der Cousin deines Vaters? Ich bin davon überzeugt, daß man sich in Patracheus' Haushalt besser um dich kümmern würde.«

»Nicht nach dem, was einige der Soldaten gesagt haben«, sagte der Junge, indem er mit dem Daumen hinter sich auf die Soldaten draußen zeigte. Aha, also entwickelt Ilfaralek echten Ehrgeiz, dachte Cassian. Meine Güte, was für ein Durcheinander.

»Nun«, sagte er zögernd, »es muß doch jemanden geben.«

»Eigentlich nicht«, sagte Lyn. »Mein Hausmädchen reicht mir. Solange sie mich in Ruhe lassen.«

»Das werden sie«, erwiderte Cassian fest. »Überlaß sie ruhig mir.«

Cassian hätte in die Rosenvilla zurückkehren sollen, denn es wurde langsam spät, und sein Magen protestierte gegen die Mißachtung seiner Bedürfnisse. Aber er war ein wenig angespannt, da er das Gefühl hatte, daß sich die Dinge allmählich zuspitzten und er es sich nicht leisten konnte, seine Zeit mit Luxus wie Essen oder Schlafen zu verschwenden. Aus keinem besonderen Grund und obwohl es tatsächlich sogar unhöflich war, ließ er sich von seinem Kutscher noch einmal zu Ziraldeshs Haus fahren. Shusala hatte sich nicht aus dem Wohnzimmer gerührt.

»Ich muß mich für diesen höchst ungerechtfertigten Besuch entschuldigen«, sagte Cassian. »Ich werde Euch nicht wieder belästigen.« Sein Blick richtete sich erneut auf die Porträts. Er hatte das Gefühl, jeden Augenblick eine Eingebung zu haben, und er war bereit, ihr zu folgen.

»Ich weiß, daß es ein unbilliges Ansinnen ist, aber könnte ich mir das borgen?« fragte er, indem er das Porträt der Zwillinge aufnahm. »Ich bringe es morgen zurück. Es ist bei mir gut aufgehoben, das versichere ich Euch.«

Shusala betrachtete ihn mit leerem Blick. »Wofür braucht Ihr es?«

»Ich weiß es nicht genau«, sagte er. Dann, wiederum ohne guten Grund, legte er die Hand auf das Porträt ihres Sohnes. »Das auch. Mir ist die Bedeutung, die das für Euch hat, durchaus klar. Ich kann dies nur als Gefälligkeit von Euch erbitten. Ich habe kein Recht, es zu verlangen, und es würde mir nichts ausmachen, wenn Ihr mir sagtet, ich solle an meine Manieren denken und nicht mit solch unbilligen und dummen Wünschen an Euch herantreten.«

Sie lächelte müde. »Wenn es sein muß, obwohl ich

nicht sehe, wozu das gut sein soll. Bitte gebt gut acht auf das Porträt meines Sohnes. Ich besitze außer diesem nur noch ein einziges anderes.«

»Vielen Dank«, sagte Cassian, indem er seinen Umhang ablegte und die Bilder sehr sorgfältig darin einwickelte. Er trug sie wie ein Neugeborenes. »Ihr werdet sie morgen bei Tagesanbruch zurückbekommen.«

»Es muß nicht so früh sein«, sagte sie.

»Irgendwie habe ich das Gefühl, daß ich bis dahin keinen Schlaf bekommen werde.« Cassian lächelte matt. »Ich finde schon selbst hinaus. Nochmals vielen Dank.«

Endlich gab er dem müden Kutscher den Befehl, ihn nach Hause zu fahren. Der Mann gähnte und murmelte etwas über ein Abendessen. Cassian legte die eingewickelten Bilder in die Kutsche, griff in seine Tasche und gab dem Mann eine Goldmünze. Der Kutscher sah ihn verblüfft und sehr dankbar an.

»Du warst als Bediensteter so vernünftig und höflich, wie man es sich nur wünschen kann«, sagte Cassian. »Und es war sehr rücksichtslos von mir, dir zu befehlen, mich hierhin und dorthin zu fahren, und das zu jeder Tages- und Nachtzeit. Und plötzlich fällt mir auf, daß ich nicht einmal deinen Namen kenne.«

»Kendreck, Herr.«

»Nun, Kendreck, das ist nur eine kleine Entschädigung, aber mehr habe ich im Moment nicht bei mir. Und jetzt laß uns nach Hause fahren, dann werde ich dafür sorgen, daß du einen guten Wein zum Abendessen bekommst.«

Der Kutscher lächelte glücklich. »Der würde mir bestimmt schrecklich gut schmecken, Herr.«

»Das glaube ich auch«, sagte Cassian mit Nachdruck.

Es dauerte einige Zeit, bis Jerenn eintraf, als Cassian ihn rief. Als der Junge schließlich auftauchte, hatte der Elf die mitgebrachten Porträts bereits aus dem Umhang ausgewickelt.

»Wo bist du gewesen, Junge? Ich sagte dir doch, ich will Abendessen, und ich bin sowieso schon sehr spät daran, also…« Er stutzte mitten im Satz. Jerenn war bleich, und seine Hände zitterten. Er sah entschieden krank aus.

»Hast du wieder Fieber?« fragte der Elf fürsorglich.

»Nein, Herr, mir geht es gut«, log Jerenn. Er hatte weder den Wunsch, über das Gesehene zu sprechen, noch eine Schilderung davon abzugeben, wie er sich an den wenig entgegenkommenden Wachen am Tor vorbeigemogelt hatte, um wieder in die Stadt zu kommen. Er war froh, daß sich der Elf verspätet hatte.

»Hmmm«, machte Cassian mißtrauisch. »Nun«, fuhr er fort, während er die Porträts auswickelte und eines davon hochhielt, um es im Licht zu betrachten, »ist wenigsten mein Bad fertig?«

Hinter ihm ertönte ein Geräusch. Der Elf drehte sich um und sah Jerenn am Boden liegen. Offenbar war der Junge in Ohnmacht gefallen.

31

Eine Schüssel Eiswasser brachte Jerenn wieder ins Land der Lebenden. Er hustete und prustete, und als sich sein verschwommener Blick wieder klärte, sah er einen sehr besorgten Elf vor sich stehen.

»Du bist krank, du dummer Junge«, sagte Cassian nicht unfreundlich. »Warum hast du nichts gesagt? Es ist wohl besser, wenn du dich gleich ins Bett legst.«

»Das ist es nicht, Herr.« Noch ein wenig schwindlig, sah sich Jerenn unsicher um.

»Was ist es dann?«

»Dieses Bild, Herr.«

Der Elf gab jede Hoffnung auf, Jerenn noch dazu zu bewegen, ihn nicht ›Herr‹ zu nennen. »Was ist damit? Es zeigt Ladamair, Ziraldeshs Sohn. Kennst du ihn?«

»Nein, Herr.«

»Dann hast du ihn gesehen, als er einmal bei Tarlanth zu Besuch war?«

»Nein, nein.« Jerenn, der immer noch versuchte, seine Gedanken zu ordnen, winkte schwach mit der Hand, um Cassian davon abzuhalten, seinen Erklärungsversuchen mit immer neuen Mutmaßungen zuvorzukommen. »Also, ich hatte ihn noch nie zuvor gesehen. Das heißt, bis vor kurzem.«

»Was heißt, ›bis vor kurzem‹?« fragte Cassian mißtrauisch.

»Bis vor weniger als einer Stunde. Er ist tot.«

»Das hatte ich befürchtet. Warum erzählst du mir nicht, bei welcher Gelegenheit du ihn zu Gesicht bekommen hast? Angeblich soll er die Stadt nämlich bereits mit einem Luftschiff von Himmelsspitze aus verlassen haben.«

»O nein, Herr«, sagte Jerenn entschieden. »Das

stimmt auf gar keinen Fall. Er liegt ermordet außerhalb der Mauern, Herr.« Worte ergossen sich aus seinem Mund, und Cassian wartete geduldig Jerenns Schilderung seiner unerlaubten Wanderschaften ab.

»Dann meinst du die Mauern des Hauses?«

»Nein, Herr, ich meine die Mauern der Stadt – das Ruinenviertel.«

»Und niemand hat das Haus verlassen?«

»Ich bin absolut sicher. Ich habe es nicht aus den Augen gelassen. Ich bin nicht einmal für eine Minute weggegangen, und es hat mich auch niemand belästigt.«

»Ich glaube dir.« Es war möglich, daß sich jemand von Jerenn unbemerkt aus dem Haus geschlichen hatte, aber Cassian wußte, daß der Junge gewitzt und hartnäckig war und sich nicht so leicht ablenken ließ. Der Mörder konnte ungesehen durch eine Falltür im Boden oder möglicherweise sogar unter dem Schutz von Magie entkommen sein. Der Mörder? dachte Cassian. Nein, viel wahrscheinlicher die Mörderin.

»Nun, du hättest natürlich nicht gehen dürfen«, sagte er schließlich, nachdem er sich Jerenns Entschuldigungen für seinen Ungehorsam angehört hatte. »Aber ich kann dich kaum deswegen schelten.« Cassian setzte sich und dachte einige Zeit angestrengt nach, das Kinn auf eine Hand gestützt. Jerenn, der immer noch so aussah, als fühle er sich ein wenig unwohl, unterbrach seine Überlegungen nicht.

»Du solltest dich jetzt ausruhen. Du hast für einen Tag genug Schrecken und Überraschungen erlebt.«

»Werdet Ihr Euch die Leiche ansehen?« fragte Jerenn schwach und bedrückt.

»Ich glaube nicht«, überlegte er laut, indem er auf das Porträt deutete. »Vorausgesetzt, du bist absolut sicher, daß er es war.«

»Ich habe überhaupt keine Zweifel, Herr«, sagte Jerenn inbrünstig. »Die kleine Narbe auf seiner Stirn schließt einen Irrtum praktisch aus.«

Cassian sah sich das Porträt sorgfältig an. Mitten auf Ladamairs Stirn, direkt unter dem Haaransatz, befand sich tatsächlich eine kleine Vertiefung. Er hatte nicht darauf geachtet, als er sich das Porträt angesehen hatte. Daß der Junge dieses Detail bemerkt hatte und er selbst nicht, war Beweis genug für Jerenns gute Beobachtungsgabe. Er war in der Tat sehr scharfsichtig, und nicht nur genau, sondern fast schon penibel.

»Was werdet Ihr jetzt tun?« fragte Jerenn.

»Nachdem ich dafür gesorgt habe, daß du dich ins Bett legst und auch dort bleibst, werde ich wohl ein Wort mit *Akarenti* Ilfaralek wechseln«, sagte der Elf grimmig.

In seinen Büros in der Kaserne war Ilfaralek wegen Tarlanths Festnahme in Hochstimmung und nicht gewillt, sich ob Cassians Befürchtungen Sorgen zu machen.

»Also haben wir die Aussage eines Zeugen, dessen Identität Ihr nicht enthüllen wollt«, begann er. Cassian ärgerte sich über den *Akarenti*. Ilfaralek wußte ganz genau, daß Cassian Jerenns Namen nicht nennen konnte, wenn er dem Jungen eine Menge Ärger ersparen wollte. Schließlich hatte sich dieser mit der Benutzung des Torpasses ohne Cassians Begleitung eines Verbrechens schuldig gemacht. Ilfaralek wußte das, und er wußte auch, daß Jerenn der Zeuge sein mußte. Und er war zufrieden, den Elf in der Klemme zu belassen, in der er saß. Das nahm Cassian Ilfaralek ziemlich übel.

»Und der diese Behauptung über jemanden aufstellt, den er noch nie gesehen hat«, schloß Ilfaralek. »Nicht sehr beeindruckend, oder?«

»Ihr könntet wenigstens ein paar Männer zu dem Haus schicken«, sagte Cassian, der sich alle Mühe gab, gelassener zu klingen, als er sich fühlte.

»Oh, das werde ich«, sagte Ilfaralek. »Aber Ihr wißt ebensogut wie ich, daß jeder einzelne Soldat in der

Stadt genug Arbeit hat, um ihn achtundvierzig Stunden am Tag auf Trab zu halten. Aber ich werde der Sache dennoch nachgehen.«

Du würdest mehr Eifer an den Tag legen, wenn Ziraldesh ein Adeliger mit so viel Geld und Einfluß wäre, daß er bei der Entscheidung, wer deinen Posten bekommt, ein Wörtchen mitzureden hätte, dachte Cassian, um diese Vorstellung dann als zu kleinkariert zu verwerfen.

»Natürlich. Und ich gehe davon aus, daß Eure Männer Tarlanths Sohn seit der Festnahme seines Vaters nicht über Gebühr belästigt haben. Der Bursche ist ein Invalide, Ilfaralek. Er weiß absolut nichts über die Geschäftsangelegenheiten seines Vaters.«

»Vielleicht doch«, erwiderte Ilfaralek ziemlich aufgeblasen. Er prunkte mit der offiziellen Kleidung eines Generals und trug Orden und Medaillen, die er sich gewiß nicht auf dem Schlachtfeld verdient hatte, und sein Gehabe entsprach immer mehr seinem Aussehen.

»Nun hört aber auf«, protestierte Cassian. »Ihr müßt den Jungen doch gesehen haben. Er hat genausoviel Ahnung von den Geschäften und Intrigen des Adels wie Ihr und ich von der Geisterbeschwörung.«

Ilfaraleks Miene zeigte, daß er, wenngleich widerwillig, derselben Ansicht war. »Na schön, ich werde dafür sorgen, daß er drei Zimmer für sich und seine Kinderschwester hat, und daß meine Männer ihn in Ruhe lassen. Wir haben ohnehin bereits genug Material gesammelt«, räumte er ein.

»Hat Tarlanth bereits irgend etwas gestanden?«

»Macht Ihr Witze? Er ist eine harte Nuß. Aber in Kürze wird er uns ein hübsches Lied singen, da könnt Ihr ganz unbesorgt sein.«

»Stört es Euch überhaupt nicht, daß Stunden nach seiner Festnahme der Sohn eines weiteren Adeligen ermordet aufgefunden wurde?«

»Ihr habt mir doch selbst gesagt, daß der Junge verschwunden ist, *bevor* wir Tarlanth in Gewahrsam genommen haben«, stellte Ilfaralek mit einem breiten Grinsen fest. »Auf jeden Fall können wir sicher sein, daß Tarlanth die Morde nicht selbst begangen hat. Wenn er in diese Geschichte verwickelt ist, hat er mit Sicherheit jemanden angeworben, der die Schmutzarbeit für ihn erledigt. Er hätte jederzeit den Befehl geben können, Ladamair zu töten. Ich sagte schon, daß ich mich darum kümmere, Cassian.« Er schob ein paar Papiere auf seinem Schreibtisch hin und her und entrollte eine Schriftrolle mit dem Siegel des Oberherrn. Cassian verstand den Wink und ging.

Ich kann kaum etwas tun, bevor ich mit Ziraldesh gesprochen habe, dachte er, während er dankbar und in tiefen Zügen die kühle Nachtluft vor den strahlend hell erleuchteten Büros einatmete. Das Wiehern der Pferde in den Ställen, die Rufe der Matrosen, der Gesang, der Lärm der Kämpfe, der Trinkgelage und des allgemeinen Lebens in der Hafengegend sowie das Gelächter aus den Quartieren der gewöhnlichen Soldaten drang auf ihn ein. Ich könnte selbst ins Ruinenviertel gehen, aber das ist überhaupt nicht nötig. Jerenn hat mir alles erzählt, was ich dort vorfinden würde. Das ist jetzt eine Aufgabe für Ilfaralek und seine Männer. Der Elf wußte, daß auch seine Intuition nicht mehr aus den Informationen machen konnte, die er bis jetzt bekommen hatte. Damit blieb ihm ein Übermaß an nervöser Energie, mit der er nichts anfangen konnte.

Du könntest Lyn bewachen, flüsterte ihm eine innere Stimme zu. Das brauche ich nicht, dachte er sofort und im Vertrauen auf die Kraft seiner Intuition. Er ist heute nacht nicht in Gefahr. Der Mörder wird nicht zweimal in derselben Nacht zuschlagen.

Du könntest Shusala sagen, daß ihr Sohn tot ist, flüsterte die Stimme weiter. Das brauche ich auch nicht, dachte. Sie weiß es bereits. Das wird mir jetzt klar.

Cassian war zu Fuß zur Kaserne gekommen, um

Kendreck dem Kutscher den wohlverdienten Luxus einer Nacht ungestörten Schlafs zu gönnen. Er ging rasch zum Kasernentor und in die Nacht hinein, wo er sich unter die vielen Leute mischte, die unter den wachsamen Augen der Legion über die Große Allee schlenderten. Ohne Eile schlug er den Weg nach Norden und dorthin ein, wohin er wollte.

Angesichts der Beliebtheit der Zikkurate und der Anzahl der Besucher, die sie einmal selbst erleben wollten, hatte man den Zugang zu ihnen eingeschränkt. Das Vorzeigen seines Reichssiegels verschaffte ihm Zugang, so daß er die Stufen erklomm, und nachdem er sich ein wenig umgesehen hatte, fand er einen Platz, wo er sich hinsetzen und entspannen konnte. Er wußte, daß dies eine Phase war, in der er ruhig abwarten und die Dinge auf sich einwirken lassen mußte, und so ließ er seinen Tagträumen und Phantasien freien Lauf.

Zu seiner Überraschung dachte er an alles mögliche, nur nicht an Ereignisse der jüngsten Vergangenheit. Er erinnerte sich an die Zeit in Karnand und an die Relikte tief unter den gefährlich wogenden vielfarbigen Sandwüsten, von denen es hieß, sie seien für alle Ewigkeit vom Blut legendärer und fabelhafter Bestien befleckt, die dort Tausende von Jahre, bevor die Große Stadt auch nur ein Glitzern im Auge oder eine Hoffnung im Herzen gewesen war, gekämpft hatten und verendet waren. Den Passionen sei Dank hatte er sich nur in einige der Gräber an der Oberfläche wagen müssen. In den tiefer liegenden Gräbern lauerten Schrecken und Gefahren, vor denen einen selbst die besten magischen Schutzvorrichtungen nicht bewahren konnten. Bei dieser Gelegenheit hatte er einem Dämon allein gegenübergestanden, zum ersten und bisher einzigen Mal, und obwohl er seinen magischen Gürtel aus diesem Grab mitgebracht hatte, war dies nur ein Nebenprodukt der Aufgabe gewesen, die er dort zu lösen hatte. Durch die Konfrontation mit dem Dämon hatte Cassian von der Besessenheit und dem Wahnsinn erfahren, der das Haus Carinci in Karnand so gut wie ausgelöscht hatte, und obwohl die Wahrheit bitter gewesen war, hatte er sie herausgefunden. Diese restlos erfolgreiche Untersuchung hatte viel zu seiner Reputation beigetragen, und durch die Tatsache, daß er mit einem Schicksal schlimmer als der Tod konfrontiert worden war und dieses überlebt hatte, war er nur noch stärker geworden.

Warum muß ich gerade daran denken? grübelte er. Es ist so lange her. In dieser Stadt ist kein Dämon am Werk, und ich befinde mich auch längst nicht in einer derartig verzweifelten Situation wie damals. Er zuckte die Achseln und rieb sich die Augen.

Zu seiner Überraschung tauchten die ersten Streifen des neuen Tages am Horizont auf. Ein dunkelblauer Ring mit den ersten schwachen Anzeichen der aufgehenden Sonne war deutlich zu sehen. Ich muß seit fünf oder sechs Stunden hier sein, dachte er verblüfft. Er war nicht schläfrig. Seine Träumerei hatte ihn mehr erfrischt als jeder Schlaf.

Seine Muskeln waren durch die Kälte, die die tiefsten Nachtstunden mit sich gebracht hatten, ein wenig steif geworden. Als er die Stufen herabging, begegnete ihm Shusala, die auf dem Weg nach oben war. Sie wartete geduldig auf ihn.

»Ich dachte mir, daß ich Euch hier finden würde«, sagte sie nur.

»Dann ist Euer Mann zurückgekehrt?«

»Ja. Er ist sehr müde, aber er sagt, daß er jetzt mit Euch reden wird, wenn Ihr kommen wollt«, fuhr sie sanftmütig fort.

»Das ist sehr entgegenkommend von ihm. Ich meinte es wirklich ernst, als ich sagte, er hätte vor mir nichts zu befürchten«, beruhigte sie Cassian.

»Er hat unseren Sohn nicht finden können.«

»Nein«, war alles, was Cassian herausbekam. Er war jetzt unsicher, was seine frühere Eingebung betraf. Er wollte nicht derjenige sein, der ihr die Wahrheit sagte, und außerdem klammerte er sich an der Tatsache fest, daß er die Leiche nicht selbst gesehen hatte.

»Ihr wißt, daß er tot ist«, sagte sie traurig.

»Ich fürchte, das könnte sein«, sagte Cassian, der den Blick zu Boden gerichtet hatte und sich einen Schritt vor ihr hielt. Er wollte ihr nicht ins Gesicht sehen.

»Mein Mann ist immer noch entschlossen, ihn zu finden, und wird sich bei dem Versuch bis zur völligen Erschöpfung verausgaben«, sagte sie noch trauriger als zuvor, doch mit einem resignierten Unterton. Sie wußte es bereits einige Zeit. Vielleicht schon seit dem Auffinden der Nachricht. Dennoch war Cassian sicher, daß sie absolut keine Ahnung hatte, warum Ladamair hatte sterben müssen.

»Ich muß Euch leider zustimmen«, antwortete er. »Es tut mir leid, daß ich Euch nicht meine Kutsche anbieten kann, denn ich bin zu Fuß gekommen. Mein Kutscher hatte etwas Ruhe verdient«, sagte er mit einem matten Lächeln, als sie den Fuß der Treppe erreichten. Es war eine Erleichterung, irgend etwas sagen zu können, das nichts mit dem Schicksal ihres Sohnes zu tun hatte. Insbesondere unter Berücksichtigung der Art, wie er gestorben war, wenn Jerenns Beschreibung stimmte, woran Cassian nicht zweifelte.

»Dann kommt mit mir«, sagte sie, indem sie seine Hand nahm und ihn zu ihrer eigenen führte.

»Ich habe nicht die geringste Ahnung, warum Ihr mich sprechen wollt. Laßt uns schnell machen, damit ich Euch los bin und endlich etwas Schlaf bekomme«, sagte der rotäugige Mann grob. Ziraldesh war offensichtlich nicht sehr guter Laune.

»Ich habe keine bestimmten Fragen«, begann Cassian vorsichtig. »Und ich versichere Euch, daß ich keinerlei ...«

»Ja, ja, das weiß ich alles«, sagte Ziraldesh matt. »Es

gibt ohnehin nichts, was Euren Argwohn erregen könnte. Von der Hälfte dieser Leute weiß ich nicht einmal, was sie getrieben haben, und offen gesagt interessiert es mich auch herzlich wenig. Ich bin kein Geschäftsmann. Ich habe überhaupt keinen Zahlenverstand.«

»Mich beschäftigt die Tatsache, daß es jemand auf die Kinder abgesehen hat. Daralecs Tod folgt der Tod seines Sohnes. Mordains Selbstmord wird letzten Endes durch den Tod seines Sohnes bewirkt. Die Ermordung der Kinder Schavians scheint sinnlos zu sein.«

Das war kaum eine diplomatische Formulierung, wenn man bedachte, daß Ziraldesh soeben seinen eigenen vermißten Sohn gesucht hatte, aber dem Mann schien das nicht aufzufallen.

»Und?«

»Ihr seid Lehrer der gescheitesten Adelskinder. Ihr habt auch Schavians Kinder unterrichtet, glaube ich.«

»Und tatsächlich auch Daralecs Sohn. Aber mit Mordains Sohn hatte ich nichts zu tun. Haltet Ihr mich für einen Kindermörder?« Ziraldeshs Stimme klang schrill.

Cassian verlor langsam die Geduld. »Das habe ich bereits mehrfach verneint«, erwiderte er schneidend. »Ich frage mich nur, ob Euch irgend etwas Ungewöhnliches aufgefallen ist. *Irgend etwas*.«

»Ich weiß nicht, was Ihr meint«, sagte Ziraldesh unbeholfen. In diesem Augenblick wußte Cassian, daß der Mann irgendein Geheimnis verbarg.

»Ihr seid ein Magier«, sagte er zögernd. »Einige der Morde sind offensichtlich mit magischen Mitteln begangen worden. Ilfaralek ließ kurz nach Crielles Tod einen Geisterbeschwörer zum Tatort kommen, der jedoch nichts mehr von der Leiche erfahren konnte. Ich habe mich ebenfalls gewisser Techniken bedient, die mir nicht nur enthüllt haben, daß Magie angewandt wurde, sondern auch, daß jemand in der Lage war, ihre Natur und Anwendung zu verschleiern.«

Ziraldesh wirkte überrascht. »Ich habe Euch nicht für einen Magier gehalten«, murmelte er.

»Ich habe viele Talente«, sagte Cassian. Der prahlerische Charakter dieser Bemerkung wurde durch Cassians ironischen Tonfall gemildert, der dem nach vielen Stunden der Suche und einer Nacht ohne Schlaf erschöpften Ziraldesh jedoch entging.

»Schön, das habt Ihr also in Erfahrung gebracht«, sagte Ziraldesh. »Und weiter?«

»Jetzt mache ich mir Gedanken über den Magier Aralesh«, sagte Cassian. »Ich habe noch nichts entdeckt, was ihn mit den Morden in Vivane in Verbindung bringt. Bei den Zwillingen gibt es zumindest die Verbindung in Gestalt des Todes der anderen jungen Leute. Der Fall Aralesh und sein plötzlicher Wahnsinn steht für sich allein.«

»Und?«

Cassian entging der Schatten der Angst nicht, der über Ziraldeshs Gesicht huschte.

»Und ich halte es für sehr wahrscheinlich, daß sich jemand seiner entledigt – oder ihn in den Wahnsinn getrieben – hat, der etwas mit ihm zu tun gehabt haben muß. Der sich von ihm Fähigkeiten angeeignet, von ihm gelernt hat. Der diese Fähigkeiten möglicherweise eingesetzt und befürchtet hat, Aralesh könnte argwöhnen, wer hinter den mysteriösen Vorfällen in dieser Stadt steckt«, sagte der Elf glatt.

»Tarlanth ist bereits festgenommen worden«, murmelte Ziraldesh.

»Einstweilen«, sagte Cassian gelassen. »Aber ich glaube nicht, daß er hinter den Morden steckt.«

»Der Mann ist ein Schwein«, spie Ziraldesh förmlich. »Ich hoffe, daß sein Kopf irgendwann vom Richtblock rollt.«

Cassian fand diese Reaktion sehr aufschlußreich. Welchen Grund konnte Ziraldesh haben, Tarlanth so zu verabscheuen?

»Ihr kanntet Aralesh ziemlich gut«, bohrte er weiter.

»Ich sagte Euch bereits, daß wir kaum etwas miteinander zu tun hatten.«

»Aber Ihr müßt wissen, ob er einen wichtigen Schüler gehabt oder ständig mit jemandem zusammengearbeitet hat. Und ob er vielleicht in Machenschaften verwickelt war, die in irgendeiner Weise fragwürdig sind.« Der Magier fuhr bei diesen Worten sichtlich auf. »Kommt schon, Ziraldesh, er war ein Geisterbeschwörer. Das ist eine Disziplin, bei der die Behörden gelegentlich gewisse anrüchige Praktiken übersehen.«

»Ich weiß nicht, was Ihr meint«, sagte Ziraldesh steif.

»Stellt Euch nicht dümmer, als Ihr seid«, fuhr Cassian ihn an. »Es wäre überraschend, wenn Aralesh nicht mit Toten herumgepfuscht, Zauberbücher zweifelhafter Natur gesammelt oder sich auf gefährliche Rituale eingelassen hätte. Das wissen wir beide. Ich spüre schon lange, daß Eure offensichtliche Angst zum Teil auf der Furcht vor so einer Entdeckung beruht, weil man Euch dann dasselbe Etikett anhaften könnte.«

Der Mann machte Anstalten, sich von seinem Stuhl zu erheben, doch Cassian bedeutete ihm, sitzen zu bleiben.

»Bitte, Ziraldesh. Vergehen dieser Art interessieren mich nicht. Mich interessieren nur die acht Todesfälle, die sich bereits ereignet haben, und ob es vielleicht noch mehr werden.«

Ziraldesh sah einen Moment lang weg. Als er sich schließlich wieder Cassian zuwandte, war sein Gesicht weiß vor Furcht.

»*Acht* Todesfälle?«

Cassian war sofort klar, was ihm soeben herausgerutscht war.

»Mein Sohn ist tot«, schrie der Mann, der jetzt jegliche Selbstbeherrschung verlor. »Warum habt Ihr mir das nicht gesagt?«

»Ich weiß es nicht mit Sicherheit«, sagte der Elf lahm.

»Ihr *wußtet* es«, beschuldigte Ziraldesh ihn und warf sich auf ihn. Cassian überwältigte ihn leicht, indem er die um sich schlagenden Arme des Mannes packte und ihn wieder auf seinen Stuhl niederzwang. Ziraldesh wehrte sich eine Weile, um dann hemmungslos zu schluchzen. Er ließ den Kopf auf die Hände sinken, so daß sein Gesicht fast auf den Knien lag. Cassian kniete sich neben ihn, legte ihm einen Arm um die Schultern und sagte gar nichts.

Das Schluchzen des Mannes, der sich jetzt wieder beruhigte, hatte seine Frau aufgeschreckt. Sie stand in der Tür und betrachtete die beiden.

»Ich wollte es ihm nicht sagen«, sagte Cassian bedauernd. Sie ging zu Ziraldesh, und Cassian erhob sich, so daß sie ihren Mann trösten konnte.

»Ich glaube, es wird Zeit, alles zu gestehen«, sagte sie ruhig.

32

Eine endlose und unglaubliche Sekunde lang dachte Cassian, Ziraldesh werde sich zu den Morden bekennen. Damit hätte er als erstes gerechnet. Dann rebellierte sein Verstand und wußte, daß dies nicht sein konnte. Was Ziraldesh auch zugeben wollte – dies war es ganz gewiß nicht. Der Mann hatte völlig die Fassung verloren, und es dauerte eine Weile, bis er wieder reden konnte.

»Die Jugendlichen, die ermordet worden sind. Ich habe sie alle unterrichtet, versteht Ihr?«

»Nein, ich verstehe nicht«, erwiderte Cassian.

»Sogar Darnius. Nun, nur für kurze Zeit, weil er die falschen Dinge aus den falschen Gründen wissen wollte.«

»Wovon redet Ihr?«

»Es ging nicht nur darum, ihnen die Grundbegriffe der Magie beizubringen«, erklärte Shusala ruhig, um ihren Mann zum Weiterreden zu bewegen.

»Meine Frau hat mir berichtet, Ihr hättet einen *Kedate* nach Marac geschickt«, sagte Ziraldesh traurig.

»Er müßte bald zurück sein, vielleicht übermorgen.«

»Dann erfahrt Ihr es ohnehin, also kann ich es Euch ruhig erzählen«, fuhr Ziraldesh fort. »Ich habe früher der Bruderschaft des Fleisches angehört.«

Cassians Augen verengten sich. Er war dem Kult bereits öfter als einmal begegnet. Er war der Wahnsinnigen Passion Raggok gewidmet und verehrte diese höllische Wesenheit in ihrer sybaritischen Ausformung. Die Bruderschaft war eine Vereinigung zügelloser Adliger, Übersättigter, die auf der Jagd nach größeren und unaussprechlicheren Ausschweifungen waren, und die meisten beendeten ihr Leben im Delirium, mit einem unabsichtlichen Selbstmord durch den übermäßigen Gebrauch von Drogen oder Reizgiften, durch Krankheiten oder noch Schlimmeres. Er konnte sich diesen schlanken, fast asketischen Mann kaum als Angehörigen dieser Vereinigung vorstellen. Offiziell war die Bruderschaft verboten, doch oft genug hatte sie höheren Ortes ausreichend Einfluß, um dafür zu sorgen, daß die Mitgliedschaft ein Leben lang unentdeckt blieb.

»Und Ihr habt den Kindern dieses Gift eingeimpft?« fragte Cassian ungläubig.

»Nein! Wartet, Ihr versteht mich nicht«, protestierte Ziraldesh. »Die Leute schließen sich der Bruderschaft aus den verschiedensten Gründen an. Ihr wißt, daß sie über ein bestimmtes Wissen verfügt wie jeder geheime und verbotene Kult.«

Cassian glaubte zu wissen, worauf der Magier hinauswollte. Jünger der geistesgestörten Passion widmeten sich insbesondere dem Studium der Dämonen. Von Raggok hieß es mehr als von jeder anderen Passion, daß er den Dämonen diene. Manchmal schloß sich jemand einem Raggok-Kult in der Hoffnung an, mehr über diese Dinge zu erfahren und zu versuchen, sich seine geistige Gesundheit zu bewahren, während er sich das verbotene Wissen aneignete. Normalerweise wurde solch eine Person ebenso zügellos und böse wie die zerrüttetsten Kultmitglieder.

»Und was habt Ihr ihnen vermittelt? Wissen über die Dämonen?«

»Ich war es gar nicht«, protestierte Ziraldesh. Cassian war seinem Geständnis bereits vorausgeeilt.

»Aralesh. Ihr habt sie an Aralesh verwiesen. Wenn Ihr einen Schüler hattet, der eine Neigung zu diesen Dingen und ausreichend Talent besaß, habt Ihr ihn weitergereicht, so daß er mehr darüber erfahren konnte.«

»Ja.« Ziraldesh sah aus, als gebe er sich völlig geschlagen. »Aber Ihr versteht mich immer noch nicht. Es waren sensible Kinder. Sie waren neugierig und klug.

Ich glaubte, daß sie ohnehin diesem Weg folgen und so wenigstens in die richtige Richtung geführt würden, wenn sie von Aralesh über diese Dinge erführen.«

»Aber vielleicht haben sich die Dinge nicht so entwickelt, wie Ihr gehofft habt.«

»Nein … Vielleicht …«, stotterte Ziraldesh. »Ich weiß es nicht. Vielleicht habe ich ihn falsch eingeschätzt.«

»Er war ebenfalls ein Mitglied der Bruderschaft?«

»Ja, das war er. Aber vergeßt nicht, daß er sein Wissen oft genug angewandt hat, um die Stadt zu schützen. Mein Glaube, daß er die Kinder auf den richtigen Weg führen würde, war nicht völlig aus der Luft gegriffen. Ich dachte, ich würde allen helfen, sowohl den Kindern als auch der Stadt. Ich dachte, ich täte meine Pflicht.«

Es hätte selbstgerecht geklungen, wäre die Aufrichtigkeit des Mannes nicht so offensichtlich gewesen. Dennoch bohrte Cassian weiter.

»Aber Ihr habt *etwas* gewußt. Ihr hattet Grund zu der Annahme, daß Aralesh sie auf irgendeine Weise verdarb.«

»Ich habe es erst kürzlich erfahren«, sagte Ziraldesh. »Ich habe immer noch keinen Grund zu der Annahme, daß Aralesh sie zum Dienst an den Dämonen verführt hat oder etwas in dieser Art.«

»Was war es dann?«

»Aralesh hatte gewisse Gelüste. Fleischliche Gelüste. Ich … ich wußte nichts davon«, sagte Ziraldesh kläglich. »Er war sehr geschickt, sehr vorsichtig. Ich glaube, er hat Magie angewandt, möglicherweise auch Drogen, um die Erinnerung daran und alle Beweise zu unterdrücken. Er hat sich immer entschieden gegen derartige Dinge ausgesprochen und war fast stolz auf seine Mitgliedschaft bei der Bruderschaft.«

»Es war bekannt, daß er Mitglied war? Den Behörden dieser Stadt?«

»Natürlich war es bekannt. Kypros wußte es, Ilfaralek wußte es, Patracheus wußte es. Nur die Passionen wissen, wer es noch wußte. Die Leute sind nicht dumm. Ihnen war klar, daß ein Magier mit einem derartigen Wissen dieses irgendwoher bezogen haben muß, und bei solchen Männern ist die Mitgliedschaft nicht so ungewöhnlich.«

»Und was wußten sie noch?« fragte sich Cassian laut.

»Sie wußten, was er tat. Mit Kindern. Und es war ihnen gleichgültig. Ich habe Ilfaralek von der Angelegenheit berichtet, und er hat nur gelacht. Er sagte, ich sei ein dummer alter Mann und er werde etwas unternehmen, wenn ich einen hieb- und stichfesten Beweis hätte.«

Cassian konnte sich sehr gut vorstellen, wie der *Akarenti* genau das gesagt hatte.

»Das erklärt aber nicht, warum diese Kinder ermordet worden sind«, sann Cassian. »Auch nicht, warum ihr Tod mit ihren Eltern zusammenzuhängen scheint. Bei den Passionen! Wollt Ihr damit etwa andeuten ...«

»Ja und nein«, sagte Ziraldesh unsicher. »Ich bin sicher, daß Schavian kein Mitglied der Bruderschaft war. Er hätte seine Kinder niemals so behandelt. Aber von Tarlanth weiß ich genau, daß er Mitglied ist. Und sein Sohn ist nicht getötet worden.«

Einen Moment lang fragte sich Cassian, ob Ilfaralek nicht doch den richtigen Mann gefunden hatte. Wenn Tarlanth sich an einer Orgie des Tötens beteiligt hatte, um Stillschweigen zu gewährleisten, würde das erklären, warum sein Sohn noch lebte. Aber irgendwie kam Cassian das immer noch nicht richtig vor.

»Euer Sohn ...«, begann er, doch Ziraldesh starrte ihn plötzlich voller Wut an.

»*Was?* Wollt Ihr damit andeuten, ich hätte meinen eigenen Sohn mißbraucht?«

»Nein!« lenkte der Elf ein. »Ich habe mich nur gefragt, wieviel Ihr von ihm über die Dinge erfahren habt, die Aralesh den anderen beigebracht hat. Oder ob Aralesh ihn unterrichtete.«

»Für kurze Zeit«, gab Ziraldesh zu, »bevor ich Aralesh gegenüber Verdacht schöpfte. Danach habe ich es natürlich sofort unterbunden. Ich habe meinen Sohn gründlich befragt. Er hat verneint, jemals von Aralesh belästigt worden zu sein. Aber ich habe keine magischen oder sonstigen Hilfsmittel benutzt, um mich zu vergewissern, daß er die Wahrheit sagte.«

Cassian war vorübergehend beschämt, als er sich daran erinnerte, Jerenn die Kräuter verabreicht zu haben, um sich von der Aufrichtigkeit des Jungen zu überzeugen. Ziraldesh war anscheinend nicht bereit gewesen, zu derartigen Methoden Zuflucht zu nehmen.

»Doch zu meiner Überraschung wurde Darnius eine Zeitlang von ihm unterrichtet«, fuhr Ziraldesh fort. »Ich war eigentlich nicht der Ansicht, daß der Junge echtes Talent besaß. Aber aus Araleshs Büchern habe ich erfahren, daß er den Jungen weiter unterrichtete. Er hat nämlich von Mordain Zahlungen für seine Lehrtätigkeit erhalten. Dasselbe gilt für Tarlanths Sohn Lyn. Das kann insgeheim geschehen sein, weil es keine Aufzeichnungen gibt, daß Tarlanth ihm Geld für seine Zeit gegeben hat. Das war, nachdem Tarlanth mir sagte, er benötige meine Dienste nicht mehr.«

»Dann befindet sich der Junge wohl tatsächlich in großer Gefahr«, dachte Cassian laut. »Wer war sonst noch da?«

»In dieser besonderen Gruppe niemand. Schavians Kinder, Darnius, Lyn. Und Crielle, obwohl das schon einige Zeit zurückliegt und sich seine Zeit nur kurz mit der Lehrzeit der anderen überschnitten hat. Und Ladamair. Bevor ich das unterband.«

»Und jetzt sind alle außer Lyn tot«, stellte Cassian fest. »Aber was ist mit der jungen Frau?«

»Welcher jungen Frau?«

»Ich habe die Mörderin gesehen«, sagte Cassian. Er erwähnte nicht, daß Jerenns Beschreibung der jungen Frau, die Hand in Hand mit Ladamair in das Haus gegangen war, in dem der Junge Mann den Tod gefunden hatte, mit der grünäugigen Gestalt übereinstimmte, die er in den Tunneln der Unterstadt gesehen hatte. »Eine junge Frau. Grüne Augen, kurzes schwarzes Haar, ziemlich groß. Ich weiß nicht genau, wie alt sie ist, aber wenn überhaupt, ist sie noch nicht lange erwachsen.«

»Weder kenne ich so eine Person, noch habe ich davon gehört«, sagte Ziraldesh.

»Die Hand der Nacht und Arlyna«, sann Cassian. »Die Hand der Nacht könnte Aralesh gewesen sein. Obwohl ich nicht mit Sicherheit weiß, ob es eine solche Person je gegeben hat. Vielleicht war es nur eine nützliche Erfindung, ich kann es nicht sagen. Doch ich muß Euch damit nicht belästigen«, beruhigte er den fassungslosen Magier, dem diese Namen offenbar nicht das geringste sagten. »Es muß noch einen weiteren Schüler geben. Ich glaube auch, es muß jemand sein, der einen starken Groll gegen Tarlanth hegt, da ich auch weiterhin davon überzeugt bin, daß die Morde an den Erwachsenen nur begangen wurden, um ihn zum Sündenbock zu machen. Dieser Jemand hat elementaristische Fähigkeiten und kennt sich auch in der Kunst der Fälschung aus. Welche magischen Fähigkeiten besaß Aralesh?«

»Er kannte sich in der Disziplin des Elementarismus ebenso aus wie mit den Kräften und Gewohnheiten der Dämonen«, gab Ziraldesh zu.

»Wer war dann sein siebenter Schüler?«

»Ich habe keine Ahnung«, jammerte Ziraldesh. »Glaubt Ihr nicht, daß ich es Euch sagen würde, wenn ich es wüßte? Nun, da ich weiß, daß mein Sohn ermordet worden ist? Er *war* mein Sohn«, sagte er verzweifelt, während ihn seine Frau hielt und tröstete. »Als wäre er mein eigen Fleisch und Blut gewesen.« Er klammerte sich an Shusala wie ein Ertrinkender an seine letzte Hoffnung, nicht unterzugehen.

»Ja, ich glaube Euch«, sagte Cassian leise. Er konnte

den Schmerz des Schuldgefühls in Ziraldeshs Miene sehen und auch das Elend seines Kummers. Ersteres wird ihn nie verlassen, auch wenn die Zeit letzteren heilt, dachte der Elf. Er belügt mich nicht.

»Ich muß gehen«, sagte Cassian plötzlich. »Ich muß dafür sorgen, daß Lyn an einen sicheren Ort gebracht wird. Er ist gewiß als nächstes Opfer vorgesehen. Vielen Dank für Eure Offenheit.«

»Hätte ich doch nur früher geredet«, seufzte Ziraldesh. »Ich hatte Angst, mir könnte etwas zustoßen, falls ich es Euch erzählte. Die Mächtigen dieser Stadt hätten etwas dagegen einzuwenden gehabt, daß ich Euch von der Bruderschaft erzähle. Ich fürchtete um meine Familie!« Er klammerte sich an seine leise weinende Frau.

Davon bin ich überzeugt, dachte Cassian. Und jetzt sieh, was geschehen ist. Er seufzte innerlich. Wie immer mache ich die Erfahrung, daß mein größter Feind das Schweigen ist.

»Sagt mir, kannte sich Aralesh mit Giften aus?«

»Er war kein Fachmann auf dem Gebiet, kannte sich aber einigermaßen aus«, sagte Ziraldesh überrascht. »Warum fragt Ihr?«

»Unwichtig«, sagte Cassian achselzuckend. Er fand den Weg nach draußen und überließ es dem trauernden Paar, einander so gut wie möglich zu trösten.

Er ging zum Markt, der gerade öffnete, und nahm ein Frühstück aus heißem Kokala und einigen Streifen gesalzenen und gekochten Schinkens mit frischem warmen Brot und ausgezeichneter gelber Butter ein. Er beendete das Mahl mit einigen der leicht gesüßten eingekochten Früchte, die ihn aus dem verzierten großen Glastopf auf dem Karren eines fliegenden Händlers anlächelten. Dann wischte er sich die Lippen ab und machte sich auf den Weg zu Tarlanths Anwesen. Bei seiner Ankunft fand er Lyn zu seiner Überraschung bereits wach vor, obwohl der Junge offensichtlich sehr erschöpft war. Er hatte dunkle Ringe unter den Augen, die gerötet waren, als habe er längere Zeit geweint. Er sah furchtbar aus.

»Lyn, ich bin gekommen, um dir zu sagen, daß du dieses Haus so schnell wie möglich verlassen und an einen sicheren Ort gebracht werden mußt«, eröffnete der Elf dem Jungen.

»Ich will nicht von hier weg«, jammerte Lyn.

»Ich habe mit Ziraldesh geredet«, begann Cassian. Der Junge musterte ihn mit trübem Blick.

»Ich weiß über Aralesh Bescheid«, fuhr er fort.

Lyns Augen flammten vor Zorn. »Lügen! Das sind alles nur Lügen! Was hat Euch der bösartige alte Narr erzählt? Ich…«

Cassian packte ihn bei den Schultern und schüttelte ihn. Der Junge war noch leichter, als er aussah, und fühlte sich an, als sei er völlig kraftlos. Doch er schüttelte die Hände des Elfs wutentbrannt ab und wich vor ihm zurück.

»Es hat keinen Sinn, es abzustreiten«, beharrte Cassian. »Alle anderen sind ermordet worden. Crielle, Parinth, Insensora, Darnius und jetzt auch Ladamair. Du bist der nächste und vielleicht nur deshalb als letztes Opfer aufgespart worden, weil du derjenige bist, auf den es dem Mörder am meisten ankommt.«

Das Verhalten des Jungen änderte sich plötzlich. Die Wut schien sich zu verflüchtigen. Anstelle der Angst überkam ihn eine fast resignierte Gelassenheit.

»Ich werde nicht gehen«, sagte er stur.

»Wer war Araleshs siebenter Schüler?« fragte Cassian, der das Thema in der Hoffnung wechselte, Lyns Sturheit überwinden zu können.

»Was, um alles in der Welt, meint Ihr damit?« fragte der Junge mit aufrichtiger Verblüffung.

»Es muß ein Mädchen gewesen sein oder eine junge Frau. Ich halte sie für die Mörderin.« Cassian war nicht sicher, ob es richtig war, soviel zu enthüllen, aber er schuldete dem Jungen zumindest eine Warnung davor, wie sein möglicher Mörder vermutlich aussah.

»Ich kann mich nicht mehr erinnern«, sagte der Junge nachdenklich. »Manchmal waren noch ein oder zwei andere anwesend. Aber ich war von Zeit zu Zeit krank und erinnere mich nicht mehr. *Ich erinnere mich nicht mehr!*« Lyns Tonfall ging wieder in ein Jammern über.

»Schon gut«, sagte Cassian, der sehr genau darauf achtete, den Jungen nicht noch einmal anzurühren. »Aber Ihr müßt gehen. Ilfaralek könnte Euch in der Südkaserne unterbringen. Dort käme niemand an Euch heran.«

Der Junge zog sich noch weiter zurück und schien förmlich in sich zusammenzufallen. »Nicht dorthin, nein, auf keinen Fall!«

»Ihr müßt«, schnauzte Cassian. »Wenn Ihr hier bleibt, seid Ihr so gut wie tot.«

»Seid still!« kreischte der Junge in einem plötzlichen Ausbruch von Jähzorn. »Mein Vater hat mich mein Leben lang hier eingesperrt. Zum erstenmal in meinem Leben habe ich eine gewisse Freiheit, obwohl mir die Soldaten nur einen Teil des Hauses überlassen haben. Ich will nicht ins Gefängnis.«

»Du wärst dort nicht im Gefängnis«, flehte Cassian.

»Es wäre praktisch dasselbe«, sagte der Junge trotzig.

Der Junge hat recht, gestand sich Cassian ein. Nicht nur das, immerhin hatte er eben erst erfahren, daß Ilfaralek von dem Mißbrauch der Kinder gewußt und nichts dagegen unternommen hatte. Ilfaraleks Obhut war nicht die beste, in die er diesen Jungen übergeben konnte, oder?

»Also schön«, sagte er. »Aber ich werde die Wachen verdoppeln lassen und verlangen, daß ein Magier zu deinem Schutz abgestellt wird. Ich glaube, daß du in großer Gefahr bist. Sag mir, Lyn … dein Vater besitzt doch bestimmt Grundstücke außerhalb der Stadt«, schlug er als letzten Versuch vor. »Kannst du nicht für ein paar Tage dorthin gehen, bis wir den Mörder gefaßt haben?«

»Der gesamte Besitz meines Vaters ist konfisziert worden.«

»Ah, ja.« Cassian rieb sich den Hinterkopf. »Nun, ich glaube, ich habe getan, was ich konnte.« Er würde mit Tarlanth über die magischen Schutzvorrichtungen reden müssen, mit denen dieses Haus gesichert war. »Ich werde die Soldaten anweisen, keinen Besucher ins Haus zu lassen. Es sei denn, du erwartest jemanden.«

»Wen, zum Beispiel?« fragte der Junge. Als Cassian nicht antwortete, fügte er leise hinzu: »Ich erwarte niemanden.«

»Nein, vielleicht nicht«, sagte Cassian, dem der einsame Jugendliche unendlich leid tat. Vielleicht hatte er in Araleshs Schülerkreis Kameradschaft gesucht und dort eine grausame Enttäuschung erlebt. Kurz erwog der Elf, den Vetter des Jungen zu bitten, ihn zu besuchen, kam dann jedoch zu dem Schluß, daß Patracheus sich unter den gegebenen Umständen wohl kaum der Schwierigkeiten des Tarlanthschen Haushalts annehmen würde. Bis Lyns Mutter zurückkehrte, um sich wieder um den Haushalt zu kümmern, wäre der Junge hier allein, doch Cassian tröstete sich damit, daß Ilfaralek sie nicht allzulange festhalten würde. Er hatte Tarlanth, und Tarlanth war derjenige, den Ilfaralek wollte.

Er verließ das Haus und wandte sich nach Süden durch die rasch wachsende Menschenmenge in den Straßen. Die Konstruktion der Podien, Sitzreihen und Plattformen in der Umgebung der Zikkurats machte gute Fortschritte, alles Vorbereitungen für Kypros' jährliche und zügellose Feier der Freuden und Herrlichkeiten Vivanes, wie er sie sah. Schließlich traf Cassian wieder in der Kaserne ein und wurde in Ilfaraleks Büro geführt, wo ein offensichtlich erschöpfter *Akarenti* sich durch stetig wachsende Papierberge auf seinem Schreibtisch kämpfte.

»Die halbe Stadt scheint sich unmittelbar durch Räuber, Taschendiebe, Betrüger und ähnliches Gesindel bedroht zu fühlen«, murrte Ilfaralek. »Zum Henker damit, schaff mir diesen Blödsinn aus den Augen!« Er schob einen gewaltigen Papierstapel in die Richtung eines unglücklichen Leutnants. »Bring das zu Leutnant Ak'kajkriss. Ich habe beschlossen, das hier zu delegieren.«

»Aber erst gestern habt Ihr mir ausdrücklich befohlen …«, begann der Offizier.

»Ja, ja, ich weiß«, schnauzte Ilfaralek. »Und jetzt habe ich meine Meinung geändert, also hinaus mit dir, und tu, was man dir sagt.«

Er wandte sich an Cassian. »Und was wollt Ihr?« knurrte er. »Und bevor Ihr fragt, ja, ich habe Männer ins Ruinenviertel geschickt. Nein, wir haben keine Leiche gefunden. Aber wir stießen auf zahlreiche Blutspuren, und ich wage zu behaupten, daß in diesem Haus etwas vorgefallen ist. Unglücklicherweise hat man in das Haus eingebrochen und es ausgeplündert. Wir haben einen kleinen Haufen verbranntes Holz gefunden, also hat höchstwahrscheinlich jemand das Mobiliar benutzt, um die Kälte der Nacht abzuhalten. Und dort draußen laufen viele Leute herum, die nur allzu glücklich wären, wenn sie einer Leiche die Kleidung abnehmen könnten, und nicht wenige davon sind verderbt genug, um so tief zu sinken, tatsächlich Tote zu essen.«

»Ich bin in einer anderen Angelegenheit hier«, erklärte Cassian.

»Was gibt es nun?«

»Wollt Ihr Cryselda noch lange hierbehalten?«

»Vielleicht noch zwölf Stunden. In solchen Angelegenheiten ist das für das Protokoll unerläßlich. Ich bezweifle aber, daß sie mir mehr als ein paar erhärtende Details verraten wird«, sagte Ilfaralek angelegentlich.

»Noch zwölf Stunden? Dann fordere ich dringend

zusätzliche Sicherheit für Tarlanths Haus an. Außerdem muß ich darauf bestehen, daß ein Magier abgestellt wird, der das Haus ständig überwacht. Ich habe die Befugnisse, um darauf bestehen zu können, *Akarenti*«, fügte der Elf hastig hinzu, als er sah, daß Ilfaralek offenbar protestieren wollte. »Ich habe guten Grund zu der Annahme, daß Tarlanths Sohn als nächstes getötet wird, wenn wir ihn nicht beschützen. Ich habe erfahren, daß er und die anderen jugendlichen Opfer« – er zählte sie auf – »einer ganz bestimmten Gruppe angehörten. Im Augenblick möchte ich weder über das Wesen dieser Gruppe noch darüber etwas sagen, wo ich davon erfuhr. Aber ich muß auf meinen Forderungen bestehen. Und ich bin bereit, sie hier und jetzt schriftlich festzuhalten, sollte das nötig sein.«

Ilfaralek funkelte ihn verärgert an. Er wußte ganz genau, daß der *Praetor* solch eine Forderung stellen konnte und er, falls er sich weigerte, wegen Behinderung bei der Ausübung der Pflichten eines *Praetors* zur Verantwortung gezogen werden konnte, was folgerichtig die Enthebung von seinem Posten zur Folge hätte. Und Cassians Forderung würde auch nicht die Sicherheit der Stadt gefährden, die einzige Begründung, mit der er eine Weigerung hätte rechtfertigen können.

»Ihr habt hoffentlich einen verdammt guten Grund für Eure Forderung«, knurrte Ilfaralek.

»Vielen Dank, *Akarenti.*« Cassian lächelte freundlich und verabschiedete sich. Draußen stellte er fest, daß es bereits unangenehm warm war. Der Himmel war wolkenlos, und die Sonne brannte erbarmungslos und versprach einen brütend heißen Nachmittag. Er gähnte und reckte sich, da er nach seinem Aufenthalt in den Zikkurats immer noch ein wenig steif war.

Es täte mir gut, ein warmes Bad zu nehmen und meine Muskeln mit Metharaöl einzureiben, dachte er. Ich bin doch müder, als ich dachte. Er würde zu Fuß zur Rosenvilla zurückgehen, was vielleicht half, die Verkrampfung seines Körpers zu lösen.

Nachdem er sich im Bad entspannt hatte, ließ er das leichte warme Öl über seinen Rücken fließen, dessen Eindringen durch das Bad unterstützt wurde, und spürte augenblicklich ein scharfes Brennen in den verkrampften Muskeln. Er gähnte wieder, da das Strahlen der Morgensonne seine Augen ermüdete und sich seine Beine schwer und bleiern anfühlten. Er brauchte ein Nickerchen, eine oder höchstens zwei Stunden.

Also wickelte sich Cassian in ein Seidengewand, nachdem er sich das überschüssige Öl abgewischt hatte, und ging in sein Schlafzimmer. Er deckte sich nur mit einem dünnen Laken zu, legte den Kopf auf das Kissen und war Augenblicke später eingeschlafen.

33

Cassian erwachte nur einmal, nicht lange nachdem er eingeschlafen war, bestürzt über ein Bild von Ziraldesh, wie er allein dasaß, bevor seine Frau gekommen war, und fassungslos über den Tod seines Sohnes. Der Anblick erfüllte Cassian mit Trauer und einem jähen Anfall von Furcht, der ihn vorübergehend weckte.

Zwar wurde sein Schlaf nicht wieder unterbrochen, aber seine Träume beunruhigten ihn dennoch. Hinterher erinnerte er sich lebhaft an das Bild der beiden jungen Elfen, der Bruder und die Schwester, die sich so ähnlich waren, daß es selbst für Zwillinge übernatürlich schien. Cassian hatte den Eindruck, daß an der Weichheit des Jungen etwas falsch war, ein lauerndes Gefühl der Unnatürlichkeit, das nicht auf ein etwaiges tiefverwurzeltes Vorurteil seinerseits zurückzuführen war. Schließlich erwachte er mit bösen Vorahnungen und einem Gefühl der Beklemmung, das an Angst grenzte. Außerdem war ihm kalt, und er zitterte ein wenig, als er sich rasch anzog. Er wollte noch einmal nach Lyn sehen.

Unten ging er in die Küche, wo eines der Mädchen gerade ein Stück Braten aus der Röhre nahm. Er schnüffelte anerkennend.

»Etwas schwer für ein Mittagessen, aber ich denke, ich schaffe es«, sagte er fröhlich. Sie sah ihn fragend an.

»Es ist Zeit für das Abendessen, Herr.«

Cassian sperrte Mund und Nase auf. Als er die Hintertür der fensterlosen Küche öffnete, stellte er fest, daß es draußen dunkel war.

»Ihr Passionen! Wie lange habe ich geschlafen?«

»Ungefähr zehn Stunden, Herr. Jerenn hat befohlen, Euch nicht zu stören. Er sagte, Ihr brauchtet den Schlaf.«

»Tatsächlich? Dieser anmaßende Bengel, wo ist er? Doch wohl nicht wieder auf einem seiner nächtlichen Ausflüge? Ich werde ihm eine ...«

»Nein, Herr. Er ist hier irgendwo in der Nähe.«

»Nun gut«, fuhr der Elf fort, der jetzt wütend auf sich selbst war, »gib mir nur eine Scheibe von diesem Brot. Ich habe keine Zeit.« Daraufhin machte die Köchin einen ziemlich niedergeschlagenen Eindruck, und Cassian versicherte ihr eilig, daß er viel lieber bleiben und essen würde. Tatsächlich war es schwierig, den saftigen Braten anzusehen und nicht zu bedauern, daß er sich nicht setzen und ein herzhaftes Mahl genießen konnte.

Immer noch die Reste seiner improvisierten Zwischenmahlzeit kauend, verließ Cassian gerade die Küche, als ihm Jerenn über den Weg lief.

»Braucht Ihr irgend etwas, Herr? Ich ...«

»Ja. Komm mit«, sagte er. Wenn etwas mißlänge, müßte er vielleicht einen Boten zu Ilfaralek schicken, der wußte, daß Cassian Jerenn vertraute.

»Am besten, du bringst auch das Messer mit, das du gekauft hast«, sagte Cassian.

»Wird es Ärger geben?« Jerenn war offensichtlich hin und her gerissen zwischen dem Wunsch, daß es so war, und der Hoffnung, daß es nicht so war.

»Ich weiß nicht«, sagte Cassian leise. »Nein. Nein, ich glaube nicht. Aber man kann nie wissen.«

Kurz darauf fuhr die Kutsche vor Tarlanths Haus vor. Zwar schauten die Soldaten am Vorder- und Hintereingang gelangweilt drein, aber Cassian sah zu seiner Erleichterung, daß das Haus gut bewacht war. Er hielt inne, um mit dem Hauptmann an der Vordertür zu reden.

»Drinnen sind nur wenige Männer«, sagte der Hauptmann. »Der Bengel sagte, er wolle nicht, daß es im Haus von Soldaten wimmele. Ein sturer Bock. Aber Tashiri, einer der Magier der Legion, ist mit einigen meiner besten Männer direkt vor der Zimmerflucht des Jungen postiert. Niemand kommt dort hinein oder heraus.«

»Gut gemacht«, sagte Cassian. »Sehr gut. Ich will nur ein paar Worte mit Tashiri wechseln, wenn es dir nichts ausmacht.«

»Seid mein Gast, Herr«, sagte der Hauptmann erleichtert. Cassian öffnete die Tür und stieg die Treppe zu den Räumen hinauf, die Lyn bewohnte. Der Treppenabsatz war schlecht beleuchtet, aber er sah drei Personen dort sitzen. Ihrer Größe nach zu urteilen, hatte der Hauptmann dem Magier zwei Orks von ziemlich außergewöhnlicher Statur mitgegeben.

Aber erst als er den Absatz tatsächlich erreichte, sah er, daß alle drei tot waren. Ihre Gesichter waren zu einer Grimasse äußerster Qual verzerrt, und die Adern traten deutlich hervor. Offenbar waren auch sie dem Schlangengift zum Opfer gefallen, dessen verheerende Wirkung Cassian mittlerweile viel zu gut kannte. Das Herz hämmerte ihm in der Brust, als er die Tür des Raumes aufstieß, in dem Lyns Gemälde wild durcheinander herumlagen.

Er sah Anzeichen eines verzweifelten Kampfes. Überall lagen Leinwände, die meisten davon in einer offensichtlichen Orgie der Verwüstung zerfetzt. Cassian rief den Namen des Jungen, bekam jedoch keine Antwort. Nachdem er seinen verzauberten Dolch gezogen hatte, nahm er seinen magischen Skarabäus und legte ihn auf den Boden, wo er sein Werk verrichtete. Jerenns Keuchen hinter sich nahm er kaum wahr. Der Junge war ihm in einigem Abstand gefolgt und hatte soeben die Leichen auf dem Treppenabsatz entdeckt.

Cassian stieß die Tür zu Lyns Schlafgemach auf. Ein riesiger Spiegel verspottete ihn mit seinem Spiegelbild, und in der Luft hing ein moschusartiger, pfeffriger Geruch. Der Skarabäus folgte ihm klickend und drang langsam bis zur Hausmauer vor. Nach kurzer Zeit sah

Cassian, was der Skarabäus entdeckt hatte. Die Gestalt eines Körpers zeichnete sich in der Haltung ab, in der er durch die Wand gegangen war.

»Er ist entführt worden«, murmelte Cassian kläglich. »Bei allen Passionen – wohin?«

»Wer könnte das wissen, Herr?« Jerenn, der immer noch hinter ihm stand, zitterte am ganzen Leib.

»Ziraldesh«, sagte Cassian. »Er müßte es wissen. Er verheimlich mir immer noch etwas, das könnte ich beschwören. Verflucht! Ich hätte daran denken müssen, mir Araleshs Bücher von ihm mitzunehmen. Bestimmt hätte ich es herausgefunden.« Er schob seinen Dolch wieder in die Scheide und dachte nach.

»Ich kann hierbleiben und Euch wissen lassen, wenn irgend etwas geschieht«, sagte Jerenn unschlüssig. »Nein, wartet. Ich kann in den Geheimgängen im Keller nachsehen. Der junge Herr hat sich vielleicht dort unten versteckt. Er kannte die Gänge. Er hat mich ein paarmal dort unten erwischt und sie sich dann von mir zeigen lassen.«

»Bist du sicher?« fragte der Elf ziemlich schwankend, aber der Skarabäus zeigte ihm, daß die Gestalt das Haus vor einigen Minuten auf magischem Weg verlassen hatte. Für Jerenn bestand keine unmittelbare Gefahr, und außerdem kannte er sich in dem Haus aus. »Also gut. Ich bleibe nicht lange.«

Cassian stürmte die Stufen hinab und an den Wachen vorbei, wobei er sich gar nicht erst Mühe gab, ihre Fragen zu beantworten. Er warf sich förmlich in seine Kutsche und rief Kendreck »Ziraldesh« zu. Der Mann schlug mit der Peitsche, um die Pferde anzuspornen, und mit einem Ruck, der den Elf gegen die Rückwand schleuderte, so daß er sich den Kopf stieß, schoß die Kutsche in die Nacht davon.

Cassian schlug fast die Tür ein, nachdem sie bei Ziraldesh angekommen waren. Als sich die Tür öffnete, hätte er den Bediensteten, der sie öffnete, wahrscheinlich niedergeschlagen, doch der Mann machte ihm rasch den Weg frei, als dieser die Miene des Elfs sah.

»Er ist im Arbeitszimmer«, sagte Shusala ängstlich, die ihm im Flur entgegenkam. »Was ist los, was ...«

Cassian ging geradewegs zur Tür und bereitete sich innerlich auf einen verbalen Angriff auf den Magier vor. Er war sicher, daß Ziraldesh ihm etwas verheimlicht hatte, und die Zeit wurde knapp. Doch er sprach die Worte niemals aus. Sprachlos starrte er auf den Anblick, der sich ihm im flackernden Kerzenlicht bot.

Was noch von Ziraldesh übrig war, bedeckte vielleicht ein Viertel des Fußbodens. Er war sehr genau gevierteilt worden. Die Glieder waren mit chirurgischer Präzision und Exaktheit aus den Gelenken gerissen worden. Sein Kopf lag auf der Schreibtischplatte und wurde von mörderischen Händen gehalten, die soeben einen langen Schnitt von der Stirn abwärts bis zum Hals führten. Alles war voller Blut, doch auf Händen und Körper der Mörderin war kein einziger Tropfen zu sehen. Sie stand da und hielt ein bizarres Relikt, einen elliptisch geformten Knochen mit einer eingearbeiteten, versilberten, gekrümmten Klaue, mit der sie die Schnitte ausführte. Das Ding schien das Blut aufzusaugen und pulsierte in einer deutlich sichtbaren scharlachroten Aura.

Er erkannte sie sofort. Die blitzenden grünen Augen waren unverkennbar. Er hatte sie in der Unterstadt gesehen, wo er beinahe ihrem magischem Feuer zum Opfer gefallen war. Nicht eine der Schutzvorrichtungen, die er bei sich trug, würde ihm widerstehen, wenn sie jetzt die Zeit fand, diesen Zauber erneut zu wirken. Er riß seinen Dolch heraus und ging sofort auf sie los. Ihr von schwarzen Locken eingerahmtes Gesicht verzog sich, als ein schreckliches Fauchen aus ihrer Kehle drang, wobei sie die strahlendweißen Zähne bleckte.

Sie wich ihm mit katzenhafter Gewandtheit aus, zog

sich wie ein in die Enge getriebenes Tier zur nächsten Wand zurück, um dann einfach hindurchzugehen. Ihr Körper schmolz durch das Gestein wie ein Schwimmer, der im Wasser untertaucht. Verzweifelt sah sich der Elf um, dann warf er sich gegen die Vorhänge neben der Stelle, wo sie verschwunden war. Sie hüllten ihn ein, bevor er durch die Glastür zum Garten krachte. Die Gestalt rannte mit unglaublicher Geschwindigkeit durch die Nacht und war auf ihrer Flucht nach Norden kaum noch zu sehen.

Er war nicht annähernd so schnell wie sie, und als er auf die Große Allee bog, war sie verschwunden. Cassian sah sich nach allen Seiten um, und da fiel ihm auf, daß er seinen Skarabäus in Tarlanths Haus vergessen hatte. Er war wütend auf sich. Hätte er ihn bei sich gehabt, hätte er mit Sicherheit ihre Spur aufnehmen können, wie stark ihre Masken, Illusionen und Schutzvorrichtungen auch sein mochten.

Nicht zu ändern, dachte er verdrossen. Dann lief er zu dem Haus zurück, aus dem die Person, die er für das letzte Opfer der Mörderin gehalten hatte, erst vor so kurzer Zeit entführt worden war.

Jerenn sah sich flüchtig im Keller um, bereute mittlerweile aber sein Angebot, in Tarlanths Haus zu bleiben. Die Wachen draußen schienen nicht sonderlich erpicht darauf zu sein, es zu betreten. Er erwog kurz zu gehen, doch dann überkam ihn ein plötzlicher Anfall von Neugier und Tollkühnheit, und er kehrte in Lyns Schlafgemach zurück. Vielleicht fand er dort etwas, irgendeinen Hinweis, den Cassian übersehen hatte. Er fand in der Tat etwas, nämlich den kleinen Skarabäus, den der Elf zurückgelassen hatte, und hob ihn auf.

Zumindest, dachte er, kann ich ihm den zurückgeben. Er muß magisch und sehr wertvoll sein, sonst verbärge er ihn nicht. Durch diesen Gedanken ein wenig aufgeheitert, legte er den Käfer auf den Nachttisch und sah sich in dem Gemach nach anderen bemerkenswerten Dingen um. Sein Blick fiel auf einen Wandschrank, und er öffnete ihn, um festzustellen, was sich darin verbarg.

Die Gewänder waren von ausgezeichneter Qualität. Er hatte sie Lyn oft genug tragen sehen, Seide und Baumwolle, kühl und bequem. Einen Moment lang erwog er, eine Jacke oder ein Hemd anzuprobieren, um sich dann für diesen Gedanken zu schelten.

Dann fiel ihm plötzlich auf, daß sich seine Hände an einem Ort befanden, der gar nicht existierte. Der Wandschrank war nicht sehr tief, und seine Hände hätten eigentlich gegen die Rückwand stoßen müssen. Neugierig schlossen sich seine Hände um ein Seidengewand, und er zog das Kleidungsstück heraus. Verwirrt durch seinen Fund, wollte er gerade in den Schrank greifen, um festzustellen, ob er noch etwas entdecken konnte, als er aus dem Augenwinkel ein Schimmern in der Zimmerwand wahrnahm. Er schloß eilig die Schranktür und warf sich unter das Bett, wobei das zerwühlte Laken gerade so tief herunterhing, daß es ihn einigermaßen verbarg.

Er hörte die schweratmende Gestalt eintreten, und eine eisige Hand schien sich um sein Her zu krampfen.

Jerenn konnte es nicht riskieren, das Laken noch tiefer herunterzuziehen, da er dabei mit Sicherheit entdeckt würde. Aber es reichte nicht ganz bis zum Boden, und er überblickte einen Teil des Zimmers. Dann wurde ihm klar, daß er vielleicht im Spiegel zu sehen war, aber dennoch wagte er nicht, sich zu rühren. Er konnte nur hoffen, daß das Mädchen ihn nicht bemerkte. Es wirkte ziemlich selbstversunken, während sein Gesicht im Schatten des herabhängenden Lakens kaum zu sehen war.

Das Mädchen trug grüne und braune Kleidung aus Leder und Baumwolle, die in ihrer Robustheit eher für einen Arbeiter geeignet waren, wenngleich sich kein Arbeiter Kleidung von derart feiner Machart hätte leisten können. Das Mädchen hatte dichte schwarze Locken, und es stand vor dem Spiegel und stieß wie in einem schrecklichen Wehklagens einen hohen Ton aus. Er wollte die Augen schließen, konnte es jedoch nicht.

Das Mädchen zog sich die braunen Stiefel und dann Weste und Hemd aus, bis sie nur noch in einer locker sitzenden Hose vor dem Spiegel stand. Jerenn erkannte ganz deutlich ihren Rücken, die blasse Haut und das Rückgrat, und im Spiegel sah er einen Teil ihres Gesichts, das in Flammen zu stehen schien, da sich in den blitzenden Augen heftige Gefühlsregungen abzeichneten. Ihre Brüste waren klein, und obwohl sie groß genug war, um eine erwachsene Frau sein zu können, haftete Ihr etwas außerordentlich Kindliches an. Entsetzen und Faszination vermischten sich mit der Angst, die er empfand.

Sie riß sich die Hose herunter und stand dann einen Moment lang nackt vor dem Spiegel, dann ging sie auf ihren kleinen, zierlichen Füßen zum Wandschrank, griff hinein, holte ein scharlachrotes Kleid heraus und zog es sich über den Kopf. Sie betrachtete sich wieder im Spiegel, und dann griff sie sich an den Kopf.

Jerenn hätte beinahe laut aufgeschrien, als er sah, was als nächstes geschah. Vor seinen schreckgeweiteten Augen schien sie sich fast den Kopf auseinanderzureißen. Ihre rechte Hand schien sich in die Gesichtshaut zu graben, die sich in einer dünnen Schicht löste wie die Haut eines fabelhaften exotischen Reptils. Ihre linke Hand zerrte am Haar, das sich ebenfalls wie eine leblose Masse vom Kopf löste.

Nun, da das Material, das die Illusion unterstützt hatte, sowie die Perücke entfernt und damit die Verwandlung vollkommen war, stand Lyn reglos da und betrachtete sich in dem körpergroßen Spiegel. Dann zog er sehr bedächtig etwas aus der Weste, die er bei seinem Eintreten getragen hatte, und packte es fest mit einer Hand, während er sich mit der anderen das Kleid über den Kopf zog.

Er hat den Körper eines Mädchens, dachte Jerenn, dessen Gedanken sich überschlugen, aber nur die Passionen wissen, welche Seele sich darin befindet.

Dann sah er den gewundenen Gegenstand in ihren Händen, einen elliptisch geformten Knochen mit einer gekrümmten silbernen Klaue daran. Lyn, die den Knochenteil fest umklammerte, bohrte sich den Gegenstand fest in die Magengrube und sank schreiend auf die Knie. Jerenn wollte aufspringen und sein Versteck verlassen, um sie zu retten, aber seine Instinkte schrien ihm zu, sich nicht zu rühren. Das rettete ihm das Leben.

Der Schrei ging in ein gurgelndes Stöhnen und dann wieder in jenen schrecklichen Klagelaut über, der diesmal einen triumphierenden Beiklang hatte. Jerenn erkannte plötzlich, daß kein Blut zu sehen war. An der Stelle, wo sich eine gräßliche tödliche Wunde hätte befinden müssen, war nichts, nicht der geringste Hinweis darauf, daß sie je existiert hatte. Die Hände immer noch gegen den Bauch gepreßt, erhob sich das Mädchen langsam und stellte sich vor den Spiegel. Zu seinem Entsetzen sah Jerenn, wie sie die gezackte Silberklaue mit schmerzverzerrtem Gesicht langsam aus ihrem Körper zog. Dabei schien es sich um irgendeine obszöne Zeremonie zu handeln. Ihre Lippen schienen ein wenig blutig zu sein, und sie leckte sie mit der Zunge ab.

Draußen waren Schritte zu hören, die sich unverkennbar Lyns Schlafzimmer näherten. Das Verhalten des Mädchens änderte sich abrupt. Sie sank wieder in die Knie, packte die jetzt vollends aus ihrem Leib gezogene Klaue mit beiden Händen und umschloß sie mit Fingern, die wie Krallen aussahen, wie ein organischer Auswuchs der rohen Verschmelzung von Knochen und Metall. Die Tür öffnete sich.

Cassian stand dort, dessen Gesicht sich zu einer Grimasse der Verblüffung verzog. Er sah leuchtendgrüne Augen und abgelegte Kleider, und dann hatte er plötzlich einen Dolch in der Hand. Die Knochenklaue war bereits erhoben, und von ihr löste sich ein Wirbel schimmernden Metalls. Jerenn sah, wie sich das Metall in vier Teile spaltete. Jeder Teil war eine Metallklinge von der Länge einer Hand. Zwei waren auf die Armbeugen des Elfs gezielt, die beiden anderen auf seine Hüften. Cassian taumelte zurück, als die Klingen trafen, aber wenngleich sich sein Gesicht vor Schmerzen verzerrte, entnahm Jerenn der Reaktion des Mädchens, daß der Angriff nicht die gewünschte Wirkung erzielt hatte. Der magische Gürtel, den der Elf trug, hatte ihn gerettet, obwohl Jerenn das nicht wissen konnte. Verzweifelt wand er sich unter dem Bett hervor.

Das Mädchen hatte jetzt ein Messer, eine lange farblose Klinge, von der er nicht wußte, wo sie sie hergeholt hatte, und als sie den Elf ansprang, flammte eine rubinrote Aura um sie auf, und Jerenn spürte die Hitze, obwohl sie sich von ihm entfernte. Cassian packte mit der freien Hand ihren Messerarm und stieß mit dem Dolch nach ihr, aber es war so, als träfe das Metall der verzauberten Klinge auf eine gewaltige unsichtbare Barriere. Er hatte das Gefühl, als hätte er mit der Faust gegen eine Mauer geschlagen, und er schrie vor Schmerzen laut auf. Schimmer noch, das elementare Feuer, das sie umgab, überwand langsam, aber sicher seine Schutzvorrichtungen. Der Teppich unter ihrem nackten Leib qualmte bereits.

Sie überraschte ihn, ihre freie Hand traf seine Stirn und verbrannte sie, da die Haut unter ihrer Berührung verkohlte. Cassian schrie, wand sich unter ihr und war nicht mehr in der Lage, ihre Dolchhand auch weiterhin zu umklammern. Sein Blick trübte sich vor Schmerzen.

Sie riß sich los und hob den Knochen mit einem trostlosen Triumphgeheul hoch über den Kopf.

Doch der Stoß kam nicht. Jerenn war aus seinem Versteck gesprungen, und sein Messer verrichtete sein Werk im Gegensatz zu Jerenns Messer. Das Metall bohrte sich durch Haut und Sehnen und Knochen, da sie ihre Magie nicht davor schützte.

Er warf sich zurück, als Lyn sich so krampfhaft herumwarf, daß er glaubte, ihr Rückgrat werde brechen. Ihre magische Barriere war ausschließlich nach vorn gerichtet gewesen, um dem Elf jede Möglichkeit zu nehmen, ihr Schaden zuzufügen. Sie hatte keine Ahnung gehabt, daß noch ein Feind in ihrem Rücken lauerte. Der nackte Körper lag um sich schlagend auf dem Boden, bevor er sich für einen Augenblick beruhigte. Dann erhob er sich zu Jerenns Entsetzen langsam, wobei Blut von den Schultern auf den Boden tropfte. Jerenn stand hilflos und vor Angst wie gelähmt da, und das blutige Messer fiel ihm aus der Hand, während sich die rachsüchtige Kreatur auf die Knie erhob.

Unfähig, den Blick von der haßerfüllten, wahnsinnigen Fratze loszureißen, sah er mit fassungslosem Entsetzen, wie das Mädchen den Knochen wiederum in beide Hände nahm, und sich damit die eigene Kehle durchschnitt. Jerenn spürte, wie er würgte und sich übergab, während das Mädchen unglaublicherweise die silberne Klaue noch einmal schwang und sich in die Stirn bohrte, um sie sich dann in derselben Bewegung der Länge nach über das Gesicht und durch den seitlichen Schnitt im Hals zu ziehen, so daß ein gräßliches blutiges Kreuz entstand. Die Kraft wich aus Lyns Fingern, und sie stürzte nach vorn, bis ihr blondes Haar unmittelbar vor seinen Füßen lag. Das Blut lief immer noch in kleinen Rinnsalen über ihren schmalen blassen Rücken, während sich unter ihrem Kopf rasch eine Lache sammelte und ihn wie einen entsetzlichen Glorienschein umgab. Cassian erhob sich bleich und zitternd auf die Knie, ein häßliches geschwärztes Wundmal auf der Stirn. Jerenn ließ sich auf das Bett fallen. Ihm war speiübel.

Dann lagen die Hände des Elfs auf seinen Schultern und halfen ihm auf, während er durch Speien und Husten versuchte, den gallebitteren Geschmack auf der Zunge loszuwerden.

»Komm jetzt. Es ist vorbei«, flüsterte Cassian sanft.

34

Cassian legte die Feder einen Moment lang beiseite und mußte sich beherrschen, um sich nicht die Stirn zu kratzen. Die Salbe war sehr gut und hatte ihm die Schmerzen genommen, wenn man von dem Kribbeln absah, das manchmal einen unerträglichen Juckreiz verursachte. Eine ärgerliche Ablenkung.

Tarlanth scheint die Täuschung aus Gründen der Erbfolge aufgezogen zu haben, überflog er noch einmal die letzten Absätze seines vorläufigen Berichts. *Eine Tochter hätte weder sein Eigentum geerbt noch seinen Familienstamm weitergeführt. Sein Eigentum wäre an seine Frau gefallen, wodurch deren Geburtshaus in den Besitz der Reichtümer und des Einflusses von Haus Medari gelangt wäre. Als ihnen also eine Tochter geboren wurde, gaben Tarlanth und seine Frau sie als Sohn aus und zogen das Kind wie einen Jungen auf.*

Es mag überraschend erscheinen, daß Tarlanths Frau sich mit dieser List einverstanden erklärte. Aber sie hat kürzlich gestanden, daß sie den Plan hatte, den Tod ihres Mannes abzuwarten und sich dann des Kindes zu entledigen, so daß sie selbst geerbt hätte. Offensichtlich hätte Lyn nicht als Mann heiraten und Söhne zeugen können, um ihr das zu verwehren, wenngleich ich den Verdacht habe, daß Tarlanth schon alle Vorbereitungen getroffen hatte, um dem abzuhelfen. Wahrscheinlich wäre Lyn getötet worden, nachdem ein ›Enkel‹ aufgetaucht wäre.

Aus den wenigen Notizen Lyns geht hervor, daß sie das geglaubt hat. Sie hat ihr ganzes Leben lang gewußt, daß der Körper, mit dem sie geboren worden war, für ihre Eltern wertlos war und daß deren Pläne vorsahen, sie zu töten, sobald es durchführbar und politisch zweckmäßig war. Hinzu kommt, daß sie sehr wahrscheinlich von ihrem Vater mißbraucht worden ist, wenngleich ich keinen schlüssigen Beweis dafür habe. Was diesen Punkt betrifft, sind alle Indizien im zweiten Anhang aufgelistet.

Unter derart ungünstigen Umständen ist die Entwicklung einer gespaltenen Persönlichkeit und Lyns letztendliches Abgleiten in den Wahnsinn nicht weiter verwunderlich. Ihr künstlerisches Schaffen dokumentiert eine starke Sensibilität, die sowohl auf die Intensität ihres Leidens als auch auf eine Neigung zur Auflösung ihrer Persönlichkeit schließen läßt.

Nicht unbedingt eine Grabinschrift, dachte er. Kalte und förmliche Worte, um eine unvorstellbare Hölle von einem kurzen Leben zusammenzufassen. Cassian hatte vom ersten Augenblick seiner Begegnung mit Cryselda gespürt, daß sie ein Ungeheuer war, er hatte es *gewußt*, und doch hatte er nicht richtig hingesehen. Viel zu spät war ihm klar geworden, daß der Plan, Tarlanth zu vernichten, nur deshalb seine Geschäftsverbindungen benutzte, weil das bequem war. Der Mann war sehr oft außer Haus, und es war Lyn gewiß nicht schwergefallen, sich in sein Arbeitszimmer zu schleichen und seinen Büchern und Akten alles zu entnehmen, was sie wissen mußte. Dort würde sie vermutlich genug entdeckt haben, um Daralec einen Brief zu schreiben, der ihn zum Selbstmord bewogen hatte, und auch Mordain zu bedrohen.

Sie hätte ihre schändlichen Eltern mit Leichtigkeit umbringen können, aber sie hatte Tarlanth nicht töten, sondern *vernichten* wollen. Ihm seine Macht und seinen Einfluß zu nehmen und ihn dann der Armut zu überantworten, wäre für ihn viel schlimmer als der Tod gewesen, und das hatte sie gewußt und gewollt. Wenn sie schließlich zu weit gegangen war und sich übernommen hatte, dann wahrscheinlich deshalb, weil die Last der vielen Toten schließlich sogar an ihr gezerrt und ihre Urteilskraft getrübt hatte. Schließlich hatte sie ihrem Leben ein Ende bereitet, als sie Cassian und Jerenn immer noch hätte töten können. Vielleicht hatte all das rebelliert, was noch von einer einst sanften und freundlichen Seele übriggeblieben war, und sie war zu dem Schluß gekommen, daß genug Blut an ihren Händen klebte.

Und außerdem habe ich Araleshs geistige Abwesenheit einfach unbesehen hingenommen, sagte sich Cassian. Er ist von innen heraus zerstört worden. Irgendwo tief in ihm befinden sich noch die Überreste einer Seele. Er hat Lyn in die Gruppe eingeführt, wo sie zweifellos mit Blutmagie Bekanntschaft gemacht hat. Ich weiß nicht, welchen Demütigungen er sie unterworfen hat, aber sie erinnerten sich wohl daran, was ihr Vater ihr antat, und so war auch für ihn der Tod nicht genug. Auch er mußte vernichtet werden. Was der Grund dafür ist, warum er als leere Hülle weiterlebt, während alle anderen tot sind.

Warum hat sie die anderen getötet? Diejenigen aus ihrer Gruppe, bei denen es sich schließlich um Leidensgenossen handelte? Ich glaube, die Elfenkinder sind der Schlüssel. Die beiden sind zuerst gestorben. Ich glaube, sie konnte ihren Anblick einfach nicht mehr ertragen. Bruder und Schwester, die sich ähnelten wie zwei Blütenblätter einer Rose. Vielleicht stimmten aber auch die Gerüchte über ihr blutschänderisches Verhältnis. Wenn ja, muß das eine Qual für sie gewesen sein, ein lebendes Abbild ihrer eigenen zerrissenen und gespaltenen Persönlichkeit, und sie konnte es einfach nicht mehr ertragen, daß sie lebten. Vielleicht ist ihr nach ihrem Tod klargeworden, daß sie die Kraft jeder toten Seele in dieses verfluchte Klauending saugen konnte, und eine Mordserie begann. Daß der Tod der Kinder Folgen für die Eltern haben und ihr Ziel der Vernichtung ihres Vaters fördern würde, muß eine unwiderstehliche Anziehungskraft auf sie ausgeübt haben.

Und Ziraldesh? Tja, ich fürchte, ich habe ihn getötet, dachte der Elf traurig. Schließlich war ich es, der an jenem Morgen zu Lyn ging und ihr erzählte, ich wisse von der Gruppe, die er und Aralesh unterrichtet hätten, und sie muß gedacht haben, daß Ziraldesh sie verraten hatte – oder kurz davor war. Nachdem sie seinen Sohn getötet hatte, fürchtete sie sich vielleicht vor Ziraldesh Wissen. Vielleicht hatte sie etwas von Ladamair erfahren und ihn töten müssen, bevor er mir mehr erzählen konnte.

Das reicht für einen allgemeinen Bericht, dachte er. Kypros ist in Sicherheit und braucht sich keine Sorgen mehr um sein Fest zu machen. Er kann damit prahlen, wie es seinem *Akarenti* gelungen ist, heimtückische Pläne zu vereiteln, die Stadt zu sabotieren, und wird die Geschichte zweifellos ausschmücken, um seine Besucher zu beeindrucken. Wenn er in Gönnerlaune ist, könnte er mich in diesem Zusammenhang erwähnen. Also könnte es damit enden, daß selbst ich in dieser ungeheuren Tragödie letzten Endes noch eine gute Figur abgebe.

Cassian arbeitete die Nacht durch, um den ersten Entwurf seines Berichts zu beenden. Er wollte Vivane so schnell wie möglich verlassen, und am Abend ging ein Luftschiff nach Thera. Er könnte an Bord schlafen, und wenn er erwachte, würden nur noch wenig Zeit und Raum zwischen ihm und Thera liegen. Er wollte unbedingt zurück.

Zum Frühstück aß er einen leichten Haferbrei mit Früchten, da sein Magen nichts Gehaltvolleres verkraftet hätte. Das deutlich sichtbare Mal auf seiner Stirn zog die Blicke der Mädchen an, doch Cassian gab keine Erklärung ab. Dann entdeckte er, daß er seinen Skarabäus nicht mehr besaß, und ihm war klar, daß er noch einmal zu Tarlanths Haus mußte, um ihn zu holen. Diesen verfluchten Ort noch einmal zu betreten, war gewiß das letzte, was er wollte, aber es gab keine Alternative. Das nützliche Hilfsmittel mochte verlorengehen, wenn er es sich nicht rasch zurückholte.

Er betrat Lyns Zimmer mit echtem Widerwillen. Von dem Blut waren nur noch schwache braune Flecke übrig, die selbst entschlossenes Schrubben nicht hatte entfernen können. Teppiche, Bettzeug, alles war entfernt worden. Das Zimmer war fast völlig leer, und so gut wie nichts wies mehr darauf hin, daß eine lebende, atmende Seele den größten Teil ihres gequälten Lebens zwischen diesen vier Wänden verbracht hatte.

Nachdem er den Boden abgesucht hatte, versuchte er es schließlich mit dem Wandschrank, indem er den Boden mit den Fingern abtastete. Er fand zwar nicht, was er suchte, doch seine Finger stießen auf einen zerbrechlichen dünnen Gegenstand, und er zog ihn heraus.

Es war ein Bild, von kindlicher Hand in groben Strichen gezeichnet, aber es strahlte eine gewisse Schönheit aus und erfreute das Auge. Ein kleines blondes Mädchen saß am grasbewachsenen Ufer eines unbewegten Teiches, umgeben von Blumen. Der Himmel war bewölkt, und Bäume schwankten in einer leichten Brise. Die Wolken spiegelten sich im Blau des Wassers. Als er das Bild genauer betrachtete, sah er plötzlich, daß etwas fehlte: Im Wasser fand sich keine Spiegelung des Kindes, kein Gesicht, nichts. Ich bin nicht da, sagte ihm das Bild. Mich gibt es gar nicht.

Das war so bedauernswert, daß Cassian sich auf das nackte Bett setzte, den Kopf in die Hände legte und weinte. Er hatte viele Dinge gesehen, die ihn abgehärtet hatten, Unschuldige, die von unaussprechlichen und namenlosen Wesen aus den Gefilden eines Alptraums zerfetzt worden waren, doch hier war ein sensibles, begabtes Kind von seinen Eltern im Lauf der Zeit zerstört worden, und dieses Kind hatte niemanden gehabt, an den es sich hätte wenden können, keine Hilfe, keine Hoffnung. Und sich von einer Unschuldigen in eine gequälte, schmerzgepeinigte Mörderin mit dem ganzen Gift und dem unerbittlichen Haß eines Dämons verwandelt, doch anders als ein Dämon hatte sie noch die Überreste einer Seele in sich gehabt. Es war völlig still im Haus, während er um seine Fassung rang.

Schließlich fiel sein Blick auf den kleinen Skarabäus, der immer noch auf dem Nachttisch lag, auf den Jerenn ihn gelegt hatte. Er verstaute ihn in der Halterung an seinem Beinschützer und wandte sich untröstlich zum Gehen. Unten begegneten ihm zwei Männer, die gerade gemeinsam das Haus betraten. Ilfaralek und Tarlanth. Er war verblüfft.

»Bitte verlaßt mein Haus«, knurrte Tarlanth. »Die Verfügung gegen mich ist heute morgen aufgehoben worden, und Eure Anwesenheit ist ebenso ungerechtfertigt wie unerwünscht.«

Die Frechheit des Mannes verschlug Cassian fast die Sprache. »Seid Ihr zufrieden?« schrie er sie an. Da er ihn verletzen wollte, und sei es auch nur ein wenig, denn er spürte, daß er nicht mehr ausrichten konnte, sagte er: »Eure Familie wird jetzt nicht erben. Medari wird von Eurer Schlechtigkeit nicht profitieren.«

»Ich gebe zu, das habt Ihr verhindert«, sagte Tarlanth, dessen Stimme einen stahlharten Unterton hatte. »Sie hätte mir einen Erben geschenkt.«

»Unmöglich«, sagte Cassian entschieden. »Nicht einmal Ihr hättet für Euren ›Sohn‹ eine ›Frau‹ gefunden. Nicht einmal Ihr hättet eine solche Heirat planen können, und kein Kind wäre je daraus hervorgegangen.«

»Ich glaube, Ihr werdet feststellen, daß Patracheus eine ziemlich schwächliche Nichte hat«, sagte Tarlanth gelassen. »Ihr Gesundheitszustand ist schlecht. Eine Heirat von Invaliden. Sehr praktisch.«

Cassians Gedanken sprangen einen Schritt zurück und dann einen Schritt vor. Ihm war gerade erst klargeworden, was Tarlanth soeben herausgerutscht war.

»Und sie, Lyn, hätte *Euch* einen Erben geschenkt. Dann ist es also wahr!« Er packte Tarlanth an der Kehle und schrie: »Schweinehund!«

Ilfaralek packte seinen Arm und zog ihn zurück.

»Genug davon. Tarlanth ist ein freier Mann«, sagte er drohend. Cassian starrte den *Akarenti* sprachlos an. In der Tür erschien eine vierte Gestalt. Cassian warf einen Blick darauf und stürmte zur Tür, wo er sich noch einmal umdrehte, um noch eine letzte Spitze auf ihre Kosten anzubringen.

»Wißt Ihr«, sagte er mit boshafter, tiefer Stimme, »ich habe das unbestimmte Gefühl, daß ein Beispiel für Haus Carinci gesetzt worden ist. Und zwar das einer stark reduzierten Lebenserwartung. Dieses Ungeheuer, das Ihr geheiratet habt, wird einen Sohn bekommen, und wenn Ihr zu alt seid, ihm einen zu schenken, werdet Ihr nicht mehr lange leben.«

Ihr grausamer, kalter Blick begegnete dem seinen auf eine spöttische, fast gelangweilte Art und Weise. Offenbar hatte sie Vorkehrungen gegen eine derartige Eventualität getroffen.

In dem Gefühl der Hilflosigkeit und Ohnmacht eilte der Elf zu seiner Kutsche und ließ sich von dem Haus wegfahren wie von einer von Dämonen heimgesuchten Ruine.

»Ich habe diese Verfügung jetzt offiziell bei Euch hinterlegt, und unter der Voraussetzung, daß sie mit den entsprechenden Garantien anerkannt wird, breche ich sofort auf«, teilte Cassian Ilfaralek steif mit. Er hatte alle seine Angelegenheiten erledigt und seine Sachen gepackt. Jetzt mußte er sich nur noch um eines kümmern.

»Die Bezahlung muß innerhalb von sieben Tagen erfolgen«, sagte Ilfaralek.

»Ihr werdet sie bekommen«, versprach Cassian ihm. »Ich schicke einen *Kedate*.«

»Dann sehe ich keinen Grund, warum die Freiheit des Jungen nicht erkauft werden sollte. Es gibt keine Aufzeichnungen darüber, daß er ein Verbrechen begangen hätte, und tatsächlich kann man sogar von ihm behaupten, er habe im Interesse der städtischen Sicherheit gehandelt.« Ilfaralek zog ein vorgeschriebenes Pergamentblatt aus einer Schreibtischschublade, setzte einen Namen und ein Datum ein und stempelte es mit seinem Siegel und seiner Unterschrift.

»Wenn die Zahlung innerhalb von sieben Tagen eingeht, könnt Ihr dies zum Dokumentenhaus bringen, wo Ihr das zweite Siegel bekommt, so daß dieses Dokument endgültig und offiziell wird.« Cassian nahm das Pergament und ging ohne ein weiteres Wort.

Draußen übergab er das Pergament an Jerenn. »Ich komme zurück, sobald ich dem Richter-General Bericht erstattet habe«, sagte er. »Es besteht die Möglichkeit, daß er einen neuen Auftrag für mich hat, der mich daran hindert, persönlich zurückzukommen. In diesem Fall schicke ich einen *Kedate*. Aber ich sorge in jedem Fall dafür, daß das Geld bezahlt wird. Dann bist du ein freier Mann. Natürlich wirst du nicht die Rechte eines Theraners haben, aber du wirst ein freier Barsaiver und damit in der Lage sein, dich frei in der Stadt zu bewegen und hier zu leben, sofern du die richtigen Pässe bei dir hast. Und du brauchst kein Schwarz mehr zu tragen.« Er grinste.

»Warum tut Ihr das?« fragte der Junge.

»Das fragst du mich, nachdem du mir wahrscheinlich zweimal das Leben gerettet hast? Einmal in der Unterstadt und dann noch einmal am Ende?« Cassian wollte nicht näher auf diese letzte Gelegenheit eingehen. »Du hast dir das mehr als verdient.«

»Aber das wird wohl kaum billig sein«, protestierte der Junge, »und ich bin in Tarlanths Haushalt nicht schlecht behandelt worden.«

»Willst du dorthin zurückkehren?«

»O nein.« Jerenn schien bei dem bloßen Gedanken daran zu schaudern.

»Dann sollte dir dies dabei helfen, ein neues Leben anzufangen.« Cassian reichte ihm einen kleinen seidengefütterten Lederbeutel, in dem Münzen klimperten. »Damit kannst du dir ein oder auch zwei Zimmer mieten. Ich habe bereits ein paar Erkundigungen angestellt, und ich zweifle nicht daran, daß jemand mit deinen Talenten eine einträgliche Arbeit finden wird.« Er reichte Jerenn ein weiteres Pergament mit seinem eigenen Reichssiegel darauf. »Falls du es brauchen solltest, gib dies einem künftigen Arbeitgeber als Zeugnis. Darin lobe ich dich, und zwar in den höchsten Tönen, denn du bist klug und einfallsreich.« Der Junge errötete.

»Ich hoffe, ich sehe Euch wieder«, sagte er mit schwankender Stimme.

»Ich auch«, sagte der Elf sehr ernst. »Komm, laß uns zusammen ein Glas Wein trinken. Ich habe noch zwei Stunden Zeit, bevor ich nach Himmelsspitze aufbrechen muß.«

Wunderbarerweise fanden sie einen einigermaßen ruhigen Platz in der gewaltigen Menschenmenge, die sich bereits eingefunden hatte, um das bevorstehende Fest zu feiern, und Jerenn stellte alle die Fragen, die er Cassian schon längst hatte stellen wollen, und Cassian beantwortete die meisten davon. Und dem Jungen schwirrte der Kopf von den Geschichten über eine große weite Welt voller großer Gelehrter und Rätsel, Derwische und Sturmreiter, Gestaltwandler, Tiermeister und mehr. Über riesige Monolithe und endlose unterirdische Dunkelheiten, über die stehenden Wasserfälle im südlichen Indris und die Rieseneichen Vasgothiens, die sich höher erhoben als jeder von Menschenhand erbaute Turm. Über die fabelhaften Kreaturen, die Cassian entweder in ihrem natürlichen Lebensraum oder im zoologischen Garten der Großen Stadt gesehen hatte. Dann, als er immer noch tausend Fragen auf dem Herzen hatte, war die Zeit unglaublich schnell vergangen, und Kendreck drängte Cassian, *sofort* in die Kutsche zu steigen.

»Ich hoffe sehr, daß ich wieder zurückkomme«, sagte der Elf, während er den Jungen umarmte.

»Ich auch«, erwiderte Jerenn, der mit den Tränen kämpfte. Niemand hatte ihn je so behandelt wie Cassian, und wenn sie sich auch manchmal auf sehr dünnem Eis bewegt hatten, war dies nur um so bemerkenswerter. Er konnte jetzt so leben, wie er es wollte, und es gab viele andere Städte, wo er mit Cassians Geld viel länger seinen Lebensunterhalt bestreiten konnte, bevor er sich Arbeit suchen mußte, und im Notfall blieb immer noch das Betteln. Aber er würde die Aufregung und das ruhige und freundliche Wesen des Elfs und seine Weisheit vermissen.

Cassian sagte ein paar Worte in einer Sprache, die Jerenn kannte, aber nicht verstand, und das verriet sein verständnisloser Blick dem Elf auch.

Cassian grinste. »Das war Sperethiel. Es bedeutet ›Mögest du strahlende Morgen erleben‹ und ist eine Art Segen. Leb wohl, Jerenn.«

Der Junge sah dem Elf traurig nach, als er zur Tür hinausging und ein letztes Mal in seine geborgte Kutsche stieg.

35

»Dies ist ein ausgezeichneter Bericht, Cassian. Ihr habt Eure Sache sehr gut gemacht. Ich glaube nicht, daß Ihr Euch auch nur im geringsten Vorwürfe wegen der Todesfälle machen müßt, die sich nach Eurer Ankunft ereignet haben. Das war ein sehr schwieriger Fall, und doch haben sich die Dinge erfreulich entwickelt. Oberherr Kypros hat persönlich eine Glückwunschnachricht gesandt. Ihr habt das Auge, um Euch auch in tiefster Dunkelheit zurechtzufinden.«

Der Richter-General strahlte vor Stolz. Die Tür öffnete sich, und ein Tablett mit zwei Gläsern ausgezeichneten, tadellos gekühlten Eisweins aus Torinach wurde gebracht. Das bedeutete, daß sich die Dinge gut entwickelt hatten. Daß neben den Gläsern eine volle Kristallflasche von der unerhört kostbaren Flüssigkeit stand, bedeutete sogar, daß sich die Dinge unglaublich gut entwickelt hatten. Cassian war ziemlich überrascht und ein wenig beunruhigt. Er hatte von *Praetoren* gehört, denen das Zeremoniell mit der vollen Flasche widerfahren war, es jedoch noch nie selbst erlebt. So gut hatte er den Fall nun auch wieder nicht gelöst.

Da war immer noch das Problem des Relikts, der magischen Klaue, die Lyn besessen hatte. Es handelte sich um einen Gegenstand mit magischer Struktur aus der Gruppe von Araleshs Schülern, aber die Klaue enthielt darüber hinaus noch eine ältere und auch bösartigere und mächtigere Magie, die zu verstehen und zu identifizieren zweifellos viel Zeit bedurfte. Andererseits war dieses Problem im Augenblick kaum vordringlich.

»Ich glaube, für die Mächtigen Vivanes ist es eine Erleichterung, daß in diese Angelegenheit keine Heimsuchungen verwickelt waren.« Sogar hier wurde das Wort ›Dämon‹ nicht leichtfertig benutzt.

»Hm, ja, mit Sicherheit«, pflichtete ihm Andreax mit einstudierter Beiläufigkeit bei. »Nun, Cassian, in Kürze haben wir eine weitere Aufgabe für Euch. Allerdings habt Ihr Euch nach dieser schwierigen Untersuchung zuerst eine Erholung verdient. Außerdem glaube ich, daß wir eine Beförderung ernsthaft in Erwägung ziehen sollten. Eine Belobigung ist nur eine Formsache, denke ich. Zu meiner Überraschung habe ich erfahren«, sagte er mit hochgezogener Augenbraue, »daß General Crotias eine sehr hohe Meinung von Euch zu haben scheint. Wenn Ihr mit Crotias auskommt, dann müssen wir Eure Talente so gut wie möglich ausnutzen. Ich glaube, daß Ihr in Zukunft ein vielbeschäftigter Mann sein werdet.«

»Da wäre noch die Angelegenheit Tarlanth, Herr«, sagte Cassian zögernd.

»Was ist mit ihm?«

Cassian überhörte den schneidenden Tonfall und fuhr fort. »Er hat gegen das Inzest-Gesetz verstoßen.«

»Wir können die damit zusammenhängenden Anschuldigungen nicht beweisen. Es läßt sich nicht mehr feststellen, ob er der Vater des Kindes von diesem unglücklichen Mädchen war.«

Cassian wurde blaß, totenbleich. »Was? Meint Ihr damit etwa, daß ...«

»O nein, es wurde kein Kind geboren«, sagte Andreax glatt. »Da besteht überhaupt kein Grund zur Sorge, das versichere ich Euch.«

Bei den Passionen, Lyns Vater hatte sie bereits geschwängert! Das wurde Cassian nun klar. Etwas in seinem Verstand klickte, und ein weiterer Stein des Puzzles war an Ort und Stelle gefallen. Ich glaube es nicht: Man wird nichts gegen ihn unternehmen!

»Aber da sind immer noch unaufgeklärte Fälle von Korruption, was ich in meinem Bericht auch deutlich gemacht habe«, sagte er unsicher. »Ganz zu schweigen davon, daß die geplante ›Heirat‹ zwischen Lyn und Patracheus' Nichte auf Korruption seitens Patracheus' schließen läßt. Schließlich ist er der Leiter der Schatzmeisterei. Dabei könnte es sich um eine sehr ernste Angelegenheit handeln.«

»Das reicht jetzt, Cassian«, warnte Andreax. »Ihr habt getan, was Ihr tun solltet, und in Vivane sind wieder normale Verhältnisse eingekehrt. Nun, da mehrere Tage des Feierns bevorstehen, wird sich danach niemand mehr mit dieser Angelegenheit beschäftigen. Das Leben geht weiter. Also, wenn das alles ist?«

Cassian entschuldigte sich und suchte sein Quartier auf. Er fand den Schatzmeister und ließ sich genug von seinen im Lauf der Jahre angehäuften Ersparnissen auszahlen, um nach Vivane zurückkehren und im Dokumentenhaus die erforderliche Summe für Jerenns Freilassung bezahlen zu können. Danach streifte er einige Stunden durch die Stadt, wobei er die Wunder und Mirakel um sich herum kaum zur Kenntnis nahm, da er das Erlebte und Gehörte immer wieder durchdachte.

Schließlich konnte er es nicht mehr ertragen, und er stellte zu seiner Überraschung fest, daß ihm gestattet wurde, das Büro des Richter-Generals erneut zu betreten, obwohl er keinen Termin hatte, während er damit gerechnet hatte, mindestens einen oder zwei Tage warten zu müssen.

»Also gut, was gibt's noch?« Andreax' Stimme übermittelte wiederum eine Warnung, aber diesmal entging sie Cassian nicht. Er zog es dennoch vor, sie nicht zu beachten.

»Man wußte hier Bescheid, nicht wahr?«

»Uns lagen einige Indizienbeweise vor, ja. Wir mußten einen *Praetor* schicken, um ganz sicherzugehen. Außerdem trifft es zu, daß gegen Tarlanth bei verschiedenen Reichsämtern Beschwerde eingelegt wurde. Er hat sich in kurzer Zeit sehr viele Feinde gemacht. Er wurde als verderblicher Einfluß betrachtet.«

»Von Kypros.«

»Unter anderem. Der Ruf mangelnder Klugheit, der dem Oberherrn anhaftet, ist in vielerlei Hinsicht unbegründet, müßt Ihr wissen. Wenn es darum geht, sich zu schützen, ist er außerordentlich wachsam und schlau.«

»Es war bekannt, daß ich schließlich zu dem Schluß kommen müsse, jemand wolle ihn in Mißkredit bringen, was mich dazu anspornen sollte, mehr herauszufinden.«

»Ja, gewiß. Was Ihr auch getan habt, und zwar auf ganz hervorragende Weise. Und jetzt ...«

»Die Bühne war für mich bereitet. Hat dieses Mädchen denn *alle* Morde begangen?«

»Das ist eine äußerst gefährliche Frage«, sagte Andreax mit einem Unterton klirrender Kälte. »Eine Frage, der ein kluger Mann mit Sicherheit nicht auf den Grund gehen sollte.«

»Die Zwillinge«, dachte Cassian laut. »Sie haben nie in das Schema gepaßt. Ihr Vater hatte nichts mit dem Netz aus Intrigen und Korruption zu schaffen. Ja, sie wußten Bescheid. Sie wußten, daß Lyn ein Mädchen war. Sie hat ihnen aufgrund ihres Wesens vertraut, und sie waren alles, was sie besaß. Die einzigen Personen, in deren Gegenwart sie sie selbst sein konnte. Und deswegen sind sie auch getötet worden, um sie zu verleiten, das zu tun, was sie getan hat. So daß Tarlanth am Ende in Verruf geraten wäre. *Wer wußte davon?* Wer *kann* davon gewußt haben?« Zorn wallte in ihm auf. »Sagt es mir!«

»Nein, Cassian.« Andreax' Tonfall war fest und unerschütterlich. »Dieses Wissen steht Euch nicht zu. Ihr habt getan, was Ihr tun solltet, und eine entsprechend abgeänderte Fassung Eures Berichts ist bereits an die entsprechenden Stellen weitergeleitet worden.«

Entsprechend abgeändert. Ja, ich wette, daß mein

Bericht, entsprechend abgeändert wurde. Innerlich schäumte Cassian vor Wut.

»Ich werde die Erholung sofort in Anspruch nehmen«, sagte er steif. »In zehn Tagen nehme ich meine Arbeit wieder auf. Ich glaube, ich werde einen kleinen Urlaub einlegen. Mir stehen noch zehn Tage zu.«

»In der Tat«, sagte Andreax, der sich sichtlich entspannte. Zehn Tage sollten dem Elf reichen, um darüber hinwegzukommen.

Cassian suchte noch einmal den Schatzmeister auf. Mit etwas Glück ging noch an diesem Abend ein Luftschiff.

36

»Hier ist der Rest der Bezahlung«, sagte der Elf zu dem Beamten, der das Dokument viel eingehender studierte, als dies nötig war. Er nahm das Holzsiegel, drückte es dem Mann in die Hand und stempelte das Dokument selbst ab. Dann ließ er den verblüfften kleinen Mann einfach stehen und ging mit Jerenn im Schlepptau hinaus.

»Wir treffen uns in einer Stunde am Nordtor«, sagte der Elf zu dem Jungen. »Das heißt, wenn du mich begleiten willst. Wenn du in Vivane bleiben willst, kannst du das selbstverständlich tun.«

»Ich will gehen«, sagte der Junge inbrünstig.

»Dann geh und kauf uns, was wir brauchen.« Cassian grinste und gab ihm ein paar Münzen. Er trug ein erheblich größeres Vermögen mit sich herum, das meiste jedoch in Juwelen, die weniger Platz einnahmen und sich leichter am Körper verbergen ließen. Allein die hohle Ferse seines linken Stiefels enthielt für beide genug, daß sie einige Monate lang gut essen und trinken konnten.

»Wohin wollt Ihr?« fragte der Junge unschuldig.

»Das spielt keine Rolle«, sagte Cassian. »Komm nur nicht zu spät. Keine *Minute* zu spät. Ich werde nicht auf dich warten.«

»Ich werde dort sein«, sagte Jerenn begeistert und rannte die Große Allee entlang.

Cassian hätte nie damit gerechnet, noch einmal vor der Tür dieses Hauses zu stehen. Ein neuer Sklave gewährte ihm Einlaß, und kurz darauf stellte er fest, daß er keinen einzigen Sklaven kannte. Er zweifelte nicht daran, daß die alten Sklaven allesamt beseitigt worden waren, damit gewährleistet war, daß sie nichts Entlarvendes verraten konnten. Weitere Morde. Die Gestalt stand auf dem Treppenabsatz, und Cassian erklomm langsam die Stufen. Zwei Schritte davor blieb er stehen.

»Ihr könnt meinen Mann nicht sprechen«, sagte sie gebieterisch.

»Ich werde es trotzdem tun«, sagte er unerbittlich.

»Ich sagte, Ihr könnt es nicht.« Sie lächelte. »Er ist tot.«

»Was?«

»Heute nachmittag. Welch eine Tragödie! Der Kummer des Verlusts war zu groß für ihn. Das und die schändlichen Gerüchte und Lügen, die einige Leute in der Stadt verbreitet haben.«

»Ah, ich verstehe«, sagte er gelassen. »Ich habe noch einen anderen Besuch gemacht, bevor ich herkam, um ganz sicherzugehen. Ich habe erfahren, daß man Euch manchmal in Araleshs Haus gesehen hat. Die Kinder haben dort etwas über Elementarmagie erfahren, würde ich vermuten. Sagt mir, hat die Hand der Nacht je existiert?«

Sie lachte. »Nur in ein oder zwei Fällen.«

»Und nun ist Eure Tochter tot, bevor Tarlanth seinen durch Inzest geborenen Erben vorzeigen konnte, und dieses Haus wird keinen Nachkommen mehr zeugen können. Carinci wird in der Tat Nutzen daraus ziehen.«

»Und ich hörte, daß es Patracheus' Frau nicht sonderlich gutgeht«, sagte sie wiederum lächelnd. »Er wird glücklich sein, eine neue Frau zu finden, die sein Bett wärmt, wenn sie von ihren Leiden erlöst ist, was gewiß nicht mehr lange auf sich warten läßt.«

»Ihr habt Schavians Kinder getötet, da Ihr wußtet, daß Lyn ihren Tod nicht verkraften würde. Ihr wußtet, wie Ihr sie lenken und steuern mußtet, und vielleicht hattet Ihr sogar die magische Fähigkeit, ihr Gedanken einzuflüstern«, vermutete Cassian.

»Keine allzu schwierige Fähigkeit für eine Elementaristin, wenn man die richtige Vorgehensweise kennt«, höhnte Cryselda, deren spöttische Miene sich zu einem mitleidigen Ausdruck verzog.

Sie stand triumphierend vor ihm, ihr volles dunkles Haar fiel über ihre Schultern, ihr Gesicht hatte sich vor Erregung gerötet, und ihre Lippen waren rot und voll.

»Ihr werdet nie etwas beweisen können, und ich habe bereits Euren Bericht gelesen«, spottete sie. »Ihr habt mir wirklich einen Gefallen getan, *Praetor* Cassian. Die Dinge hätten sich nicht besser entwickeln können.«

Sie wandte sich ab, und in diesem Augenblick zuckte Cassians Hand zum Gürtel. Dann klammerte sie sich an das Marmorgeländer, und statt des Hilfeschreis, den sie ausstoßen wollte, traten nur Blutblasen über ihre Lippen.

Als er sicher war, daß sie tot war, zog Cassian seinen Dolch aus ihrem Leib und wischte das Blut mit peinlicher Sorgfalt am Teppich ab, bevor er ihn zurück in die Scheide steckte. Ohne Eile verließ er das Haus, und als er den Schrei der ersten Sklavin hörte, die aus den Schlafgemächern gekommen war und die Leiche ihrer Herrin gefunden hatte, hüllte er sich in Unsichtbarkeit und eilte zum Nordtor des Theranerviertels.

Kurz bevor er das Tor erreichte, nahm Cassian in einer dunklen Ecke wieder seine normale Gestalt an. Ihm blieb wenig Zeit für seine Flucht, und er durfte kein Risiko eingehen. Wie bereits früher am Tag vereinbart, warteten zwei Pferde auf ihn, und zwar zusammen mit einem Stallburschen und dem Sohn des Pferdehändlers. Er sah sich die Pferde an, um sich zu vergewissern, daß es die gesunden, starken Tiere waren, die er gekauft hatte, und keine alten Mähren. Als er zufrieden war, beglich er die Rechnung und entließ die beiden jungen Männer. Wie auf ein Stichwort kam Jerenn angelaufen, außer Atem und mit zwei riesigen Taschen beladen, die wer weiß was enthielten.

»Du hast mir erzählt, du könntest reiten, Junge«, sagte der Elf ungerührt.

»Das kann ich auch, Herr. Nicht besonders gut, aber leidlich.«

»Gut, weil hier in ungefähr fünf Minuten die Hölle los sein wird«, sagte Cassian mit völliger Ruhe.

»Wohin reiten wir?« fragte Jerenn.

Sie waren eine halbe Stunde im vollen Galopp geritten, und Cassian fühlte sich sicher genug, um die müden Pferde ausruhen zu lassen. Er stieg ab und führte sein Pferd am Zügel hinter sich her, während Jerenn es ihm nachtat. Der Elf stutzte nur einen Augenblick lang, bevor er die Frage des Jungen beantwortete.

»Ich weiß es nicht. Du stammst doch aus Barsaive, oder nicht?«

»Das stimmt, Herr.«

»Ich hatte gehofft, du könntest es mir sagen.«

Sie lachten beide. Der Junge hatte den Blutfleck auf dem linken Ärmel des Elfs gesehen, dicht über der faszinierenden halbmondförmigen kleinen Narbe am Handgelenk. Er wußte mit Sicherheit, daß der Elf jemanden getötet hatte, und er wartete auf den richtigen Moment, um nach dem Wen und Warum zu fragen. Daß das Opfer sein Schicksal verdient hatte, stand für Jerenn außer Zweifel. Cassian würde es ihm früh genug erzählen, und die Straße, die sich vor ihnen erstreckte, war lang.

Der Elf wandte sich an ihn und fragte, ob er ein Taschenmesser habe. Jerenn reichte ihm seines.

»In den Packtaschen ist auch eines für Euch, Herr.«

»Hör mal, Jerenn«, sagte Cassian, während er die Metallkette um den Hals abnahm, »es gibt keinen Grund, daß du mich auch nur noch ein einziges Mal ›Herr‹ nennst. Ich bin ab jetzt nur noch Cassian.« Er machte sich an dem Schlangenamulett zu schaffen und löste mit der Messerspitze den winzigen grünen Edelstein aus dem Auge der Schlange. Kaum hatte sich der Stein gelöst, als das Amulett in seinen Fingern zu Staub zerfiel, der zu Boden rieselte.

»Was war das, Herr? Ich meine, Cassian?«

»Ungefähr fünfzig Jahre meines Lebens, Jerenn. Jetzt schlagen meine Füße einen neuen Weg ein. Laß uns von hier verschwinden.«